KB152041

누명

Ordeal by Innocence

AGATHA CHRISTIE MYSTERY AGATHA CHRISTIE MYSTERY AGATHA CHRISTIE MYSTERY AGATHA CHRISTIE MYSTERY AGATHA CHRISTIE MYSTERY AGATHA CHRISTIE MYSTERY AGATHA CHRISTIE MYSTERY

애거서 크리스티 추리 문학 21

누명

이가형 옮김

해문

■ 옮긴이 이가형

동경제국대학 불문과, 미국 윌리엄스 대학 수학. 전남대학교, 중앙대학교,
국민대학교 교수 역임. 한국영어영문학회, 한국추리작가협회 회장 역임.
국민대학교 대학원장 역임

누명

초판 발행일	1986년 09월 25일
중판 발행일	2009년 01월 20일
지은이	애거서 크리스티
옮긴이	이 가 형
펴낸이	이 경 선
펴낸곳	해문출판사
주 소	서울시 마포구 합정동 392-2 써니힐 202호
TEL/FAX	325-4721~2 / 325-4725
홈페이지	http://www.agathachristie.co.kr
출판등록	1978년 1월 28일 (제3-82호)
가격	6,000원
ISBN	978-89-382-0221-5 04840 978-89-382-0200-0(세트)

※ 잘못된 책은 바꾸어 드립니다.

• 등 장 인 물 •

아서 캘거리— 지구 물리학자. 잭 아질이 레이첼 아질을 죽이지 않았음을 증언한다. 하지만 그의 증언은 너무 늦은 후였다. 사건은 이미 끝나 있었고 범인으로 몰린 잭은 감옥에서 폐렴으로 죽고 말았다. 정의를 위해 진실을 밝히지만 아질 가(家) 사람들은 그의 증언에 기뻐하지 않고 불안해한다.

잭 아질— 리오 아질과 레이첼 아질의 양아들. 여자들에게 돈을 뜯어내는 건달. 레이첼 아질의 살인 혐의를 받고 체포되어 감옥에서 폐렴으로 죽는다.

레이첼 아질— 리오 아질의 부인. 아이를 낳지 못하자 고아들을 입양해서 사랑으로 키운다. 어느 11월 밤 부지깽이로 머리를 맞고 살해당한다.

리오 아질— 아내인 레이첼이 아이들에 대한 집착에 가까운 사랑 때문에 남편으로서 사랑받지 못했다.

겐다 보건— 리오 아질의 아름다운 비서. 리오 아질을 사랑한다.

메리 두런트— 아질 부부의 첫 번째 양녀. 레이첼이 반대하는 필립과 결혼해 필립을 돌보며 산다.

필립 두런트— 메리의 남편. 소아마비에 걸려 몸이 부자유스럽다.

마이클 아질— 친어머니를 그리워하며 레이첼을 미워한다.

헤스터 아질— 여배우가 되기 위해 가출했던 여인. 잘못을 깨닫고 집에 돌아왔으나, 완벽한 어머니 때문에 상대적으로 자신에 대해 불안정하게 느낀다.

도널드 크레이그— 헤스터의 남자친구. 헤스터가 레이첼을 죽였을지도 모른다고 의심한다.

크리스티나 아질— 작고 가무잡잡한 여자로 도서관에서 근무하고 있다. 조용한 성품으로 살인자에 대해 뭔가를 알고 있다.

커스턴 린즈트롬— 스웨덴 출신의 안마사. 레이첼 부인을 도와 보육원 일을 하다가 아질 가(家)에 머무르며 가족들을 헌신적으로 돌본다.

휘시 총경— 큰 키에 우울한 분위기의 경찰. 아질 가(家)의 사람들을 심문한다.

감동과 감사에 마지않는

빌리 콜린에게

차 례

차 례

내가 말하기를 내 원통함을 잊고 얼굴빛을 고쳐 즐거운 모양을 하자 할지라도 오히려 내 모든 고통을 두려워하오니 주께서 나를 무죄히 여기지 않으실 줄은 아나이다.

— 욥기 9:27 —

제1장

1

그가 나루터에 도착한 것은 어둑어둑해질 무렵이었다. 사실 훨씬 더 일찍 올 수도 있었지만, 그는 이곳에 오는 것을 가능한 한 뒤로 미루고 있었다.

이곳에 오기 전에 앞서 그는 레드키에서 친구들과 점심식사를 했다. 가볍고 단편적인 대화를 나누었고, 여러 친구들에 관한 소문도 서로 주고받았지만, 그의 그런 행동은 단지 앞으로 해야 할 일들을 회피하고 싶은 심정을 나타내 주는 것일 뿐이었다. 식사가 끝난 뒤, 친구들이 더 머무르면서 함께 차를 마시자고 하는 바람에 그는 그 말에 따랐다. 그러나 마침내 시간이 다 되어 그는 일을 더 이상 미룰 수 없다는 생각이 들었다.

빌려 놓은 차가 밖에서 그를 기다리고 있었다. 그는 친구들에게 작별을 고하고 차에 올랐다. 혼잡한 해변 도로를 따라 7마일 정도를 달린 뒤, 차는 강가의 자그마한 석조 방파제로 이어지는 숲 속의 좁다란 길에 그를 내려놓았다. 운전사가 강 저편에 있는 나룻배를 부르기 위해 그곳에 마련되어 있는 커다란 종을 힘차게 울렸다.

"여기서 기다릴까요, 선생님?"

"아니오, 한 시간 뒤에 강 저편에서 드리머스까지 타고 갈 배를 불러 놓았소."

운전사는 요금과 팁을 받고는 어둑어둑한 강 쪽을 흘끗 쳐다보면서 말했다.

"나룻배가 오고 있습니다, 선생님."

상냥한 어조로 인사말을 남긴 운전사는 차를 뒤로 빼서 언덕 쪽으로 사라졌다. 이제 그는 혼자였다. 그는 천천히 방파제 둑 위로 걸어 올라가 나룻배가 닿기를 기다렸다. 혼자 남은 그의 머릿속은 이제 곧 닥칠 일에 대한 불안과 염려로 가득 차 있었다.

그는 잠시 주위의 풍경을 둘러보았다. 왠지 황량하게 느껴졌다. 스코틀랜드 지방의 아름다운 호숫가 풍경을 상상하는 것은 어디에서나 가능한 일이었다. 그리고 사실, 호텔과 상점, 칵테일 바가 있는 레드키는 이곳에서 불과 몇 마일 밖에 떨어지지 않은 곳이었다. 그는 영국의 경치가 지역에 따라 얼마나 대조적으로 느껴지는지 다시 한 번 생각하지 않을 수 없었다.

그때 그가 서 있는 방파제 쪽으로 나룻배의 찰싹거리는 노 소리가 들려왔다. 아서 캘거리는 비탈진 방파제 둑을 걸어 내려갔다. 나룻배가 둑에 닿아 있었다. 그가 배에 오르려 하자 사공은 갈고리 장대로 배가 흔들리지 않도록 해 주었다.

늙수그레한 사공은 자기 나룻배와 한 몸이어서 결코 배에서 떼어놓을 수 없는 사람인 것 같은 신기한 인상을 주는 인물이었다. 그들을 태운 나룻배가 방파제 기슭을 벗어나자 바다 쪽에서 약간 차가운 바람이 와스스 불어왔다.

"오늘 저녁은 제법 쌀쌀하군요." 사공이 말했다.

캘거리는 적당히 대답했다. 어제보다 더 추워졌다는 말에도 가볍게 대꾸해 주었다. 그는 사공의 눈에 호기심이 가득 차 있는 걸 느꼈다. 아니 그렇다고 생각했다. 사실 그는 이곳에선 낯선 사람이었다. 관광 시즌이 끝난 뒤에 찾아온 낯선 사람이었다. 게다가 이 낯선 사람은 유별난 시각, 부둣가에 있는 카페에서 차를 마시기엔 너무 늦은 시각에 강을 건너고 있었다. 짐이 없는 것으로 보아 강 건너에서 머무르려는 사람 같지는 않았다.

캘거리는 자신이 왜 그리 늑장을 부렸는지 아무리 생각해 봐도 이상했다. 정말로 자신도 모르게 이 순간을 뒤로 미뤘기 때문인가? 출발 시간을 자꾸 뒤로 미루면 해야 할 일이 저절로 해결되기라도 한단 말인가? 루비콘 강(B. C. 49년에 줄리어스 시저가 '주사위는 던져졌다.'라고 말하고 건넌 강)을 건너고 있는 그의 마음은 또 다른 강, 강……, 템스 강을 떠올리고 있었다.

망연히 초점 없는 시선을 하고 있던 그는(그게 겨우 어제 일이었던가?) 얼굴을 돌려 테이블 맞은편에서 자신을 마주보고 있는 남자를 다시 바라보았다.

그 사람의 사려 깊은 눈매에는 정말로 이해할 수 없는 어떤 일에 대한 염려가 담겨 있었다.

한동안 침묵이 흐른 뒤, 그 사람의 눈빛은 무언가 이해는 하겠으나 말로 표현할 수 없는 것이 있는 듯한 눈빛으로 변해 있었다. 그 사람은 자신이 생각하는 것을 표현할 줄 모르는 사람일 거라고 그는 생각했다.

그 일에 뛰어들었을 때, 그는 모든 것이 엄청나게 잘못되어 있음을 발견했다. 그는 늦기는 했지만 이제라도 그것을 해야 했다. 그리고 그다음에는……, 잊어버려야 했다!

어제의 대화가 떠오르자 그의 눈살이 찌푸려졌다. 그 상냥하고 차분한 목소리에는 아무런 뜻도 담겨 있지 않은 듯했다.

"정말 생각을 굳히신 겁니까, 캘거리 박사님?"

그는 성난 목소리로 대답했었다.

"다른 방도가 없지 않습니까? 당신도 모든 걸 다 알고 계시잖소? 그러니 내 뜻에 동의를 해주셔야 하지 않겠습니까? 이건 나로선 정말 피할 수 없는 일입니다."

하지만 그 사람의 깊숙한 회색빛 눈매에는 아직도 그를 이해하지 못하겠다는 듯한 표정이 담겨 있었다. 게다가 그의 격렬한 태도에 약간 당황한 것 같았다.

"어떤 일을 볼 때는 그 일의 전모(全貌)를 봐야 한다고 생각합니다. 모든 관점에서 고찰해야 한다는 말입니다."

"정의라는 관점에서는 한 가지 측면밖에 볼 수 없습니다."

그는 격렬한 어조로 대꾸했다. 일을 얼버무리려고 이 사나이가 비열한 제안을 하고 있다는 생각이 얼핏 들었던 것이다.

"보기에 따라서는 그렇다고 할 수도 있겠지요. 하지만 박사님도 아시다시피 세상엔 정의보다 더 중요한 것이 있습니다. 통칭 우리가 정의라고 하는 것보다 더 중요한 것 말입니다."

"내 생각은 그렇지 않습니다. 그 가족들을 생각해야 하지 않을까요?"

그러자 그 사람이 얼른 말했다.

"아, 그래요. 맞는 말입니다. 나 역시도 가족들을 생각해서 드리는 얘기입니다."

하지만 그 말은 캘거리에게는 앞뒤가 맞지 않는 것으로 들렸다. 가족들을 생각한다……!

그러나 그 사람은 여전히 부드러운 어조를 바꾸지 않은 채 말을 이었다.

"이 일은 전적으로 당신에게 달려 있습니다, 캘거리 박사님. 물론 당신은 꼭 해야 할 일을 해야겠지만 말입니다."

여기까지 생각이 미쳤을 때, 배가 강변에 닿았다. 그는 마침내 루비콘 강을 건넌 것이다.

사공은 서쪽 지방 사투리로 부드럽게 말했다.

"뱃삯은 4펜스 되겠습니다, 선생님. 다시 강을 건너가실 건가요?"

"아니오, 되돌아가는 일은 없을 거요(이 말은 얼마나 운명적으로 들리는가!)."

그는 뱃삯을 치르고 나서 늙은 사공에게 물었다.

"서니 포인트라는 집을 아십니까?"

그러자 곧 사공의 눈에 감춰져 있던 은근한 관심이 드러났다. 노인의 눈이 호기심으로 반짝 빛났다.

"왜 모르겠습니까? 여기서 오른쪽으로 쭉 올라가면 나무들 사이로 그 집이 보일 겁니다. 언덕 쪽으로 올라가서 오른쪽으로 난 길을 따라가십시오. 그다음엔 주택지 쪽으로 난 새로 닦인 길로 가면 됩니다. 그 길의 마지막 집, 길 끝에 있는 집이 바로 그 집입니다."

"고맙습니다."

"서니 포인트라고 했죠, 선생님? 아질 부인……?"

"예, 맞습니다."

캘거리는 노인의 말을 끊어 버렸다. 그는 그 일에 관해 논하고 싶지 않았다. '서니 포인트'에 관해서는 말이다.

야릇한 미소가 사공의 입가를 천천히 스쳐갔다. 그는 고대의 교활한 목신(牧神)처럼 보였다.

"그 집을 그렇게 부른 건 바로 그 부인이었답니다. 전쟁 중에 그랬지요. 물론 그 집은 지은 지 얼마 안 된 새집이었는데 이름은 없었어요. 원래 그곳은

'바이퍼스 포인트('독사의 갑'이라는 뜻)'였는데, 그 이름이 부인의 마음에 들지 않았던 모양입니다. 자기 집의 이름으로는 어울리지 않는다고 생각했던 거죠. 그래서 부인은 자기 집을 '서니 포인트'라고 부른 거죠. 하지만 우리들 사이엔 '바이퍼스 포인트'로 통하고 있답니다."

캘거리는 무뚝뚝하게 고맙다는 말을 하고 그와 헤어졌다. 그리고 언덕 쪽을 향해 걷기 시작했다. 사람들은 모두 자기 집 안에 있는 것 같았다. 그런데 그는 보이지 않는 눈들이 그 작은 집들의 창문을 통해 자신을 엿보는 것 같은 착각을 느꼈다. 자신을 바라보고 있는 모든 사람들이 다 자기가 지금 어디로 가고 있는지 알고 있는 듯했다. 그리고 서로 이렇게 말하는 것 같았다.

"그가 바이퍼스 포인트로 가고 있어……."

바이퍼스 포인트……, 이 얼마나 그 집에 어울리는 끔찍한 이름인가? 독사의 이빨보다 더 날카로운 이름…….

그는 냉정하게 생각을 정리해 보았다. 정신을 똑바로 차려서 앞으로 말해야 할 것을 정확히 기억해야 했다.

2

캘거리는 드디어 양편에 훌륭한 새 주택들이 늘어서 있는 멋진 새 도로의 초입에 이르렀다. 새 주택들에는 각각 1/8에이커 정도 넓이의 정원이 있었고, 정원에는 갖가지 암생식물(岩生植物)들, 국화, 장미, 샐비어, 제라늄 등이 피어 있어 각각의 정원 주인들의 취향을 나타내 주고 있었다. 도로의 막바지에 '서니 포인트'라고 고딕체 문자로 쓰여 있는 문이 있었다.

그는 문을 열고 들어가서 그리 길지 않은 진입로를 따라 걸었다. 그러자 박공이 있고 현관이 있는, 별다른 특징 없이 잘 지어진 현대식 주택 한 채가 그의 앞에 나타났다. 도시 주변의 적당한 부지나 신 개발지 어디에서나 흔히 볼 수 있을 법한 그런 집이었다. 캘거리의 생각에 그 집은 주변의 경관에 어울리지 않아 보였다. 주변의 경치가 참으로 훌륭했기 때문이다.

집 주위엔 강물이 급한 커브를 그리며 집을 거의 휘감는 듯한 모양으로 흐르고 있었고, 맞은편엔 숲이 울창한 언덕이 있었다. 강 상류 왼쪽의 활처럼 비스듬한 땅에는 초원이 자리 잡고 있는 게 보였고, 그 너머에는 과수원도 보였다.

캘거리는 강줄기를 위에서부터 아래로 한동안 바라보았다. 이런 곳에는 차라리 성(城)이, 그것도 옛날이야기에 나오는 우스꽝스럽게 생긴 성이 세워져 있어야 어울릴 것 같다는 생각이 들었다. 생강이 든 빵이나 서리처럼 흰 설탕으로 지은 성이……! 그러나 그곳에는 집을 지은 사람의 고상한 취향과 소박함, 그리고 부(富)를 나타내 주되 상상력이라곤 조금도 나타나 있지 않은 집 한 채가 성 대신 서 있었다.

그러나 그것을 가지고 아질 집안을 나무랄 수는 없었다. 그들은 집을 샀을 뿐이지 지은 건 아니기 때문이다. 하지만 그 집 사람들, 또는 그들 중의 한 사람이(아질 부인?) 집을 골랐을 것만은 분명했다.

'이렇게 계속 망설일 수는 없잖아.'

그는 스스로에게 되뇌었다. 그러고선 현관 옆에 달린 초인종을 눌렀다. 그는 문 앞에 서서 기다렸다. 적당한 간격을 두고 그는 초인종을 다시 한 번 눌렀다. 안에서는 아무런 인기척도 없었는데, 갑자기 문이 확 열렸다.

그는 놀라서 한 걸음 뒤로 물러섰다. 이미 지나칠 정도로 긴장하고 있었던 그의 상상력 앞에 거대한 비극이 그를 가로막고 서 있는 것 같은 느낌이었다.

그것은 앳된 얼굴이었다. 사실 비극의 정수(精髓)는 아직 그 비극이 무르익지 않은 때의 통렬한 아픔 속에 있는 것이다. 비극의 가면은 늘 젊음의 가면이어야 한다고 그는 생각했다. 미래로부터 다가오는 불운으로서, 미리 정해져 있는, 어찌할 수 없는 상태.

정신을 가다듬으면서 그는 앞에 서 있는 아가씨를 살펴보았다. 깊고 푸른 두 눈, 눈가의 서늘한 음영, 시원스럽게 물결치는 검은 머리, 이마와 광대뼈에 어린 애조 띤 아름다움……, 전형적인 아일랜드인이었다. 그 앳된 처녀는 경계와 적대심이 섞인 눈초리로 그를 바라보며 서 있었다.

"무슨 일이시죠?" 그녀가 물었다.

그는 무뚝뚝하게 대답했다.

"아질 씨 계신가요?"

"계세요. 하지만 아무도 만나시지 않으세요. 아는 사람이 없으니까요. 아마 당신도 알지 못하실 거예요. 그렇지 않은가요?"

"예, 그분은 날 잘 모르실 겁니다, 하지만……."

"그럼 편지로 말씀하시는 게 더 나을 거예요."

그녀는 문을 닫으려고 했다.

"죄송합니다. 하지만 꼭 그분을 좀 뵈었으면 하는데요. 아가씨는 아질 양인가요?"

그녀는 마지못해 그렇다고 했다.

"예, 전 헤스터 아질이라고 해요. 하지만 아버지는 미리 약속을 해놓은 경우가 아니면 사람들을 만나지 않으세요. 편지를 쓰시는 게 좋을 거예요."

"먼 길을 왔는데……."

그러나 그녀는 요지부동이었다.

"모두들 그렇게 말하지요. 하지만 전 이런 일은 이미 다 끝났다고 생각해요."

그녀는 비난이라도 하듯 말을 이었다.

"선생님은 신문기자신가요?"

"아니, 아닙니다. 그런 사람이 아녜요."

그녀는 믿지 못하겠다는 듯 의심스런 눈초리로 그를 쳐다보았다.

"그럼 무슨 일로 오신 거죠?"

그는 그녀의 등 뒤, 거실 뒤편에 또 다른 얼굴이 있는 것을 보았다.

납작하고 평범한 얼굴이었다. 굳이 자세하게 묘사하자면 팬케이크 같은 얼굴을 가진, 노르스름하고 곱슬곱슬한 은발을 머리 위로 묶어 얹은 중년의 여인이었다. 그 여자는 경계심 많은 여자 감시원처럼 거실 안을 왔다 갔다 하면서 기다리고 있는 것처럼 보였다.

"아질 씨의 아들에 관한 일입니다, 아질 양."

그 순간 헤스터 아질은 숨을 헉 들이마셨다. 믿을 수 없다는 듯 그녀는 물었다.

"마이클 말인가요?"
"아니오. 아가씨의 오빠 잭 말이오."
그녀는 갑자기 소리치듯 말했다.
"그럴 줄 알았어요! 재코 때문에 오신 줄 알고 있었다고요! 도대체 왜 우리를 그냥 내버려 두지 않는 거예요? 모두 다 끝난 일이에요. 왜 그 일을 자꾸 들추어내려 하시는 거죠?"
"완벽하게 끝났다고 말할 수 있는 일은 세상에 하나도 없습니다."
"하지만 그 일은 모두 끝났어요! 재코는 죽었고요. 왜 오빠를 그대로 둘 수 없는 거죠? 모든 게 다 끝났는데도 말이에요. 신문기자가 아니시라면, 당신은 의사시군요? 아니면 심리학자나 뭐 그런 분이겠죠. 제발 돌아가 주세요. 아버지를 방해하지 마세요. 아버지는 바쁘세요."
그녀는 다시 문을 닫으려고 했다. 캘거리는 재빨리 행동을 취했다.
그는 주머니에서 편지를 꺼내어 그녀에게 내밀었다.
"여기, 마샬 씨의 편지를 갖고 왔습니다."
그녀는 그의 말에 놀라는 것 같았다. 못 미더운 듯 손가락 끝으로 봉투를 받았다. 그리고 불안한 음성으로 말했다.
"마샬 씨라고요? 런던에 계신 그분?"
그때 거실 구석에서 숨어 기다리고 있던 그 중년 여인이 갑자기 그녀에게로 다가왔다.
그 여인은 의혹에 가득 찬 시선으로 캘거리를 자세히 뜯어보았다. 그런 여인의 모습은 캘거리에게 이국(異國)의 수녀를 연상시켰다. 그 여인의 얼굴은 수녀를 했으면 꼭 알맞을 얼굴이었다. 수녀용의 빳빳하고 흰 두건, 아니 꼭 그게 아니더라도 얼굴 주위를 꽉 죌 수 있는 모양의 천과 검은 제의(祭衣), 거기에다가 베일만 있으면 영락없는 수녀였다. 그것은 명상하는 수녀의 얼굴이 아니라, 두꺼운 문을 빠끔히 열고는 의심스러운 시선으로 사람을 살펴보다가 마지못해 그가 안에 들어오는 것을 허락하여, 응접실이나 성모 마리아 상으로 안내해 주는 그런 평수녀의 얼굴이었다.
"마샬 씨가 보내신 분이라고요?"

그 여인이 물었다. 그녀의 어조는 거의 힐난조였다.

헤스터는 자신의 손에 들려 있는 편지봉투를 내려다보고 있었다. 그러더니 아무 말도 없이 돌아서서는 계단을 뛰어 올라갔다.

캘거리는 그 여자 감시원 겸 평수녀의 비난과 의혹 섞인 시선을 받으면서 현관문 앞에 서 있을 수밖에 없었다. 그는 무슨 할 말이 없을까 하고 궁리해 보았지만, 아무 말도 생각이 나지 않았다. 그래서 공손하게 침묵을 지키면서 그대로 서 있었다.

이윽고 차갑고 냉담한 헤스터의 목소리가 2층에서 들려 왔다.

"아버지가 올라오시래요."

무언가 내키지 않는 듯이 그를 지켜보던 감시인은 옆으로 비켜서서 길을 내주었다. 그녀의 표정에 담긴 의혹은 여전히 사라지지 않고 있었다.

그는 그녀를 지나서 모자를 의자 위에 걸쳐놓고, 헤스터가 그를 기다리며 서 있는 계단으로 올라갔다.

그는 집 안이 지나칠 정도로 위생적인 것에 놀랐다. 집 안은 마치 호화 요양소 같은 느낌을 주었다.

헤스터는 긴 복도를 지나 계단 세 개를 내려와야 하는 곳으로 그를 안내했다. 그녀는 문을 열어 주며 안으로 들어가라는 시늉을 했다. 그녀는 그의 뒤를 따라 들어가면서 문을 닫았다.

그 방은 서재였다. 캘거리는 그제야 비로소 안도감을 느끼며 머리를 들어 방 안을 둘러볼 수 있었다. 그 방은 이 집의 다른 부분들과는 사뭇 분위기가 달랐다. 그곳은 단 한 사람이 살아가는 방, 한 사람이 일도 하고 휴식도 취하는 그런 방이었다. 벽에는 책들이 가지런히 꽂혀 있었고, 바닥엔 낡기는 했지만 앉으면 편안할 것 같은 의자들이 놓여 있었다. 책상 위에는 서류들이 보기 흉하지 않을 정도로 어질러져 있었고, 탁자 위에는 책들이 놓여 있었다.

그때 그는 방 저편 끝에 있는 문으로 사라지는 젊은 여인의 모습을 언뜻 보았다. 매력적이라고 할 수 있는 젊은 여인이었다. 그리고 그의 시선은 의자에서 일어나 그를 맞으러 다가오고 있는 한 남자에게 고정되었다. 개봉된 편지가 그 남자의 손에 들려 있었다.

리오 아질에 대한 캘거리의 첫인상은 거의 그 집안사람이라 믿을 수 없을 만큼 하늘하늘하고 솔직해 보인다는 것이었다. 그는 마치 생령(生靈)과도 같았다. 말할 때 그의 목소리는 상냥했으며, 떨리지도 않았다.

"캘거리 박사라고요? 앉으시오."

캘거리는 의자에 앉아서 그가 건네주는 담배를 받아들었다.

집주인은 캘거리의 맞은편에 앉았다. 모든 것은 성급하지 않게, 마치 시간이란 것이 별로 중요하지 않은 세상에서처럼 차분하게 진행되었다. 리오 아질은 핏기 없는 손가락으로 편지를 가볍게 톡톡 두드리면서 얼굴에 잔잔하고 부드러운 미소를 머금었다.

"마샬 씨는, 선생이 우리에게 중요한 전달사항을 갖고 왔다고 썼더군요. 그 내용이 뭔지 자세히 밝히지는 않았지만 말입니다."

그는 좀 전보다는 더 뚜렷한 미소를 지으면서 이렇게 덧붙였다.

"변호사들이란 아무런 언질도 주지 않으려고 늘 조심하는 사람들 아닙니까?"

캘거리는 마주앉은 이 사람이 유쾌한 남자라는 사실이 약간 충격으로 느껴졌다. 보통의 행복이 그렇듯이 사람들 위로 떠오르는, 흥분된 상태에서 느끼는 행복이 아닌 어떤 그늘 속의 행복 또는 은둔생활에서 느끼는 만족……, 그는 바로 그런 걸 갖고 있었다. 그는 외부 세계의 침해를 받지 않는 인물로 또 그런 사실에 만족해하는 사람이었다. 그는 캘거리가 그런 사실에 놀라움을 느끼는지도 알지 못했다. 이런 사실이 캘거리에게는 다소 충격적으로 느껴졌다.

"만나 주셔서 감사합니다."

캘거리가 말했다. 그 말은 형식적으로 나오는 서두일 뿐이었다.

"편지를 쓰는 것보다 직접 찾아오는 것이 나을 거라고 생각했습니다."

여기서 그는 잠시 말을 멈췄다. 그리고 갑작스레 흥분을 느끼며 다시 말을 이었다.

"이것은 어려운……, 정말 어려운 일입니다만."

"너무 서두르지 마시오."

리오 아질은 여전히 정중했고, 캘거리와는 아주 딴판이었다.

리오 아질은 몸을 앞으로 숙였다. 부드러운 태도로써 캘거리가 말을 꺼내는 것을 도와주려는 것이 분명했다.

"선생이 여기 마샬 씨의 편지를 가져왔다기에 나는 선생의 방문이 불행한 내 아들 재코와 관련이 있을 것이라고 추측했습니다. 아 참, 재코란 우리 가족이 잭을 부르는 이름이오."

캘거리는 신중하게 미리 생각해 두었던 말과 문장을 하나도 기억해 낼 수가 없었다. 모든 단어가 자기를 버리고 도망간 것 같았다. 그는 자기 입으로 말해야 할 섬뜩한 현실과 마주 앉아 있었던 것이다.

그는 다시 더듬거리기 시작했다.

"이건 정말 이야기하기 어려운 일입니다만……."

잠시 침묵이 흘렀다.

리오가 신중한 태도로 입을 열었다.

"이런 사실이 선생에게 도움이 될지 모르겠지만, 나는 재코가 정상적인 인격의 소유자가 아니었다는 걸 인정합니다. 나는 선생이 어떤 이야기를 해도 놀라지 않을 겁니다. 그 끔찍한 사건은 정말 몸서리쳐지지만, 나는 재코가 자기 행동에 책임이 없다고 줄곧 생각해 왔습니다."

"물론 오빠에겐 책임이 없었어요."

헤스터의 목소리였다.

캘거리는 그녀의 목소리에 흠칫 놀랐다. 그는 잠시 그녀의 존재를 잊고 있었던 것이다. 그녀는 그의 왼편 바로 뒤쪽에 있는 안락의자에 앉아 있었다.

그가 고개를 돌리자, 그녀는 그가 있는 쪽으로 몸을 굽히며 말했다.

"오빠는 언제나 두려운 존재였어요."

나지막하고 친밀감 있는 목소리였다.

"오빠는 꼭 어린아이 같았어요. 화가 났을 땐 닥치는 대로 아무거나 집어서 사람들을 향해 던지곤 했거든요."

"헤스터, 헤스터, 얘야."

아질은 듣기가 괴로운 듯 딸의 말을 막았다.

그러자 그녀는 놀랐는지 손을 입으로 가져갔다. 그러고는 얼굴을 붉히면서 젊은 아가씨다운 수줍은 말씨로 이렇게 말했다.

"죄송해요. 그런 이야기는 하지 않아야 한다는 것을 잊은 건 아니에요. 이제 오빠는……, 이제 모든 건 다 끝났다는 걸 말씀드리려는 것뿐이었어요. 그리고……."

"다 끝나고 다 해결되었지."

아질이 말했다.

"모든 게 다 과거의 일입니다. 나는, 아니 우리 가족 모두는 그 애를 환자로 보았어야 한다고 생각합니다. 세상에 적응하지 못하는 그런 아이로 생각해야 한다는 말이죠. 아마도 그게 가장 적절한 표현일 겁니다. 그렇지 않습니까?"

그는 캘거리를 쳐다보며 물었다.

"그렇지 않습니다."

캘거리는 잘라 말했다.

방 안에 잠시 침묵이 흘렀다. 그의 단호한 부정이 두 사람 모두를 놀라게 한 것 같았다. 그의 말에는 거의 폭발적인 힘이 담겨져 있었기 때문이다.

자기 말의 영향을 완화시키려 노력하면서 캘거리는 쭈뼛거리며 말했다.

"죄, 죄송합니다. 선생님은 아직 이해를 못하실 겁니다."

아질은 뭔가 생각하는 듯하더니 딸을 향해 고개를 돌리며 말했다.

"오! 헤스터, 네가 여기 없는 게 낫겠구나."

"아뇨, 나가지 않겠어요! 무슨 일인지 저도 들어야 하고, 또 알아야 해요."

"유쾌한 이야기가 아닐 텐데……."

헤스터는 성마른 목소리로 소리쳤다.

"오빠가 무서운 짓을 또 저질렀다 해도 그게 무슨 상관이에요? 모든 게 다 끝났는데……."

캘거리가 재빨리 입을 열었다.

"나를 믿어 주세요. 아가씨의 오빠가 또 다른 일을 저질렀다는 이야기가 아닙니다. 오히려 그 반대입니다."

"무슨 말씀이신지……?"

그때 방 저쪽 끝편에 있는 문이 열리더니, 좀 전에 캘거리가 방에 들어올 때 얼핏 봤던 젊은 여인이 들어왔다. 그녀는 외투를 입고 있었고, 작은 서류 가방까지 들고 있었다.

"지금 퇴근하려고 하는데요, 다른 일은 없으신지요?"

그녀가 아질에게 물었다.

아질은 잠깐 망설이는 듯하더니(캘거리가 보기에 그는 늘 망설이는 버릇이 있는 것 같았다), 그녀의 팔을 잡아서 가까이 오게 했다.

"앉아요, 겐다. 이쪽은……, 음, 캘거리 박사요. 그리고 이쪽은 보건 양입니다. 누구냐 하면……."

그는 또 망설이는 듯 말을 멈췄다.

"최근 몇 년간 내 비서 일을 맡아오고 있지요."

그러고 나서 그는 그 여인을 향해 말했다.

"캘거리 박사는 우리에게 뭔가를 얘기해 주시려고……, 아니, 뭔가 문의하려고 오셨소. 재코에 관해서 말이오."

"뭔가 말씀드리기 위해서입니다."

캘거리가 끼어들었다.

"선생님은 느끼시지 못하겠지만, 매순간마다 선생님은 제가 이야기를 꺼내는 것을 더욱 어렵게 만들고 계십니다."

그들은 약간 놀란 얼굴로 캘거리를 바라보았다. 하지만 그의 말을 이해하겠다는 듯 겐다 보건의 눈이 깜박거렸다. 그것은 그와 그녀가 한순간이나마 동맹자임을 나타내 주는 듯했다.

"그래요. 아질이 얼마나 대하기 어려운 사람인지 나는 알아요."

그녀는 마치 이렇게 말하는 듯했다.

그는 그녀가 아주 젊지는 않지만(아마 서른일곱이나 여덟은 되었을 것 같았다) 매력적인 젊은 여성이라고 생각했다. 그녀는 균형 잡힌 몸매와 검은 머리, 검은 눈을 갖고 있었고 건강과 활력이 넘쳐 보였다. 유능하고 지적인 인상을 주는 여자였다.

아질은 냉담한 태도로 이야기했다.

"선생을 불편하게 해드리고 있는 줄은 전혀 몰랐소. 캘거리 박사, 그럴 의도는 전혀 없었습니다. 선생이 요점을 얘기해 준다면……."

"알겠습니다. 그런 말씀을 드려서 죄송합니다. 하지만 선생님과 선생님의 따님이 아직 끝나지 않은 일을 끝났다, 해결됐다고 자꾸 강조하시니 그럴 수밖에 없었습니다. 그 일은 끝나지 않았습니다. 누군가가 이렇게 말했습니다. '모든 일이 해결되는 때는……'"

"그것이 올바로 해결되는 때뿐이다."

보건 양이 그를 거들어 주었다.

"키플링(1865~1936, 영국의 소설가, 시인)이 말했죠."

그녀는 격려하는 듯 그를 향해 고개를 끄덕여 보였다.

그는 그녀에게 고마움을 느꼈다.

"이제 본론으로 들어가겠습니다." 캘거리는 말을 계속했다.

"제가 이제부터 말씀드리려는 것을 다 듣고 나시면, 왜 제가 선생님과 따님의 말에 저항감을 느꼈는지 이해하실 겁니다. 아니, 제 고통을 이해하실 거라고 해야 옳겠군요. 먼저 제 자신에 관해 몇 가지 사실을 언급하겠습니다. 저는 지구 물리학자입니다. 최근에 남극 대륙 일부를 탐험하고 돌아왔지요. 영국에 돌아온 지 겨우 몇 주일밖에 안 됩니다."

"헤이스 벤틀리 탐험대 말씀인가요?" 겐다가 물었다.

"그렇습니다. 전 헤이스 벤틀리 탐험대의 일원이었습니다. 이런 사실을 말씀드리는 건 제 행동의 배경을 설명하기 위해서이고, 또 최근 2년 동안 일어난 일들을 접할 수 없었다는 걸 알려 드리기 위해서입니다."

"그러니까……, 살인사건에 관한 재판 같은 것 말씀인가요?"

겐다가 계속 그를 거들어 주었다.

"그렇습니다, 보건 양. 그것이 바로 제가 말씀드리고자 하는 바입니다."

그는 다시 아질을 향해 말했다.

"듣기 괴로우시다면 용서하십시오. 하지만 선생님에게 어떤 날짜와 시간을 확인해 봐야겠습니다. 재작년 11월 9일 저녁 6시경, 선생님의 아들 잭 아질이 여기에 들러서 그의 어머니인 아질 부인을 만났습니다."

"그래요, 맞소."

"그는 곤란한 일을 당하고 있다며 부인에게 돈을 요구했습니다. 이런 일이 전에도……."

"여러 번 있었소."

리오가 한숨을 내쉬며 말했다.

"아질 부인은 거절했습니다. 그러자 아드님은 욕을 하며 협박했습니다. 그러다가 그는 방을 박차고 나가며 다시 올 것이라고, 그리고 엄청난 돈을 내놓아야 할 거라고 소리쳤습니다. 그는 '내가 감옥에 가는 걸 원하지는 않을 테죠?'라고 했습니다. 그러자 부인께서는, '그게 너를 위해서는 가장 좋을 게다.'라고 대답하셨습니다."

리오 아질은 듣기 거북한 듯 입을 열었다.

"아내와 나는 그 일에 관해 여러 번 의논했었소. 우리는 그 녀석 때문에 아주 골치를 앓았었지요. 매번 우리는 그 애를 곤경에서 구해 주었고, 또 새 출발을 시키려고 노력했습니다. 그러다가 마침내는 교도소 생활을 해 보게 하는 것도 그 애에게 뭔가 충격을 줄 수 있는 계기가 될지도 모른다고……."

그의 목소리는 점점 작아졌다.

"그날 저녁 일이 있은 뒤, 선생님의 부인은 살해되었습니다. 누군가가 휘두른 흉기에 맞아 쓰러진 겁니다. 아드님의 지문이 그 흉기에 묻어 있었고, 부인께서 돈을 넣어 두신 사무실 서랍에서는 거액의 돈이 없어졌습니다. 경찰은 드리머스에서 아드님을 붙잡았습니다. 그리고 그에게서 돈이 발견되었죠. 대부분이 5파운드 지폐인 그 돈 중에는 어떤 이름과 주소가 적혀 있었습니다. 그것을 보고 은행에서는 그 돈이 그날 아침 아질 부인에게 지불했던 돈임을 확인해 주었습니다. 이렇게 해서 아드님은 살인 혐의를 받고 법정에 섰습니다."

캘거리는 잠시 쉬었다가 다시 말을 이었다.

"배심원은 의도적인 살인이라고 평결을 내렸습니다."

운명적인 단어, 그 단어가 입에 올려졌다. 살인……. 반향(反響)이 없는 단어, 억눌려 있던 단어, 커튼과 책들과 깃털 융단 속으로 빨려 들어갔던 단어……. 살인이란 단어는 억눌려질 수 있다. 그러나 살인이란 행위는…….

"저는 그 사건의 사무변호사였던 마샬 씨로부터 선생님의 아드님이 체포되었을 때 자신만만하고 명랑한 태도로 자신의 결백을 주장했다는 이야기를 들었습니다. 그는 경찰이 범행시간으로 추정하고 있는 7시에서 7시 30분 사이에 완벽한 알리바이를 갖고 있다고 주장했습니다. 잭 아질의 말에 의하면, 그때 그는 7시 바로 전에 레드민과 여기에서 1마일쯤 되는 드리머스 간의 간선도로에서 히치하이크로 승용차를 얻어 타고 가고 있었다고 했습니다. 그는 그 차가 어떤 형인지는 모른다고 했으며, 그 당시에는 그것이 밝혀지지 않았습니다. 다만 중년 남자가 운전하는 검은색, 아니면 검푸른 색의 세단이었다는 것만 알고 있다고 했습니다. 그 차와 차를 운전했던 사람을 추적하기 위해 모든 노력을 다 했지만 그의 진술에 대한 확증은 결국 얻지 못했습니다. 그래서 변호사들마저도 그의 이야기는 급히, 그리고 서툴게 조작된 이야기라고 생각하게 되었습니다.

재판 당시 변호사들은 잭 아질이 늘 정신적으로 불안정한 상태에 있었음을 증명하려 했던 심리학자들의 증언에 변론의 주안점을 두었습니다. 판사는 그러한 증언을 통렬하게 논박했고, 피고에 대해 아주 단호하게 증언을 약설(略說)했습니다. 결국 잭 아질은 종신형을 언도받고 감옥으로 보내졌습니다. 감옥에 들어간 지 6개월 뒤 그는 폐렴으로 감옥 안에서 사망했습니다."

캘거리는 말을 멈췄다. 여섯 개의 시선이 그에게 고정되어 있었다. 겐다 보건의 눈에는 흥미와 세심한 관심이, 그리고 헤스터의 눈에는 여전히 의혹이 담겨 있었다. 리오 아질의 눈은 초점이 없는 것 같았다.

캘거리가 다시 말했다.

"제가 사건의 진상을 옳게 이야기했다는 걸 인정하십니까?"

"선생은 완벽하게 알고 계시는군요. 우리 모두가 잊어버리려고 애쓰는 그 고통스러운 일을 왜 다시 들춰내려고 하는지 잘 모르겠소만."

리오가 말했다.

"용서하십시오. 그렇게 해야만 했습니다. 추측하건대 선생님은 배심원의 평결에 의견을 달리 하시지는 않겠죠?"

"사건은 선생이 말한 대로요. 즉, 만일 선생이 사건의 배후까지 알고 있지 않다면, 그것은 말 그대로 살인이오. 하지만 사건의 배후를 안다면 그 사건의 끔찍함을 경감시켜 줄 만한 이야기들이 더 있어야 합니다. 그 애는 정신적으로 늘 불안정했소. 비록 그 말의 법적 의미가 주는 혜택을 불행하게도 받지 못했지만 말이오. 맥노튼 법은 편협하고 불만족스럽습니다. 캘거리 박사, 나는 레이첼 자신이(죽은 내 아내 말이오) 그 불운한 아이의 경솔한 행동을 제일 먼저 용서해 주고 변명해 주었으리라 확신하오. 아내는 아주 진보적이고, 그리고 인간적으로 생각하는 사람이었고, 심리학적 측면에 관해 깊은 지식을 갖고 있었습니다. 그녀는 그 아이의 죄를 처단하지 않았을 거요."

"어머니는 오빠가 얼마나 무서운 행동을 할 수 있는지 알고 계셨댔어요."

헤스터가 말했다.

"제 오빠는 구제불능은 아니었어요."

캘거리는 천천히 말했다.

"의그럼 여러분들 모두는……, 심하지 않았다는 말입니까? 그의 유죄에 대해 아무런 의심도 없었느냐는 말입니다."

헤스터가 눈을 동그랗게 뜨고 말했다.

"어떻게 의심할 수 있겠어요? 틀림없이 오빠는 유죄예요."

"사실상으로는 유죄가 아니다."

리오가 딸의 말에 반대했다.

"난 그런 말은 좋아하지 않는다."

"그 말이 맞습니다."

캘거리는 숨을 몰아쉬었다.

"잭 아질은 무죄였습니다!"

제2장

캘거리의 말은 그들에게 충격적으로 들렸어야 했다. 그런데 그들의 반응은 담담했다. 그는 그들이 어리둥절해할 것으로 기대했었다. 기뻐하면서 믿기지 않는다는 듯, 다시 한 번 확인하려고 묻고 또 물을 줄 알았다.

그런데 아무도 그러지 않았다. 다만 무언가 세심히 살피는 듯한 의혹에 찬 눈길만이 있을 뿐이었다. 겐다 보건은 얼굴을 찌푸리고 있었고, 헤스터는 휘둥그레진 눈으로 그를 똑바로 응시하고 있었다. 물론 그런 뜻밖의 말을 즉각 받아들인다는 것은 꽤나 힘든 일일 테지만…….

리오 아질이 주저하듯 입을 열었다.

"그러니까 캘거리 박사, 선생은 내 의견과 같다는 말이오? 그 애가 자기 행동에 책임이 없다고 생각하는 거요?"

"제 말은 그가 살인하지 않았다는 겁니다! 무슨 말인지 모르시겠습니까? 그는 살인하지 않았다는 말입니다. 그는 할 수가 없었어요. 여러 가지 상황이 이상하게 얽혀서 그에게 불리하게 되지만 않았다면 그는 자신의 결백을 증명할 수 있었을 겁니다. 저는 그가 무죄였다는 걸 증명할 수 있습니다."

"선생이요?"

"제가 바로 그 차를 몰던 사람이었으니까요."

그가 너무 간단하게 말한 탓에 한동안 그들은 무슨 말인지 모르고 있는 것 같았다. 그들이 생각을 가다듬기 전에 방해자가 나타났다.

방문이 열리고 그 평범한 얼굴의 여인이 그들을 향해 걸어 들어온 것이다. 그녀는 분명한 어조로 요령 있게 말했다.

"문 밖을 지나다가 이야기를 들었어요. 이분은 재코가 아질 부인을 죽이지 않았다고 하시는군요. 왜 이분이 그런 말씀을 하시는 거죠? 이분이 그걸 어떻게 아세요?"

늙고 사나운 그 여자의 얼굴엔 갑자기 주름살이 생긴 것 같았다.

"저도 들어야겠어요."

그녀의 목소리는 갑자기 기가 꺾여 있었다.

"아무것도 모른 채 밖에 있을 수는 없어요."

"물론이오, 커스티. 당신도 우리 가족의 한 사람이니까."

리오 아질이 그녀를 소개해 주었다.

"린즈트롬 양이오, 캘거리 박사. 선생은 지금 정말 믿을 수 없는 이야기를 하고 계시오."

캘거리는 커스티라는 스코틀랜드식 이름 때문에 어리둥절했다. 약간 낯선 억양이 남아 있긴 했지만, 그녀의 영어는 훌륭했다.

그녀는 비난조로 캘거리에게 말했다.

"선생님은 여기 오시지도 말아야 했고 사람들을 당황시키는 그런 이야기도 하시지 말아야 했어요. 이분들은 이미 고통 받을 만큼 고통 받았어요. 그런데 선생님은 다시 이분들을 당황하게 만들고 계시는군요. 이미 일어난 일들은 하나님의 뜻이었어요."

그는 그 여자의 입에서 거침없이 흘러나오는 득의양양한 말에 불쾌감을 느꼈다. 그는 이 여자가 불행을 적극 환영하는 송장 먹은 귀신같은 사람들 중 하나일 거라고 생각했다.

그는 무뚝뚝한 목소리로 빠르게 말했다.

"그날 저녁 7시 5분 전에 저는 레드민에서 드리머스로 가는 간선도로에서 차를 태워 달라고 엄지손가락을 세운 한 청년을 태워 주었습니다. 드리머스까지 태워다 주었죠. 우리는 이야기도 나누었습니다. 저는 그를 매력적이고 호감이 가는 청년이라고 생각했습니다."

"재코는 큰 매력을 갖고 있었어요." 겐다가 말했다.

"모든 사람이 다 그를 매력적이라고 생각했지요. 그의 매력을 반감시킨 건 그의 성격이었어요. 물론 마음이 비뚤어져 있기도 했지만요."

그리고 그녀는 조심스럽게 덧붙였다.

"하지만 사람들이 그걸 알아차리지 못할 때도 가끔 있었답니다."
린즈트롬 양이 그녀를 향해 얼굴을 돌렸다.
"그가 죽었을 때는 당신은 그렇게 말하지 않았잖아요."
그때 리오 아질이 약간 퉁명스럽게 말했다.
"얘기를 계속하시오, 캘거리 박사. 왜 그 당시에는 앞에 나서질 않으셨소?"
"그래요. 왜 몸을 숨기고 계셨던 거죠? 증인을 찾는다고 신문 광고도 냈는데 말이에요. 어쩌면 그렇게 이기적이고 심술궂으실 수가 있죠?"
헤스터의 목소리는 숨이 막힌 듯했다.
"얘야, 헤스터, 캘거리 박사가 아직 이야기 중이시지 않니."
그녀의 아버지가 말을 가로막았다.
캘거리는 그 아가씨를 똑바로 바라보면서 말했다.
"아가씨의 심정이 어떤지 잘 압니다. 내 심정도……, 앞으로 늘 어떤 심정이어야 할지도 알고 있습니다."
그는 다시 마음을 가다듬고 이야기를 계속했다.
"이야기를 계속하겠습니다. 그날 저녁 그 도로엔 교통량이 많았습니다. 제가 이름도 모르는 그 청년을 드리머스 중심가에 내려 준 것은 7시 30분이 훨씬 지난 뒤였습니다. 이것이 바로 그의 무죄를 완벽하게 증명해 주고 있다고 생각합니다. 경찰은 범행이 7시에서 7시 30분 사이에 일어났다고 단정 짓고 있으니까요."
"그래요. 하지만 선생님은……."
헤스터가 말했다.
"제 말을 좀더 들어주십시오. 여러분들을 이해시키기 위해 이야기를 다시 뒤로 돌려야겠군요. 저는 그때 드리머스에 있는 친구의 아파트에서 이틀간 머물고 있었습니다. 선원인 그 친구는 바다에 나가 있었죠. 그는 전용차고에 두었던 자기 차도 저에게 빌려 주었습니다. 그 불운한 날(11월 9일), 전 런던으로 되돌아가기로 되어 있었습니다. 저는 저녁 기차를 이용하기로 하고 오후 시간은 저희 가족과 교분이 두터웠던 한 노 수녀님을 찾아뵙기로 했습니다. 그분은 드리머스에서 서쪽으로 약 40마일쯤 떨어진 폴가스라는 곳의 작은 별장에 살고 있었습니다.

저는 곧 마음먹은 대로 했습니다. 수녀님은 매우 연로하셔서 정신이 분명치 않으셨는데도 저를 알아보시고 매우 반겨 주시더군요. 그리고 신문에서 '극지(極地)에 가다'라는 저에 관한 기사를 읽었다며 아주 기뻐했습니다. 전 수녀님을 피곤하게 해드리지 않으려고 아주 잠깐 동안만 그곳에 머물렀습니다. 그리고 그 집을 나오면서 해변을 따라오던 길로 곧장 드리머스로 가지 않고 레드민이 있는 북쪽으로 가서 캐논 피스마치 노인을 찾아가 보기로 했습니다. 그분은 자기 서재에 항해에 관한 숱한 논문을 비롯해서 아주 희귀한 책들을 소장하고 있는 분이었지요. 저는 그분의 책에서 몇 페이지를 복사해 갈 작정이었습니다. 그 노신사 분은 악마의 기계라면서 전화도 놓지 않고 사시는 분이었고 라디오나 텔레비전, 영화, 제트 비행기에 대해서도 마찬가지 생각을 갖고 계신 분이었습니다. 그래서 저는 집까지 그분을 찾아갈 수밖에 없었던 겁니다.

그날 저는 운이 나빴습니다. 그분의 집은 문이 잠겨 있었고, 그분은 출타 중이었습니다. 그래서 전 성당에 잠깐 들렀다가 간선도로를 타고 드리머스로 돌아왔습니다. 삼각형의 세 번째 선을 완성하면서 말입니다. 아파트에서 짐을 들고 나와 차를 차고에 넣고 기차역으로 가기에 시간은 충분했습니다. 드리머스로 돌아가는 길엔, 좀 전에 말씀드렸다시피 한 낯선 히치하이커를 태워 주었습니다. 저는 그를 시가지에 내려 준 뒤 제 계획대로 행동했습니다. 역에 도착한 뒤에도 시간이 아직 좀 남아 있길래 담배를 살까 하고 역을 빠져 나와서 길거리로 나왔습니다. 그런데 길을 건너던 중에 길모퉁이에서 갑자기 화물차 한 대가 빠른 속도로 질주해 와서 저를 치었던 겁니다.

행인들의 말에 의하면 저는 곧 일어나서 아무 상처도 안 입은 것처럼 아주 정상적으로 행동했다고 합니다. 제가 아무 일도 없다고 말하며 기차를 놓치면 안 된다고 하면서 황급히 역으로 뛰어갔다는 겁니다. 그런데 기차가 패딩턴에 도착했을 때 저는 의식을 잃었습니다. 곧 구급차에 실려 병원으로 옮겨졌고, 거기서 뇌진탕이라고 진단을 받았습니다. 뇌진탕의 증상이 늦게 나타나는 것은 흔히 있는 일이지요. 며칠 뒤, 의식을 되찾긴 했는데, 저는 그 사고나 런던으로 되돌아온 것에 대해서는 아무것도 기억할 수가 없었습니다. 제가 기억해

낼 수 있었던 마지막 일은 노 수녀님을 찾아뵙기 위해 폴가스로 간 일이었습니다. 그 이후의 기억은 완전히 백지 상태였습니다. 저는 그 일이 뇌진탕의 경우에 아주 일반적이라는 말을 듣고 안심했습니다. 제 인생 중 그 잃어버린 몇 시간이 그리 중요한 시간이었다고 생각할 만한 이유는 없는 것 같았거든요. 저 자신이나 다른 어떤 사람도 제가 그날 저녁 레드민과 드리머스 간 도로를 달렸다는 생각을 조금도 하지 않았습니다.

영국을 출발하기로 한 날까지는 아주 조금의 여유밖에 없었습니다. 저는 신문도 보지 않고 절대 안정을 취하며 병원에 입원해 있었습니다. 그리고 출국하던 날에는 호주로 가서 탐험대와 합류하기 위해 공항으로 직행했습니다. 여행을 해도 좋을지 의문이긴 했지만 저는 강행했던 겁니다. 그 당시 저는 살인 사건에 관한 신문기사에 관심을 갖기엔 너무도 바빴고, 또 걱정거리도 많았습니다. 그리고 어느 경우에나 일단 범인이 체포되면 흥분은 가라앉기 마련 아니겠습니까? 게다가 그 사건이 재판에 회부되고 완전히 공개되었을 때는 전 남극으로 가고 있는 중이었습니다."

그는 말을 멈추었다. 그들은 그의 말에 온 정신을 집중하고 있었다.

"제가 이 사건을 알게 된 것은 약 한 달 전, 영국으로 돌아온 직후였습니다. 표본들을 포장하려고 날짜가 지난 신문들을 찾았더니 저의 하숙집 아주머니가 석탄 창고에서 낡은 신문 뭉치들을 갖다 주더군요. 그중 한 장을 탁자 위에 펼쳐놓았을 때, 한 청년의 사진이 실려 있는 것을 보았는데 얼굴이 아주 낯익었습니다. 저는 어디서 그 청년을 만났는지, 그리고 그 청년이 누구인지 기억해 보려고 애썼습니다. 하지만 기억이 나지 않더군요. 그런데 이상한 것은 그 청년과 나눈 이야기만은 뚜렷하게 기억이 나는 것이었습니다. 뱀장어에 관한 이야기였지요. 그 청년은 제가 뱀장어의 일생에 관한 북유럽 지방의 전설을 얘기해 주자 아주 흥미 있게 들었지요. 하지만 언제? 어디서였지?

저는 신문 기사를 읽고 그 청년의 이름이 잭 아질이라는 것과 그가 살인 혐의를 받고 있다는 것, 그리고 어떤 남자가 운전하는 검은 세단에 탔었다고 경찰에 진술했다는 사실을 알았습니다. 그 순간 갑자기 제 인생의 잃어버렸던 조각에 대한 기억이 되살아나기 시작했던 겁니다. 저는 그 청년과 동일한 사람을 차에 태워서 드리머스까지 데려다 주고, 거기서 그와 헤어져 아파트로 돌아와서 담배를 사려고 길을 건너다가 화물차를 흘끗 쳐다보는 순간 그 차가 저를 덮쳤던 일이 기억났습니다. 하지만 그 뒤로 병원에 오기까지는 전혀 기억이 나지 않았습니다. 어떻게 역까지 가서 런던행 기차를 탔는지는 지금도 기억할 수가 없습니다. 저는 신문 기사를 읽고 또 읽었습니다. 재판은 1년 전에 끝났고, 사건은 거의 잊혀 가고 있었습니다. '한 젊은이가 자기 어머니를 살해했고, 잘은 모르겠지만 아마도 그 젊은이는 교수형에 처해졌을 것이다.' 제 하숙집 아주머니는 어렴풋이 그렇게 기억하고 있었습니다.

저는 이 사건의 수사와 재판이 진행되던 당시의 신문을 모두 찾아 읽은 뒤, 그 당시 그 사건의 담당 변호사였던 마샬 씨를 찾아갔습니다. 하지만 그 불운한 젊은이를 도와주기엔 너무 때가 늦었다는 것을 알게 되었습니다. 그는 교도소 안에서 폐렴으로 죽었다는 것이었습니다. 그는 정의로부터 외면을 받았습니다. 그렇지만 저는 그 젊은이의 오명을 씻어 주는 것이 제가 할 수 있는 최선의 정의라고 생각했습니다. 그래서 마샬 씨와 함께 경찰을 찾아갔지요. 사건은 검사에게 계류 중이었습니다. 마샬은 검사가 이 일을 내무장관에게 올릴 것이라고 하더군요. 물론 선생님은 마샬 씨로부터 자세한 내용을 듣게 되실 겁니다. 제가 사건의 진상을 가장 먼저 선생님에게 알려 드려야 한다고 우겼기 때문에 그는 지금 그 일을 뒤로 미루고 있을 뿐입니다. 사건의 진상을 소상히 밝히는 것이 제 의무라고 느꼈습니다. 앞으로 제가 늘 깊은 죄의식을 갖고 살아가리란 것을 선생님도 이해하실 겁니다. 길을 건널 때 제가 조금만 더 주의를 했더라면……."

그는 잠시 말을 멈췄다.

"저를 너그럽게 용서해 주시지 않으리라는 것을 잘 알고 있습니다. 상황이 그렇게 되어서 겉으로 보기에 제겐 비난받을 소지가 없게 되었지만. 여러분, 여러분들은 모두 저를 탓하실 줄 알고 있습니다."

겐다 보건이 얼른 그의 말을 가로막으며 말했다. 그녀의 목소리는 다정하고 상냥했다.

"우린 선생님을 탓하지 않습니다. 이건 뭐랄까……, 아주 비극적이고 믿을 수 없는 일이지만 세상엔 그런 일도 있기 마련이니까요."
"사람들이 선생님의 말을 믿던가요?"
헤스터가 물었다.
그는 놀란 눈으로 그녀를 쳐다보았다.
"경찰 말이에요. 경찰이 선생님의 말을 믿더냐고요. 선생님이 이 모든 얘기를 죄다 조작해 냈을 수도 있잖아요."
그는 웃고 싶지 않았지만 약간 미소를 지었다.
"그들에게 난 아주 믿을 만한 증인이었는데요."
그의 목소리는 부드러웠다.
"그들은 내 이야기를 면밀히 조사했습니다. 내가 입원해 있던 병원에 있는 기록도 조사하고, 드리머스 사람들로부터 내 이야기를 뒷받침해 주는 여러 가지 지엽적인 일들도 다 조사했습니다. 그러고는 내게 별다른 속셈이 없다는 걸 확신하게 된 겁니다. 아 참, 마샬 씨는 여느 변호사들이 다 그런 것처럼 아주 신중했습니다. 성공을 확신할 때까지 그는 여러분들처럼 내 이야기가 모두 조작이 아닌지 면밀히 검토해 보았죠."
그때까지 아무 말도 않고 있던 리오 아질이 의자에서 몸을 약간 움직이며 비로소 말문을 열었다.
"성공이라니 그게 무슨 말이오?"
캘거리는 얼른 대답했다.
"용서하십시오. 그건 이런 상황에 어울리는 말이 아니군요. 선생님의 아드님은 자기가 저지르지도 않은 죄의 혐의를 받고(유죄 판결을 받고) 감옥에서 죽었습니다. 정의는 그에게 너무 늦게 찾아왔습니다. 그러나 실현될 수 있는 정의는 언젠가는 반드시 실현되며, 또 사람들은 그 정의가 실현되는 것을 보게 됩니다. 아마도 내무장관은 아드님의 특별사면을 여왕께 청할 겁니다."
헤스터가 웃음을 터뜨리며 말했다.
"특별사면이라. 짓지도 않은 죄에 대해서 말이죠?"
"말이란 늘 적절치 않게 쓰인다는 걸 나도 알고 있습니다. 하지만 관례적으로 상원에 요청을 하게 되어 있고, 또 상원이 사면 결정을 내리면 잭 아질은 유죄 판결을 받았던 그 사건의 범인이 아니라는 사실이 세상에 알려질 것입니다. 물론 신문지상에도 그러한 사실이 빠짐없이 보도되겠지요."

그는 말을 멈췄다. 아무도 입을 여는 사람이 없었다. 그는 자신의 이야기가 이들에게는 크나큰 충격이며, 또한 행복한 충격일 것이라고 생각했다.

그는 자리에서 일어서며 불안한 어조로 이야기했다.

"더 이상 제가 드릴 수 있는 이야기가 없어 유감입니다. 거듭 죄송하다는 말밖에 드릴 수가 없군요. 여러분들이 아마 알고 계셨어야 할 일을 이제야 전해 드리는 걸 용서해 주시기 바랍니다. 용서를 구하는 것조차 내키지 않는군요. 잭의 인생을 종식시켰던 비극이 제 인생도 암울하게 만들고 있습니다. 하지만 적어도……, 그가 이 엄청난 일을 저지르지 않았다는 것을 알게 되었고, 따라서 그에게 씌워졌던 오명이 씻겼다는 데 의미가 있는 것만은 분명하지 않습니까?"

대답을 기대하고 한 말은 아니었지만, 아무도 대답하는 사람이 없었다.

겐다의 시선은 리오의 얼굴을 향하고 있었고, 헤스터는 슬픔이 담긴 멍한 눈으로 허공을 응시하고 있었다. 린즈트롬 양은 푸념하듯 뭐라고 중얼거리면서 고개를 젓고 있었다.

캘거리는 문 옆에 서서 절망적인 시선으로 그들을 돌아보았다.

그런 상태를 수습하기 위해 나선 것은 겐다 보건이었다. 그녀는 캘거리에게 다가와 그의 팔에 손을 얹고는 낮은 목소리로 말했다.

"돌아가시는 게 좋겠어요, 캘거리 박사님. 충격이 너무 커요. 저분들에게는 이 놀라운 사실을 받아들일 시간이 필요해요."

그는 고개를 끄덕이며 방을 나섰다.

층계에 올라서려는데 린즈트롬 양이 그를 따라 나왔다.

"제가 배웅해 드리겠어요."

캘거리는 뒤를 돌아보다가 채 닫히지 않은 문틈으로 겐다 보건이 리오 아질의 의자 옆에 무릎을 꿇고 앉아 있는 것을 보았다. 조금 놀라운 장면이었다.

린즈트롬 양은 마치 호위병처럼 층계참에 그와 마주서서 딱딱하게 말했다.

"당신은 재코를 되살릴 수 없어요. 왜 그 일을 다시 끄집어내시려는 거죠?

지금까지 저분들은 이미 결정된 사실에 묵묵히 따르면서 살아왔어요. 이제 저분들은 다시 고통 받게 될 거예요. 세상일이란 언제나 그대로 내버려 두는 것이 제일 낫다는 걸 모르세요?"

그녀의 어조엔 불쾌감이 섞여 있었다.

"그의 오명을 씻어 줘야 합니다."

"훌륭하신 생각이군요! 이 집 사람들은 지극히 안정되어 있었어요. 선생님은 지금의 행동이 그분들에게 어떤 영향을 끼치게 될 것인지 도통 아무런 생각을 안 하고 계세요. 사람들은 그런 걸 전혀 생각하지 않죠."

그녀는 발까지 구르며 말했다.

"전 이 집의 가족들 모두를 사랑해요. 전 아질 부인을 돕기 위해 1940년에 이 집에 왔어요. 부인이 전쟁으로 가정을 잃은 아이들을 이곳에 모아 돌봐 주는 일을 시작할 때였지요. 부인은 아이들을 위해 최선을 다하셨어요. 아이들에게 모든 걸 베푸셨죠. 벌써 18년 전의 일이에요. 부인은 돌아가셨지만 저는 아직 여기에 남아 있어요. 이 집안사람들이 좋은 음식을 먹을 수 있도록 해주기 위해서죠. 저는 또 가족들을 돌보며 집 안을 언제나 청결하고 안락하게 만들지요. 저는 그분들 모두를 사랑해요. 그래요, 전 그분들을 사랑해요. 하지만 재코, 그 애는 좋지 않았어요! 전, 전 그 애도 사랑했지만 좋은 애는 아니었지요!"

그녀는 말을 끝내고는 홱 돌아서서 안으로 들어가 버렸다. 그를 배웅해 주겠다던 자신의 말을 잊어버린 듯했다.

캘거리는 천천히 층계를 내려왔다. 안전 자물쇠가 채워져 있는 현관문을 어떻게 여는지 몰라서 더듬거리고 있을 때, 층계를 내려오는 가벼운 발걸음 소리가 들렸다.

헤스터가 급히 뛰어 내려오고 있었다. 그녀는 자물쇠를 풀고 문을 열어 주었다. 그들은 잠시 서로를 마주보며 서 있었다. 그녀가 왜 자신을 나무라는 듯한 비통한 시선으로 바라보고 있는지 정말 이해할 수가 없었다.

그녀는 숨을 몰아쉬듯이 말했다.

"왜 오신 거죠? 도대체 여길 왜 오셨냐고요?"

그는 어찌할 바를 몰라 그녀를 바라보았다.

"아가씨를 이해할 수가 없군요. 오빠의 누명이 벗겨지는 걸 원치 않는단 말입니까? 그가 정의의 혜택을 받는 걸 원치 않는단 말입니까?"

"오, 정의라고요!"

그녀의 말은 내뱉는 것 같았다.

"이해할 수가 없군요……."

"이렇게 하시는 건 정의가 아니에요! 그게 지금 오빠와 무슨 상관이 있단 말이죠? 오빠는 죽었어요. 상관이 있는 사람은 오빠가 아니라 바로 우리라고요!"

"무슨 말인가요?"

"상관이 있는 사람은 죄가 있는 사람이 아니에요. 죄가 없는 사람이라고요."

그녀는 손가락으로 살을 파기라도 하려는 듯 그의 팔을 움켜잡았다.

"상관이 있는 사람은 바로 우리예요. 선생님이 우리에게 어떤 일을 했는지 모르시겠어요?"

그는 그녀를 잠자코 바라보고 있었다.

그때 집 밖의 어둠 속에서 한 남자의 모습이 나타났다.

그 남자가 물었다.

""캘거리 박사님이십니까? 부르신 택시가 대기해 있는데요, 선생님. 드리머스까지 모시고 갈 택시요."

"아, 알았어요, 고맙소."

캘거리는 다시 헤스터 쪽으로 몸을 돌렸다. 하지만 그녀는 이미 집 안으로 들어가고 없었다.

현관문이 '쾅'하고 닫혔다.

제3장

1

헤스터는 검은 머리칼을 이마 뒤로 쓸어 넘기면서 천천히 층계를 올라갔다.
커스턴 린즈트롬이 층계 꼭대기에서 그녀를 기다리고 있었다.
"갔나요?"
"예, 갔어요."
"충격을 받았군요, 헤스터."
커스턴 린즈트롬은 부드럽게 그녀의 어깨에 손을 얹으며 말했다.
"날 따라와요. 브랜디를 좀 줄 테니. 이건 정말 너무 엄청난 일이야."
"아무것도 마시고 싶지 않아요, 아줌마."
"마시고 싶지 않을지는 모르겠지만, 마시면 좋을 거예요."
헤스터는 더 이상 사양하지 않고 복도를 지나 커스턴 린즈트롬의 자그마한 침실로 따라 들어갔다. 그녀는 커스턴이 건네주는 브랜디 잔을 받아들고 천천히 한 모금씩 마셨다.
커스턴 린즈트롬은 성난 어조로 말했다.
"너무나 갑작스런 일이에요. 어떤 힌트라도 주었어야 했는데, 마샬 씨가 왜 먼저 편지를 쓰지 않았을까요?"
"캘거리 박사가 못 쓰게 했을 거예요. 그 사람은 자기가 직접 찾아와서 얘기하고 싶었던 걸 거예요."
"직접 찾아와서 말하다니! 그 소식이 우리에게 줄 충격에 대해 그 사람은 생각해 보기나 했는지……?"
헤스터는 기묘하고도 억양이 없는 목소리로 말했다.
"아마도……, 그는 우리가 기뻐할 거라고 생각했겠죠, 뭐."
"기뻐하건 기뻐하지 않건, 충격인 것만은 확실해요. 그 사람은 여기 오지 말앉어야 했어."

"하지만 어쨌든 그 사람으로서는 용기 있는 행동이었죠."

헤스터가 말했다. 그녀의 얼굴에 홍조가 피어오르고 있었다.

"살인에 대한 유죄 판결을 받고 감옥에서 죽은 사람의 가족에게 찾아와서 사실은 그가 무죄였다고 말한다는 건, 그건 쉽게 할 수 있는 행동은 아니잖아요. 그래요, 그 사람으로선 정말 용기 있는 행동이었어요. 하지만 그런 용기는 없는 편이 나았을 걸 그랬어요."

"그건 우리들 모두가 바라는 것이기도 하지요."

린즈트롬 양이 갑작스레 활기 띤 목소리로 대답했다.

헤스터는 그녀의 대답에 별안간 호기심이 생겼다는 듯한 눈빛으로 그녀를 쳐다보았다.

"아줌마도 그렇게 생각해요? 나 혼자만 그렇게 생각하는 줄 알았는데……."

"난 바보가 아니에요. 캘거리 박사에게는 우리의 사정을 생각해 주는 기미 같은 건 전혀 찾아볼 수 없었거든."

린즈트롬 양은 단호하게 말했다.

헤스터는 자리에서 일어섰다.

"아버지에게 가 봐야겠어요."

"그래요. 아버님께선 지금 어떻게 하는 것이 최선의 방법인지 생각하고 계실 거예요."

헤스터가 서재에 들어섰을 때 겐다 보건은 분주히 전화 다이얼을 돌리고 있었다. 아버지가 고갯짓으로 불렀으므로 헤스터는 가까이 다가가서 아버지가 앉은 의자 팔걸이 위에 걸터앉았다.

"메리와 미키에게 전화를 하려는 중이다. 그 애들에게 이 사실을 즉각 알려야겠기에 말이야."

"여보세요."

겐다 보건이 수화기에 대고 말했다.

"두런트 부인이세요? 메리예요? 나, 겐다 보건이에요. 아버님께서 하실 말씀이 있대요."

리오는 수화기를 건네받았다.

"메리냐? 어떻게 지내느냐? 필립은 어떻고…… 난 잘 지낸다. 그런데 좀 이상한 일이 생겼다. 너도 이 사실을 즉각 알아야 한다고 생각돼서 전화했다. 캘거리 박사라는 사람이 방금 다녀갔는데, 앤드루 마샬의 편지를 가져왔더구나. 재코에 관한 편지였단다. 아주 뜻밖의 일이더구나. 재코가 재판받을 때 한 이야기 말이다. 누군가의 차를 타고 드리머스까지 갔다는 그 애의 얘기가 틀림없는 사실이라는구나. 그 캘거리 박사라는 사람이 바로 그 애를 태워주었던 사람이라는 거야……."

그는 자신의 말을 딸이 듣고 있는지 잠시 가만히 있었다.

"그래, 그렇다는구나, 메리. 그 사람이 왜 그 당시에 나타나지 않았는지는 전화로 자세히 얘기할 수가 없구나. 그 사람은 그때 사고를 당해서 뇌진탕을 일으켰었다는 거야. 그 사람 말은 모두 사실인 것 같다. 가능한 한 빨리 식구들이 여기 모여 이야기를 해야겠기에 전화했다. 마샬도 이곳으로 오게 해서 이 일을 함께 의논해야 할 것 같다. 그에게서 최선의 법률적 조언을 얻어야 할 거라고 생각한다. 필립하고 같이 올 수 있겠느냐? 그래……, 그래, 알겠다. 하지만, 얘야, 난 이건 무척 중요한 일이라고 생각되는구나. 그래, 나중에 전화하거라. 미키에게도 전화해야겠다."

그는 수화기를 내려놓았다.

겐다 보건이 전화기 쪽으로 다가왔다.

"미키에게도 지금 전화해 볼까요?"

그때 헤스터가 말했다.

"시간이 걸리는 일이라면 내가 먼저 전화를 써도 될까요? 도널드에게 전화를 해야겠어요."

리오가 말했다.

"먼저 하거라. 오늘 저녁 그와 외출하기로 했잖니?"

"그랬어요." 헤스터가 대답했다.

그녀의 아버지는 흘끗 그녀를 쳐다보며 말했다.

"얘야, 오늘 일 때문에 마음이 많이 상한 거 아니냐?"

"모르겠어요. 제 마음을 저도 잘 모르겠어요."

전화를 걸 수 있도록 겐다가 자리를 내주었다. 헤스터는 다이얼을 돌렸다.

"크레이그 박사를 좀 대주시겠어요? 예, 예, 헤스터 아질인데요."

잠깐 기다린 뒤 그녀는 다시 이야기를 시작했다.

"당신이에요, 도널드? 오늘밤 강연회에 같이 갈 수 없을 것 같아서 전화했어요. 아녜요, 아픈 건 아니에요. 아파서 그러는 게 아니라……, 저 그냥 좀 이상한 소식을 들어서 그래요."

크레이그 박사가 전화 저쪽에서 이야기했다.

헤스터는 아버지 쪽으로 머리를 돌리고, 수화기를 손으로 막고서 물었다.

"이건 비밀이 아니죠?"

리오가 천천히 대답했다.

"비밀은 아니지만 당분간은 도널드 혼자만 알고 있도록 하는 것이 좋겠구나. 소문이 얼마나 빨리 퍼지고, 얼마나 과장되는지 너도 알고 있잖니?

"알겠어요."

그녀는 다시 수화기에 대고 말했다.

"어떤 의미에서 당신은 좋은 소식이라 말할지도 모르겠어요. 도널드, 하지만 좀 당황스럽기도 해요. 전화로는 얘기하고 싶지 않군요. 아녜요. 오지 마세요. 제발……, 오늘밤은 안 돼요. 내일 시간을 정해요. 재코에 관한 일이에요. 예, 예……, 오빠 말이에요. 오빠가 어머니를 죽이지 않았다는 걸 방금 알았어요. 하지만 아무 말도 하지 마세요, 도널드. 그리고 아무에게도 얘기하지 말아요. 내일 모든 걸 다 얘기할게요. 안 돼요, 도널드, 안 돼요. 오늘밤은 아무도 만날 수 없어요. 당신도요. 제발, 아무 말도 하지 마세요."

그녀는 수화기를 내려놓고 겐다에게 전화를 쓰라는 시늉을 했다.

겐다가 교환에게 드리머스를 신청하고 있을 동안 리오가 부드럽게 물었다.

"도널드하고 같이 강연을 들으러 가지 그러니, 헤스터? 그러면 마음이 좀 진정될 텐데."

"가고 싶지 않아요, 아버지. 갈 수가 없어요."

"너는 도널드에게 이 일이 좋은 소식이 아니라는 인상을 주고 있더구나. 하지만, 헤스터, 그렇지가 않다. 우린 놀라긴 했지만 기뻐해야 할 소식임에 틀림없다. 아주 기뻐해야 할……, 그밖에 우리가 어떻게 할 수 있겠니?"

"그렇게 생각해야 하나요?" 헤스터가 물었다.

리오는 타이르듯 말했다.

"애야……."

"하지만 그건 사실이 아니잖아요? 그건 좋은 소식이 아네요. 우리를 놀라게 하고 당황시키는 소식일 뿐이에요."

그때 겐다가 말했다.

"미키와 연결됐어요."

리오는 다시 전화기 쪽으로 다가가 수화기를 건네받았다. 그는 아들에게도 딸에게 했던 것과 똑같이 이야기했다. 하지만 이번에는 메리 두런트의 반응과는 전혀 달랐다. 미키는 의혹이나 놀라움, 의심 같은 걸 표시하지 않았다. 오히려 그 소식을 즉각 받아들이는 것이었다.

"도대체 무슨 일이죠! 이제 와서 증인이 나타났다고요? 맙소사, 재코는 그날 밤 지독히도 운이 없었군요."

리오가 다시 이야기를 시작하자 미키는 가만히 있었다.

"그렇지, 나도 그렇게 생각한다. 가능한 한 모두 빨리 모여서 이야기를 하는 게 좋겠구나. 마샬에게도 조언을 듣고 말이다."

리오는 수화기 저편에서 나는 갑작스런 웃음소리를 들었다. 그것은 그 옛날 그가 창 너머 정원을 바라보고 있을 때, 거기서 놀고 있던 작은 소년의 웃음소리(그가 익히 기억하는 바로 그 소리)였다.

"그럼 어떻게 되는 겁니까? 우리들 중 누구의 짓이란 말입니까?"

미키가 물었다.

리오는 수화기를 떨어뜨렸다. 그리고 전화기로부터 홱 돌아섰다.

"뭐라고 하던가요?"

겐다가 물었다.

리오는 미키의 말을 그녀에게 얘기해 주었다.

"있을 수 없는 어리석은 농담처럼 들리는군요."

겐다가 말했다.

리오는 그렇게 말하는 그녀를 흘끗 쳐다보면서 말했다.

"아마도……."

그의 목소리는 차분했다.

"전적으로 농담은 아닐 거요."

2

메리 두런트는 방을 가로질러 와서 꽃병에서 떨어진 국화 꽃잎을 주워 조심스럽게 휴지통 속에 집어넣었다. 그녀는 훤칠한 키와 침착한 표정을 지닌 스물일곱 살의 젊은 여자였다. 얼굴에 주름살은 없었지만 나이보다 노숙해 보이는 것은 고상한 원숙함을 느끼게 하는 화장 탓인 듯했다.

그녀는 특별한 매력은 없었지만 훌륭한 외모를 갖추고 있었다. 이목구비가 반듯한 얼굴, 고운 피부, 선명한 푸른빛의 눈, 머리는 정갈하고 시원스레 뒤로 빗어 넘겨 목 뒤로 동그랗게 묶어 올려놓고 있었다. 일부러 그런 분위기를 풍기려 하는 것이 아니었음에도 그녀의 몸가짐은 고상하고 우아해 보였다. 그녀는 늘 그렇게 자기만의 분위기를 갖고 있는 여자였다. 그녀의 집 분위기도 그녀처럼 늘 정갈하고 단정했다. 조금만 먼지가 끼어도, 조금만 흐트러져도 그녀는 그냥 내버려 두지 못했다.

그녀가 떨어진 꽃잎을 차분히 주워서 치우고 있을 때, 환자용 의자에 앉아 그것을 지켜보면서 약간 뒤틀린 미소를 짓고 있는 남자가 있었다.

"당신은 늘 그렇게 정갈한 여자야. 모든 자리마다 꼭 놓여야 할 것이 있고, 모든 것에는 꼭 그것이 놓여야 할 자리가 있거든."

그렇게 말하며 그는 웃었다. 그의 웃음 속에는 어렴풋이 악의가 담겨 있었다. 하지만 메리 두런트는 전혀 개의치 않았다.

"난 단정한 걸 좋아해요, 필. 집 안이 아수라장 같으면 당신도 역시 좋아하지 않을 거예요."

그녀의 남편은 약간 신랄한 어조로 대꾸했다.

"난 한 번도 집 안을 그렇게 만들어 볼 기회가 없었는걸."

결혼한 지 얼마 안 되어 필립 두런트는 활동불능의 소아마비에 걸리고 말았다. 그래서 그를 사랑해 마지않던 메리에게 있어, 그는 남편이자 어린아이가 되어 버렸다. 그는 소유욕이 강한 그녀의 사랑에 때때로 그 자신조차도 약간씩 당황함을 느끼곤 했다. 그녀는 남편이 자신에게 전적으로 의존하고 있다는 것을 큰 기쁨으로 생각하고 있었다. 그런 자신의 태도 때문에 가끔씩 남편이 싫증을 느끼고 있다는 것을 이해할 만한 상상력 같은 것은 그녀에게 없었다.

그는 아내로부터 어떤 동정이나 연민의 말을 듣게 될까 두려워하기라도 하는 듯 얼른 자기 이야기를 계속해 나갔다.

"당신 아버지가 전한 소식은 정말 필설로 다할 수 없는 놀라운 소식이야! 이번 일 말이야! 어떻게 당신은 그렇게 침착할 수 있지?"

"저도 받아들이기가 힘들어요. 정말 있을 수 없는 일이에요. 처음엔 아버지가 말씀하시는 걸 믿을 수가 없었어요. 전화하는 사람이 헤스터였다면 전 아마 그 애가 모든 일을 상상해 냈다고 생각했을 거예요. 헤스터가 어떤 앤지 당신도 아시잖아요."

필립 두런트의 얼굴에서 신랄한 표정이 사라졌다. 그는 부드럽게 말했다.

"힘든 일을 일부러 찾아 나서고, 또 그걸 발견해 내리란 확신을 갖고 있는, 격렬하고 열정적인 아가씨지."

메리는 동생에 대한 남편의 분석을 일소에 붙여 버렸다. 그녀는 다른 사람의 성격 같은 것엔 아무런 관심도 없었다.

"그게 사실일까요? 당신은 그 사람이 모든 이야기를 다 꾸며낸 것이라고 생각하지 않으세요?"

그녀는 의심스러운 듯 말했다.

"정신이 나간 과학자라? 멋진 생각이군 그래. 하지만 앤드루 마샬은 이 일을 심각하게 받아들이고 있는 것 같은데……. 마샬이나 '마샬 앤드 마샬 법률사무소' 직원들은 아주 빈틈없는 사람들이란 말이야."

남편의 말을 들은 메리 두런트는 눈살을 찌푸리며 물었다.

"그건 어떤 의미를 지닌 걸까요, 필?"

"재코가 전적으로 무죄가 될 거라는 의미지. 관계 당국이 인정하기만 한다면 말이야. 아마 다른 문제가 될 만한 건 없을 거야."

"아, 그렇군요."

메리는 가볍게 한숨을 쉬며 말했다.

"그럼, 모든 게 아주 잘 되는 거겠군요."

아내의 말에 필립 두런트는 다시 웃음을 터뜨렸다. 아까처럼 뒤틀린 더욱 신랄한 웃음이었다.

"앵무새 같으니라고! 정말 어처구니가 없군 그래."

남편이 그녀를 앵무새라고 부른 것은 처음이었다. 그것은 그녀의 차분한 풍모에 전혀 어울리지 않는 익살맞은 별명이었다. 그녀는 약간 놀란 듯한 표정으로 필립을 바라보았다.

"뭐가 그렇게 재미있는지 모르겠군요."

필립이 말했다.

"당신은 그 일에 관해 아주 자비로운 생각을 갖고 있군 그래! 마을 회관에서 만들어 낸 수공품을 선전하는 자선 시장의 여성 자선가처럼 말이야."

메리는 어리둥절해하며 말했다.

"하지만 이건 정말 좋은 일이에요! 가족 중에 살인자가 있다는 건 유쾌한 일이 아니잖아요."

"사실은 '가족 중에'가 아니지."

"그렇지만 실제적으론 마찬가지예요. 가족 중에 살인자가 있다는 건 정말 염려스럽고, 사람을 아주 불편하게 만드는 일이었어요. 사람들은 모두 법석을 떨었고 궁금해했죠. 난 그런 것이 싫었어요."

"당신은 아주 멋지게 처신했지. 당신은 그 푸르고 냉랭한 눈길로 사람들을 얼어붙게 만들었고 모두가 입을 다물고 자기 자신에 대해 부끄러움을 느끼게 만들었어. 자기감정을 드러내지 않는 건, 정말 놀라운 당신의 처신 방법이야."

"난 그런 것이 너무도 싫었어요. 모든 게 정말 불쾌했어요."

메리 두런트가 말했다.

"하지만 어찌됐든 그 애는 죽었고 모든 게 끝났어요. 그런데 지금……, 지금 모든 것이 다 들춰져 밝혀지려고 해요. 그 지긋지긋한 일이."

"그래."

필립 두런트가 동정하듯 말했다.

어깨를 가볍게 들썩해 보이는 그의 얼굴에 가벼운 고통의 그림자가 스쳤다. 그러자 그의 아내가 얼른 곁으로 다가오며 물었다.

"경련이 나세요? 잠깐 기다리세요. 방석을 조금 움직여 볼게요. 이렇게, 이젠 괜찮아요?"

"당신은 간호사가 될 걸 그랬어."

필립이 말했다.

"많은 사람들을 간호해 주는 건 조금도 원치 않아요. 오직 당신만."

아주 간단한 말이었지만, 그 말 속엔 깊은 애정이 담겨 있었다.

그때 전화벨이 울렸다. 메리는 전화기 쪽으로 다가가 수화기를 들었다.

"여보세요……. 예, 말씀하세요. 아, 너로구나……."

그녀는 필립 쪽에다 대고 말했다.

"미키예요."

"그래……, 그래. 우리도 들었단다. 필립은 변호사들이 만족해하면 모든 게 다 잘 될 거라고 하는구나. 그런데, 미키, 네가 왜 그렇게 당황하는지 모르겠구나. 나라고 특별히 무감각한 건 아닌데 말이다. 정말, 미키, 나는 네가…… 여보세요? 여보세요?"

그녀는 화가 나서 얼굴을 찌푸렸다.

"전화를 끊었어요."

그녀는 수화기를 내려놓으며 말했다.

"필립, 난 정말 미키를 이해할 수가 없어요."

"그가 뭐랬는데?"

"글쎄, 흥분한 상태인 것 같았어요. 그 애는 내가 이 일이 우리에게 미칠 영향을 깨닫지 못한다고 하면서 날더러 우둔하대요. 정말 성가신 일이군요. 그 애는 그런 태도였어요. 하지만 왜죠? 난 이해할 수가 없어요."

"그가 겁을 먹고 있던가?"

필립이 조심스럽게 물었다.

"그래요. 하지만 무엇 때문일까요?"

"그래, 그가 옳다는 걸 당신도 알아야 해. 분명 반작용이 있을 거야."

메리는 조금 어리둥절해하는 것 같이 보였다.

"그러니까 사건에 대한 사람들의 관심이 되살아날 거란 말인가요? 재코가 누명을 벗는 건 기쁜 일이지만, 만일 사람들이 이 일에 대해 다시 이러쿵저러쿵 떠드는 건 정말 참을 수 없어요."

"이웃 사람들이 수군거리는 것뿐만이 아냐. 그보다 더한 게 있어."

그녀는 그게 뭐냐는 듯한 눈빛으로 그를 바라보았다.

"경찰도 다시 관심을 가질 거라는 말이야!"

"경찰? 이 일이 경찰하고 무슨 상관이죠?"

메리는 날카로운 목소리로 말했다.

"여보, 생각해 보구려."

필립이 말했다. 메리는 천천히 그에게로 다가와서 옆에 앉았다.

"당신도 알다시피 이 사건은 다시 미제(未濟) 사건이 되어 버렸어."

필립이 말했다.

"하지만 경찰들은 귀찮아할 거예요. 이제 와서 다시 시작하다니요?"

"그건 우리가 그래 주었으면 하고 바라는 것일 뿐이지. 근본적으로는 불합리한 생각이야."

"그렇게 어리석은 일을 저질러 놓고…… 재코한테 그렇게 엄청난 실수를 저질러 놓고, 다시 이 사건을 들춰내려 할 거란 말이에요?"

"원하지는 않겠지만 아마도 그렇게 해야 할걸! 의무는 의무니까."

"오, 필립, 당신 말은 옳지 않아요. 얘기가 조금 분분하다가 곧 가라앉을 거예요."

"그리고 우리들 생활은 이 뒤에도 여전히 행복하게 계속되고 말이지?"

필립이 조롱하듯 말했다.

"왜 아니겠어요?"

그는 고개를 저었다.

"그렇게 간단한 문제가 아니야. 당신 아버지의 말이 옳아. 가족들이 모두 함께 모여서 의논해야 해. 마샬도 오게 하고 말이야."

"그럼 서니 포인트에 가야 한다는 말이에요?"

"그렇지."

"오, 그럴 순 없어요."

"왜 그럴 수 없다는 거지?"

"가능한 일이 아니에요. 당신은 환자고 또……."

"난 환자가 아니야. 난 아주 건강하고 좋아. 단지 다리를 쓸 수 없을 뿐이라고. 적당한 교통수단만 있으면 팀북투(아프리카 고대의 도시)까지라도 갈 수 있다고."

"서니 포인트에 가는 건 당신에게 아주 해로울 게 분명해요. 불쾌한 일들이 죄다 들추어내질 테니……."

"이 일에 영향을 받는 건 내가 아니야."

"이 집을 어떻게 비워 두고 가요. 요새는 밤도둑들이 많아졌단 말이에요."

"누굴 데려다 놓으면 되지."

"말은 아주 좋지요. 마치 그게 세상에서 제일 쉬운 일인 것처럼 말하는군요."

"어떤 할머니를 매일 오시게 하면 되잖소. 집안일은 하지 않게 하고 말이야, 앵무새. 사실 가고 싶지 않은 사람은 당신이군 그래."

"그래요, 난 가고 싶지 않아요."

"오래 있을 필요는 없을 거야."

필립은 그녀를 안심시키듯 말했다.

"가기는 꼭 가야 해. 이번이야말로 가족들의 단합된 모습을 세상에 보여줘야 할 때라고. 우린 이 일을 잘 처리해 낼 방법을 찾아야 해."

3

드리머스의 호텔에서 캘거리는 이른 저녁식사를 마치고 자기 방으로 올라갔다. 그는 서니 포인트에서 있었던 일에 깊이 마음 쓰는 자신을 발견했다. 그는 진실을 전해야 할 자신의 임무가 고통스러우리라 예상했었고, 또 그것 때문에라도 이 일을 자신이 해결해야 한다는 단호한 결단을 하게 되었었다. 하지만 일은 그가 예상했던 것과 전혀 다른 양상으로 고통스러웠고 당황스러웠다.

그는 침대에 몸을 던지고는 담배 한 대를 피우면서 그 일을 생각하고 또 생각했다. 그의 머리에 가장 뚜렷하게 떠오르는 것은 헤어지던 순간의 헤스터의 표정이었다. 정의로운 탄원을 그렇게 경멸적으로 거절하다니!

뭐라고 했던가?

"상관이 있는 사람은 죄가 있는 사람이 아니에요. 죄가 없는 사람이라고요."

그리고 또 뭐랬더라?

"선생님이 우리에게 어떤 일을 하셨는지 모르시겠어요?"

내가 뭘 어쨌다는 거지? 그는 도무지 알 수가 없었다. 그리고 다른 사람들은 또 어땠는가? 커스티라는 그 여자(왜 커스티지? 그건 스코틀랜드식 이름인데, 그 여자는 스코틀랜드인이 아니었어. 아마도 덴마크인, 아니면 노르웨이인?)는 왜 그를 그리 딱딱하고 비난조로 대했을까?

리오 아질에게도 역시 이상한 점이 있었다. 그는 몸을 움츠리고 무언가 경계하는 듯한 태도였다.

"하나님 감사합니다. 내 아들이 결백하다니!"

이런 정도의 반응을 보여야 당연할 텐데 그런 기색은 전혀 없었다.

그리고 그 여자, 리오의 비서라던 그 여자는 어떤가? 그녀는 친절하게 그를 도와주긴 했다. 하지만 그녀도 역시 이상한 반응을 보였었다. 그는 그녀가 아질의 의자 옆에 무릎을 꿇고 앉아 있던 모습을 떠올려 보았다.

마치 그에게 연민을 느끼고 있으며 그를 위로하는 것처럼. 위로한다면 무엇을 위로한단 말인가? 그의 아들이 살인자가 아니었다는 것을? 하지만 분명히(그렇다. 분명하게) 그녀에게는 비서 이상의 감정이 들어 있었다. 아무리 몇 년 동안 옆에서 그를 돌보아 주었다 할지라도 그녀의 태도에서는 비서 그 이상의 감정이 엿보였다. 이 모든 것은 과연 무엇을 의미하는 것일까? 왜 그들은…….

그때 침대 옆의 탁자 위에서 전화벨이 울렸다. 그는 수화기를 집어 들었다.

"여보세요?"

"캘거리 박사님입니까? 박사님과 통화하려는 사람이 있습니다."

"나하고 말이오?"

그는 놀라지 않을 수 없었다. 그가 알고 있는 한 자신이 드리머스에서 밤을 보내고 있는 걸 아는 사람은 아무도 없었다.

"누구랍니까?"

잠시 틈을 둔 뒤에 저쪽에서 말했다.

"아질 씨랍니다."

"아, 연결해 주십시오."

이렇게 말하다가 아서 캘거리는 아래층으로 직접 내려가서 얘기하는 게 어떨까 생각해 보았다. 그런데 만일 리오 아질이 어떤 이유 때문에 드리머스까지 자신을 쫓아 와서 자신이 어느 곳에 묵고 있는지 알아냈다면, 아마도 아래층의 혼잡한 휴게실에서 이야기하기엔 좀 거북한 일일 것임에 틀림없었다.

그는 다시 수화기에 대고 말했다.

"그분에게 내 방으로 올라오시라고 해주시겠습니까?"

그는 침대에서 일어나 천천히 방 안을 거닐었다. 잠시 뒤 문을 두드리는 소리가 들렸다. 그는 방을 가로질러 가서 문을 열어 주었다.

"들어오십시오, 아질 씨. 기다리고……."

순간 그는 놀라서 말을 멈췄다. 리오 아질이 아니었다.

문 밖에 서 있는 사람은 20대 초반의 청년, 가무잡잡하고 준수한 얼굴을 고통스럽게 일그러뜨리고 있는 청년이었다. 청년은 어떠한 위험도 개의치 않는다는 듯한 성나고 비통한 표정이었다.

"뜻밖이실 테죠."

청년이 말했다.

"아버지가 오신 줄 아셨겠죠. 난 마이클 아질입니다."

"들어오세요."

캘거리는 자신을 찾아온 손님이 방 안으로 들어오자 문을 닫았다.

"내가 여기 있다는 걸 어떻게 알았습니까?"

그는 청년에게 담뱃갑을 열어 주면서 물었다.

마이클 아질은 담배를 한 개비 집으면서 불쾌한 미소를 짧게 지었다.

"그건 쉬운 일입니다. 선생님이 머무르실 만한 호텔마다 모두 전화를 걸어 보는 거죠. 두 번째 전화에서 선생님이 여기 계시다는 것을 알았습니다."

"찾아온 용건은?"

마이클 아질은 천천히 말했다.

"선생님이 도대체 어떤 사람인가 알고 싶어서……."

그는 캘거리의 됨됨이를 평가라도 하려는 듯, 그의 약간 구부정한 어깨와 회색 머리칼, 홀쭉하고 섬세한 얼굴을 뜯어보았다.

"선생님이 극지 탐사를 위해 '헤이스 벤틀리 탐험대'의 대원으로 남극에 갔다 온 분이란 말씀입니까? 그 정도로 튼튼해 보이지는 않는군요."

"외모가 실망을 주는 경우는 종종 있소."

그가 말했다.

"난 아주 건강해요. 근육의 힘만이 전적으로 필요한 건 아니거든요. 다른 중요한 자질들도 많지요. 끈기나 인내심, 기술적 지식 같은 것들 말이오."

"나이는 어떻게 되십니까, 마흔다섯?"

"서른여덟이오."

"더 들어 보이는데요."

"맞아요. 나도 그렇게 생각하오."

잠시 그는 한창 나이의 젊은 청년과 마주앉아 있다는 생각에 날카로운 슬픔 같은 것을 느꼈다.

"날 찾아온 용건이 뭡니까?"

그는 조금 퉁명스럽게 물었다. 청년은 그를 매섭게 쏘아보았다.

"당연하지 않습니까? 선생님이 전하신 소식을 들었다면 말입니다. 내 동생에 관해서 말이지요."

캘거리는 대답하지 않았다. 마이클 아질은 계속 말했다.

"동생을 위해서는 너무 때가 늦은 것 아닙니까?"

캘거리는 낮은 목소리로 대답했다.

"그렇소. 그를 위해선 때가 너무 늦었소."
"왜 그때는 아무 말씀도 안 하셨습니까? 뇌진탕이라니 도대체 무슨 말입니까?"
캘거리는 차근차근 그에게 말했다. 이상하게도 그는 청년의 거친 무례함에 오히려 기운이 생기는 듯한 것을 느꼈다. 어찌됐든, 자기 동생의 편에 서서 강경한 태도를 보이는 사람이 이제야 나타난 것이다.
"재코의 알리바이를 성립시켜 준다, 그것이 선생님 말씀의 요점이지요? 어떻게 그가 말한 시간과 선생님이 생각하시는 시간이 일치한다는 걸 아셨습니까?"
"시간에 관해서는 확신할 수 있소."
캘거리는 단호하게 말했다.
"선생님이 착각했을 수도 있지 않습니까? 과학자란 사람들은 시간이나 장소와 같은 사소한 일에 대해서는 신경을 쓰지 않는 경우가 많아요."
"젊은이는 있지도 않은 멍청한 교수를 멋대로 상상해내고 있군. 이상한 양말이나 신고, 오늘이 무슨 날인지, 자기가 어디에 있는지도 확실히 알지 못하는 그런 멍청한 과학자 말이오. 이봐요, 젊은이. 기술적인 작업이란 정확한 양, 정확한 시간, 정확한 계산 등 고도의 정확성을 필요로 하는 일이오. 내가 착각했을 가능성은 조금도 없소. 나는 젊은이의 동생을 7시 직전에 태워서 35분 뒤에 드리머스에 내려 줬소."
"선생님의 시계가 틀렸을 수도 있잖습니까? 아니면 차 안에 부착된 시계가 틀렸거나 말입니다."
"내 손목시계나, 차 안의 시계나 정확히 똑같은 시간을 가리키고 있었소."
"재코가 선생님을 속였을 수도 있습니다. 그 앤 속임수를 잘 썼으니까요."
"속임수 같은 건 없었소. 왜 자꾸 내가 잘못됐다고만 생각하려는 거요?"
캘거리는 약간 흥분된 태도로 말을 계속했다.
"한 사람에게 부당한 유죄 판결을 내린 거라고 관계 당국을 설득시키는 것이야 당연히 힘들 거라고 생각했었소. 하지만 정작 당사자의 가족들을 설득시키는 것이 이렇게 힘들 줄은 몰랐소!"

"그러니까 우리 가족들을 설득시키는 것이 좀 어려웠다는 말씀입니까?"

"가족들의 반응은 좀 정상이 아닌 듯했소."

미키는 날카롭게 그를 노려보았다.

"그들이 선생님 말을 믿고 싶어 하지 않던가요?"

"거의…… 그런 것 같았소."

"그런 것 같은 게 아니라 그렇습니다. 당연한 일이지요. 선생님이 사정을 알기만 한다면 말입니다."

"이유가 뭐요? 왜 그런 반응이 당연하다는 거요? 젊은이의 어머니가 살해당했소. 그리고 젊은이의 동생이 범인으로 지목되었고 유죄 판결을 받았소. 그런데 이제 그가 결백하다는 것이 드러났소. 젊은이는 당연히 기뻐해야 하고 감사해야 하잖소? 젊은이의 동생은 무죄란 말이오."

미키가 말했다.

"그 애는 내 동생이 아닙니다. 그리고 그 부인도 내 어머니가 아니고요."

"뭐요?"

"아무도 그런 얘기를 안 하던가요? 우린 모두 입양되었습니다. 우리들 전부 다 말입니다. 제일 큰누나 메리는 뉴욕에서 데려왔고, 나머지는 전쟁 중에 데려왔지요. 선생님이 말하는 우리 어머니는 아이를 낳을 수 없는 분이었습니다. 그래서 그분은 입양을 해서 멋진 한 가정을 만든 겁니다. 메리, 나, 티나, 헤스터, 재코 이렇게 말입니다. 안락하고 호화로운 집에 어머니의 사랑이 늘 흘러넘치는 가정이었죠! 그분은 우리가 자기 자식이 아니라는 것조차 잊은 것 같았습니다. 하지만 재코를 사랑하는 자식의 하나로 선택한 것은 그분의 실수였죠. 운이 나빴던 겁니다."

"무슨 말인지 모르겠군."

캘거리가 말했다.

"그러니까 더 이상 내 앞에서 '네 어머니'니 '네 동생'이니 하는 말은 꺼내지 말란 말입니다! 재코는 기생충 같은 녀석이었어요!"

"하지만 살인자는 아니오."

캘거리가 말했다. 그의 목소리는 단호했다.

미키는 그를 쳐다보며 고개를 끄덕였다.

"좋습니다. 그렇게 말씀하신다면 선생님의 말이 맞다고 합시다. 재코는 어머니를 죽이지 않았습니다. 거기까진 아주 좋습니다. 그럼 누가 어머니를 죽였단 말입니까? 그것에 대해 생각해 보신 적이 있습니까? 지금이라도 생각해 보십시오. 생각해 보시란 말입니다. 그럼 선생님이 지금 우리 모두에게 어떤 일을 하고 있는지 알게 될 겁니다……."

그는 몸을 홱 돌리더니 거칠게 문을 닫고서 방을 나가 버렸다.

"다시 만나 주셔서 감사합니다, 마샬 씨."

캘거리는 겸연쩍어하며 말했다.

"별말씀을 다하십니다."

변호사가 대꾸했다.

"알고 계시겠지만, 서니 포인트에 가서 잭 아질의 가족들을 만나보고 왔습니다."

"알고 있습니다."

"그곳에서 있었던 일은 다 들어서 알고 계실 테지요?"

"그렇습니다, 캘거리 박사."

"내가 왜 다시 당신을 만나러 왔는지 이해하기 힘드실 겁니다. 일이 내가 생각했던 것처럼 되지 않았어요."

변호사가 대답했다.

"예. 아마 그랬을 겁니다."

그의 목소리는 언제나처럼 무뚝뚝하고 무감각했지만 무언가 아서 캘거리로 하여금 이야기를 계속하도록 격려하는 것이 있었다.

"당신도 알다시피 난 내가 찾아가서 사실을 밝히기만 하면 되는 줄 알았습니다. 난 어느 정도의 각오, 말하자면 가족들이 당연히 화를 낼 것에도 준비가 되어 있었습니다. 내가 당한 사고가 아무리 불가항력의 것이었다고 해도 그들의 입장에서 보면 용서할 수 없는 것이리라 생각했기 때문이지요. 하지만 그와 동시에 잭 아질의 누명이 벗겨졌다는 사실에 대한 감사함이 그 분노를 상쇄시켜 주기를 바랐습니다. 그런데 일은 내가 예상했던 것처럼 되지 않았습니다, 전혀."

"무슨 말인지 알겠습니다."

"혹시, 마샬 씨, 당신은 이런 일이 생기리라고 예견하고 있었던 건 아닙니까? 내가 지난번 이곳에 왔을 때, 당신이 당황했던 것이 기억납니다. 내가 만나러 갈 사람들이 어떤 태도를 보일지 그때 이미 알고 있었던 것 아닙니까?"

"캘거리 박사, 그 사람들의 태도가 어땠는지 아직 내게 얘기해 주지 않았습니다."

아서 캘거리는 의자를 앞으로 끌어당기며 말했다.

"난 이미 다 기록된 장(章)의 결말 부분을 새롭게 함으로써 무언가를 끝내고 있는 거라고 생각했습니다. 하지만 무언가를 끝내는 것이 아니라 오히려 내가 무언가를 시작하고 있다는 것을 느끼고 또 깨닫게 되어 버린 겁니다. 이런 표현이 지금 상황에 어울린다고 생각하십니까?"

마샬은 천천히 고개를 끄덕였다.

"예, 그렇다고 할 수 있겠군요. 난 당신이 이 사건에 얽히고설킨 복잡한 문제들을 모두 다 알지 못하고 있다고 생각합니다. 난 그걸 인정합니다. 그럴 수밖에 없는 것이 당신은 법원에 보고된 사실 이외에는 이 사건의 배경에 대해 아무것도 몰랐으니까 당연히 그랬겠죠."

"아닙니다, 아녜요. 이제 난 다 알고 있습니다. 너무나 잘 알고 있습니다."

그의 목소리는 흥분으로 높아졌다.

"그들이 느낀 건 안도감도 아니었고 감사의 마음도 아니었어요. 불안이었습니다. 다음엔 어떤 일이 닥쳐올까 하는 공포였어요. 내 말이 맞습니까?"

마샬은 신중하게 대답했다.

"당신의 말이 맞다고 해야 할 것 같군요. 하지만 내 생각을 말씀드리는 건 아니라는 사실을 명심하십시오."

"내 말이 맞는다면, 난 내가 할 수 있는 일은 다 했다는 만족감을 안고 내 일로 되돌아갈 수가 없게 되었습니다. 난 아직도 이 사건에 관련되어 있어요. 여러 사람들의 삶에 새로운 불안 요소를 심어준 책임을 지고 있는 겁니다. 난 이 일에서 손을 뗄 수가 없게 되었단 말입니다."

변호사는 목청을 가다듬으며 말했다.

"그건 좀 지나친 생각이군요, 캘거리 박사."

"난 그렇게 생각지 않습니다. 정말입니다. 사람은 자기 행동에 대해 책임을 지되, 행동 자체뿐만 아니라 그 행동의 결과에 대해서도 책임을 져야 합니다. 2년 전 나는 길에서 한 히치하이커를 차에 태워 주었습니다. 그 일로 말미암아 난 일련의 사건이라는 기차에 동승을 하게 된 겁니다. 난 내가 그 일에서 빠져 나올 수 있으리라고는 생각하지 않습니다."

변호사는 여전히 고개를 저었다.

"거기까진 좋습니다."

아서 캘거리는 초조해하며 말을 이었다.

"내가 지나친 생각을 하고 있다고 해도 좋습니다. 하지만 내 감정, 내 양심은 여전히 이 일에 연관되어 있습니다. 내 힘으로 막을 수 있는 영역 밖의 어떤 일에 수정을 가하게 되는 것만이 내 바람입니다. 고의는 아니었지만 난 틀린 일을 수정해 놓은 것이 아니라, 이미 고통 받을 대로 받은 사람들에게 일을 더 악화시켜 놓았습니다. 하지만 난 그 이유가 뭔지 아직도 명확히 알 수가 없습니다."

"그럴 겁니다." 마샬은 천천히 이야기했다.

"당신은 그 이유를 알 수 없을 겁니다. 지난 18개월 동안 당신은 문명과는 접촉을 끊고 있었으니까요. 당신은 이 가족들의 기사가 실린 신문도 보지 못했습니다. 하지만 신문은 읽지 못했어도, 어찌됐든 이 사건으로부터 벗어날 수는 없었습니다. 당신은 이 일을 간접적으로 알게 된 겁니다. 진상은 매우 간단합니다, 캘거리 박사. 숨겨진 것은 없습니다. 사건 당시, 모르는 사람이 없을 정도로 공공연한 일이었으니까요. 문제는 아주 간단하게 요약이 됩니다. 만일 잭 아질이 그 일을 저지르지 않았다면, 혹은 당신의 말대로 저지를 수가 없다면 그럼 누구의 짓인가? 이걸 알아내기 위해서는 사건 당시의 상황으로 되돌아갈 수밖에 없는 거죠.

사건은 11월의 어느 날 저녁 7시에서 7시 30분 사이, 살해된 여인이 그녀의 가족들에 둘러싸여 있던 집 안에서 일어났습니다. 그 집은 자물쇠가 굳게 채워져 있었기 때문에 누군가가 그 집 안으로 들어가기 위해서는 아질 부인의 허락을 받거나 아니면 자기가 소지한 열쇠로 문을 따고 들어가는 방법밖에 없었습니다. 다시 말해, 그녀가 아는 사람만이 집 안에 들어갈 수 있었다는 겁니다. 이 사건은 어떤 의미에선 미국에서 일어났던 보든 사건의 경우와 흡사합니다. 보든 내외는 어느 일요일 아침 누군가가 휘두른 도끼에 맞아 살해되었지요. 집 안에 있는 사람은 아무 소리도 못 들었고, 누군가가 집 안에 근접해 온 걸 알거나 본 사람도 없었습니다. 캘거리 박사, 왜 그 가족들이 당신이 전한 소식에 안도를 느끼지 못하고 오히려 불안해했는지 이제 아시겠습니까?"

캘거리는 천천히 대답했다.

"그러니까 그들에게는 잭 아질이 범인이었던 것이 더 나았다는 말씀입니까?"

"바로 그렇습니다."

마샬이 말했다.

"정확히 맞추셨습니다. 좀 냉소적인 말로 표현한다면, 잭 아질은 가족 중에 살인자가 있다는 그 불유쾌한 사실에 대한 완벽한 해결책이었다는 말입니다. 그는 문제아였고, 불량아였고, 성격이 거친 청년이었습니다. 가족들은 그를 위해 변명할 수 있었고, 또 사실 변명해 주었습니다. 그들은 그를 위해 애도해 주었고, 그를 동정해 주었고, 또 그들 자신과 그들 서로와 그리고 세상 사람들에게 '사실상 이건 그의 잘못이 아니오. 심리학자들은 이 모든 걸 해명할 수 있을 것이오.' 하고 주장했습니다. 그래요, 아주 간편했지요."

"그런데 이제……."

캘거리가 그의 말에 끼어들었다.

"그런데 이제……."

마샬은 계속 말을 이었다.

"달라진 거죠. 아주 달라진 겁니다. 거의 놀라울 정도로."

캘거리가 얼른 그에게 물었다.

"내가 가져온 소식은 당신에게도 역시 달갑지 않은 소식이었겠군요?"

"인정하지 않을 수 없군요. 맞아요, 그랬습니다. 사실 난 당황했습니다. 만족할 만하게(예, 계속 만족할 만하게란 표현을 쓰겠습니다) 결말을 본 사건이 다시 원점으로 돌아갔기 때문이죠."

"공식적으로 말입니까?"

캘거리가 물었다.

"내 말 뜻은 경찰의 입장에서 사건이 재개될 것이냐는 말입니다."

"오, 틀림없이 그럴 겁니다."

마샬이 대답했다.

"잭 아질이 압도적인 증거에 의해 유죄로 판명되었을 때(배심원이 평결을 내리는 데는 15분밖에 걸리지 않았었죠), 경찰은 더 이상 이 일에 관여하지 않아도 되었습니다. 그런데 지금, 비록 그의 사후이긴 하지만 특별사면이 행해짐으로써 사건은 재개될 겁니다."

"경찰이 다시 수사를 시작할까요?"

"물론 거의 그렇다고 봐야겠죠."

마샬은 조심스럽게 턱을 어루만지면서 이렇게 덧붙였다.

"사건이 워낙 독특하고 시간이 많이 경과되어서 어떤 결론을 얻어낼 수 있을지는 의심스럽지만, 내 생각으론 별 성과가 없을 것 같습니다. 집 안에 있던 사람 중 누군가가 범인이라는 것 정도는 알게 되겠고, 또 그 '누군가'가 어떤 인물인지 알아내는 데까지는 성공할 수도 있겠지만, 분명한 증거를 확보하는 건 쉽지 않을 겁니다."

"알겠습니다."

캘거리가 말했다.

"이제 알겠어요……. 그게 바로 그녀가 한 말의 의미였군요."

변호사는 그의 말을 놓치지 않고 물었다.

"누구 말입니까?"

"그 아가씨, 헤스터 아질 말입니다."

"아, 예, 헤스터 아가씨 말이군요."

그는 호기심이 생긴 듯했다.

"그녀가 당신에게 뭐라고 하던가요?"

"그녀는 결백한 사람에 대해 말했습니다. 상관있는 사람은 죄가 있는 사람이 아니라, 죄가 없는 사람이라고 하더군요. 그 말이 무슨 뜻인지 이제 알겠습니다."

마샬은 날카롭게 그를 흘끗 쳐다보았다.

"그러실 거라고 생각합니다."

"그녀는 방금 당신이 하신 말을 의미한 겁니다."

아서 캘거리가 말했다.

"가족들이 다시 한 번 더 의심을 받게 될 거라는 의미였습니다."

마샬이 그의 말을 가로막았다.

"다시 한 번이라고는 할 수 없죠. 가족들이 전에 의심을 받았던 적은 없었으니까 말입니다. 만일 가족 중 한 사람이 범인이라면 그들끼리는 누가 범인인지 알 수 없을 겁니다. 서로 얼굴을 바라보며 의심하겠죠. 그렇습니다. 무엇보다도 그게 가장 견딜 수 없는 일일 겁니다. 누가 범인인지 그들 스스로는 알지……."

잠깐 침묵이 흘렀다. 마샬은 침착하면서도 무언가 캐내려는 듯한 시선으로 캘거리를 쳐다보았다. 그러나 말은 하지 않았다.

"아시겠지만, 그건 정말 끔찍한……."

캘거리가 말했다. 그의 여위고 섬세한 얼굴 위에 어떤 감정이 일렁이고 있었다.

"예, 끔찍하군요. 누가 범인인지 모르는 채 서로를 바라보면서 1년을 보내고 또 2년을 보내면 의심 때문에 서로간의 관계에 악영향이 미칠 겁니다. 사랑이 파괴되고, 신뢰가 파괴되고……."

마샬이 목청을 가다듬으며 말했다.

"너무 지나치게 생각하시는 게 아닙니까?"

"아닙니다."

캘거리는 잘라 말했다.

"지나치지 않아요. 마샬 씨, 이렇게 말씀드려서 죄송합니다만 난 당신보다 더 똑똑히 알 수 있어요. 이 일이 그들에게 어떤 영향을 줄지 난 상상해 볼 수 있습니다."

또 한 번 침묵이 흘렀다.

"죄가 없는 사람이 고통 받게 될 거란 말입니다. 죄 없는 사람은 고통받아선 안 됩니다. 죄가 있는 사람만 고통받아야 합니다. 그것이 바로 내가 이 사건에서 손을 뗄 수 없는 이유입니다. 난 멀찌감치 떨어져 서서 '난 올바른 일을 했고 내 힘닿는 대로 잘못을 고쳐 놓았다. 나는 정의라는 대의를 위해 행동했다.'라고 말할 수가 없습니다. 당신도 아시다시피 내가 한 일은 정의라는 대의를 만족시키지 못했기 때문입니다. 나는 죄 있는 사람에게 가책을 주지도 못했고, 죄 없는 사람을 의심의 그늘에서 구제해 주지도 못했습니다."

"내가 생각하기엔 당신은 자학하고 있는 것 같군요, 캘거리 박사. 당신이 진실이라는 토대 위에서 말한 건 틀림없지만 난 당신이 이 일에 관해 무엇을 하실 수 있는지 정말 모르겠군요."

"그렇습니다. 난 아무 일도 할 수 없습니다."

캘거리는 솔직하게 말했다.

"하지만 뭔가 해 보려고 노력은 해야 합니다. 그것이 바로 당신을 찾아온 이유입니다. 마샬 씨, 난 이 사건의 배경을 알고 싶습니다. 나에게는 알 권리가 있다고 생각합니다."

"아, 그럼요."

마샬은 조금 활발해진 어조로 말했다.

"이 사건엔 비밀 같은 건 없습니다. 사건의 진상에 관한 한 알고 싶어 하시는 건 모두 알려 드릴 수 있습니다. 하지만 그 이상의 것은 알려 드릴 수 있는 입장이 아닙니다. 난 그 집안사람들과 가까워질 수 있는 시간을 가져 본 적이 없습니다. 우리 법률사무소는 여러 해 동안 아질 부인의 일을 맡아 왔습니다. 부인에게 신탁한 조합을 설립하는 일이나 여러 가지 법률에 관한 일에 협조를 해드렸습니다. 아질 부인이나 그분의 남편에 관해서는 아주 잘 알고 있습니다. 하지만 서니 포인트의 분위기나 거기 살고 있는 여러 사람들의 기질과 성품에 관해서는 좀 전에 당신도 얘기했다시피 아질 부인을 통해 간접적으로만 알고 있을 뿐입니다."

"잘 알겠습니다. 그런데 어딘가에서부터 이야기의 출발을 잡아야겠군요. 난 그 집의 자녀들이 그 부인의 아이가 아니라는 말을 들었습니다. 그들은 입양된 아이들이라면서요?"

"그렇습니다. 아질 부인의 결혼 전 이름은 레이첼 콘스텀이었습니다. 백만장자인 루돌프 콘스텀의 외동딸이었죠. 부인의 어머니는 미국인으로서 역시 갑부의 딸이었습니다. 루돌프 콘스텀은 자선사업에 많은 관심을 갖고 있었고, 자기 딸도 역시 그런 일에 관심을 갖게 만들었습니다. 콘스텀 내외가 비행기 추락 사고로 사망하자 레이첼은 부모로부터 상속받은 유산의 상당 부분을 그때까지만 해도 우리가 그저 자선사업이라고 부르던 일에다 헌납했습니다. 부인은 그렇게 자선을 베푸는 일에 개인적으로 관심을 갖고 있었고, 빈민들을 위한 여러 가지 복지사업에 직접 뛰어들기도 했습니다. 그녀가 리오 아질을 만난 것도 그런 복지사업을 하는 도중이었습니다. 그는 정치와 사회 개혁에 큰 관심을 갖고 있던 옥스퍼드 대학의 연구원이었죠.

아질 부인을 알기 위해서는, 그녀의 일생 중 가장 큰 비극이 아이를 가질 수 없다는 것이었음을 알아야 합니다. 다른 많은 여성들의 경우와 마찬가지로, 아이를 낳을 수 없다는 사실은 점차 그녀의 인생 전체를 어둡게 만들었습니다. 그 방면의 전문가들을 모두 찾아가 본 뒤에, 어머니가 될 가능성이 전혀 없다는 것을 경감시켜 줄 만한 방법을 찾아야 했습니다. 그녀는 뉴욕의 빈민가에서 첫 번째 아이를 입양했습니다. 그 아이가 지금의 두런트 부인이지요. 아질 부인은 어린애들과 관련된 자선사업에 자신의 거의 모든 걸 바쳤습니다. 1939년에 전쟁이 발발하자 그녀는 보건부의 후원 하에 당신이 방문했던 집, 서니 포인트를 사들여 어린이들을 위한 일종의 전시 보육원을 설립했습니다."

"그 당시엔 바이퍼스 포인트라고 했다죠?"

캘거리가 말했다.

"예, 그게 원래 이름일 겁니다. 아 참, 그게 부인이 지은 서니 포인트라는 이름보다 더 적합한 이름일지도 모르겠군요. 1940년에 그녀는 열둘 내지 열여섯 명의 아이들을 갖게 되었는데, 그 애들의 대부분은 부모가 버렸거나 피난 중에 가족들과 헤어진 아이들이었습니다. 그녀는 그 애들을 위해 모든 걸 다 해주었습니다. 그 애들은 호화로운 가정에서 살았습니다. 나는 아이들에게 그렇게 잘해 주면 전쟁이 끝난 뒤 아이들이 각자 자기의 집으로 돌아가서 사는 일이 어렵게 될 거라는 충고도 했습니다. 하지만 부인은 내 말엔 귀를 기울이지 않더군요. 그녀는 아이들에게 깊은 애착을 갖고 있었고, 그러다가 마침내 그 애들 중에서 특별히 가정환경이 나쁘거나 부모가 없는 아이들을 골라 자기 가족으로 만들 생각을 갖게 되었습니다.

그래서 다섯 명의 아이들이 있는 한 가족이 만들어졌습니다. 지금은 필립 두런트와 결혼해 살고 있는 메리, 드리머스에서 직장을 갖고 있는 마이클, 백인과 힌두교인과의 혼혈아인 티나, 헤스터, 그리고 물론 재코까지 말입니다. 그들은 아질 내외를 부모로 생각하면서 자라났습니다. 그들은 돈으로 해결할 수 있는 최상의 교육을 받았습니다. 그들에게 주어진 환경으로 따지자면 그들은 큰 성공을 했어야 했습니다. 아마도 그들은 세상의 편의라는 편의는 다 소유했었을 겁니다. 그런데 잭(그들이 재코라고 부르는), 그 애만은 늘 말썽이었습니다. 학교에서 돈을 훔쳐 달아나기도 했고, 대학 1학년 때에는 경찰의 호출을 받은 일도 있습니다. 감옥에 갈 뻔한 일을 두 번이나 아슬아슬하게 모면했지요. 그는 도저히 다스릴 수 없는 성격을 갖고 있었습니다. 이런 사실은 당신도 이미 추측하고 있으리라고 생각합니다. 공금을 착복한 것을 아질 내외가 두 번이나 무마시켜 주었고, 역시 두 번이나 대준 사업 자금도 모두 날려 버렸습니다. 물론 사업은 두 번 다 실패했고 말입니다. 그가 죽은 뒤엔 그의 미망인에게 보조금이 지급되었고, 지금도 지급되고 있습니다."

캘거리는 놀라움에 몸을 앞으로 굽히며 물었다.

"미망인이라고요? 아무도 그가 결혼했단 얘기는 해주지 않았는데……."

"침착하십시오."

변호사는 성마른 태도로 엄지손가락을 튀겼다.

"내가 부주의했군요. 당신이 신문 기사를 읽지 않았다는 걸 잊었습니다. 아질 가족 중에서 그가 결혼했다는 걸 알고 있는 사람은 아무도 없었습니다. 그가 체포된 직후 그의 아내가 곤경에 빠져 있는 서니 포인트에 나타났습니다. 아질 씨는 그녀에게 아주 잘해 주었죠. 그녀는 드리머스에 있는 '팔레 드 당스'에서 댄서로 일하고 있던 젊은 여인이었습니다. 그녀가 잭이 죽은 지 몇 주

뒤에 곧 재혼했기 때문에 그녀에 대해 말하는 걸 빠뜨렸던 것 같습니다. 내가 알기론, 그녀의 현재 남편은 드리머스에서 전기공으로 일하고 있습니다."

"그녀를 만나러 가야겠군요."

캘거리가 말했다. 그리고 진작 말해 주지 않은 것을 책망이라도 하듯 이렇게 덧붙였다.

"그녀는 내가 제일 처음 만나 봤어야 할 사람인데……."

"예, 그렇게 하십시오. 주소를 알려드리겠습니다. 당신이 처음 날 찾아오셨을 때 왜 그걸 말씀드리지 않았는지 정말 알 수가 없군요."

캘거리는 아무 말도 하지 않았다.

"그녀는 뭐랄까 이 사건에서 쉽게 무시해 버릴 수 있는 그런 요소였습니다."

변호사는 변명하듯 말했다.

"신문에서도 그녀는 그리 비중 있게 다루어지지 않았거든요. 그녀는 남편이 감옥에 있을 때 한 번도 찾아간 일이 없었고 그 뒤로도 그에게 아무런 관심도 두지 않았지요."

캘거리는 깊은 생각에 잠겨 있다가 말문을 열었다.

"아질 부인이 살해되던 날 밤에 그 집에 누구, 누구가 있었는지 정확히 말씀해 주실 수 있습니까?"

마샬은 날카로운 눈매로 그를 쳐다보았다.

"물론 리오 아질이 있었고, 막내딸 헤스터가 있었습니다. 그리고 메리 두런트와 환자인 그녀의 남편도 그 집을 방문 중이었고요. 메리의 남편은 병원에서 막 퇴원했었죠. 그리고 당신도 만나보셨을 커스턴 린즈트롬, 그 여자도 있었습니다. 그녀는 스웨덴인인데, 노련한 간호사이자 안마사죠. 본래는 아질 부인을 도와 보육원 일을 돌보기 위해 왔지만, 그 이후로 죽 그 집에 머무르고 있습니다. 마이클과 티나는 그때 집에 없었습니다. 마이클은 드리머스에서 자동차 판매원으로 일하고 있고, 티나는 레드민의 마을 도서관에 일자리를 갖고 있으며 그곳의 아파트에 살고 있습니다."

마샬은 잠시 말을 끊었다.

"아질 씨의 비서인 보건 양도 있었습니다. 그녀는 시체가 발견되기 전에 자기 집으로 돌아갔습니다."

캘거리가 말했다.

"그녀도 만났습니다. 아질 씨를 매우 따르는 것 같더군요."

"아……, 예, 머지않아 두 사람의 약혼 발표가 있을 겁니다."

"아!"

"아내가 죽은 뒤로 그는 많이 외로웠죠."

그렇게 말하는 변호사의 목소리는 약간 비난조였다.

"그랬을 테지요."

캘거리가 대꾸했다.

"살인 동기에 대해서는 어떻게 생각하십니까, 마샬 씨?"

"이것 보세요, 캘거리 박사, 난 정말 거기까지는 생각할 수가 없군요."

"생각할 수 있으실 텐데요. 사건의 진상이 밝혀질 수 있을 거라고 하지 않으셨습니까?"

"아질 부인이 죽는다 해서 직접적으로 금전상 이익을 본 사람은 없습니다. 부인은 일련의 '사립 신탁인 조합'과 관계를 맺고 있었습니다. 당신도 알다시피 요즘엔 그런 방식이 채택되고 있지요. 그 조합은 모두 어린이들을 위한 것이었습니다. 아이들은 모두 세 명의 신탁인에 의해 관리되었는데, 나도 그중 하나이고 나머지 두 사람은 리오 아질과 아질 부인의 먼 사촌뻘 되는 미국인 변호사입니다. 거액의 이 조합 기금은 이 세 사람의 신탁인들이 관리하고, 적절한 필요에 따라 조합의 피신탁인들에게 지급될 수 있지요."

"아질 씨는 어떻습니까? 그는 아내의 죽음으로 해서 금전적인 이익을 얻었습니까?"

"거액은 아니었습니다. 말씀드렸다시피 부인의 재산 대부분이 조합에 투입되어 있으니까요. 남편에게는 잔여 재산을 남겼지만 액수로 따져서는 얼마 되지 않습니다."

"린즈트롬 양은 어떻습니까?"

"몇 해 전에 아질 부인은 린즈트롬 양이 상당액의 연금을 받을 수 있게 해

놓았습니다."

이렇게 말하다가 마샬은 갑자기 신경질적으로 덧붙였다.

"동기라고요? 나는 이 사건엔 그 어떤 동기도 없는 것으로 봅니다. 더구나 금전에 얽힌 동기는 없는 것이 확실합니다."

"그럼 감정적인 면에서는 어떻습니까? 가족들 사이에 어떤 특별한 갈등이라도 있었습니까?"

"그 문제에 관해서는 당신에게 도움을 드릴 수가 없군요."

마샬은 단정적으로 말했다.

"난 가족의 생활을 관찰하는 사람이 아니었으니까요."

"범행할 만한 사람은 없었습니까?"

마샬은 잠시 생각하더니 마지못해 대답했다.

"그 문제에 관해서는 그쪽의 의사 한 분을 만나보는 게 좋을 것 같군요. 맥매스터 박사, 아마 그분 이름이 그럴 겁니다. 지금은 은퇴했지만 아직 이웃에 살고 있죠. 전시 보육원의 주치의였습니다. 그분은 서니 포인트의 사람들과 그들의 생활에 대해 잘 알고 있을 겁니다. 그분을 설득시켜 이야기를 듣느냐 못 듣느냐는 당신에게 달렸습니다. 그분이 무언가 얘기를 들려주려고만 한다면 당신에게 많은 도움이 될 겁니다. 하지만, 이렇게 말하는 걸 용서하시기 바랍니다, 경찰도 어쩌지 못하는 일을 당신이 어떻게 할 수 있겠습니까?"

"글쎄요. 아마 아무것도 할 수 없겠지요. 하지만 난 이것만은 압니다. 내가 어떻게든 해 보려 한다는 것, 그렇습니다. 난 해봐야 합니다."

경찰서장의 눈썹이 천천히 이마 쪽으로 치켜세워졌다. 하지만 흘러 내려온 그의 회색빛 머리칼까지 닿지는 못했다. 그는 눈을 치켜뜨고 천장을 바라보다가 다시 책상 위에 놓인 서류로 시선을 떨어뜨렸다.

"정말 어떻게 해야 좋을지 모르겠군!"

"예, 그렇습니다, 서장님."

그의 옆에 서 있던 한 젊은이가 대답했다. 마치 서장의 말에 즉각 대답해 주는 것이 그의 임무인 듯했다.

"정말 골치 아픈 일이야."

피니 소령이 투덜거렸다. 그는 손가락으로 탁자를 두드리며 물었다.

"휘시가 와 있나?"

"예, 서장님. 휘시 총경님은 5분 전에 와 계십니다."

경찰서장이 말했다.

"좋아. 그를 내 방으로 들여보내 주겠나?"

휘시 총경은 큰 키에 슬픈 표정을 지닌 사람이었다. 멜랑콜리한 분위기를 짙게 풍기는 탓에 아무도 그가 아이들을 즐겁게 해주기 위해 농담을 하고, 꼬마들의 귀에서 동전을 꺼내는 묘기를 보여 주는, 꼬마들의 파티에 없어서는 안 될 존재임을 믿으려 하지 않을 것 같았다.

경찰서장이 그에게 말했다.

"잘 잤나, 휘시. 여기 아주 골치 아픈 일이 생겼구먼. 자넨 어떻게 생각하나?"

휘시 총경은 깊은 숨을 몰아쉬며 서장이 가리키는 의자에 앉았다.

"2년 전에 우리가 실수를 한 것 같습니다."

그가 말했다.
"이 친구 이름이 뭐라던가……?"
경찰서장이 서류를 뒤적거리며 말했다.
"캘로리 아니, 캘거리라네, 교수라더군. 멍청한 작자 아니겠나? 그런 사람들은 시간이나 시간에 관련된 일에 대해서는 흐릿한 게 보통 아닌가?"
그의 목소리에는 상대방의 동조를 바라는 뜻이 담겨 있는 듯했지만, 휘시는 대꾸하지 않았다.
"저는 그를 과학자로 알고 있습니다."
"그러니까 자네는 그가 말한 것을 우리가 인정해야 한다고 생각하는가?"
"글쎄요."
휘시가 대답했다.
"레지널드 경은 그의 말을 인정한 것 같던데요. 그분의 의견을 무시할 수는 없지 않습니까?"
이는 검찰총장에 대한 예우였다.
"그렇지." 하고 피니 소령은 마지못한 듯 대답했다.
"검찰총장이 무언가 잘못됐다고 확신하고 있다면 우리도 그렇게 생각하는 수밖에 없지. 그건 곧 수사가 재개되는 걸 의미하는 것이고 말이야. 자네가 갖고 있는 관계 자료들을 갖고 왔나?"
"예, 서장님. 여기 있습니다."
총경은 여러 가지 기록 자료들을 탁자 위에 펼쳐 놓았다.
"검토해 봤나?"
서장이 물었다.
"예, 서장님. 어젯밤에 모두 훑어보았습니다. 제 기억은 아주 생생합니다. 뭐, 그리 오래전 일도 아니지만……."
"어디, 함께 검토해 보세, 휘시. 어디서부터 해야 하는 거지?"
"사건의 시작부터입니다, 서장님."
휘시 총경이 말했다.
"서장님도 아시다시피 문제점은 그 당시엔 의심할 만한 것이 전혀 없었다는 사실입니다."

서장이 대꾸했다.

"그렇지. 완벽할 정도로 분명한 사건이었어. 자넬 탓하는 거라곤 생각지 말게, 휘시. 난 백 퍼센트 자네를 지지했었으니까 말일세."

"정말 더 이상 생각할 만한 것이 없었습니다."

휘시는 신중한 태도로 말했다.

"아질 부인이 살해되었다는 전화를 받았고, 그 젊은이가 부인을 협박하고 있었다는 정보를 얻었습니다. 지문이 증거였습니다. 범행에 쓰인 흉기와 돈에 그의 지문이 묻어 있었습니다. 우리는 즉시 그를 검거했었는데, 그는 없어진 돈을 갖고 있었습니다."

"그를 맨 처음 봤을 때 어떤 인상을 받았나?"

휘시는 잠깐 생각에 잠겼다.

"나빴습니다. 지독히 건방졌고, 빤지르르한 말만 늘어놓았습니다. 물레에서 실을 자아내듯 거침없이 알리바이를 술술 내놓더군요. 건방졌죠. 서장님도 그런 타입을 아실 겁니다. 살인자들은 대부분 건방지지 않습니까? 자기들이 아주 영리하다고 생각하고, 다른 사람들이야 어떻게 생각하든 자기들이 저지른 일에 대해 전혀 허점이 없다고 생각하는 자들이 바로 그들이죠. 하지만 그는 생각을 잘못했었습니다."

"맞아."

피니 소령이 맞장구쳤다.

"그는 생각을 잘못했었어. 그에 대한 모든 기록이 그걸 증명하고 있어. 하지만 자네는 그가 범인이라는 걸 즉각 확신했나?"

총경은 잠시 생각에 잠겼다.

"꼭 그렇다고 할 수만은 없습니다. 말씀드렸다시피, 그는 끝에 가선 꼭 살인자가 되고 마는 그런 타입의 청년이었거든요. 마치 1938년의 하먼처럼 말입니다. 하먼에게는 자전거를 훔치고, 돈을 사취하고, 나이 많은 여인들에게 협잡을 걸고, 그러다가 결국은 한 여인을 살해했다는 그런 이력(履歷)이 붙어 있었습니다. 여자에게 염산을 뿌려서 말입니다. 그는 나쁜 짓을 하는데 기쁨을 느끼면서 그런 습관을 갖게 되었던 건데, 전 잭 아질이 바로 그런 타입의 인간이라는 인상을 받았습니다."

서장이 천천히 말했다.

"하지만 이 사건은……, 우리의 잘못이었던 것 같네."

"그렇습니다."

휘시도 동의했다.

"우리가 잘못했습니다. 그리고 그 녀석은 이미 죽었습니다. 참 유감스러운 일입니다. 그렇지만……."

그는 갑자기 격앙된 목소리로 말했다.

"그에겐 분명 허점이 있었습니다. 그는 살인자가 아니었을 수도 있습니다. 아니, 사실상 그는 살인자가 아니었죠. 지금 우리가 알기로는 말이죠. 하지만 그에겐 허점이 있었습니다."

"자, 그만하게."

피니 소령은 큰소리로 그가 흥분하는 것을 막았다.

"누가 그 부인을 죽였을까? 자넨 어젯밤 사건을 쭉 검토해 봤다고 했지? 누군가가 부인을 죽였어. 여자가 흉기로 자기 뒤통수를 쳤을 리는 없단 말이야. 누군가가 내려쳤어. 그게 누굴까?"

휘시 총경은 한숨을 내쉬며 의자에 몸을 깊숙이 기대어 앉았다.

"그걸 알아낼 수 있을지 의문입니다."

"힘들겠지, 응?"

"그렇습니다. 이젠 단서도 잡을 수 없고 증거를 모을 수도 없습니다. 아니, 애초부터 증거 같은 건 그렇게 많지 않았던 것 같습니다."

"그 집 안에 있던 인물, 부인과 가까운 누군가가 그랬다는 것이 초점인가?"

"반드시 그런 것이라고는 보지 마십시오. 집 안에 있던 사람일 수도 있고, 부인이 문을 열어주고 집 안으로 들어오게 한 사람일 수도 있습니다. 아질 집안사람들은 늘 문을 잠가 두는 타입이었습니다. 창문에는 방범용 빗장을 채우고 현관문에는 사슬과 특별 자물쇠를 걸어 놓곤 했습니다. 몇 년 전에 집에 강도가 든 일이 있었기 때문에 그렇게 방범에 신경을 썼던 겁니다."

그는 잠시 말을 멈췄다가 다시 시작했다.

"서장님, 문제점은 우리가 그 당시 다른 상황에는 전혀 신경을 쓰지 않았다는 점입니다. 당시 상황은 잭 아질에게 전적으로 불리했었습니다. 물론, 지금 와서 생각해 보니 범인은 바로 그 점을 이용했던 겁니다."

"그 젊은이가 거기 있었고, 또 부인과 말다툼을 했고, 부인을 협박했었다는 점을 이용한 거란 말인가?"

"그렇습니다. 범인은 그 방으로 걸어 들어가서, 잭이 집어던졌던 부지깽이를 장갑 낀 손으로 집어들고 아질 부인이 무언가를 쓰고 있던 탁자 곁으로 다가가 세차게 머리를 후려친 겁니다."

피니 소령은 짤막하게 물었다.

"왜?"

휘시 총경은 천천히 고개를 끄덕이며 대답했다.

"예, 서장님. 그게 바로 우리가 알아내야 하는 겁니다. 어려운 문제 중의 하나가 될 게 분명합니다. 동기가 없는 거죠."

"자네가 말했다시피 그 당시에도 어떤 분명한 이유가 있는 것 같지는 않았어. 상당한 재산을 소유하고 있는 다른 많은 여자들처럼, 그 부인도 상속세가 면제되는 여러 가지 사업에 손을 대고 있었지. 자선기관 하나가 이미 설립되어 있었고, 거기 속한 아이들은 부인이 죽기 전부터 혜택을 받고 있었어. 그 여자가 죽는다고 해서 더 얻어 낼 것이 있는 것도 아니었고 말일세. 그러니까 귀찮게 잔소리하거나 인색하고 비열한, 달갑지 않은 여자가 죽은 것하고는 경우가 다르거든. 그 여자는 아이들이 일생을 편히 살 수 있도록 아낌없이 다 줬어. 훌륭한 교육을 받게 했고, 사업을 시작할 수 있도록 자본을 대주었고, 그들 모두에게 상당액의 생활비까지 지급했단 말이야. 애정, 친절, 호의, 모든 걸 베풀었어."

"맞습니다, 서장님." 휘시 총경은 그의 말에 동의했다.

"물론 표면상으로는 그 부인을 제거할 이유를 가진 사람이 아무도 없습니다."

그는 말을 멈췄다.

"그런데, 휘시?"

"제가 알기로는 아질 씨는 지금 재혼을 생각하고 있습니다. 그는 몇 년 동안 자기 비서 노릇을 해 왔던 겐다 보건 양하고 결혼할 겁니다."

"그래."

피니 소령은 뜻 있는 어조로 말했다.

"난 거기에 동기가 있는 것 같아. 그 당시엔 우리가 몰랐던 사실이지. 자네 말대로 그 여자는 몇 해 동안 그를 위해 일해 왔다고 했지. 사건 당시에 그들 사이에 어떤 일이 있었는지 생각해 봤나?"

"조금 의심스럽긴 합니다, 서장님."

휘시 총경이 대답했다.

"그런 종류의 일이란 곧 마을에 소문이 퍼지게 마련입니다. 제 말은, 그러니까 그 당시에는 그들 사이에 어떤 관계가 진행되고 있었던 것 같지 않았단 말입니다. 아질 부인이 몰랐던 일이나, 마음 아파할 일은 전혀 없었던 거지요."

"없었지. 하지만 그가 아주 졸렬한 방법으로 겐다 보건과 결혼하기를 원했을 수도 있잖나?"

휘시 총경이 말했다.

"그녀는 매력적이고 젊습니다. 황홀할 정도는 아니지만, 용모도 괜찮고 매력적인 분위기를 풍기는 여자이지요."

"몇 년 동안 그를 위해 일해 왔다고 했지? 그런 여비서들은 늘 자기 상사와 사랑에 빠지는 것 같단 말이야."

"그럼 일단 두 사람에게 살인 동기가 있다고 가정하겠습니다."

휘시가 말했다.

"그런데 그 스웨덴인 가정부 말입니다. 사실 그 여자는 자기 말만큼 아질 부인을 좋아한 것 같지는 않습니다. 부인에게 등한시되었거나, 아니면 등한시되고 있다고 생각한 모양입니다. 그래서 부인을 원망하고 있었던 거죠. 그 여자는 아질 부인이 죽은 뒤에 금전적인 이익을 얻지는 못했습니다. 부인은 이미 그 여자를 위해 상당액의 연금을 지급하고 있었으니까요. 서장님이 상상하시는 것처럼 부지깽이로 누군가의 머리를 내려칠 수 있는 그런 여자는 아니었습니다. 하지만 그건 알 수 없는 일입니다. 리지 보든 사건을 보십시오."

"그렇지. 그건 알 수 없는 일이지. 외부에서 사람이 들어 왔을 가능성은 없나?"

"그런 흔적은 없습니다. 돈이 들어 있던 서랍이 열려져 있긴 했습니다. 방안에 강도가 들어왔던 것처럼 보이기 위해 그랬다고 할 수도 있지만, 매우 서툰 수법이었습니다. 오히려 미숙한 잭이 특별한 효과를 노리고 그렇게 해놓았다고 하는 편이 완벽하게 어울립니다."

"이상한 건……, 그 돈이야." 서장이 말했다.

"예, 그건 정말 이해하기 힘듭니다. 잭 아질이 갖고 있던 5달러짜리 지폐 가운데 하나가 그날 아침 은행에서 아질 부인에게 지급했던 것과 정확히 일치했거든요. 지폐 뒷면에는 바틀베리 부인이라는 이름이 쓰여 있었습니다. 그는 자기 어머니가 그 돈을 주었다고 했지만, 아질 씨나 겐다 보건의 말은 딴판입니다. 그들 말에 의하면, 7시 15분 전쯤 서재로 들어와서 잭이 돈을 달라고 하기에 아질 부인은 언제나처럼 한 푼도 줄 수 없다고 거절했다는 겁니다."

"물론 지금 우리가 알고 있는 바에 의하면, 리오 아질과 보건 양이 거짓말을 했을 가능성도 있어."

서장이 지적했다.

"예, 그럴 가능성도……, 아니, 어쩌면……."

총경이 말을 끊었다.

"뭔가, 휘시?"

피니는 그를 채근했다.

"이를테면 누군가가(그 남자, 혹은 그 여자를 편의상 X라고 부르겠습니다) 방문 앞을 지나다가 다투는 소리와 함께 잭이 협박하는 소리를 들었습니다. 그 사람이 거기서 기회를 포착했다고 생각해 보십시오. 그는 돈을 갖고 잭을 뒤쫓아가서 어머니가 주라고 했다고 말합니다. 아주 그럴듯하게 꾸미는 거죠. 그는 잭이 부인을 협박하기 위해 뽑아들었던 부지깽이를 사용할 때에도 지문이 남지 않도록 조심했을 겁니다."

"빌어먹을!" 서장이 화를 냈다.

"어떤 가정(假定)도 우리가 가족들에 대해 알고 있는 사실과 들어맞질 않아.

그날 저녁에 아질과 겐다 보건, 헤스터 아질과 그 린즈트롬이라는 여자 말고 그 집에 또 누가 있었지?"

"결혼한 큰 딸 메리 두런트와 그녀의 남편이 거기 있었습니다."

"그는 불구가 아닌가? 그러니까 그는 제외하고, 메리 두런트에 대해서는 어떻게 생각하나?"

"그녀는 착하고 침착한 여자입니다, 서장님. 그녀가 흥분한다거나 그 누군가를 죽인다는 건 상상할 수도 없습니다."

"하인들은?" 서장이 물었다.

"모두 출퇴근하는 하녀들입니다, 서장님. 6시까지 모두 퇴근했었습니다."

"어디 시간을 한번 보세."

총경은 그에게 서류를 넘겨주었다.

"음……. 그래, 알겠어. 7시 15분 전에 아질 부인은 서재에서 자기 남편에게 재코가 협박했다는 얘기를 하고 있었군. 겐다 보건도 거기서 대화의 일부를 듣고 있었고……, 겐다 보건은 7시 직후 집으로 돌아갔고, 헤스터 아질은 7시 2, 3분 전까지는 어머니가 살아 있는 것을 보았다. 그 뒤로 아질 부인은 보이지 않다가 린즈트롬 양이 7시 30분에 그녀의 시체를 발견했다. 7시에서 7시 30분 사이에 범행을 할 기회가 많았군. 헤스터도 부인을 죽일 수 있었고, 겐다 보건도 서재를 나와 자기 집으로 가기 전에 부인을 죽일 수 있었어. 린즈트롬 양도 그녀가 '시체를 발견했을 때' 부인을 죽일 수 있었어. 리오 아질은 7시 10분부터 린즈트롬 양의 비명소리를 들을 때까지 혼자 서재에 있었군. 그도 그 20분 사이의 어느 때에 아내가 있는 방으로 가서 그녀를 죽이고 왔을 수 있지. 2층에 있던 메리 두런트도 그 30분 사이에 아래층으로 내려와서 어머니를 죽일 수 있었고, 그리고 또……."

피니 소령은 의미 있는 목소리로 말했다.

"아질 부인이 우리가 생각했던 것처럼 현관문을 열고서 잭 아질을 집 안으로 들여놓았을 수도 있었어. 자네도 기억하는지 모르겠지만, 리오 아질은 초인종이 울리는 소리와 현관문이 여닫히는 소리를 들은 것 같지만, 시간은 정확히 기억할 수 없다고 했지. 그래서 우리는 그 당시에는 잭 아질이 돌아와서 부인을 죽인 거라고 추정했었지."

휘시가 말했다.

"그는 초인종을 누를 필요가 없었습니다. 열쇠를 갖고 있었으니까요. 가족들은 모두 각자 열쇠를 갖고 있었습니다."

"다른 아들은 거기 없었나?"

"예, 마이클 말씀이시죠. 그는 드리머스에서 자동차 세일즈맨으로 일하고 있습니다."

"그날 저녁에 그가 뭘 하고 있었는지 알아보는 게 좋겠군 그래."

서장이 말했다.

"2년 뒤에 말씀입니까? 2년 전의 일을 기억하는 사람은 없지 않겠습니까?"

"그때 그도 조사를 받았나?"

"그는 고객의 차를 검사하고 있었던 것으로 압니다. 그를 의심할 이유는 없었지만, 하여튼 그도 열쇠를 갖고 있었으니 집 안으로 들어가 부인을 살해할 수는 있었겠죠."

서장은 한숨을 내쉬었다.

"자네가 이 일을 어떻게 해결해 나갈지 걱정스럽군, 휘시. 우리가 어떤 결론을 얻어낼지 모르겠어."

"제가 알고 있는 모든 사실로 볼 때, 그 부인은 훌륭한 여자였습니다. 사람들을 위해 그녀는 많은 일을 했습니다. 불행한 아이들을 위해 온갖 자선을 다 베풀었습니다. 그 부인은 결코 살해되어서는 안 되는 그런 사람이었습니다. 그렇습니다. 저도 알고 싶습니다. 검찰총장을 만족시킬 수 있을 만큼 충분한 증거를 얻을 수 없다 해도 전 밝혀내고 싶습니다."

"좋아, 행운을 빌겠네, 휘시." 서장이 말했다.

"지금까지 우린 아무것도 알아낼 수 없었지. 하지만 아무런 결론을 못 얻는다 해도 실망하지는 말게. 이건 정말 잔인한 추적이야. 암, 잔인한 추적이고말고."

제6장

1

극장 안에 불이 들어왔다. 스크린 위에는 광고 화면이 비치고 있었고, 극장 안내양들은 레몬주스와 아이스크림을 들고 좌석 사이를 걸어 다니고 있었다.

아서 캘거리는 그들을 하나하나 살펴보았다. 갈색 머리의 포동포동한 아가씨와 키가 큰 검은 머리 아가씨, 그리고 키가 작은 금발의 아가씨가 있었는데, 이 아가씨가 바로 그가 만나러 온 여자였다. 그녀는 재코의 아내였고, 재코의 미망인이었다가 지금은 조 클레그라는 남자의 아내가 되어 있었다.

그녀의 얼굴은 귀여웠지만 별 특징이 없었고 짙은 화장으로 뒤덮여 있었다. 숱이 없는 눈썹에 머리는 값싼 퍼머 덕분에 추하고 뻣뻣해 보였다. 아서 캘거리는 그녀에게서 아이스크림 카톤을 하나 샀다.

그는 그 여자의 주소를 알고 있었고, 또 그곳으로 찾아갈 작정이었지만, 그녀가 자기를 의식하지 못할 때 먼저 그녀를 살펴봐야겠다고 생각했다. 그런데 그녀는 아무리 뜯어봐도 아질 부인이 자기 며느리로 탐탁하게 여길 것 같지 않은 여자였다. 그래서 재코는 그녀의 존재를 가족들에게 알리지 않았던 것이 분명했으리라.

그는 한숨을 내쉬면서 아이스크림 카톤을 살짝 의자 밑에다 집어넣고 의자 깊숙이 몸을 기댔다. 다시 불이 꺼졌고 스크린 위에는 새 장면이 나타나고 있었다. 곧 그는 자리에서 일어나 극장을 빠져나왔다.

다음 날 오전 11시, 그는 적어 두었던 주소를 보고 그녀를 찾아갔다. 열여섯 살 정도의 소년이 문을 열어 주면서 캘거리의 물음에 이렇게 대답했다.

"클레그요? 맨 위층입니다."

캘거리는 계단을 올라갔다.

방문을 두드리자 모린 클레그가 문을 열어 주었다. 제복도 입지 않고 화장도 하지 않은 그 여자는 어제와 전혀 딴판으로 보였다. 그녀의 얼굴은 작고 아둔해 보였지만 선량해 보이기도 했다. 그러나 그녀 자신은 그런 것에 대해 별 관심이 없는 듯했다. 그녀는 의혹에 찬 시선으로 눈살을 찌푸리며 그를 바라보았다.

"내 이름은 캘거리입니다. 마샬 씨가 나에 대해서 부인에게 편지를 써 보내셨을 텐데요?"

"아, 바로 그분이군요! 어서 들어오세요."

그녀는 뒤로 물러서며 길을 내주었다.

"집 안이 이렇게 지저분해서 죄송해요. 아직 치우질 못했거든요."

그녀는 의자 위에 걸쳐져 있던 너저분한 옷가지들을 주워 치우고, 먹다 남긴 아침식사의 찌꺼기가 담긴 그릇들을 한 옆으로 치우며 말했다.

"좀 앉으세요. 오시길 잘하셨어요."

"이렇게 찾아올 수밖에 없었습니다."

캘거리가 말했다.

그녀는 그의 말이 무슨 뜻인지 모르겠다는 듯 좀 어설픈 웃음을 보였다.

"마샬 씨가 그 일에 관해 편지를 쓰셨더군요. 재코가 했던 얘기에 관해서 말이에요. 결국 그의 말은 사실이었군요. 그날 밤 누군가가 드리머스까지 그를 태워다 줬다더니 그분이 바로 선생님 아녜요?"

"그렇습니다."

캘거리가 대답했다.

"그 사람이 바로 나였습니다."

"정말 좀처럼 잊을 수가 없는 일이었어요."

모린이 말했다.

"어젯밤엔 밤새도록 그 일에 관해 조하고 이야기를 했어요. 정말 영화에서나 있을 수 있는 일이에요. 2년 전이었나요. 거의 그렇게 되죠?"

"예, 약 2년 전입니다."

"선생님은 영화에서 그런 일을 보시면 물론 이렇게 말씀하실 거예요. '저건 실제 생활에서는 일어날 수 없는 말도 안 되는 이야기야.' 하고 말이에요. 그런데 지금 그런 일이 벌어졌어요! 어떤 의미에선 아주 흥미로운 일 아니겠어요?"

"그렇게 생각할 수도 있겠지요."

캘거리가 대답했다. 그는 뭔가 모를 아픔 같은 것을 느끼면서 그녀를 바라보았다.

그녀는 계속 신나게 얘기해 가고 있었다.

"가엾은 재코는 이미 죽어서 이 일에 대해선 알지도 못할 거예요. 아시겠지만, 그는 감옥에서 폐렴에 걸렸어요. 감옥 안의 습기나 또 그 무언가 때문에 그랬을 거예요, 안 그래요?"

캘거리는 그녀가 감옥에 대해 아주 낭만적인 환상을 갖고 있다는 것을 깨달았다. 쥐들이 사람의 발가락을 갉아먹는 지하 감옥이라…….

"그 당시엔 그가 죽는 것이 하나님의 뜻인 것처럼 보였어요. 이런 말씀을 드리지 않을 수 없군요."

"예, 나도 그렇게 생각합니다……. 맞아요, 그랬을 겁니다."

"그런데 내 얘기는, 날이 가고 달이 가도 그가 거기 갇힌 채 나오지 못했을 거라는 얘기예요. 조는 이혼하는 게 좋겠다고 했고, 그래서 곧 그러려고 했었죠."

"그와 이혼하려고 했었습니까?"

"그래요. 수십 년을 감옥에 있어야 할 남자에게 얽매여 있는 건 소용없는 짓 아니겠어요? 게다가 난 재코를 좋아하긴 했지만, 선생님도 아시다시피 그는 착실한 사람이라고는 할 수 없어요. 난 우리의 결혼생활이 계속 유지될 수 있으리라고는 결코 생각지 않았답니다."

"그가 죽었을 때 실제로 이혼 수속을 밟기 시작했나요?"

"예, 수월하게 됐죠. 그러니까 내 얘기는, 변호사의 도움을 받았다는 얘기예요. 조가 그렇게 하라고 했거든요. 조는 재코를 아주 참을 수 없이 싫어했어요."

"조란 남편을 말하는 겁니까?"

"예, 그는 전기 분야에서 일하고 있죠. 아주 좋은 직장을 갖고 있고 사람들도 그를 무시 못 한답니다. 남편은 재코가 좋지 못한 사람이라고 늘 내게 얘기했어요. 물론 나도 그땐 어리고 어리석었지만요. 선생님도 아시겠지만, 재코는 사람을 다루는 솜씨가 아주 좋았어요."

"그에 관한 얘기를 모두 들어보니 그런 것 같더군요."

"여자를 구워삶는 재주가 뛰어났었죠. 비결이 뭔지는 잘 모르겠지만 잘생겼다거나 뭐 그랬던 것도 아닌데 말이에요. 원숭이 같은 얼굴, 난 곧잘 그를 그렇게 불렀죠. 그런데도 그에겐 사람 다루는 솜씨가 있었던 거예요. 사람을 자기 마음먹은 대로 행동하게 만들었으니까요. 어떨 땐 그게 아주 쓸모 있었죠. 우리가 결혼한 지 얼마 되지 않았을 때 그는 일하고 있던 주유소에서 손님의 차를 갖고 말썽을 피운 적이 있었어요. 누가 잘못했는지는 잘 몰랐지만, 어쨌든 주인은 크게 화를 냈었죠. 그런데 재코는 주인의 아내를 구워삶은 거예요. 아주 늙은 여자였었죠. 아마 쉰 살은 족히 되었을 텐데 재코는 그 여자를 살살 구슬려서 아주 정신을 못 차리게 만든 거예요. 결국엔 그 여자가 재코에겐 큰 힘이 되어 주었죠. 자기 남편을 구슬려서 재코가 변상만 해 놓으면 다른 처벌은 하지 않겠다고 말하게 만든 거예요. 하지만 그는 재코가 그 돈을 어디서 구했는지 끝내 몰랐죠. 재코에게 돈을 준 건 바로 그 남자의 아내였거든요. 재코하고 난 얼마나 웃었던지!"

캘거리는 약간 혐오스럽다는 듯한 표정으로 그녀를 쳐다보았다.

"그게 그렇게도 재미있었습니까?"

"어머 그럼요! 정말 우습기 짝이 없는 일 아녜요? 그렇게 늙은 여자가 재코한테 미쳐서 갖고 있는 돈을 바닥내다니 말이에요."

캘거리는 한숨을 내쉬었다. 모든 일이 상상했던 일과 전혀 다르다는 생각이 들었다. 그는 자기가 변호해 주어야 하는 한 사나이에 대한 매력이 날마다 점점 반감되어 가는 것을 느꼈다. 서니 포인트에서 자신을 그렇게 놀라게 했던 사람들의 태도를 이제야 이해할 것 같았고, 그들에게 공감할 것 같았다.

"내가 여기 온 것은……."

그가 말했다.

"저, 그러니까 그 일에 대해 부인에게 내가 할 수 있는 뭔가가 없을까 해서였습니다."

모린 클레그는 좀 어리둥절한 표정으로 그를 쳐다보았다.

"아주 친절하시군요. 하지만 선생님이 그러셔야 할 이유가 뭐죠? 우린 아주 잘 지내고 있어요. 조는 돈을 잘 벌어오고 나도 직장을 갖고 있어요. 아시는지 모르겠지만, 난 극장에서 안내원 일을 하고 있답니다."

"예, 알고 있습니다."

"다음 달엔 텔레비전을 들여 놓을 거예요."

여자는 자랑스럽게 얘기했다.

"이런 말씀을 드릴 수 있어서 참 좋군요. 그러니까 이 불행한 일이 어떤 영원한 그림자를 남기지 않았다는 것 말입니다."

그는 재코의 아내였던 이 여자와 이야기를 나누면서 적당한 단어를 선택하는 것이 점점 힘들어지는 것을 느꼈다. 그에게는 자기 자신의 말이 모두 과장되고 꾸며진 말로 들렸다. 왜 이 여자에게는 자연스럽게 이야기할 수가 없는 것일까?

"나는 이 일이 부인에게 큰 슬픔이 되지 않을까 걱정했습니다."

그녀는 그를 똑바로 쳐다보았다. 그녀의 크고 푸른 눈에 담긴 기색은 그가 말하는 것을 조금도 이해하지 못하겠다는 듯한 눈빛이었다.

"그땐 참 무서웠어요. 이웃 사람들이 모두 그 일에 대해 얘기하고 또 불안해했죠. 경찰들이 친절하게 여러 가지 상황을 생각해 주긴 했지만요. 그들은 아주 정중하게 대해 주었고 모든 일을 원만하게 처리해 주었어요."

그는 그녀가 고인(故人)에 대해 정말 사랑을 갖고 있었던 건지 의심스러웠다. 그는 퉁명스럽게 물었다.

"그가 범인이라고 생각했습니까?"

"그가 자기 어머니를 죽였다고 생각했느냐는 말씀이세요?"

"예, 바로 그렇습니다."

"글쎄, 물론 예, 예, 그래요. 어떤 면에선 그렇게 생각했던 것 같아요. 물론 그는 자기가 한 짓이 아니라고 했지만 그의 말을 믿을 수는 없었어요. 그리고 그의 짓이라고 생각할 수밖에 없는 상황이었고요. 그는 당시에 조금만 뭐라고 해도 막 화를 냈어요. 난 그가 무슨 곤경에 빠져 있다는 걸 알았죠. 무슨 일이 있냐고 묻기라도 하면, 그는 그냥 눈을 부릅뜨고 쳐다보기만 했지 도통 말을 하려 하지 않는 거예요. 그런데 그는 그날 외출하면서 일이 다 잘될 거라고 하더군요. 어머니가 돈을 줄 거라고, 주지 않을 수 없을 거라고 했지요. 물론 나는 그를 믿었고요."

"내가 알기로는 그는 부인과 결혼했다는 것을 가족들에게 얘기하지 않았다고 하던데요? 가족들을 만나본 일이 있습니까?"

"아뇨. 아시다시피 그들은 큰 집과 또 모든 것을 갖고 있는 고상한 사람들이에요. 난 그들에게 쉽게 받아들여질 수 있는 입장이 아니었고요. 재코는 날 감춰 두는 게 상책이라고 생각했어요. 게다가 만일 나를 자기 어머니한테 데려가면 어머니가 내 인생도 자기 인생처럼 쥐고 흔들려 할 것이라고 얘기했어요. 어머니는 사람들을 자기 마음대로 길들이려 하는 사람이어서, 자기는 그걸 이골나게 겪었다고 하더군요. 그래서 나도 꼭 그렇게 될 거라고 했어요."

그녀는 어떤 분노를 표시하려는 것 같지는 않았지만, 자기 남편의 행동은 지극히 당연했다고 생각하는 것 같았다.

"그가 체포되었을 때 부인은 큰 충격을 받으셨으리라 생각되는데요."

"예, 당연히 그랬죠. 어떻게 그가 그런 짓을 할 수 있었을까? 내 자신에게 그렇게 물어보았지만 그의 짓이 아니라고 생각할 수 없었어요. 그는 화가 나면 성격이 아주 포악해지곤 했으니까요."

캘거리는 몸을 앞으로 굽히며 얘기했다.

"이야기를 이렇게 한번 정리해 봅시다. 그러니까 부인은 남편이 자기 어머니의 머리를 흉기로 내려치고 거액의 돈을 훔쳤다 해도 전혀 놀라운 일이 못된다고 생각한다는 말이죠?"

"글쎄요. 음, 캘거리 씨, 죄송하지만 그건 좀 심한 표현이군요. 난 그가 자기 어머니를 그렇게 세게 내려쳤을 거라고는 생각지 않아요. 그가 어머니를 죽이려 했다고 생각하지는 마세요. 그 부인은 재코에게 돈을 주지 않겠다고 했고, 재코는 부지깽이를 들고 어머니를 협박하다가 한번 휘둘렀을 뿐일 거예요. 난 그가 어머니를 죽일 의도는 아니었다고 생각해요. 그는 단지 운이 나빴던 거예요. 아시겠지만, 그에겐 돈이 매우 필요했거든요. 돈을 구하지 못하면 감옥에 갈 판이었으니까요."

"그래서 부인은 그를 비난하지 않는 겁니까?"

"아녜요. 난 그가 나빴다고 생각해요. 난 그렇게 사납고 거친 행동을 좋아하지 않거든요. 그리고 그의 어머니도 역시 그래요! 그렇게 하는 것이 좋은 일이었다고는 생각지 않아요. 난 조의 말이 옳다고 생각하기 시작했어요. 조는 내가 재코와 아무런 관계도 맺지 말았어야 했다고 이야기하곤 했거든요. 하지만 아시다시피 그렇게 되질 않았어요. 한 여자가 자기 마음을 결정한다는 건 항상 힘든 일이거든요. 조는 언제나 안정되어 있는 사람이라는 걸 선생님도 아실 거예요. 하지만 재코는 달랐어요. 난 오래전에 그를 알았죠. 그이는 아주 유복해 보였고, 돈도 잘 썼어요. 그리고 아까 말씀드렸다시피 사람 다루는 솜씨가 아주 좋았고요. 그는 어떤 사람이라도 다 자기 편으로 만들 수 있었어요. 나도 물론이었고요. '넌 후회하게 될 거야.' 조는 그렇게 말했죠. 난 조가 재코에게 지기 싫어하고 또 그를 질투해서 그런다고 생각했죠. 그런데 결국 조의 말이 옳다는 게 판명되었어요."

캘거리는 그녀를 쳐다보았다. 그는 그녀가 아직도 자기 말에 함축된 의미를 충분히 이해하고 있지 못하다고 생각했다.

"어떤 의미에서 그의 말이 옳았다는 겁니까?"

"그건 재코가 날 궁지에 빠뜨렸다는 얘기죠. 우린 늘 부족함 없이 살았었지요. 우리 엄마는 우릴 아주 세심하게 보살펴 주셨어요. 우린 늘 좋은 것들을 가질 수 있었어요. 그런데 경찰이 내 남편을 잡아간 거예요! 이웃 사람들이 모두 그걸 알게 되고 신문에도 났죠. '뉴스 오브 더 월드'나 다른 모든 신문에도 말이에요. 기자들이 몰려와서 질문을 퍼부어 댔어요. 난 그게 정말 견딜 수 없을 만큼 싫었어요."

"그러면, 부인……."

아서 캘거리가 말했다.

"지금은 그가 그런 짓을 하지 않았다는 걸 깨달으십니까?"

순간 그녀의 희고 귀여운 얼굴엔 당황의 빛이 스쳐갔다.

"물론이죠! 난 점차 잊어버리고 있는 중이었어요. 하지만 내 말은 그가 거기 가서 소동을 피우고 어머니를 협박하고 그런 짓을 한 건 사실이라는 뜻이에요. 그런 짓을 안 했다면 잡혀가지도 않았을 것 아녜요?"

캘거리가 말했다.

"그렇습니다. 그건 맞는 말입니다."

캘거리는 아마도 이 귀엽고 어리석은 아가씨가 자신보다 더 현실주의자인 것 같다고 생각했다.

"오, 그건 정말 무서운 일이었어요."

모린이 말을 계속했다.

"난 어떻게 해야 할지 몰랐어요. 엄마는 얼른 그의 가족들을 찾아가 보는 게 좋겠다고 하셨죠. 그들이 어떻게 해줘야 할 거라고 하시면서요. 엄마의 말은 결국 '네게는 권리가 있고, 또 그 권리를 네가 어떻게 지키는지 그들에게 보여 줘야 할 거다.'라는 얘기였어요. 그래서 난 그들을 찾아갔죠. 어떤 외국 여자가 문을 열어 주었는데, 처음에 난 그 여자가 누구인지 알 수가 없었어요. 그 여잔 내 말을 믿을 수 없어 하는 것 같더군요. 계속 '있을 수 없는 일'이라고만 하는 거였어요. 재코가 나와 결혼했다는 게 있을 수 없는 일이라는 거예요. 난 기분이 좀 상했었죠. '우린 결혼했어요. 신고만 한 결혼이 아니라, 교회에서 식도 올렸어요. 우리 엄마가 그렇게 하길 원했으니까요.' 난 그렇게 말했죠. 그런데도 그 여자는 '사실이 아니야, 믿을 수가 없어.'라고 하더군요.

그때 아질 씨가 다가왔어요. 아주 친절한 분이셨어요. 도와줄 수 있을 테니 걱정하지 말라며 재코를 변호하기 위해 가능한 한 모든 일을 다 할 거라고 하시더군요. 그리고 내게 돈을 보내 주면 어떻겠느냐고 물으셨어요. 그래서 매주 규칙적으로 내게 돈을 보내고 계세요. 지금까지도 말이에요. 조는 내가 그걸 받는 걸 싫어하지만, 난 그에게 이렇게 말하죠. '어리석게 굴지 말아요. 보내 줄 능력이 있으니까 보내 주는 것 아녜요?' 그분은 조하고 내가 결혼할 때에는 상당액의 수표를 결혼 선물로 보내 주셨어요. 그리고 자기는 아주 기쁘다며 이번 결혼은 지난번 결혼보다 더 행복하기를 바란다고 하셨지요. 그래요, 그분, 아질 씨는 그렇게 멋진 분이세요."

그때 방문이 열렸다. 그녀는 고개를 돌리며 말했다.

"아, 조가 오는군요."

조는 얄팍한 입술에 금발을 가진 청년이었다. 그는 모린의 설명을 듣고 약간 언짢은 얼굴로 자신을 소개했다.

"우린 모든 게 다 해결됐기를 바랐습니다."

그는 마땅찮은 투로 말했다.

"이렇게 말씀드려 죄송합니다, 선생님. 하지만 지난 일을 들추어 봤자 아무 소용이 없다는 그 말밖에 할 말이 없습니다."

"예, 이해합니다."

캘거리가 말했다.

"물론 아내는 그런 녀석과 사귀지도 말았어야 했습니다. 난 그가 좋지 않은 녀석이라는 걸 알고 있었어요. 그에겐 이미 전력(前歷)이 있었거든요. 두 번씩이나 보호관찰을 받은 경험이 있었다고요. 한 번 나쁜 짓을 시작한 녀석들은 그런 일에서 손을 빼지 못합니다. 처음에는 여자들의 돈을 갈취하는 것으로 시작해서 결국엔 살인하는 것으로 끝난단 말입니다."

"하지만 그는 살인을 하지 않았소."

캘거리가 말했다.

"물론 그렇게 말씀하시겠죠."

조 클레그가 말했다. 그의 말은 상대방의 말을 전혀 믿지 못하겠다는 의미로 들렸다.

"잭 아질은 사건이 일어난 시간 동안에 완벽한 알리바이를 갖고 있었소. 그는 내 차에 타서 드리머스로 가고 있었단 말이오. 클레그 씨, 그는 범행을 저지를 수가 없었소."

"물론 그렇겠지요, 선생님."

클레그가 말했다.

"죄송합니다만 어쨌든 그 모든 일을 다시 들추어내는 건 어리석은 짓입니다. 그는 이미 죽어서 없으려니와, 이 일이 그에게 도움을 줄 수도 없으니까요. 사람들에게 다시 화젯거리를 만들어 주고 골치 아프게 만들 뿐입니다."

캘거리는 자리에서 일어서며 말했다.

"글쎄, 당신의 입장에서 보면 그것도 이 사건을 보는 한 방법이 될 수도 있겠지요. 하지만 세상엔 정의라는 것도 있다는 것을 알아야 합니다, 클레그 씨."

"난 영국의 재판정은 최대한으로 공정하다고 늘 생각하고 있습니다."

"이 세상에서 가장 훌륭한 체계일지라도 한 번쯤의 실수는 저지를 수 있소. 결국 정의도 인간의 손에 달려 있는 것이고, 인간은 실수할 수 있는 존재란 말이오."

그 집을 나와 거리를 걸으면서 캘거리는 자신이 생각했던 것보다 훨씬 더 마음이 헝클어져 있는 것을 느꼈다. 만일 그날에 대한 기억이 되살아나지 않았다면 모든 일이 정말 더 잘 되었을까? 그는 자신에게 이렇게 물어보았다.

그 독선적이고 말수 적은 친구가 방금 말했다시피 결국 그 가엾은 청년은 죽었다. 그는 결코 실수를 저지르지 않는 판사 앞으로 보내졌었다. 그가 사람들에게 살인자로 기억되든지 또는 단순한 좀도둑으로 기억되든지 이제 그에게 어떤 변화가 생기게 할 수는 없다.

그때 그는 갑작스런 분노가 치밀어 오르는 걸 느꼈다.

'하지만 그 누군가에게는 변화가 생기게 해야만 해!' 그런 생각이 들었다.

'또 누군가는 기뻐해야 하고……. 그런데 왜 그들은 그럴 수 없는 것일까? 그 여자, 그래, 난 충분히 이해할 수 있어. 그 여자는 재코에게 혹했을지는 모르지만, 결코 그를 사랑하지는 않았어. 아마도 그 여자는 그 누구도 사랑할 수 없는 여자일 거야. 하지만 다른 사람들(그의 아버지, 그의 누이, 그의 보모, 그들)은 기뻐했어야만 했어. 자기들에게 닥칠 일을 두려워하기 전에 먼저 조금이라도 기쁜 기색을 나타냈어야만 했어. 그래, 누군가가 내 말을 듣고 좋아했어야 당연했지.'

2

"아질 양이요? 저기 두 번째 책상입니다."

캘거리는 잠시 그녀를 바라보며 서 있었다.

그녀는 단정하고 자그마한 몸매에 아주 침착하고 유능해 보였다. 그녀는 흰 칼라와 흰 소맷부리가 달린 검푸른 드레스를 입고 있었고, 역시 검푸른 빛의 머리카락은 목 뒤로 단정하게 묶여 있었다. 그녀의 피부는 보통의 영국인보다 검었고, 체격 역시 영국인보다 작았다. 그녀는 아질 부인이 딸로 입양시킨 혼혈아였다. 그를 올려다보는 그녀의 눈동자는 검고 불투명했다. 아무런 뜻도 담겨 있지 않은 눈동자였다.

"무얼 도와 드릴까요?"

"아질 양인가요? 크리스티나 아질 양?"

"예."

"난, 캘거리, 아서 캘거리라고 합니다. 아마 들어 봤을 텐데요?"

"예, 선생님에 관해 들었어요. 아버지가 편지를 쓰셨더군요."

"이야기를 좀 했으면 합니다만."

그녀는 시계를 쳐다보며 말했다.

"30분만 있으면 도서관의 폐관 시간이에요. 그때까지 기다리실 수 있으세요?"

"물론이죠. 어디 가서 차라도 한 잔 하실 수 있겠죠?"

"고마워요."

그녀는 그렇게 말하면서 그의 뒤에 서 있는 사람에게로 얼굴을 돌렸다.

"예, 무얼 도와 드릴까요?"

아서 캘거리는 옆으로 비켜섰다. 그는 서가에 꽂힌 책들을 살펴보며 티나 아질이 일하는 모습을 관찰하면서 왔다 갔다 했다.

그녀는 여전히 침착하고 민첩했으며 또 단정했다. 30분이란 시간은 매우 더디게 갔지만 마침내 폐관을 알리는 종소리가 울리자 그녀는 그를 향해 고개를 끄덕여 보였다.

"몇 분 뒤에 밖에서 뵙겠어요."

그녀는 그를 오래 기다리게 하지 않았다. 밖으로 나온 그녀는 모자도 쓰지 않고 두꺼운 외투만 걸치고 있었다. 그는 어디로 가야 할지 그녀에게 물었다.

"레드민은 잘 모릅니다." 그가 설명했다.

"성당 근처에 찻집이 하나 있어요. 좋은 곳은 아니지만, 그 덕분에 다른 곳보다는 덜 복잡하죠."

곧 그들은 조그마한 탁자를 사이에 두고 자리를 잡았다. 지독히도 깡마른 여종업원이 귀찮은 듯한 태도로 주문을 받아갔다.

티나는 사과하듯 말했다.

"차 맛이 좋지 않을 거예요. 하지만 비밀로 해야 할 말씀이 있는 것 같아서……."

"그렇습니다. 아가씨를 찾아온 이유를 설명해야겠군요. 아시겠지만, 아가씨 집안사람들을 모두 만나봤습니다. 동생, 재코의 아내를 포함해서 말입니다. 아가씨만 내가 만나보지 못한 유일한 사람입니다. 아 참, 결혼한 언니도 있군요."

"우리들 모두를 만나보는 게 꼭 필요하다고 생각하시나요?"

말투는 아주 정중했지만, 그녀의 목소리에는 캘거리를 불편하게 만드는 냉정함이 담겨 있었다.

"사교적인 필요라고는 할 수 없죠."

그는 무뚝뚝한 말투로 대꾸했다.

"그리고 이건 단순한 호기심도 아닙니다(그럼 뭐란 말이지?). 난 단지 재판이 벌어지던 당시 동생분의 결백을 증명하지 못한 것에 대해 내가 느끼는 깊은 유감을 여러분 모두에게 직접 설명해 드리고 싶었을 뿐입니다."

"그랬군요."

"아가씨가 동생을 좋아했다면……, 동생을 좋아했나요?"

그녀는 잠깐 생각에 잠기는 듯하다가 이내 입을 열었다.

"아뇨, 전 재코를 좋아하지 않았어요."

"하지만 그에게 큰 매력이 있었다는 얘기를 들었는데요."

"전 그 애를 믿지 못했고, 또 싫어했어요."

그녀는 분명하게, 하지만 흥분되지 않은 목소리로 대답했다.

"이렇게 말하는 걸 용서하시기 바랍니다. 아가씨는 그가 어머니를 죽였다는 사실을 의심해 본 적이 없습니까?"

"다른 해결책이 있을 수 있다고는 생각지 않았어요."

여종업원이 주문한 차를 가져왔다. 버터를 바른 빵은 구운 지 오래된 것 같았다. 잼은 이상할 정도로 진득했고, 케이크는 번쩍거리기만 해서 입맛을 돋우지 못했다. 차는 맹물 같았다.

그는 자기 앞에 놓인 차를 한 모금 마시고 나서 이야기를 계속했다.

"내가 전한 소식, 그러니까 아가씨 동생의 살인 혐의를 벗겨 주는 소식은 그리 유쾌하지 못한 반향을 일으킨 것 같습니다. 난 이제 와서야 그걸 알게 되었습니다. 여러분들 모두에게 새로운 불안을 안겨 주게 되었다는 말이죠."

"수사가 재개되기 때문인가요, 캘거리 박사님?"

"그렇습니다. 벌써 그것에 대해 생각해 보았군요."

"아버지는 그걸 피할 수 없는 일로 생각하시는 것 같았어요."

"죄송합니다, 정말 죄송합니다."

"왜 선생님이 죄송한가요, 캘거리 박사님?"

"여러분에게 새로운 걱정거리를 안겨 주게 되어서 말입니다."

"하지만 아무 말씀도 않고 계셨다면 만족하셨겠어요?"

"정의라는 견지에서 얘기하는 겁니까?"

"아닌가요?"

"물론입니다. 난 정의를 매우 중요하게 생각했습니다. 그런데 지금은……, 그보다 더 중요한 게 있을지도 모른다는 생각을 하게 됐습니다."

"어떤 것 말씀인가요?"

그의 생각이 헤스터에게 닿았다.

"이를테면, 결백 같은 것 말입니다."

티나 아질의 눈동자의 검은 빛이 더욱 짙어졌다.

"어떻게 생각하십니까, 아질 양?"

그녀는 잠시 아무 말도 않고 있다가 이렇게 말했다.

"지금 마그나 카르타(1215년 영국의 존 왕이 국민의 자유와 권리를 인정한 대헌장)에 있는 말을 생각하고 있어요. '우리는 모두 인간에게 정의를 실행할 것'이라는 그 말."

"알겠습니다. 그게 아가씨의 대답이군요."

맥매스터 박사는 숱이 많은 눈썹과 기민해 보이는 회색 눈동자, 따지기 좋아할 듯한 턱을 가진 노인이었다. 그는 닳아 해진 안락의자에 기대어 앉아 자신을 찾아온 손님을 유심히 뜯어보고 있었다. 그는 자기가 보고 있는 사람이 나쁜 사람이 아니란 걸 이내 알아냈다.

캘거리편에서도 역시 상대방에게 호감이 갔다. 그는 영국에 돌아온 뒤 처음으로 자신의 감정과 자신의 견해를 인정해 주는 사람과 이야기를 나누고 있다는 생각이 들었다.

"만나 주셔서 정말 감사합니다, 맥매스터 박사님."

그가 인사하자 노의사는 "천만에요."라고 대꾸했다.

"손에서 일을 놓은 뒤 지루해 죽을 지경이었다오. 젊은 의사들은 여기 이렇게 꼭두각시처럼 앉아서 그동안 지친 내 마음이나 염려해야 한다고 말들 하는데, 도대체 그렇게 되질 않는구려. 라디오를 듣기도 하고, 우리 집 가정부 말대로 가끔씩 텔레비전을 보기도 하지만 다 부질없는 짓이지. 난 일평생을 발바닥이 닳도록 뛰어다니던 바쁜 사람이었다오. 이렇게 가만히 앉아만 있다는 건 정말 못 견딜 일이지. 눈이 피곤하도록 책이나 읽으니 말이오. 그러니 내 시간을 빼앗는다고 미안해할 건 없어요."

"먼저 왜 제가 그 일에 아직도 골몰하고 있는지 그것부터 말씀드려야 할 것 같습니다. 논리적으로 설명을 드린다면 전 제가 해야 할 일을 했다는 겁니다. 그러니까 뜻하지 않던 사고를 당해 기억을 상실한 탓에 그 불운한 젊은이를 변호해 주지 못했다는, 차마 입이 떨어지지 않는 얘기를 가족들에게 전했다는 말입니다. 그다음에는 제 자신의 일로 돌아가서 그 모든 걸 잊으려고 하는 것이 당연하고 또 순서에 맞는 일이었습니다. 그렇지 않습니까?"

"사정에 따라서는 그렇겠지요."
맥매스터 박사가 말했다.
"뭐 걱정되는 일이 있는 거요?"
캘거리가 말했다.
"예. 모든 일이 다 염려스럽습니다. 알고 계시겠지만, 제가 전한 소식은 제가 생각했던 것처럼 순수하게 받아들여지지 않았습니다."
"아, 그래요."
맥매스터 박사가 말했다.
"그건 하나도 이상한 일이 아니지요. 매일 일어나는 일이니까. 개업하고 있는 다른 의사들과 뭔가를 의논하려 할 때나, 젊은 처녀에게 결혼을 신청하려 할 때, 자기 학창 시절을 되돌아보면서 아들과 대화를 나누려고 할 때나, 어떤 일을 할 때든지 우리는 미리 마음속으로 그 일을 예행 연습하지 않소? 그런데 막상 일이 닥치면 모든 게 생각했던 것과 같이 되질 않거든. 당신도 아마 그 일을 어떻게 이야기해야 할 것인지, 그리고 이야기를 듣는 사람들의 반응이 어떨지 미리 생각해 봤을 것이오. 물론 당신은 모든 일에나 늘 그렇게 할 테지만 말이오. 그런데 그 사람들의 태도가 생각과는 달랐다, 바로 그것이 당신을 당황케 만든 것 아니오?"
"예."
캘거리가 대답했다.
"당신은 어떤 걸 예상했소? 당신 이야기에 홀딱 빠질 거라고 생각했소?"
"제가 예상한 건……."
그는 잠깐 생각했다.
"비난이라 할까요, 아마 그럴 겁니다. 그리고 분노? 그것도 예상했습니다. 하지만 감사도 있을 거라고 생각했습니다."
맥매스터는 혀를 끌끌 찼다.
"그런데 그들은 감사하지도 않았고, 생각했던 것만큼 화를 내지 않았단 말이지?"
"그렇다고 해야겠죠."

캘거리는 솔직히 털어놓았다.

"그건 당신이 상황을 잘 모른 채 그곳에 갔기 때문일 거요. 그런데 날 찾아온 이유는 뭡니까?"

캘거리는 천천히 말했다.

"그 가족들에 관해 좀더 알고 싶어서입니다. 전 이미 알려진 사실밖에 모르고 있거든요. 자기 자신은 돌보지 않는 아주 훌륭한 여인이, 입양한 아이들을 위해 최선을 다했다. 그 여자는 공공심이 강했고 성품도 훌륭했다. 그런데 그 여자의 아이 중 문제아라고 할 만한 한 아이가 그 여자와 사이가 틀어져 있었다. 그는 성격이 비뚤어진 불량한 젊은이였다. 이것이 제가 아는 전부입니다. 그밖에는 아무것도 모릅니다. 아질 부인에 관해서는 아무것도 모릅니다."

"당신의 말이 옳소."

맥매스터가 말했다.

"아주 중요한 일에 초점을 맞추고 계시구먼. 생각해 보면, 어떤 살인사건이나 그에 관련된 것들은 늘 흥미 있는 부분이지. 살해당한 사람은 과연 어떤 사람이었는가의 문제 말이오. 살인사건이 있을 때마다 사람들은 모두 살해당한 사람에 대해 알아내느라 항상 바쁘지. 아마도 당신은 아질 부인은 살해당해서는 안 되었던, 그런 여자였다고 생각할 게요."

"모든 사람이 다 그렇게 생각할 겁니다."

"윤리적 측면에서 보면 당신의 말이 맞소. 하지만……."

맥매스터는 콧등을 문질렀다.

"중국 사람들은 남에게 호의를 베푸는 걸 미덕이라기보다는 죄악으로 생각한다는 사실을 아시오? 그네들은 자선의 의미를 알고 있는 게지. 자선이란 사람들을 옭아매는 것이오. 인간의 본성이 어떤지 당신도 알고 있잖소. 한 녀석에게 친절을 베풀어 보시오. 당신은 그에게 잘해 주고 싶고 그를 좋아하니까 그렇게 했지만, 당신이 베푼 친절을 받은 그 작자도 당신에게 그렇게 호의적이겠소? 그가 정말 당신을 좋아하느냔 말이오. 물론 좋아해야 하겠지. 하지만 진심으로 좋아하던가 말이오?"

"글쎄……."

노의사는 잠시 말을 멈췄다가 다시 얘기하기 시작했다.

"자, 보시오. 아질 부인은 참으로 훌륭한 어머니라고 할 수 있었소. 하지만 그녀는 호의가 지나쳤지. 분명 과잉 친절이었소. 그 여자는 그렇게 하고 싶어 했거나, 아니면 그렇게 하려고 노력했던 게 분명해요."

"그들은 부인의 아이들이 아니었습니다."

캘거리가 지적해 주었다.

"아니었지."

맥매스터가 대꾸했다.

"내 생각엔 바로 그것 때문에 문제가 생긴 것 같소. 당신은 정상적인 어미 고양이의 행동을 본 적이 있소? 어미 고양이는 새끼를 낳으면 아주 열렬할 정도로 보호하지. 아무도 새끼에게 다가오지 못하게 하고 말이오. 그런데 1주일쯤 지나면 어미 고양이는 다시 제 인생을 살기 시작한다오. 새끼들을 놔두고 쥐를 잡기도 하는 등 새끼들에게서 벗어나는 거요. 물론 누군가가 새끼들을 해치려 할 때는 어미로서의 본능을 계속 발휘하긴 하지만, 늘 그것들에게 얽매여 있지는 않는단 말이오. 새끼들하고 가끔씩 놀아주기도 하지만, 그것들이 좀 개구쟁이 짓이라도 할라치면, 어미를 좀 귀찮게 하지 말라는 듯 한 대씩 때리기도 하지. 그렇게 해서 점차 새끼를 낳기 전의 생활로 되돌아가는 거요.

새끼들이 점점 자라면 자랄수록 어미는 새끼들에게 무관심해지고 옆집에 사는 수고양이에게 점점 생각이 쏠리게 된단 말이오. 그것이 보통 여자들의 삶의 정상적 패턴이지. 모성 본능이 강한 여자들은 그렇지 않은 여자들보다 더 결혼을 갈망한다오. 그들 자신은 빨리 어머니가 되고 싶은 마음 때문에 그걸 알아차리지 못하지만, 난 그런 여자들을 많이 봐왔어요. 결혼해서 아이가 태어나면 그들은 아주 행복해하고 또 만족해하오. 그다음엔 생활에 균형이 잡히지요. 남편에게도 관심을 갖게 되고, 주변에서 일어나는 일이나 뜬소문 같은 것에도 신경을 쓰게 되고 말이오. 아이들에게는 물론이고 모든 일에 적당한 관심, 적당한 신경을 쓰게 되는 거지.

단순히 신체적인 의미에서만 말한다면, 그들의 모성 본능은 아이를 낳을 때 이미 충족되는 거라오. 그런데 아질 부인에게 있어서는 모성 본능은 강했지만 아이를 낳는 육체적 만족감은 전혀 느낄 수 없었던 거요. 그런 탓에 그녀의 어머니로서의 집착은 시들 줄 몰랐소. 그녀는 아이들을, 많은 아이들을 원했지. 아무리 가져도 부족했단 말이오. 그녀의 온 마음은 밤이나 낮이나 아이들에게만 가 있었소. 남편은 그녀에게 별 중요한 존재가 아니었소. 그녀의 뒤에 가만히 있어 주기만 하면 되는 추상적 존재였지. 아이들만이 그녀의 전부였단 말이오. 그녀의 모든 생활은 아이들을 잘 먹이고 잘 입히고 잘 놀리는 것을 빼놓고 생각할 수 없었소. 그녀는 아이들에게 아무리 해줘도 결코 넘친다는 생각은 하지 않았던 거요.

그녀가 아이들에게 주지 못한 것, 그리고 그 애들이 필요로 하는 유일한 것은 적당한 무관심 바로 그것이었소. 그 애들은 다른 아이들처럼 평범한 정원에서 노는 것이 아니라 온갖 종류의 놀이기구, 인공으로 만든 언덕과 징검다리가 있는 숲 속의 집, 역시 인공의 모래밭이 만들어져 있는 시냇가에서 놀아야 했소. 그들이 먹는 음식도 평범한 보통의 음식이 아니었소. 다섯 살 때까지 곱게 거른 채소 죽을 먹어야 했고, 우유는 멸균된 것만, 물은 정수된 것만 마셔야 했소. 그들이 섭취하는 음식물의 칼로리가 계산되는 건 물론이고 심지어 비타민의 양까지 정확히 산정되었소. 그런 일은 내 직업과도 무관한 일이 아니라는 걸 당신도 알 거요.

아질 부인은 결코 내 환자가 아니었지. 몸이 아프면 할리가(런던의 일류 의사들의 동네)에 있는 병원으로 찾아가곤 했었으니까. 그렇게 자주 간 것은 아니지만, 그녀는 아주 튼튼하고 건강한 여자였으니까 말이오. 난 아이들의 건강을 돌봐 주는 사람이었지. 그 여자는 내가 애들에게 좀 무심하게 대한다고 생각하고 있었소. 나는 아이들이 울타리 밑에서 검은 딸기도 좀 따먹게 내버려 두라고 했다오. 아이들 발이 좀 젖거나 코감기가 들어도 그리 해롭지 않다고, 열이 37도가 되어도 큰 문제가 있는 건 아니라고 했지요. 아이들의 체온은 38도가 되기 전까지는 그리 호들갑을 떨 필요가 없는데도 그 부인은 애들에게 조금만 열이 있어도 온갖 응석을 다 받아주고 숟가락으로 밥을 떠 먹여 주는 등 법석을 떨었다오. 그런 식으로 사랑을 퍼부어 주는 것이 애들에겐 결코 좋은 일이 아닌데도 말이오."

"그러니까, 그런 것이 재코에게는 그리 좋은 일이 되지 못했다는 말씀입니까?"

캘거리가 입을 열었다.

"난 비단 재코만 얘기하는 게 아니라오. 내 생각으로는 재코는 본래부터 나빠질 소지가 있는 아이였소. 요즘 말로 표현한다면 정신착란아라고 할까. 뭐 다른 이름이라도 좋소. 아질 내외는 그 애를 위해 최선을 다했지. 할 수 있는 일은 모두 다 했으니까. 난 지금까지 살아오면서 재코와 같은 애들을 숱하게 많이 봐왔소. 그런 아이들이 더 이상 어쩔 수 없는 절망적인 상태까지 잘못되고 나면 부모들은 대개, '어렸을 때 그 애를 좀더 엄하게 다뤘어야 하는 건데.' 하거나, '우린 그 애한테 너무 완고했어. 조금 부드러웠어도 좋았을 텐데.' 하고 말한다오. 난 그런 부모나 이런 부모나 다 오십 보 백 보라고 생각하오. 행복하지 못하거나 사랑이 부족한 가정에서 자란 탓에 잘못되는 아이들이 있는 반면, 조금도 부러울 것 없는 가정에서 자란 아이라도 잘못될 아이는 결국 잘못되고 마니까 말이오. 난 재코를 후자의 경우에 놓겠소."

"그럼 그가 살인 혐의로 체포되었을 때도 박사님께선 놀라지 않으셨겠군요?"

"솔직히 말한다면 놀라긴 했소. 하지만 그건 특별히 재코가 살인 같은 걸 할 수 있는 사람이 아니라고 생각했기 때문은 아니었소. 그는 파렴치한 젊은이라고 할 수 있었으니까 말이오. 나를 놀라게 한 건 그가 저지른 살인의 형태였소. 아, 물론 난 그가 사나운 기질을 갖고 있다는 건 알고 있었지. 어릴 때도 그는 다른 애들을 땅바닥에 세게 내던지거나, 딱딱한 장난감 또는 나무 조각 같은 것으로 때리는 일이 잦았거든. 하지만 그런 일이 잦긴 했어도 그건 어렸을 때의 일이고, 또 늘 남에게 해를 입히거나 자기가 원하는 걸 빼앗으려 할 만큼 무분별하게 사납지는 않았으니까. 만일 재코가 살인을 저지른다면 그럴 경우, 이를테면 그와 비슷한 또 하나의 젊은이와 함께 길을 가다가 경찰의 불량배 단속에 걸렸다거나 했을 때 말이오. 경찰이 다가오면 재코는 이렇게 말하겠지. '정수리를 후려쳐라. 정신 못 차리게 하고 쏘아 버려.' 그는 살인을 선동할 수 있을지는 모르나, 자기 손으로 직접 사람을 죽일 만큼 뻔뻔스러운 사람은 아니었소. 이제 보니……, 그런 내 생각이 옳았던 것 같소. 내가 그 당시에 그렇게 말했어야 하는 건데……."

노의사는 안타깝다는 듯 말했다.

캘거리는 방바닥에 깔린 양탄자를 뚫어져라 내려다보고 있었다. 요즘은 쉽게 볼 수 없는 아주 낡은 양탄자였다.

"왜 그들이 절 당황하게 만들었는지 아직도 모르겠습니다. 제 행동이 그들에게 어떻게 보였는지 아직도 알 수가 없군요. 제 얘기가 어째서……?"

노의사는 온화한 표정을 지으며 고개를 끄덕였다.

"알겠어요. 그렇게 보일 테지. 당신의 행동은 아주 옳았던 것처럼 보일 테지."

"전 사실 그 점을 말씀드리려고 박사님을 찾아온 겁니다. 겉으로 봐서는 그 부인을 죽일 만한 동기를 가진 사람이 없습니다."

"겉으로 보기엔 그렇지요."

노의사는 그의 말에 동감을 표시했다.

"하지만 사건의 이면(裏面)을 조금 안다면……. 그렇지요, 누군가가 왜 그녀를 죽이고 싶어 했는지 그 이유는 아주 많지요."

"무슨 뜻입니까?"

캘거리가 정색을 하고 물었다.

"그걸 아는 것도 당신이 할 일이라고 생각하시오?"

"그렇게 생각합니다. 그렇게 생각하지 않을 수가 없습니다."

"내가 당신의 입장이라도 그렇게 생각했을 거요. 난 잘은 모르오. 글쎄, 내가 말할 수 있는 건 그들 중 아무도 진정한 그 집 식구가 아니었다는 것밖에 없소. 이제 그들의 어머니(편의상 그렇게 부르겠소)가 살아 있지 않은 이상……. 아시다시피, 그녀는 그들 모두를 굳게 결속시켜 주는 역할을 했다오."

"어떤 면에서 말입니까?"

"그녀는 그들의 경제적 공급원이었으니까 말이오. 상당액의 돈을 그들에게 대주었지. 수입이 많았거든. 그 돈은 피신탁인들이 적절하다고 생각하는 비율에 따라 그들에게 할당되었다오. 아질 부인 자신은 신탁인이 아니었지만, 그녀가 살아 있는 한 그녀의 입김이 작용했던 것이 사실이지."

그는 잠시 말을 멈췄다가 다시 이야기하기 시작했다.

"어떤 면에서 보면 재미있어요. 아이들 모두가 그녀의 치마폭에서 벗어나려고 얼마나 애썼는지……. 그 애들은 어머니가 자기들을 다루는 방식에 길들여지지 않으려고 얼마나 저항했는지 몰라요. 그녀는 아이들을 다루는데 한 가지 방식을 갖고 있었다오. 아주 훌륭한 방식이었지. 그녀는 아이들에게 훌륭한 가정을 마련해 주고, 훌륭한 교육을 받을 수 있게 해주길 원했다오. 그리고 상당액의 돈도 지급해 주고 싶어 했고, 그들을 위해 자신이 선택해 준 일을 그들이 기꺼이 받아주길 원했지. 그녀는 아이들을 정말 자기와 리오의 자식인 것처럼 대해 주고 싶었던 거요. 그 애들이 정말 자기와 리오의 자식이 아니었기 때문에 더 그랬던 건지도 모르지만, 아이들은 성격도 전혀 달랐고, 생각하는 것이나 태도, 요구하는 것들이 전혀 달랐소.

미키 청년은 지금 자동차 세일즈맨으로 일하고 있소. 헤스터는 어느 정도 집 울타리를 벗어나 있기도 했지. 그 애는 무대에 서고 싶어 했다오. 아주 탐탁하지 못한 사내와 사랑에 빠지기도 했고, 여배우로선 별로 빛을 못 보다가 결국은 집으로 돌아올 수밖에 없었지. 즉, 어머니의 말이 옳았다는 걸 인정하지 않을 수 없었던 거지요. 인정하긴 싫어했지만 말이오.

메리 두런트는 전쟁 당시, 어머니가 결혼시킬 수 없다고 반대했던 남자와 굳이 결혼하겠다고 고집을 피웠다오. 그 남자는 준수하고 지적인 청년이긴 했지만, 생활력이 전혀 없는 사람이었소. 그러고는 소아마비에 걸려 버린 거라오. 그는 회복이 될 무렵에 서니 포인트에 왔었소. 아질 부인은 함께 살자고 끈질기게 얘기했고, 그 남편도 그게 좋겠다고 했는데 메리 두런트가 결사반대했지. 그녀는 자기와 자기 남편만의 가정을 갖고 싶었던 것이오. 그러나 어머니가 죽지 않았다면 결국 그녀도 항복하고 말았을 거요.

미키는 늘 불만이 가득한 청년이었지. 그는 자기 생모한테 버림받았다는 걸 철천지한으로 생각하고 있었다오. 어렸을 때부터 늘 그런 불만으로 가득 찼었는데, 커서도 그 불만을 버리지 못했소. 내 생각에 그는 자기 양어머니를 마음속으로는 늘 증오하고 있었던 것 같소. 그리고 그 왜, 스웨덴인 여자 안마사 있잖소. 그 여자도 아질 부인을 좋아하지 않았을 거요. 그 여자는 애들하고 리오를 좋아했지. 아질 부인으로부터 많은 은혜를 입었기 때문에 그녀에게 감사하려고 노력은 했는지 모르지만, 쉽사리 그렇게 되지 않았던 거요. 그렇긴 하지만 그녀를 싫어하는 감정 때문에 흉기를 들고 자기가 은혜 입은 사람의 머리를 내려쳤다고 생각할 수는 없겠지. 싫으면 어느 때라도 그 집을 떠날 수 있었으니까 말이오. 그리고 리오 아질에 관해 얘기하자면……."

"예, 그는 어떻습니까?"

"그는 재혼할 거요."

맥매스터 박사가 말했다.

"그에겐 아주 행운이지. 상대는 아주 멋진 젊은 여성이니까. 마음이 따뜻하고 친절하고 훌륭한 친구인 동시에 그를 열렬히 사랑하는 여자이기도 하오. 오랫동안 그래 왔소. 그녀가 아질 부인에 대해 어떤 느낌을 가졌을 것 같소? 당신의 생각도 아마 나와 비슷할 거요. 아질 부인이 죽음으로써 자연히 모든 일이 아주 간단해진 거지. 리오 아질은 자기 아내가 있는 집 안에서 여비서와 관계를 맺을 그런 인물은 아니오. 나는 그가 아내를 버렸다는 생각은 정말 할 수 없소."

캘거리는 천천히 말문을 열었다.

"두 사람 모두 만나보았고, 이야기도 나눠 봤습니다. 사실 전 그들 중 한 사람은 믿을 수가 없습니다."

"알아요."

맥매스터가 말했다.

"한 사람은 믿을 수 없다면 나머지 한 사람은? 그 집 식구 중의 한 사람이 범인이잖소."

"정말 그렇게 생각하십니까?"

"달리 생각할 여지가 없잖소. 경찰은 외부인의 소행이 아니라고 단정하고 있고, 난 그들의 생각이 옳다고 믿소."

"그러면 누구의 짓이란 말입니까?"

맥매스터는 어깨를 으쓱해 보였다.

"간단히 알 수 있는 일이 아니지."

"박사님께서 그 집안사람들에 대해 알고 계신 것에 비추어 볼 때 심증이 가는 사람이 있습니까?"

"심증이 가는 사람이 있다고 해도 얘기할 수는 없지."

맥매스터는 말했다.

"그렇다 해서 내가 어떻게 할 수 있는 것도 아니잖소? 내가 그들에 관해 모르는 것이 있지 않는 한, 내게는 그들 중 어느 누구도 범인으로는 보이지 않소. 또, 그들 중 어느 누구에게도 범인일 가능성을 둘 수 없소, 절대로."

그는 천천히 이렇게 덧붙였다.

"누가 범인인지 결코 알 수 없을 것이라는 게 내 생각이오. 경찰은 최선을 다할 테지만, 지금에 와서 증거를 얻는다는 건, 얻으려 한다는 건……."

그는 머리를 흔들었다.

"절대로 진실은 밝혀지지 않을 거요. 이런 경우가 많다는 걸 당신도 아실 테지. 이런 경우도 있었어요. 50년 전인가 백 년 전쯤에 말이오. 넷 또는 다섯 명 중의 한 사람이 틀림없이 범인인데 충분한 증거가 없었어요. 지금까지도 그 사건의 진상은 밝혀지지 않고 있다오."

"이 사건도 그렇게 될 거라고 생각하십니까?"

"글쎄. 그래요, 난 그렇게 생각해요."

맥매스터 박사는 머뭇거리며 말했다. 다시 그는 캘거리에게 날카로운 시선을 던졌다.

"하지만 그건 정말 끔찍한 일 아니겠소?"

"끔찍하지요. 죄가 없는 사람 때문에 말입니다. 그녀가 그렇게 말하더군요."

캘거리가 대답했다.

"누구? 누가 그렇게 말하던가요?"

"그 아가씨, 헤스터 말입니다. 중요한 건 죄가 없는 사람이라는 걸 제가 모르고 있다고 그녀가 말해 주더군요. 그건 박사님께서도 방금 제게 말씀하신 것 아닙니까. 우리는 영원히 알지 못할 것이라는……."

"누가 결백한 사람인지?"

노의사가 그 대신 말을 마쳐 주었다.

"그래, 그저 진실을 알 수 있기만 하다면, 체포나 재판이나 유죄 판결까지는 가지 않더라도, 그저 알 수만 있다면, 그렇지 않으면……."

그는 말을 멈췄다.

"그렇지 않으면요?"

캘거리가 물었다.

"그건 당신 마음대로 생각하시오."

맥매스터가 말했다.

"이미 알고 있는 걸 말할 필요는 없잖소."

그는 계속 이야기했다.

"이 사건은 브라보 사건을 생각나게 해요. 아마 거의 백 년 전 일이지요. 하지만 아직도 그 사건을 다루고 있는 책들이 많지요. 피살자를 독살한 것이 그의 아내냐, 콕스 부인의 짓이냐, 아니면 걸리 박사의 짓이냐, 심지어 검시관의 평결까지 받았던 찰스 브라보의 짓이냐 설왕설래하면서 말이오. 여러 가지 그럴듯한 의논이 분분하지만, 지금까지 아무도 진실을 알지 못하고 있어요. 게다가 가족들한테 버림받은 플로렌스 브라보 양은 알코올 중독으로 외로이 죽었고, 콕스 부인은 사람들의 배척을 받고 그녀를 살인자라고 믿고 있는 많은 사람들의 눈총을 받으며 어린 세 아들을 데리고 늙도록 살다 죽었지요. 걸리 박사는 직업도 잃고 사회적으로도 파멸 당했고……. 누군가가 유죄인 것은 분명했소. 그런데 누군가는 벌을 면했고 오히려 죄가 없는 다른 사람들은 괴로움을 당했단 말이오."

"그런 일이 또 일어나선 안 됩니다."

캘거리는 단호하게 말했다.

"그래선 안 됩니다."

제8장

1

헤스터 아질은 거울에 비친 자신의 모습을 바라보고 있었다. 그녀의 시선엔 약간의 허무함이 담겨 있었다. 그것은 한 번도 자기 자신에 대한 확신을 가져 본 적이 없는 사람이 느끼는 자신에 대한 부끄러움이었다.

그녀는 머리를 이마 뒤로 쓸어 넘겼다가 다시 한쪽으로 끌어 내렸다가 아무래도 마음에 들지 않는 듯 얼굴을 찌푸렸다. 그때 그녀의 뒤로 누군가의 얼굴이 거울에 비쳤다. 그녀는 놀라서 움찔하다가 누군지 알아보고는 얼른 고개를 돌렸다.

"어머, 놀랐군요!"

커스턴 린즈트롬이 말했다.

"놀라다니, 무슨 뜻이에요, 커스티?"

"나 때문에 놀랐냐고요. 내가 아가씨 몰래 다가와서 내려치지나 않을까 해서……."

"어머, 커스티, 바보 같은 소리 하지 말아요. 그런 생각은 하지도 않았어요."

"하지만 아가씨는 그런 생각을 했어요. 그리고 그런 생각을 한다 해서 잘못은 아니에요. 정말 이해할 수 없는 일을 당할 때는 어둠을 바라보면서 그렇게 생각할 수도 있거든요. 이 집 안엔 우리가 두려워해야 할 일이 있기 때문이죠. 이제 우린 그걸 알고 있어요."

"어쨌든, 커스티, 난 아줌마를 두려워할 필요가 없어요."

"그걸 어떻게 알아요?"

커스턴 린즈트롬이 말했다.

"얼마 전에 신문에 이런 기사가 실렸어요. 한 여자가 또 다른 여자와 몇 년간을 같이 살았는데, 어느 날 갑자기 그 여자를 죽였다는 거예요. 목을 졸라서.

그러고는 그 여자의 눈을 뽑아내려 했다는군요. 왜 그랬을까요? 경찰한테 이야기하기를, 그 여자는 얼마 전부터 자기가 죽인 여자에게 악마가 들어 있는 걸 봤다는 거예요. 그 악마가 그 여자의 눈을 통해 자기를 내다보는 것을 보고는 강하고 대담해져서 저 악마를 죽여야겠다는 생각을 하게 됐다는 거예요."

"아, 나도 기억나요."

헤스터가 말했다.

"하지만 그 여자는 미쳤댔어요."

"아, 하지만 그 여자는 자기가 미쳤다는 걸 모르고 있었어요. 주위 사람들도 그 여자가 미친 걸로 생각하지 않았고 말이에요. 그 여자의 가엾고 뒤틀린 마음속에서 어떤 일이 일어나고 있었는지 아무도 몰랐으니까요. 그리고 아가씨도 내 마음속에서 어떤 일이 일어나고 있는지 모르잖아요. 내가 미쳤을 수도 있고, 어느 날 아가씨 어머니를 보고 악마라고 생각해서 그녀를 죽였을 수도 있지 않겠어요."

"하지만, 커스티, 그건 말도 안 돼요! 정말 말도 안 돼요."

커스턴 린즈트롬은 한숨을 내쉬며 의자에 앉았다.

"그래요, 말도 안 되죠."

그녀는 헤스터의 말을 인정했다.

"난 아가씨 어머니를 참 좋아했어요. 어머니는 늘 내게 친절하셨죠. 하지만, 헤스터, 어떤 일 아니, 어느 누구에 대해서도 '말도 안 된다'고는 말할 수 없어요. 아가씨는 나나 그 어느 누구도 절대적으로 믿지 못할 거예요."

헤스터는 고개를 돌려 맞은편에 있는 여자를 쳐다보았다.

"난 아줌마가 신중한 사람이라는 걸 정말 믿어요."

"난 아주 신중하죠."

커스턴이 대꾸했다.

"우린 모두 신중해져야 하고, 또 모든 일을 공개적으로 해야 해요. 아무 일도 없었던 것처럼 하는 것은 좋지 않아요. 여기 왔던 그 사람……, 난 그가 오지 않았으면 얼마나 좋았을까 생각하지만, 어쨌든 그는 왔어요. 그리고 이런 일을 벌려 놨어요. 난 재코가 살인자가 아니었다는 것이 정말 명백한 사실이라는 걸 알아요. 거기까진 아주 좋아요. 그런데 다른 누군가가 범인이고, 그 다른 누군가란 바로 우리들 중 한 사람이라고요."

"아녜요, 커스티, 아녜요. 그건 이런 사람의 짓일 거예요."

"어떤 사람?"

"그러니까 뭔가를 훔치려 했던 사람이거나 과거에 어머니한테 어떤 이유로 원한을 갖고 있던 사람 말이에요."

"어머니가 그런 사람을 집 안에 들여놨을 거라고 생각해요?"

"그럴 수도 있어요. 어머니가 어떤 사람인지 아시잖아요. 어떤 사람이 아주 곤경에 빠졌다는 얘기를 갖고 찾아왔다면, 어떤 사람이 내버려졌거나 학대받는 아이에 관해 얘기하러 찾아왔다면, 어머니는 그 사람을 안으로 들어오게 할 거예요. 그리고 어머니 방으로 데리고 가서 그 사람 얘기를 들어 주실 거예요."

"있을 수 없는 일이라는 생각이 들어요."

커스턴이 말했다.

"적어도 내가 보기엔 부인이 탁자 앞에 앉아서 그 사람이 흉기를 들어 뒤에서 머리를 내려치도록 내버려 두었을 것 같지 않아요. 그래요, 부인은 아는 사람과 함께 편안하게, 아무 의심도 없이 앉아 있었을 거예요."

"그러지 마세요, 커스티."

헤스터가 소리쳤다.

"정말 그러지 마세요. 아줌마는 일을 너무 끔찍하게, 너무 어이없게 만들고 있어요."

"그게 사실이니까요. 하지만 더 이상은 얘기하지 않겠어요. 그러나 이것만은 알아 둬요. 아가씨가 누군가를 아주 잘 안다고 생각할지라도, 아가씨가 그들을 신뢰한다고 생각할지라도 그것을 확신할 수는 없어요. 그러니까 방심하지 마세요. 나나 메리나 아가씨 아버지나 겐다 보건에 대해서도 방심하지 말란 말이에요."

"그렇게 모든 사람을 의심하면서 어떻게 여기서 살 수 있겠어요?"

"내 충고를 따르지 않을 거라면 이 집을 떠나는 게 좋을 거예요."

"지금은 그럴 수 없어요."

"왜요? 그 젊은 의사 양반 때문인가요?"

"무슨 말인지 모르겠군요, 커스티."

헤스터의 뺨에 홍조가 피어올랐다.

"크레이그 박사 말이에요. 그는 대단히 멋진 청년이죠. 아주 좋은 의사고 말이에요. 다정다감하고 양심적이고……. 그런 사람과 헤어진다는 건 내키지 않는 일일 수도 있죠. 하지만 난 여전히 아가씨가 여길 떠나 멀리 가는 게 더 좋을 거라고 생각해요."

"모든 것이 다 말도 안 돼요."

헤스터는 화가 나서 소리쳤다.

"말도 안 돼, 말도 안 돼. 오, 캘거리 박사가 오지 않았었다면 얼마나 좋았을까!"

커스턴이 말했다.

"나도 그래요. 진심으로."

2

리오 아질은 겐다 보건이 자기 앞에 놓아 둔 편지들에, 마지막 서명을 마쳤다.

"이게 마지막인가?"

"예."

"오늘은 그리 힘들지 않게 마쳤군."

겐다는 편지에 우표를 붙여 차곡차곡 쌓아 놓고 있다가 물었다.

"외국 여행 떠날 때가 되지 않으셨어요?"

"외국 여행?"

리오 아질은 무슨 말이냐는 듯 모호하게 되물었다.

"예. 로마나 시에나에 가셨던 생각 안 나세요?"

"아, 맞아 맞아. 그랬었지."

"무솔리니 추기경이 편지에서 말씀하셨던 기록 보관소의 자료들을 보러 가셨잖아요."
"그래, 기억나."
"비행기 예약을 해 놓을까요, 아니면 기차 편이 좋으시겠어요?"
마치 먼 여행길에서 돌아온 것처럼, 리오는 그녀를 바라보면서 희미한 미소를 머금었다.
"나를 어디론가 보내려고 아주 안달이구먼, 겐다."
"오, 아녜요, 당신은! 정말 아녜요."
그녀는 얼른 그에게로 다가와 그의 옆에 무릎을 꿇고 앉았다.
"당신이 내 곁을 떠나는 걸 원치 않아요, 절대로. 하지만……, 하지만 전, 여길 좀 떠나 계시면 좋을 것 같다는 생각을 했어요. 얼마 전부터……."
"지난주부터?"
리오가 물었다.
"캘거리 박사가 다녀간 뒤부터 말이지?"
"그가 오지 않았다면 얼마나 좋을까요."
겐다가 말했다.
"모든 게 그냥 전과 다름없이 될 수만 있다면 얼마나 좋을까요."
"재코가 저지르지도 않은 죄 때문에 부당하게 단죄받은 채 말이지?"
"그는 그럴 수도 있었어요. 언제라도 그는 그런 짓을 저질렀을 거예요. 그의 짓이 아니었다는 건 단순한 우연이었다고 생각해요."
"이상한 일이야."
리오는 신중한 어조로 얘기했다.
"난 그 애의 짓이라고는 정말 믿을 수 없었어. 물론 증거 앞에서는 어쩔 수 없었지만……, 도저히 있을 수 없는 일로 보였단 말이야."
"왜요? 그는 늘 사나운 성질을 갖고 있지 않았어요?"
"그래, 그렇긴 해. 그 애는 다른 애들도 곧잘 때리곤 했으니까. 대개는 자기보다 작은 애들을 말이야. 하지만 레이첼을 공격했으리라고는 도저히 생각할 수 없었어."

"왜죠?"

"그 애는 아내를 두려워했으니까. 당신도 알다시피 아내에겐 큰 권위가 있었거든. 다른 사람들과 마찬가지로 재코도 그걸 느꼈던 거야."

"하지만 그게 옳았다고는 생각지 마세요. 무슨 말이냐 하면……."

그녀는 말을 멈췄다.

리오는 미심쩍은 듯한 시선으로 그녀를 바라보았다. 그의 시선에서 무엇을 느꼈는지 겐다는 뺨을 붉혔다. 그녀는 몸을 일으켜 세우더니 벽난로 가로 다가가 꿇어앉으면서 손을 내밀어 불을 쬐는 시늉을 했다.

'그래.'

그녀는 혼잣말로 되뇌었다.

'레이첼에게는 확실히 권위가 있었어. 자기 자신에 지극히 만족해하고, 자기 자신을 지극히 신뢰하고, 마치 우리 모두를 다스리는 여왕벌 같았지. 그것만으로도 누군가로 하여금 흉기를 집어 그 여자를 내려치게 만들기에 충분하지 않았을까? 영원히 침묵하게 말이야. 레이첼은 늘 옳았고, 레이첼은 늘 가장 많이 알고 있었어. 레이첼은 늘 자기만의 방식을 갖고 있었어.'

그녀는 벌떡 일어섰다.

"리오."

그녀는 단호한 어조로 리오를 불렀다.

"3월까지 기다릴 필요 없이 빨리 결혼할 수는 없는 건가요?"

리오는 그녀를 쳐다보았다. 한참 동안을 아무 말 않고 있던 그는 얼마 뒤 입을 떼었다.

"안 돼, 겐다. 안 돼. 그건 별로 좋은 생각이 아니야."

"왜 안 된다는 거예요?"

"무슨 일이든지 급하게 서두르는 건 좋지 않다고 생각해."

"무슨 말씀이세요?"

그녀는 그에게로 다가갔다. 그러고는 다시 그의 옆에 무릎을 꿇고 앉았다.

"리오, 무슨 말씀이세요? 말씀해 주세요."

"이봐, 말 그대로 난 단지 무슨 일이든 서두르는 건 좋지 않다고 생각했을 뿐이야."
"하지만 우리 3월엔 결혼하는 거죠, 예정대로?"
"나도 그럴 수 있길 바라……, 그래, 그럴 수 있기를 바라……."
"틀림없다고 말씀하지는 않는군요. 리오, 이젠 날 사랑하지 않는 거죠?"
"오, 이런!"
그는 양손을 그녀의 어깨 위에 얹었다.
"난 당신을 사랑해. 당신은 나의 전부요."
"좋아요, 그럼."
겐다는 초조한 듯 서둘러 말했다.
"안 돼."
그는 자리에서 일어섰다.
"아직은 안 돼. 기다려야 해. 우린 확신해야만 해."
"무얼 확신한단 말이에요?"
그는 대답하지 않았다.
그러자 그녀가 말했다.
"당신은 생각하지 마세요. 생각할 필요 없어요."
"나……, 난 아무것도 생각하지 않아요."
리오가 말했다.
그때 방문이 열리면서 쟁반을 받쳐 든 커스턴 린즈트롬이 들어왔다. 그녀는 쟁반을 책상 위에 내려놓으면서 말했다.
"차를 가져왔습니다, 아질 씨. 겐다, 잔을 하나 더 갖고 올까요? 아니면 내려가서 함께 마시겠어요?"
"식당으로 내려가겠어요. 이 편지들을 정리해 가지고 오늘 부쳐야 하거든요."
조금 불안정해 보이는 손으로 그녀는 리오가 방금 서명해 놓은 편지들을 집어들고 방을 나섰다.
커스턴 린즈트롬은 그러한 그녀를 바라보다가 리오를 향해 얼굴을 돌리며 물었다.

"뭐라고 말씀하셨나요? 뭐라고 말씀하셨길래 저렇게 당황하죠?"
"아무것도 아니야."
리오의 목소리엔 피곤이 묻어 있었다.
"아무것도."
커스턴 린즈트롬은 어깨를 한 번 들썩해 보이더니 아무 말도 하지 않고 방을 나갔다.
그러나 리오는 보이지 않는, 입 밖에 나오지 않는 그녀의 힐난을 느낄 수 있었다. 그는 의자 깊숙이 몸을 기대며 한숨을 쉬었다. 매우 피곤했다. 그는 잔에다 차를 따르긴 했지만 마시지는 않았다. 대신 그는 의자 깊숙이 기대어 앉아 초점 없는 시선으로 한쪽 벽면을 응시했다. 그의 머릿속엔 과거에 대한 기억들이 주마등처럼 스쳐갔다.

그가 관심을 갖고 있던 '런던 이스트 앤드'의 사교 클럽……. 그곳에서 그는 레이첼 콘스텀을 처음으로 만났다. 지금도 그는 그때 그녀의 모습을 분명하게 기억할 수 있었다. 중간 정도의 키에 다부져 보이는 몸매, 그리고 그 당시엔 몰랐었지만 아주 값비싼 옷을 별로 단정치 못하게 입고 있던 아가씨였다. 둥그스름한 얼굴에 진지하고 따뜻해 보이는 태도, 거기에 열성과 순수함까지 지닌 그 아가씨는 곧 그의 마음을 끌었다.
그녀에게는 할 일이 많았고, 또한 해서 보람 있는 일도 많았다. 그녀는 좀 앞뒤가 맞지 않는다 싶은 이야기들을 쉴 새 없이 조잘거렸고, 그런 그녀에게 그는 자꾸 마음이 이끌렸다. 왜냐하면, 역시 그도 이 세상엔 해야 할 일도 많고, 해서 보람 있는 일도 많다고 생각했기 때문이었다. 물론 보람 있는 일들이 늘 생각처럼 성공적으로 되는가에 대해서는 그 자신도 본능적인 의구심을 갖고 있었긴 하지만 말이다. 그러나 레이첼에게는 의심 같은 것이 없었다. 만일 이런 일을 한다면, 만일 이러이러한 기관에 기금을 기부한다면 자선사업의 결과는 자동적으로 뒤따를 것이라는 게 그녀의 생각이었다.
지금 와서 알게 된 일이지만, 그녀는 인간의 본능을 인정하지 않았다. 그녀는 사람들을 생각할 때 늘 개별적인 사건, 개별적인 문제에 따라 생각했다. 인간의 존재는 각각 달라서 한 가지 일에 대한 반응도 각각 다르고, 나름대로의 독특한 개성을 갖고 있다는 사실을 그녀는 알지 못했던 것이다. 그는 그녀에게 너무 많은 것을 기대하지 말라고 충고했던 기억이 났다.

그러나 그녀는 그의 충고를 묵살한 채 늘 너무 많은 것을 기대했다. 늘 너무 많은 것을 기대했고, 그래서 항상 실망하곤 했다. 그는 그런 그녀와 아주 빠른 속도로 사랑에 빠졌고, 그녀가 대부호의 딸이라는 걸 알게 되었을 때는 놀라움과 동시에 기쁨을 느꼈다.

그들은 평범한 생활이 아닌 높은 가치 체계에 기반을 둔 인생을 함께 설계했다. 이제 그는 자신이 그녀에게 마음이 끌린 주된 이유가 무엇이었는지 분명히 알 수 있었다. 그것은 그녀의 따뜻한 마음 때문이었다. 그러나 그 따뜻한 마음은 그에게는 실제로 아무런 의미도 되어 주지 못했고 단지 비극의 씨앗이 됐을 뿐이었다. 물론 그녀도 그를 사랑했다. 그러나 그녀가 그로부터, 그리고 결혼생활로부터 진실로 원했던 것은 아이들이었다.

그런데 아이들은 태어나지 않았다. 그들은 의사들을 찾아다녔다. 용하다는 의사는 물론이고, 그렇지 않은 의사, 심지어 돌팔이 의사까지 찾아다녔다. 그리고 마침내는 인정하지 않으면 안 될 선고를 받았다. 그녀는 아이를 가질 수 없다는 것이었다. 그는 그녀에게 미안했다. 너무 미안했다. 그래서 양자를 들이자는 그녀의 제안에 선뜻 응했다. 그들은 이미 양자 알선기관과 접촉을 갖고 있었다.

언젠가 뉴욕에 갔을 때의 일인데, 그들이 탄 차가 그곳 빈민가를 지나다가 갑자기 어느 집에선가 뛰쳐나온 한 아이를 친 적이 있었다. 레이첼은 차에서 뛰어내려 무릎을 꿇고 아이를 살펴보았다. 아이는 타박상만 입었을 뿐 크게 다치지는 않았다. 금발에 푸른 눈을 가진 아름다운 아이였다.

레이첼은 아이가 정말 아무 데도 상한 데가 없는지 병원에 가봐야 한다고 얘기했다. 그리고 그녀는 아이의 친척들을 만나보았다. 친척이라고 해봤자 단정치 못해 보이는 아줌마와 술주정뱅이가 틀림없는 그녀의 남편뿐이었다. 그들은 아이에게 아무런 애정도 없는 것이 분명했다. 아이의 부모가 죽었기 때문에 어쩔 수 없이 아이를 데리고 사는 것 같았다. 레이첼은 며칠 동안 아이와 함께 있게 해 달라고 했고, 그 여자는 망설임도 없이 이내 응낙했다.

"여기선 아이를 잘 돌봐 줄 수가 없거든요."

그 여자는 변명처럼 그렇게 말했다.

그렇게 해서 메리는 그들이 묵고 있던 호텔 방으로 오게 되었다. 아이는 푹신한 침대와 호화로운 욕실에 만족해하는 것 같았다. 레이첼은 아이에게 새 옷도 사주었다.

마침내 아이는 이렇게 말했다.

"난 집에 가고 싶지 않아요. 여기서 아줌마하고 같이 살래요."

레이첼은 갈망과 기쁨의 놀라운 열정이 담긴 시선으로 아이를 쳐다보았다. 남편과 둘이 있게 되자 곧 그녀는 이렇게 말했다.

"우리가 저 애를 키워요. 쉽게 키울 수 있을 거예요. 저 애를 양녀로 삼자고요. 저 앤 우리 애가 될 거예요. 그 여자는 저 애가 없어지는 걸 오히려 좋아할 거예요."

그는 기꺼이 그녀의 말에 응했다. 아이는 얌전하고, 행실도 좋고, 유순해 보였다. 지금껏 함께 살던 아줌마와 아저씨에게 아무런 애정도 없는 것이 분명했다. 그는 레이첼이 행복해질 수 있는 것이라면 어떤 일이라도 하고 싶었다. 변호사들과 상담을 하고 서류에 서명을 한 뒤, 메리 오소니시는 메리 아질이 되어 그들과 함께 배를 타고 유럽으로 왔다.

그는 가엾은 레이첼이 마침내 행복해질 수 있겠구나 생각했다. 사실 그녀는 행복해했다. 열병에 걸린 사람처럼 들떠서 메리에게 사랑을 퍼부었다. 아이에게는 온갖 종류의 비싼 장난감을 다 사주었다. 그리고 메리는 보채지도 않고 얌전히 그녀가 주는 모든 것을 다 받아들였다. 하지만 리오는 늘 뭔가 마음에 걸리는 것이 있었다. 아이가 새로운 환경에 너무 쉽게 익숙해지는 것이었다. 자기가 살던 곳이나 거기 있는 사람들에 대한 향수 같은 것이 전혀 없었다.

그는 나중에라도 이 아이가 진정한 사랑을 알 수 있게 되기를 바랐었다. 하지만 지금까지도 그는 전혀 그런 기미를 느낄 수 없었다. 그 아이는 자기에게 베풀어지는 모든 호의나 만족감, 즐거움 등을 그대로 다 받아들이긴 했다. 그런데 양어머니에 대한 사랑이 과연 그 애에게 있었던가? 아니, 없었다. 그는 한 번도 그런 걸 실감하지 못했다.

리오는 자기가 레이첼 아질의 인생 뒤편으로 물러서지 않을 수 없게 된 것은 바로 그 이후부터라고 생각했다. 그녀는 천성적으로 아내라기보다는 어머니가 어울리는 여자였다. 메리를 얻으면서부터 그녀의 모성 본능은 자극된 만큼 충족되지가 않는 것 같았다. 한 아이만으로는 충분치 않았던 것이다.

그때부터 그녀의 모든 사업은 다 어린아이들과 관계가 있게 되었다. 고아원과 불구 아동들을 위한 기부금 문제, 지진아, 간질병에 걸린 아이, 정형외과 수술을 받아야 할 아이 등등 그녀의 관심은 늘 어린아이에게 쏠려 있었다. 그녀의 정성은 놀랄 만했다. 그는 줄곧 그녀의 행동은 정말 놀랄 만하다고 생각했었다. 그런데 결국 그것이 그녀 생활의 중심이 되어 버리고 말았던 것이다.

그래서 조금씩, 조금씩 그는 자기만의 활동에 빠져들기 시작했다. 늘 관심을 가져왔던 경제학의 역사적 배경 문제에 점점 골몰하기 시작했다. 그는 서재에만 틀어박혀 있는 날이 점점 많아졌다. 연구하거나 잘 다듬어진 문장의 짧은 전공 논문을 쓰는 일에 매달렸다. 항상 바쁘고 열심이며 행복한 그의 아내는 집 안보다는 집 밖에서 뛰면서 점점 더 활동량을 늘려 갔다.

그는 잠자코 그녀를 인정해 주었다. 때로는 격려도 해주었다.

"아주 훌륭한 계획이군, 여보", "그래, 그래. 당신은 잘할 거야."

때로는 조언을 해주기도 했다.

"내 생각엔, 당신 태도를 그들에게 밝히기 전에 먼저 당신 입장을 신중히 검토해 보는 게 좋을 것 같소. 그저 휩쓸려선 안 돼요."

그녀는 늘 그와 상의하긴 했으나 거의 형식에 지나지 않았다. 시간이 지남에 따라 그녀는 점점 독단적인 권위주의자가 되어갔다. 그녀는 뭐가 옳은 것인지 알고 있었고, 뭐가 최선의 방법인지도 알고 있었다.

그는 자신의 의견과 가끔 하는 충고마저도 억제하지 않을 수가 없었다. 레이첼은 자신에게서 아무런 도움도 필요로 하지 않고, 사랑도 필요로 하지 않는다고 그는 생각했다. 그녀는 늘 바쁘고 행복했으며, 놀라우리만큼 정력적이었다.

상처받은 마음 이면에, 그는 그녀에 대한 연민, 이상한 연민을 느꼈다. 그녀가 좇고 있는 길이 치명적인 위험의 길이 되리라는 것을 알기라도 한 듯.

1939년 전쟁이 발발하자 아질 부인의 활동은 곧 두 배로 불어났다. 한 번은 런던 슬럼가(빈민가)의 아이들을 위한 전시 보육원을 열 생각을 했었다. 그녀는 런던 내의 많은 유명 인사들과 접촉을 가진 끝에 보건상으로부터 그 일에 기꺼이 협조해 주겠다는 약속을 받아냈다. 그러고는 보육원으로 쓰기에 적당한 집을 구하러 다니다가 한 집을 찾아냈다. 잉글랜드 지방으로부터 멀리 떨어져 있어 폭격 당할 위험이 없어 보이는 최신식 신축 주택이었다.

그곳에 그녀는 두 살에서 일곱 살까지의 아이들 열여덟 명을 수용했다. 가난한 집 출신의 아이뿐만 아니라 가정이 불행한 아이까지 수용되었다. 그들은 고아들이거나, 어머니가 피난 갈 때 일부러 버리고 갔거나, 또는 돌보기가 싫어서 길에 내버린 사생아들이었다. 아이들의 대부분은 자기 집에서 학대를 받았거나 무관심 속에 방치되어 있던 아이들이었고, 그중 서넛은 지체부자유아였다. 그녀는 집안일도 맡기고 아이들의 정형외과 시술을 맡기기 위해 스웨덴인 여자 안마사 한 명과 노련한 간호사 두 명을 채용했다. 모든 것이 편안할 뿐만 아니라, 호화스럽게 계획되었고 시행되었다.

그는 한번 그녀를 질책한 적이 있었다.

"레이첼, 이 애들은 원래의 환경으로 되돌아가야 한다는 걸 잊어서는 안 돼요. 자기 집에 돌아가 사는 것이 어렵게 느껴지게 만들면 안 된단 말이오."

그러자 그녀는 흥분해서 이렇게 대답했다.

"이 불쌍한 애들에겐 아무리 해줘도 넘치지 않아요. 아무리 해줘도요!"

그는 다시 한 번 얘기했다.

"그래, 하지만 그 애들은 다시 돌아가야 해. 그걸 기억하구려."

하지만 그녀는 그의 충고를 물리쳤다.

"꼭 그럴 필요는 없을 거예요. 우린 꼭 다시 만날 수 있을 거예요."

전쟁이 긴박한 상황에 접어들자 몇 가지 변화가 생겼다. 완벽하게 건강한 아이들을 돌보는데 싫증을 느낀 간호사들은 정말 간호사의 노동력이 필요한 일이 생길 때면 떠나가곤 했기 때문에 자주 교체가 되었다.

그러다가 나중엔 좀 나이 든 간호사 한 명과 커스턴 린즈트롬만이 남아 있게 되었다. 집안일을 돌볼 사람이 없어 커스틴 린즈트롬이 그 일까지 맡게 되었다. 그녀는 참으로 헌신적으로, 그리고 희생적으로 일했다.

레이첼 아질은 여전히 바쁘고 행복했다. 그런 중에도 그녀를 당황하게 만드는 일이 가끔씩 생겼던 것을 리오는 기억하고 있다. 어느 날 레이첼은 그때만 해도 어렸던 미키가 식욕을 잃고 체중이 조금씩 줄어드는 것을 알고는 깜짝 놀라 의사를 불렀다.

의사는 미키를 진찰한 뒤에 아무 이상도 없지만, 아마도 향수병(鄕愁病)인 것 같다고 말했다. 그러자 그녀는 의사의 말을 매몰차게 몰아붙였다.

"그럴 리가 없어요! 선생님은 그 애가 어떤 가정에서 자랐는지 모르셔서 하는 말씀이에요. 저 애는 자기 집에서 늘 학대받고 푸대접을 받았어요. 저 애에겐 지옥이나 다름없었다고요."

맥매스터 박사는 이렇게 말했었다.

"그렇긴 하지만……, 놀랍게도 저 앤 향수병 때문에 말을 잊었어요."

그러던 어느 날 미키가 말을 되찾았다. 그 애는 자기 침대 속에서 섧게 울다가, 달래는 레이첼을 주먹으로 밀쳐 내며 이렇게 소리쳤다.

"집에 가고 싶어. 엄마하고 우리 누나한테 가고 싶단 말이야."

레이첼은 당황해서 어쩔 줄 몰랐다. 도저히 그 애의 말을 믿을 수 없어 했다.

"엄마한테 가고 싶어 할 리가 없어요. 그 여자는 저 애를 거들떠보지도 않았거든요. 술에 취해 들어와서는 저 애를 때렸다고요."

그래서 그는 그녀를 달래면서 말했다.

"당신은 인간의 본능을 거역하고 있는 거요, 레이첼. 어쨌든 그 여자는 저 애 엄마고, 저 앤 엄마를 사랑해."

"그런 여잔 엄마가 아녜요!"

"저 앤 그 여자의 혈육이오. 저 앤 바로 그걸 느끼는 거란 말이오. 어떤 것도 그걸 대신해 줄 수는 없을 거요."

그러자 그녀는 대답했다.

"하지만 지금까지 저 앤 분명히 나를 자기 엄마로 생각하고 있었어요."

가엾은 레이첼. 그는 그렇게 생각했다.

가엾은 레이첼. 많은 것을 돈으로 살 수 있었던 여자……. 자기의 안락을 위한 것, 자기 자신을 위한 것이 아니라, 아이를 원치 않는 부모에게서 태어난 불쌍한 아이들에게 사랑과 헌신과 가정을 줄 수 있었던 여인, 그 모든 것을 그녀는 그들을 위해 사줄 수 있었지만 그들의 사랑을 얻을 수는 없었던 것이다.

그 뒤 얼마 안 있어 전쟁이 끝났다. 아이들은 부모나 친척을 찾아 뿔뿔이 런던으로 되돌아가기 시작했다. 하지만 모두 다 간 건 아니었다. 그들 중 몇몇은 돌아갈 곳이 없어 그대로 남아 있었다.

레이첼이 이렇게 말한 것은 바로 그때였다.

"리오, 이제 저 애들은 우리 애들과 다를 바 없잖아요. 이번 기회에 진짜 우리들만의 가정을 한번 만들어 봐요. 애들 중에 네댓은 우리와 함께 머물 수 있거든요. 그러니까, 그 애들을 입양시키도록 해요. 잘 키우면 정말 우리 애들이 될 수 있을 거예요."

그는 왜 그런지는 모르지만 좀 꺼림칙함을 느꼈다.

아이들이 싫어서가 아니라 그건 잘못하는 거란 느낌을 본능적으로 느꼈기 때문이었다고 할까. 인위적인 방법으로 한 가정을 꾸미는 걸 쉬운 일이라고 생각하다니……. 그래서 그는 이렇게 말했다.

"좀 위험하다고 생각되지 않소?"

하지만 그녀는 태연하게 대꾸했다.

"위험하다고요? 좀 위험하면 또 어때요? 가치 있는 일인데."

그래, 아내만큼은 확신하지 못했지만 가치 있는 일임에 틀림없다고 그는 생각했다.

그때까지도 그는 그녀로부터 멀찌감치 떨어져서 자기만의 차갑고 음습한 영역 내에서 무관심하게 있었기 때문에 새삼스레 무슨 일에 반대하고 나선다는 건 어쭙잖게 느껴졌다. 그는 이미 여러 번 했던 말을 되풀이했을 뿐이다.

"당신 좋을 대로 하구려, 레이첼."

그녀는 승리감과 행복감에 가득 차서 계획을 짜고, 사무변호사를 찾아다니는 등 늘 그랬던 것처럼 돌아다니면서 일을 진척시켰다.

그래서 마침내 그녀는 자기 가정을 얻었다. 뉴욕에서 데려온 제일 큰아이

메리, 슬럼가에 있는 자기 집과 자기에게 무관심했던 사나운 엄마를 그리워하며 숱한 밤을 울다가 잠들었던 향수병의 소년 미키, 창녀였던 어머니와 선원이었던 동인도인 아버지 사이에서 태어난 우아한 다갈색 피부의 티나, 그리고 헤스터는 사생아를 낳은 뒤 새 생활을 시작하길 원했던 젊은 아일랜드 여자를 어머니로 갖고 있었다.

그리고 익살맞은 행동으로 주위 사람들을 웃기고 너무 떠들어 늘 벌을 받으면서도 엄격하기 짝이 없는 린즈트롬 양까지도 홀려 식후에 먹는 사탕을 더 많이 얻어내곤 했던 애교 만점의 원숭이 얼굴 재코. 재코의 아버지는 옥살이를 하고 있었고, 어머니는 다른 남자와 도망가 버렸다.

그래, 그 아이들을 맡아서 가정을 만들어 주고, 아버지와 어머니의 사랑을 느끼게 해준 것은 분명 가치 있는 일이었다고 그는 생각했다. 레이첼은 그렇게 의기양양해할 권리가 있었다고 그는 생각했다. 단지 모든 일이 상상했던 대로 되지 않았을 뿐이다. 그것은 그 아이들이 그와 레이첼이 낳은 아이들이 아니었기 때문이었다.

그들 중 아무에게도 레이첼 가계(家系)의 근면 검소한 피는 흐르지 않았다. 레이첼의 집안은 비교적 덜 됐다 할 수 있는 사람들까지도 든든한 사회적 지위를 누렸었다. 그것은 그들에게 추진력과 야망이 있었기 때문이었다. 그런데 그 아이들에게는 그런 추진력과 야망이 없었다. 또한, 그 아이들에겐 리오가 기억하고 있는 그의 조부모님들의 온후함과 고결한 인품 같은 것은 아예 없었고 그분들이 지녔던 지적인 영명함도 없었다.

그들에게는 후천적으로 주어질 수 있는 모든 것이 주어졌다. 후천적 환경이 인간에게 지대한 영향을 미치는 건 사실이지만 그것이 전부일 수는 없었다. 우선 그 애들에게는 온상에 심어진 결점의 씨앗이 있었다. 그리고 정신적 긴장 아래에서 그 씨앗은 싹이 터 꽃을 피웠다. 그 좋은 예를 재코에게서 찾아볼 수 있다.

재코는 매력적이고 몸놀림도 민첩했으며 재치 있는 말솜씨를 갖고 있었으나 그의 매력(손가락 하나로 모든 사람을 마음대로 부리는 그의 습관)은 본질적으로 불량배적 기질이었다. 그런 기질은 그가 어렸을 때 도둑질을 하고 거짓말을 했던 때부터 일찌감치 드러났다. 그 모든 것은 그가 본디부터 잘못 받은 가정교육 탓이었다. 그런 버릇은 곧 없어질 거라고 레이첼은 말했었다. 그러나 그것은 결코 없어지지 않았다. 그는 학교 성적도 나빴다. 대학에서는 퇴학당했고, 그 이후부터는 그와 레이첼에게 있어 고통스런 사건의 연속이었다. 그와 레이첼은 아들에게 자신들의 사랑과 신뢰를 확신시키려 애썼고, 그의 적성에 맞는 일거리를 찾아 주려고 애쓰면서 할 수 있는 한 최선을 다했다.

그들이 찾아준 일을 하려고만 했다면 그는 성공했을지도 모른다. 리오는 아내와 자신이 그에게 너무 너그러웠던 건 아닐까 하고 생각했다. 하지만 아니었다. 재코의 경우에는 너그러웠든 완고했든, 그 결과는 똑같았을 거란 생각이 들었다. 그는 원하는 건 꼭 가져야 했다. 합법적인 수단으로 안 될 경우에는 다른 수단을 써서라도 원하는 건 반드시 손에 넣으려고 했다. 그는 범죄에 성공할 만큼 영리하진 못했다. 아주 사소한 범죄에서도 마찬가지였다.

그리고 그것은 마지막 날, 감옥에 갈까 두려워 무일푼으로 집에 와서 법석을 피우던 날도 마찬가지였다. 그는 자기 권리라며 사나운 태도로 돈을 요구하고 협박했다. 그러다가 다시 올 테니 돈을 준비해 놓는 게 좋을 거라고 그녀에게 소리치면서 가버렸다. 그 뒤로는 어떻게 된 것인가!

그리고 그렇게 레이첼은 죽었다.

이 모든 일이 그에겐 아득한 과거로 느껴졌다. 사내아이들과 계집아이들이 자라나던 전시(戰時)의 그 긴 나날들도……. 그리고 그 자신은 어떠한가? 역시 아득하고 퇴색한 기억으로 느껴졌다. 레이첼은 삶에 대한 그의 강건한 정력과 열정을 모두 녹슬게 하고 무기력하고 기진한 상태, 온정과 사랑이 결핍된 상태로 만들어 놓고 가버린 것 같았다.

지금에 와서도 그는 언제 그런 일들이 자신에게 아주 밀접한 일들로 느껴졌는지 기억할 수가 없었다. 손에 닿을 듯 가까운 일들로……, 자신에게 주어진 것이 아니라 그냥 거기에 있었던 일들로.

겐다……, 완벽하고 유능한 비서. 그를 위해 일하고, 늘 가까이 있으며 친절하고 힘이 되어 주는 그녀. 그녀에게는 어딘지 모르게 그가 레이첼을 처음 만났을 때의 느낌을 상기시켜 주는 것이 있었다.

그녀와 똑같은 온화함, 그녀와 똑같은 열정, 그녀와 똑같은 따뜻한 마음씨. 다른 것이 있다면 겐다의 경우에 있어 그녀의 온화함, 그녀의 따뜻한 마음씨, 그녀의 열정이 오직 그만을 위한 것이라는 사실이었다. 어느 날 그녀가 가질지도 모르는 가상의 어린애들을 위한 것이 아니라, 오직 그만을 위한 것.

그것은 찬바람 속에서 얼어 뻣뻣해졌던 한 사람의 손이 난롯불 가에서 훈훈하게 더워지는 듯한 느낌이었다. 자신이 그녀를 좋아하고 있음을 깨달았던 게 언제였던가? 분명히 말하기가 힘들었다. 돌연한 느낌이 아니었으니까.

하지만 어느 날 갑자기 그는 자신이 그녀를 사랑하고 있음을 알게 되었다. 그리고 레이첼이 살아 있는 한 그들은 결코 결혼할 수 없었다.

리오는 의자에 앉아 한숨을 내쉬었다. 그리고 찻잔을 들어 차갑게 식어 버린 차를 들이마셨다.

제9장

맥매스터 박사가 두 번째 방문객을 맞은 것은 캘거리가 떠난 지 불과 몇 분 뒤였다. 이번엔 그가 잘 아는 사람이었기에 그는 반갑게 손님을 맞았다.

"아, 도널드, 반갑네. 어서 들어와서 무슨 일인지 내게 말해보게. 자네 마음속에 뭔가가 있군 그래. 자네 이마에 그렇게 이상한 주름이 잡혀 있으면 늘 무슨 일이 있는 거라는 걸 난 알고 있지."

도널드 크레이그 박사는 노 의사를 향해 비참해 보이는 미소를 지었다. 그는 훌륭한 용모에 모든 일을 신중한 태도로 처리하는 현명한 청년이었다.

이 은퇴한 노 의사는, 도널드 크레이그가 농담을 좀 즐길 줄 아는 사람이었으면 싶을 때가 가끔 있지만, 그 젊은 후계자를 무척이나 아꼈다.

크레이그는 뭘 좀 마시겠느냐는 제의도 거절하고 곧장 본론으로 들어갔다.

"아주 걱정되는 일이 있습니다, 맥."

"비타민 결핍증은 아니길 바라네."

맥매스터는 농담조로 말했다. 비타민 결핍증은 그가 즐겨 사용하는 농담이었는데, 그것은 어린아이 환자가 항상 데리고 있는 고양이는 종종 전염성 피부염을 앓고 있다는 사실을 젊은 크레이그에게 지적해 주기 위해 어떤 수의사가 썼던 말이었다.

도널드 크레이그가 말했다.

"환자에 관한 일이 아닙니다. 제 개인적인 문제입니다."

그러자 맥매스터의 표정이 금방 바뀌었다.

"미안하네, 여보게. 정말 미안해. 나쁜 소식이라도 들은 건가?"

청년은 고개를 저었다.

"그런 게 아닙니다. 좀 들어 보십시오, 맥. 누군가에게 얘기는 해야겠는데,

선생님은 모든 걸 알고 계시고 이곳에 오래 계셨으니까 그들에 대해 모든 걸 알고 계실 것 같아서요. 저도 알아야겠습니다. 제가 어떤 태도를 취해야 하는 건지, 제가 거부해야 할 것이 무엇인지 알아야겠습니다."

맥매스터의 숱 많은 눈썹이 천천히 이마 쪽으로 치켜 올라갔다.

"어디 무슨 문젠지 들어볼까."

"아질 가(家)말입니다. 아시겠지만(모든 사람이 다 알 겁니다), 헤스터하고 저는……."

노의사는 고개를 끄덕였다.

"무슨 얘긴지 알 것 같구먼."

그는 만족스러운 듯 말했다.

"그건 사람들이 곧잘 쓰던 구식 말이지. 그리고 아주 멋진 말이었어."

"전 그녀를 무척 사랑합니다."

도널드는 간단히 말했다.

"그리고 그녀 역시 절 사랑한다고 생각합니다. 아니, 확신합니다. 그런데 이제 와서 이런 일이 생겼습니다."

노의사의 얼굴에 뭔가 깨달았다는 듯한 표정이 나타났다.

"아, 그래! 잭 아질의 무죄에 관한 문제 말이군. 그에겐 너무 늦은 것이지."

"그렇습니다. 그건 저로 하여금……. 이게 정말 잘못된 생각인 줄은 압니다. 하지만 이렇게 생각하지 않을 수가 없습니다. 차라리 그 새로운 증거가 나타나지 않은 편이 더 좋았을 것이라는 생각을 하게 만듭니다."

"오, 그렇게 느끼는 사람은 자네뿐만이 아닐 거야."

맥매스터가 말했다.

"내가 생각하기로는 경찰서장에서부터 시작해서 아질 집안사람들은 물론이고, 남극 대륙 탐험에서 돌아와 그 증거를 제공했던 사람에 이르기까지 다 그런 느낌을 가질 거야."

그는 이 말을 덧붙였다.

"그 사람이 오늘 오후에 여길 다녀갔거든."

도널드 크레이그는 놀란 표정으로 그를 쳐다봤다.

"그가요? 뭐라고 하던가요?"

"뭐라고 했을 거라고 생각하나?"

"누가 범인일 거라고……?"

맥매스터 박사는 천천히 고개를 저었다.

"아니야. 그 사람은 그런 건 몰라. 불시에 찾아와서 그들을 처음으로 만난 사람이 어떻게 그걸 알 수 있겠나? 아마 아무도 그건 모를 거야."

"아닙니다, 아닙니다. 전 그렇게 생각하지 않습니다."

"왜 그렇게 안절부절못하나, 도널드?"

"그 캘거리라는 사람이 다녀가던 날 저녁에 헤스터가 제게 전화를 했습니다. 수술이 끝나고 나면 셰익스피어 작품에 나오는 범죄 유형에 관한 강연을 들으러 함께 드리머스에 갈 예정이었습니다."

"아주 시기적절한 계획이었군 그래."

"그런데 그녀가 전화를 한 겁니다. 가지 않겠다고 하더군요. 아주 당황스런 소식을 들었다고 하면서 말입니다."

"아, 캘거리 박사가 전한 소식이군."

"예, 그렇습니다. 그땐 그 사람 얘기를 하지 않더군요. 그녀는 매우 당황해 하고 있었습니다. 그녀의 말투는……, 어떻게 설명드릴 수가 없군요. 그녀의 말투가 어땠는지."

"아일랜드인 기질이지."

맥매스터가 말했다.

"그녀는 끔찍이도 괴로워하고 있는 것 같았습니다. 오, 어떻게 설명할 수가 없군요."

"그럼 자넨 무슨 생각을 하고 있는 건가? 그녀는 아직 스무 살이 안 됐지?"

"그녀가 왜 그렇게 당황했을까요? 그녀는 무엇인가에 놀라 겁에 질려 있었습니다."

"음, 그래. 그럼, 그럴 수도 있겠지."

"선생님은 어떻게 생각하십니까?"

"그보다 더 중요한 건 자네가 어떻게 생각하느냐 일세."

맥매스터가 지적했다. 청년은 씁쓸하게 대답했다.

"만일 제가 의사가 아니었다면, 그런 일을 생각조차 하지 않았을 겁니다. 그녀는 제가 사랑하는 여자고, 제가 사랑하는 여자는 잘못을 저질러선 안 됩니다. 그런데……."

"그래. 계속해 보게. 탁 털어놓는 게 좋을 거야."

"전 헤스터의 마음속에 무슨 일인가가 일어나고 있다는 걸 알고 있습니다. 그녀는 그녀의 집안에 근심거리를 만들어 준 첫 번째 인물이었습니다."

"그렇지. 지금 생각해 보면 그렇지."

맥매스터가 말했다.

"그녀는 아직 통합된 인격이 형성되어 있지 않습니다. 살인사건이 일어났을 당시 그녀는 성숙한 한 젊은 여자로서 당연히 느껴지는 고통 때문에 고통받고 있었습니다. 그녀는 자신을 억누르는 과도한 사랑으로부터 탈출하고자 했었습니다. 권위에 대한 분노였다고 할까요. 지금 와서 보면 그녀에겐 치명적인 손해를 끼치는 시도였습니다. 그녀는 반항하고 싶어 했고 벗어나고 싶어 했습니다. 제게 그런 얘기를 모두 했었습니다. 결국 그녀는 집을 뛰쳐나가 이 극단 저 극단을 전전하며 하류 인생을 경험했습니다. 전 헤스터의 어머니가 그런 상황에서 아주 적절한 태도를 취했다고 생각합니다. 그분은 헤스터가 그렇게 배우가 되고 싶다면 런던으로 가서 왕립 극예술 아카데미에서 정식으로 연기 수업을 받으라고 했습니다. 하지만 헤스터는 그런 걸 원치 않았습니다. 연기가 하고 싶다고 집을 뛰쳐나갔다는 건 사실 형식에 불과했으니까요. 사실은 연기 수업을 받고 싶어 하지도 않았고, 진지하게 연기를 직업으로 택하기를 원치도 않았습니다. 단지 그녀는 자기가 자기 인생의 주인이 될 수 있다는 걸 보여 주려했던 겁니다. 어쨌든 아질 씨 내외는 그녀를 강요하려 하진 않았습니다. 그리고 상당액의 돈까지 보내 주었죠."

"그들로선 아주 현명한 대책이었지."

"게다가, 그녀는 중년의 극단 단원 한 사람과 어리석게도 연애 행각을 벌였습니다. 결국엔 그가 좋은 사람이 아니라는 걸 깨달았지만 말입니다. 아질 내외는 그녀에게 가서 그 남자와의 일을 수습시키고 그녀를 집으로 데리고 왔지요."

"내가 젊었을 때 그들 내외가 늘 말했다시피 그녀 스스로 뭔가 깨우친 거지."

맥매스터가 말했다.

"물론 그런 식으로 교훈을 얻는 걸 좋아하는 사람은 없지만 말이야. 헤스터도 마찬가지였고."

도널드 크레이그는 불안한 표정으로 다시 이야기를 계속했다.

"그녀는 여전히 울분으로 가득 차 있었습니다. 오히려 그전보다 상태가 더 나빠졌죠. 왜냐하면 자기 어머니가 전적으로 옳았다는 걸 혼자 속으로든지 외부적으로든지 인정해야 했기 때문이고, 또 자신에게는 배우로서의 소질이 없었다는 것, 자기가 사랑을 바쳤던 남자는 그런 사랑을 받을 가치가 없는 남자였다는 것 또한 인정하지 않을 수 없었기 때문입니다. 어쨌든 그녀는 정말로 그 남자를 좋아하지는 않았습니다. '어머니가 모든 걸 가장 잘 아신다.' 헤스터는 언제나 그런 사실에 짜증을 느끼고 있었던 겁니다."

"그래."

맥매스터가 말했다.

"그것도 가엾은 아질 부인을 괴롭히던 문제 중 하나였지. 한 번도 그걸 그런 식으로 생각한 적은 없었지만 말이야. 그녀의 말이 거의 언제나 옳았고, 그녀는 늘 최상의 방책을 알고 있었다는 건 사실이야. 만일 그녀가 다른 여자들처럼 빚이나 짊어지고, 열쇠를 잃어버리고 기차나 놓치고, 어리석은 행동을 일삼았다면 주위 사람들은 가족들이 그녀를 싫어하지 않게 하기 위해 도와줘야 했을 거야. 우리가 인정하기엔 슬프고 잔인한 사실이지만, 그게 바로 문제였어. 그녀는 가식(假飾)이란 방법을 쓸 정도로 영리하질 못했던 거야. 자네도 알다시피, 그녀는 자기 자신의 방식에 아주 만족하고 있었지 않나. 자기의 능력과 자기의 판단, 그리고 자기 자신에 대해 아주 만족해했었어. 젊었을 땐 부모들의 그런 태도를 좀처럼 받아들일 수 없는 것 아닌가?"

"오, 알고 있습니다."

도널드 크레이그가 말했다.

"저도 그런 걸 느끼고 있었습니다. 그걸 제가 잘 알고 있는 건 이런 걸 느꼈기(의심했기) 때문입니다."
그는 말을 멈췄다.
맥매스터가 부드러운 어조로 말했다.
"이런 걸 말해도 좋을지 모르겠군, 도널드? 그러니까 자네는 문 밖에서 어머니와 재코가 다투는 소릴 듣고 그걸 기화로 해서, 권위에 대한 반항, 모르는 게 없는 듯이 행동하는 어머니의 오만한 태도에 대한 반항으로 그 방에 들어가 부지깽이를 들어 그녀를 죽인 것이 바로 헤스터가 아닐까 두려워하고 있는 것 같군 그래. 그게 자네가 두려워하고 있는 건가?"
청년은 비참한 표정으로 고개를 끄덕였다.
"사실은 아닐 겁니다. 전 그러리라고 보진 않습니다. 하지만……, 하지만 한편으로 전 느낍니다. 그럴 수 있으리라고 느낍니다. 헤스터가 평정을, 균형을 잃었던 게 아니라 그녀는 나이에 비해 어렸고, 자기 자신에 대해 확신을 못했기 때문에 순간적인 정신착란 상태에 빠졌었던 거라 생각됩니다. 그 집안사람들에 대해 줄곧 생각해 봤지만, 그런 짓을 저질렀으리라 생각되는 사람은 없습니다. 제 생각이 헤스터에 미치기 전까지는……. 그러나 그렇다고 해서 확신할 수 있는 건 아닙니다."
"알겠네. 무슨 말인지 알겠어."
"그녀를 탓하자는 게 아닙니다."
도널드 크레이그는 얼른 맥매스터의 말을 가로막았다.
"그 가엾은 아가씨는 자기가 무슨 짓을 하고 있는지 몰랐을 겁니다. 전 그걸 살인이라고 부를 수 없습니다. 그건 단지 감정적 도전, 반항, 자유롭고 싶다는 욕망의 행위였을 뿐입니다. 그녀는 어머니가 없어지지 않는 한은 자유로워질 수 없다고 확신했던 겁니다."
"마지막 말은 충분히 그럴 수 있으리라 생각되는군."
맥매스터가 말했다.
"그것이 이 사건의 동기라면 유일한 동기이고 좀 독특한 동기지. 법률의 시각에서 보면 강력한 동기라고는 할 수 없어. 자유로워지기를 바란다는 것, 자기보다 힘이 강한 인물의 영향으로부터 자유로워지려는 것이었으니까 말이야.

아질 부인이 죽는다 해서 거액의 유산을 상속받은 사람이 아무도 없으니까 경찰은 이 사건에 동기가 있다는 쪽으로는 생각하지 않을 거야. 재정을 관리하는 신탁인들에게 아질 부인의 입김이 크게 작용하긴 했지만 말이야. 오, 그래, 그녀의 죽음은 그들 모두를 자유롭게 했어. 비단 헤스터뿐만 아니라 말일세. 리오는 자유롭게 다른 여자와 결혼할 수 있게 됐고, 메리는 자기가 좋아하는 방식대로 남편을 돌볼 수 있게 됐고, 미키도 자기 나름의 방식대로 자기 자신의 인생을 살 수 있게 됐거든. 도서관에 앉아 있는 작은 검은 말 티나까지도 자유를 원했었을 거야."

도널드 크레이그가 말했다.

"선생님께 와서 이야기를 해야만 했습니다. 선생님의 생각은 어떤지, 그게 과연 있을 수 있는 일이라고 생각하시는지 알아야겠습니다."

"헤스터에 관한 얘기 말인가?"

"예."

"있을 수 있는 일이라 생각하네."

맥매스터는 천천히 대답했다.

"사실인지는 모르겠지만."

"제가 말씀드린 그대로였을 거라고 생각하시는 겁니까?"

"그렇네. 자네 생각이 터무니없는 거라곤 생각되지 않아. 그럴 가능성이 있긴 있단 말일세. 하지만 결코 확신하는 건 아니야."

젊은이는 몸서리를 치며 한숨을 내뱉었다.

"하지만 그건 확실해져야 합니다, 맥. 전 꼭 그렇게 되어야 한다고 생각합니다. 전 알아야겠습니다. 헤스터가 제게 말해 준다면, 모든 게 다 잘될 겁니다. 우린 가능한 한 빨리 결혼하게 될 거고, 전 그녀를 잘 돌봐 줄 겁니다."

"휘시 총경은 그렇게 해줄 것 같지 않구먼."

맥매스터는 덤덤한 어조로 말했다.

"전 법률을 준수하는 선량한 시민입니다. 하지만 사람들이 법정에서 심리적 증거를 어떻게 다루는지 선생님께서도 잘 아실 겁니다. 제 견해로는 이 사건은 유감스런 사고였습니다. 잔인한 살인사건이나 욱하는 심정에서 저지른 살인과는 경우가 다릅니다."
"자넨 그녀를 정말 사랑하는군."
맥매스터가 말했다.
"확신을 갖고 말씀드릴 수가 있습니다."
"이해하겠네."
"제 말은, 만일 헤스터가 제게 얘기해 준다면, 사실을 알게 해준다면 우린 그걸 잊어버릴 수 있을 거란 말입니다. 하지만 그녀가 이야기를 해줘야 합니다. 사실을 알지 못한 채 평생을 함께 지낼 순 없지 않습니까?"
"그러니까 그녀가 범인일 가능성을 지닌 채로는 그녀와 결혼할 수 없다는 말인가?"
"선생님께서 제 입장이라면 그렇게 하시겠습니까?"
"모르지. 내가 만일 젊었고 또 그런 일이 내게 일어났다면, 그리고 그 아가씨와 사랑에 빠져 있다면 난 아마도 그녀가 무죄라고 믿을 걸세."
"유죄고 무죄이고는 그리 중요치 않습니다. 중요한 건 제가 사실을 알아야 한다는 겁니다."
"그럼 만일 그녀가 어머니를 살해했다 해도 자네는 정말 그녀와 결혼해서 영원히 행복하게 살 각오가 되어 있는 건가?"
"그렇습니다."
"믿을 수 없어!"
맥매스터가 말했다.
"자네는 자네가 마시는 커피의 쓴맛이 정말 커피만의 맛일까 의심할 거고, 벽난로 옆에 세워 둔 부지깽이가 너무 크고 단단하다고 생각하게 될 걸세. 그리고 그녀는 자네의 그런 생각을 알게 될 거고 말이야. 그럴 수는 없어."

"마샬, 왜 자넬 여기까지 오게 해서 이런 모임에 참석하게 하는지 이해할 거라 믿네."

"예, 압니다."

마샬이 대답했다.

"아질 씨께서 그렇게 하지 않으셨다면 저 스스로라도 왔을 겁니다. 오늘 아침 모든 조간신문에 그 일에 관한 기사가 실렸더군요. 보도기관들 사이에 그 일에 관한 관심이 틀림없이 되살아날 겁니다."

"벌써 전화가 몇 번 걸려 왔고, 인터뷰 요청도 받았어요."

메리 두런트가 말했다.

"그랬을 겁니다. 예상했던 일입니다. 아무런 말도 하지 않겠다는 태도를 취하십시오. 기쁘고 감사한 일임에 틀림없지만, 섣불리 화제에 올릴 일이 아닙니다."

"그때 이 사건을 담당했던 휘시 총경이 내일 아침 이리로 와서 우리와 면담을 좀 하겠다고 하더군."

리오가 말했다.

"예, 예. 수사가 어느 정도 재개될지 저도 염려스럽습니다. 경찰이 어떤 확실한 결말에 도달할 것이라고는 생각할 수 없지만 말입니다. 2년이란 세월이 흘렀기 때문에 그 당시에는 사람들의 기억 속에 남아 있었던 것도 이제는 다 잊혔을 것 아닙니까? 물론 안타까운 일이지만 어쩔 수 없지요."

"모든 일은 아주 명백해 보여요."

메리가 말했다.

"도둑들 때문에 집은 굳게 잠겨 있었지만, 누군가 특별한 볼일이 있다고 하면서 찾아왔거나, 어머니의 친구인 체하고 찾아왔다면 분명히 그 사람은 집

안에 들어올 수 있었을 거예요. 아버지도 7시 직후에 초인종 소리를 들은 것 같다고 하셨고요."

마샬은 사실을 확인하려는 듯이 리오 쪽으로 얼굴을 돌렸다.

"그래, 그랬던 것 같네."

리오가 말했다.

"물론, 지금은 아주 분명히 기억할 수 없지만, 그 당시엔 초인종 소리를 들었다고 생각했지. 그때 막 아래층으로 내려가려던 참이었는데, 문이 여닫히는 소리가 들린 것 같았어. 하지만 그밖에는 아무런 소리도 안 들렸고, 집 안으로 들어오겠다고 억지를 쓴다거나 거칠게 행동하는 소리 같은 것도 안 들렸지. 그런 소리를 들었어야 했는데."

"예, 맞습니다."

마샬이 말했다.

"전 틀림없이 그런 일이 있었으리라고 생각합니다. 그러니까, 그럴 듯한 이야기들을 늘어놔서 들어와도 좋다는 허락을 받은 어떤 무뢰한이 흉기로 아주머니를 치고 돈을 챙겨서 달아난 겁니다. 유감스러운 사실이지만, 지금 우리는 그렇게 추측할 수밖에 없습니다."

그의 목소리는 다분히 설득조였다.

얘기를 하면서 그는 모여 앉아 있는 사람들을 유심히 둘러보며 그들의 표정을 세심하게 뜯어보았다. 메리 두런트는 아무런 생각도 없고 아무 근심도 없는 태연한 표정으로, 나는 아니라는 자신감이 분명한 태도로 앉아 있어 약간 초연해 보이기조차 했다. 그녀의 뒤엔 그녀의 남편이 휠체어에 앉아 있었다. 필립 두런트, 그는 지적인 친구라고 마샬은 생각했다. 사업에 관한 일에는 젬병이라는 믿어지지 않는 선고만 없었다면 큰일을 할 수 있을 것처럼 생각되는 사람이었다.

마샬은 필립이 모든 일에 관해 자기 아내만큼 평온한 상태가 아니라는 걸 느꼈다. 그의 두 눈은 기민하고 신중하게 움직였다. 하지만 겉으로 드러나 있는 사실 이외에 더 알아낼 수 있는 게 없다는 걸 그는 깨달았다. 물론 메리 두런트의 속마음은 겉모습만큼 안정되어 있는 것 같지 않아 보이긴 했지만, 처녀

적이나 지금이나 그녀에게는 늘 자기감정을 감출 수 있는 능력이 있었다.

필립 두런트가 모두를 향해 흐릿한 비웃음이 담긴 맑고 빛나는 눈동자로, 변호사를 지켜보려고 휠체어를 약간 움직이자 메리가 얼른 그쪽으로 머리를 돌렸다. 그녀의 시선에 담긴 남편에 대한 완벽한 흠모의 정은 변호사를 깜짝 놀라게 만들었다. 물론 그는 메리 두런트가 헌신적인 아내라는 걸 알고 있었다. 하지만 그는 메리를 강한 애정이나 혐오의 감정 같은 게 없는, 그저 침착하고 냉정한 여인이라고 알고 있었기에 그녀의 그런 행동은 정말 뜻밖이었다.

저것이 바로 그녀가 저 친구에게 느끼는 감정이었던가? 필립 두런트는 그런 아내를 불편해하는 눈치였다. 마샬은 그들의 미래가 염려스럽다는 생각이 들었다. 그 자신과 마찬가지로!

변호사의 맞은편에는 미키가 앉아 있었다. 젊고 준수한 청년이었지만 표정은 굳어 있었다. 저 청년은 왜 저렇게 씁쓸한 표정을 짓고 있어야 하는 걸까? 마샬은 얼핏 그렇게 생각했다. 그에게 닥쳤던 모든 일이 늘 그랬던 건 아닐까? 왜 이 청년은 끊임없이 세상을 적대시하는 표정을 짓고 있어야 하는 걸까? 그의 옆에는 작고 날씬한 검은 고양이를 연상하게 하는 티나가 앉아 있었다. 그녀는 아주 검은 편에 속하는 피부에, 부드러운 목소리, 크고 검은 눈을 갖고 있었고 태도는 마치 물이 흐르듯 유연하고 우아했다.

침착하다. 하지만 저 침착함의 이면에 어떤 감정이 숨어 있는 건 아닐까? 마샬은 사실 티나에 관해서는 거의 아는 게 없었다. 그녀는 아질 부인이 마련해 준 일자리인 마을 도서관의 사서로 일하고 있었다. 레드민에 작은 아파트를 갖고 있고, 주말마다 집에 들른다. 겉으로 보기엔 유순하고 그 집의 생활에 만족해하는 것 같았다. 하지만 누가 알랴! 어쨌든, 그녀는 사건과 관계가 없었고, 또 없어야 했다. 그날 저녁 그녀는 이곳에 없었기 때문이다. 그렇지만 레드민은 여기서 25마일밖에 떨어져 있지 않다. 하지만 추측하건대 티나와 미키는 그날 여기에 오지 않았으리라.

마샬의 시선은 호전적인 자세로 자기를 지켜보고 있는 커스턴 린즈트롬을 얼른 훑고 지나갔다. 그날 저녁 광폭해진 태도로 자기 주인을 공격했던 사람이 바로 저 여자는 아닐까? 그는 상상해 보았다. 별로 놀랄 만한 일도 아니었다. 사실 법조계에 오랜 세월 몸담고 있다 보면 어느 것에도 잘 놀라지 않는다. 현대의 법률 용어에는 그런 현상을 나타내는 말도 있다. 이 여자는 무언가를 억제당하고 있는 듯한 노처녀였다. 무언가를 부러워하고, 질투하고 있으며 실제의 또는 가공의 불평불만을 키워 가고 있는 듯한 인상이었다.

아, 그렇다. 그것을 표현해 줄 적당한 말이 있었다. 부적당하기보다는 오히려 얼마나 적절한 말인가 하고 마샬은 생각했다. 그렇다. 아주 적절한 말, 국외자(局外者). 그녀는 이 집의 가족이 아니었다. 하지만 커스턴 린즈트롬이 그렇게 교묘하게 재코를 함정에 빠뜨릴 수 있었을까? 아무래도 믿기 어려웠다. 커스턴 린즈트롬은 재코를 무척 좋아했었기 때문이다. 그녀는 늘 모든 아이들에게 헌신적이었다. 아니다. 그는 그녀라고는 믿을 수 없었다. 동정심이 일었기 때문이기도 했지만, 사실 그녀를 의심하는 방향으로 생각이 흐르게 할 수는 없었다.

그는 리오 아질과 겐다 보건에게로 시선을 옮겼다. 그들이 약혼했다는 사실은 아직 발표되지 않았는데, 그건 사실 옳은 행동이었다. 현명한 결정이었다. 사실 그는 편지에서 그 일에 관해 많은 암시를 주었다. 물론 이 지방에서는 공공연한 비밀일 것이고, 경찰도 그 일을 알고 있음에 틀림없다. 경찰의 견해로 볼 때 이들의 관계야말로 사건의 해결책이었다. 비슷한 숱한 선례도 있다. 남편, 아내, 그리고 또 다른 여인. 다만, 마샬은 리오 아질이 자기 아내를 공격했으리라고는 믿을 수 없었다. 그렇다. 정말 그는 믿을 수 없었다.

몇 년 동안 교분을 가지면서 그는 리오 아질이란 사람에 대해 잘 알고 있었고, 그의 사람 됨됨이를 상당히 높이 평가하고 있기도 했다. 그는 지적인 사람이고 따뜻한 포용력이 있는 사람이었다. 독서량도 많았고, 생에 초연한 철학적 인생관을 갖고 있기도 했다. 부지깽이로 자기 아내를 살해할 그런 종류의 인간은 아니다. 물론 어떤 상황 아래에서는, 이를테면 한 여자와 사랑에 빠졌을 때는 그럴 수도…… 하지만 아니다! 만일 그렇다면 신문이 대서특필할 일이다. 일요일 하루, 영국 대륙 전체를 들끓게 할 흥미 있는 뉴스거리이다! 하지만 리오가 그랬으리라고는 도저히 상상할 수 없었다.

저 여인은 어떤가? 그는 겐다 보건에 관해 그리 많이 알지 못했다.

그는 그녀의 도톰한 입술과 완벽한 몸매를 눈여겨보았다. 오, 그래. 아마 저 여잔 오랫동안 리오를 사모해 왔겠지. 이혼을 생각해 본 적은 없을까 하고 그는 생각했다. 아질 부인은 이혼을 어떻게 생각했을까? 아무런 생각도 떠오르지 않았지만, 보수적인 사고방식을 가진 리오 아질에게 이혼이란 방법이 흥미를 끌었을 것 같지는 않았다. 그는 겐다 보건이 리오의 정부라고 생각하지도 않았다. 만일 그것이 사실이라면, 겐다 보건이 아무런 의심을 받지 않을 방법으로 아질 부인을 제거할 기회를 엿보았을 가능성이 보다 확실해진다. 그는 생각을 계속하다가 잠시 멈췄다. 그녀가 과연 아무런 양심의 가책 없이 재코를 희생시킬 수 있었을까? 그는 그녀가 재코를 아주 좋아했다고는 생각지 않는다. 재코의 매력은 그녀의 관심을 끌지 못했다. 그리고 여자들이 잔인하다는 걸 마샬은 너무나도 잘 알고 있었다.

결과적으로 겐다 보건은 의심의 대상에서 제외될 수 없었다. 이후에 경찰이 어떤 증거를 찾아낼지 자못 궁금했다. 그로서는 그녀를 의심할 만한 증거를 찾아낼 수 없었다. 그녀는 그날 이 집 안에 있었다. 리오와 함께 서재에 있다가 그에게 퇴근 인사를 하고 아래층으로 내려왔었다. 그녀가 아질 부인의 침실로 숨어 들어가 부지깽이를 집어들고는 아무런 낌새도 눈치 채지 못하고 책상 위에 엎드려 글을 쓰고 있는 아질 부인에게로 다가갔었는지 아니었는지 말해 줄 수 있는 사람은 아무도 없었다. 그리고 그 뒤에, 아질 부인이 비명도 지르지 못한 채 맞아 쓰러지면 겐다 보건은 부지깽이를 집어던지고 언제나 그랬던 것처럼 현관문을 나서서 자기 집으로 가면 그만이었을 것이다. 경찰이나 또는 다른 어떤 사람이 그녀가 그렇게 했는지 안 했는지 확인할 수 있는 가능성은 없다고 그는 생각했다. 그의 시선이 헤스터에게로 옮겨갔다.

귀여운 처녀였다. 아니 귀엽다기보다 사실은 아름다웠다. 좀 이상하고, 편안하지 못한 느낌의 아름다움이었다. 그는 그녀의 친부모가 어떤 사람이었는지 알고 싶어졌다. 그녀에겐 무언가 다스려지지 않은 야생적인 분위기가 있었다. 그렇다. 그녀에 관해서는 '자포자기'란 말을 쓸 수 있을 것 같았다. 그녀는 무슨 일에 관해 자포자기 하지 않으면 안 되었던 것일까? 그녀는 어리석게도 집을 뛰쳐나가 무대에 서기도 했고 탐탁하지 못한 사내와 어리석은 연애 행각을 벌이기도 했었다. 그러다가 자기의 어리석음을 깨닫고 아질 부인과 함께 집으로 돌아와 다시 안정을 되찾았다. 그렇긴 해도 헤스터를 의심의 대상에서 제외할 수는 없었다. 그녀의 마음속에서 어떤 일이 일어나고 있었는지 알 수 없기 때문이었다. 지극히 자포자기적인 순간이 그녀로 하여금 어떤 일을 하게 만들었을지 알 수 없는 노릇이었다.

하지만 경찰은 그녀에 대해서도 확실한 증거는 찾을 수 없는 것이 분명했다. 사실 경찰이 어느 누구에 관해 심증을 가진다 해도 그들이 그걸 가지고 어떻게 할 수 있으리라고는 볼 수 없다고 마샬은 생각했다. 그렇게 대체적으로 가족들의 입장은 만족할 만했다. 만족할 만하다고? 그는 그 말을 생각하면서 조금 움찔했다. 하지만 달리 뭐라 표현해야 하나? 사건 전반적으로 봐서 이런 교착상태는 사실 만족할 만한 결론 아닌가? 아질 가(家) 사람들은 진상을 알고 있는 것이 아닐까 하고 그는 생각해 봤다. 하지만 그런 생각은 지워 버리기로 했다. 그들은 알지 못한다. 물론 그들 중 한 사람은 진상을 너무 잘 알고 있으리라고 추측할 수 있다. 아니다. 그들은 모른다. 하지만 그들은 서로 의심할까? 설령 지금은 그렇지 않더라도 곧 그렇게 될 것이다. 알지 못하면 서로 의심할 수밖에 없고, 그때 일을 기억해 내려고 애쓸 수밖에 없기 때문이다. 가시 방석 같을 것이다. 그래, 꽤나 불편하기 짝이 없는 상황일 것이다.

그가 여기까지 생각하는 데는 그리 오랜 시간이 걸리지 않았다. 마샬이 짤막한 공상에서 깨어났을 때, 그는 조롱하는 듯한 빛이 담긴 미키의 시선이 자신에게 고정되어 있음을 깨달았다.

"그게 선생님의 결론입니까, 마샬 씨?"

미키가 물었다.

"외부 사람, 누군지 알지 못할 침입자, 악한 사람이 살인을 하고 돈을 훔쳐 달아났다는 말씀입니까?"

"우린 그렇게 생각해야 할 것 같네."

마샬이 대답했다. 미키는 의자에 몸을 기대어 앉으며 웃었다.

"그건 우리가 지어낸 이야기고, 우린 그 얘기에 매달려야 한다는 거죠, 예?"

"그렇다네, 마이클. 나는 그렇게 말하고 싶어."

마샬의 목소리엔 단호한 경고의 뜻이 담겨 있었다.

미키는 머리를 끄덕였다.

"알겠습니다. 그것이 충고하시는 바라면, 예, 예. 선생님이 옳다는 말씀을 감히 드리겠습니다. 하지만 그걸 믿지는 않으시죠?"

마샬은 냉혹한 시선으로 그를 쏘아보았다. 그것은 법적인 의미에서의 자유재량의 개념을 알지 못하는 사람들과의 마찰이었다. 그들은 말하지 않아야 좋을 사실을 말해야겠다고 고집하는 사람들이다.

"그건 그럴 만한 가치가 있기 때문일세."

그가 말했다.

"그게 내 생각이네."

그의 단호한 어조에는 다분히 질책의 뜻이 담겨 있었다.

미키는 탁자 주위에 앉아 있는 사람들을 둘러보았다.

"모두들 어떻게 생각해요?"

그는 누구를 지적하지 않고 물었다.

"이봐, 티나, 그렇게 코만 내려다보고 있지 말고 무슨 말 좀 해봐. 아무것에도 구애받지 말고 말이야. 그리고 메리 누나, 왜 아무 말도 않고 있는 거지?"

"나는 마샬 씨의 의견에 찬성이야. 다른 해결책이 뭐가 있겠니?"

메리는 좀 쌀쌀맞게 대꾸했다.

"필립은 누나와 생각이 다를 거야."

미키가 말했다.

메리는 얼른 남편 쪽을 돌아보았다. 필립 두런트는 천천히 입을 열었다.

"말조심하는 게 좋겠어, 미키. 이렇게 긴장된 자리에선 말을 많이 해봐야 하나도 좋을 게 없어. 우린 지금 긴장된 자리에 앉아 있다고."

"그럼 무슨 의견 있는 사람이 아무도 없는 거예요?"

미키가 다시 모두를 둘러보며 말했다.

"좋아요. 그런 것 같군요. 하지만 오늘밤 각자 침대 속에서 조금씩 더 생각해 보기로 해요. 그게 좋겠죠? 결국 모두들 자기 위치를 알고 싶잖아요. 커스티, 뭐 아는 게 있나요? 늘 우리보다 많이 알았잖아요. 내가 기억하기로는 아줌마는 집 안에 어떤 일이 일어나고 있는지 늘 잘 알고 있었어요. 하지만 말은 안 했지요.”

커스턴 린즈트롬이 말했다. 하지만 위엄 있는 목소리는 아니었다.

“미키, 말을 좀 삼가는 게 좋겠어요. 마샬 씨의 말이 옳아요. 말을 너무 많이 하는 건 지혜롭지 못해.”

“이 일을 표결에 붙이기로 해요.”

미키가 말했다.

“종이쪽지에다 이름을 써서 모자에 던지는 거예요. 재미있을 것 같지 않아요? 누가 제일 많은 표를 얻을지?”

이번에는 커스턴 린즈트롬의 목소리가 좀 전보다 커졌다.

“조용히 해요.”

그녀가 말했다.

“어리석게 좀 굴지 말아요. 도련님은 어렸을 때도 늘 그렇게 분별이 없었어요. 하지만 이젠 다 컸잖아요.”

“난 좀더 생각해 보자고 말했을 뿐이에요.”

미키가 움찔 놀라서 말했다.

“모두 좀더 생각할 거예요.”

커스턴 린즈트롬이 말했다. 그녀의 목소리는 비통했다.

1

서니 포인트에 밤이 깊었다. 육중한 벽으로 둘러싸인 집 안에서 일곱 명의 사람들은 각기 잠자리에 들었다. 그러나 쉬이 잠드는 사람은 아무도 없었다.

필립 두런트는 병 때문에 신체 활동의 자유를 상실한 이후 정신적 활동에서 점점 위안을 얻어가고 있었다. 그는 고도의 지적 사고를 가진 사람이었다. 그리고 이제 그는 자신의 번뜩이는 이지(理智)를 통해, 자신 앞에 전개되는 사고의 원천들을 지각할 수 있게 되었다. 때때로 그는 주위 사람들을 자극시킬 만한 일을 저질러 놓고 그들이 어떤 반응을 보일까 점쳐 보는 놀이를 즐기기도 했다. 그래서 그가 말하는 것, 그가 행동하는 것은 정상이 아닐 때가 많았지만 그것은 단순히 그리고 오로지 그런 자신의 언행에 대한 사람들의 반응을 관찰해 보려는 동기에 의해 주도면밀하게 계산된 것이기도 했다. 이것이 그가 즐기는 게임이었다.

그는 사람들이 자기가 예상했던 반응을 보이면 버릇처럼 그 횟수를 따져 계산해 두곤 했다. 그런 놀이를 오래 즐긴 결과, 그는 생전 처음으로 자기 자신이 인간 성격의 다양성과 그 실제를 날카롭게 관찰할 수 있는 사람이 된 것을 깨달았다. 예전에 그는 인간의 성격 같은 것엔 그리 큰 관심이 없었다. 주위에 있는 사람, 또는 우연히 부딪치는 사람들을 좋아하기도 싫어하기도 했으며, 그들 때문에 즐거워하기도 지루해하기도 했었다.

그는 언제나 행동하는 사람이었지 사고하는 사람은 아니었다. 그의 놀라운 상상력은 돈을 벌기 위한 갖가지 계획을 짜는 일에 발휘되었다. 그러한 계획들은 언제나 확고한 이론에 바탕을 두고 있었다. 그러나 그에게는 실제적인 사업의 능력이 전적으로 결핍되어 있던 탓에 결과는 늘 무(無)로 끝났다. 그때까지 그는 주위 사람들을 체스 게임의 졸(卒)정도로만 생각해 왔었다.

병 때문에 예전처럼 능동적인 삶을 살 수 없게 된 이후 그는 사람들 자체에 관해 따져 보게 되었다. 그것은 병원에서 하는 일 없이 누워 있을 때, 간호사들의 희생적 삶, 눈에 보이지 않는 전쟁 상태와 같은 병원 생활, 거기서 느껴지는 사소한 불만 등이 그의 주의를 끌면서부터 시작되었다. 그리고 그것은 빠른 속도로 숙달되어 이제는 그의 습관이 되었다.

사람들은 이제 그의 삶을 지탱시켜 주는 전부였다. 오직 사람들이었다. 연구하고 밝혀내고 정의 내려야 할 사람들, 그들을 시계 초침처럼 움직이게 만드는 것은 무엇인지 그리고 그에 대한 자신의 견해가 옳은지 그는 혼자 결정했다. 사실, 그건 정말 재미있는 일이 아닐 수 없었다.

바로 오늘 저녁만 해도 그는 서재에 혼자 앉아 자기가 아내의 가족들에 대해 얼마나 무지했는지를 새삼스레 실감했다. 그들은 정말 어떤 사람들인가? 그가 익히 알고 있는 그들의 겉모습이 아닌 그들의 내면에는 어떤 생각이 담겨 있는 것일까?

'이상하게도 나는 사람들에 관해 너무나도 모르고 있었다. 심지어 내 아내에 관해서도 그렇지 않은가?'

그는 메리에 대해 깊이 생각해 보았다. 메리에 관해서 과연 얼마나 많이 알고 있는가? 그는 아내의 빼어난 용모와 침착하고 진지한 태도가 좋았기 때문에 그녀를 사랑하게 되었다. 또한 그녀에게 돈이 많다는 사실도 무시 못할 문제였었다.

그는 가난한 처녀와의 결혼을 생각한 적도 두 번이나 있었다. 그로서는 그것이 아주 어울렸지만 어쨌든 그는 지금의 아내와 결혼했고, 지분거리며 그녀를 놀리기도 했고, 앵무새라고 부르기도 했으며, 그녀가 알아듣지 못할 농담을 해서 그 어리둥절한 표정을 보고 즐기기도 했다. 하지만 과연 자신이 그녀에 관해 아는 게 무엇일까? 그녀는 과연 무엇을 생각하고 무엇을 느끼는가?

물론 그는 아내가 깊은 열정과 헌신으로 자신을 사랑한다는 걸 알고 있었다. 그리고 아내가 자신에게 헌신하고 있다는 생각은 그를 약간 불편하게 만들기도 해서, 그는 그 부담스런 사랑의 무게를 덜어 버리기라도 하려는 듯 어깨를 뒤틀곤 했었다. 누군가로부터 헌신적인 사랑을 받는다는 것은 참으로 기분 좋은 일이다. 그렇게 헌신하는 사람과 하루에 아홉 내지 열 시간 정도만 떨어져 있을 수 있기만 한다면, 하루 일을 마친 뒤 자신에게 헌신하는 아내가 기다리고 있는 집으로 돌아가는 발걸음은 얼마나 가볍겠는가!

하지만 지금 그는 그 사랑에 휘감겨 있었다. 아내의 보살핌과 염려와 사랑에서 한시도 벗어날 수가 없는 것이다. 그것은 한 사람으로 하여금 조금이라도 무관심한 상태에 방치되기를 갈망하게 했다. 사실 그는 탈출할 방법을 찾아야 했다. 정신적인 방법을……. 그 밖엔 다른 도리가 없었기 때문이다. 그는 혼자서 공상할 수 있고 사색할 수 있는 영역으로 탈출해야 했던 것이다.

사색. 예를 들면 장모의 죽음에 책임을 져야 할 사람은 과연 누구일까에 대한 사색. 그는 장모를 싫어했고 장모도 그를 싫어했다. 장모는 메리가 자신과 결혼하는 걸 원치 않았다. 장모는 메리가 아무하고도 결혼하지 않길 원했던 것은 아닐까? 하고 그는 생각했다. 하지만 막을 수는 없었다. 그와 메리는 행복하게, 그리고 독립적으로 새 삶을 시작했다.

그런데 그때 모든 일이 잘못되기 시작했다. 제일 처음에는 그 사우스 아메리칸 회사, 그리고 그다음엔 자전거 부속품 회사. 둘 다 아이디어는 좋았다. 하지만 자금 공급에 대한 판단이 잘못됐었다. 그리고 때마침 일어난 아르헨티나 철도 파업은 일을 최악의 국면으로 몰고 갔다. 모든 게 순전히 운이 없던 탓이었지만, 그는 아질 부인에게도 어느 정도 책임이 있다고 생각했다.

장모는 그가 성공하기를 바라지 않았던 것이다. 그러다가 그는 병이 났다. 유일한 해결책이라곤 서니 포인트에 가서 사는 것뿐이었다. 그러면 장모가 환영할 것은 확실했다. 하지만 왠지 그는 그러고 싶지 않았다. 불구인 사람, 반쪽만 살아 있는 사람이 사는 거야 어디에서 살든 그것이 무슨 상관이랴? 그는 그렇게 생각했다. 하지만 메리는 마음이 움직이는 것 같기도 했다.

오, 그렇지. 만일 서니 포인트에 들어왔었다 해도 영원히 이곳에서 살 필요는 없었다. 아질 부인은 살해당했고 신탁인들은 협의를 거쳐 메리에게 지급되는 수당액을 올려 주었으며, 그것으로 그들은 따로 충분히 살 수 있었기 때문이다.

그는 아질 부인의 죽음에 대해 특별한 슬픔 같은 건 느끼지 않았다. 물론 그렇게 죽지 않고 폐렴이나 그 비슷한 병으로 침대에 누워 세상을 떠났다면 더 좋았겠지만.

신문의 표제를 떠들썩하게 장식하고 사람들로 하여금 혐오감을 느끼게 하는 등 살인은 정말 비열한 사건이 아닐 수 없다. 하지만 그런 살인사건은 늘 일어나고 있고, 그런 점에 비추어 볼 때 가해자에게 어떤 정신적인 장애가 있어 심리학적 측면에서 사건을 다룰 수 있는 경우는 그래도 좀 나은 편이라 할 수 있을 것이다. 하지만 메리 동생의 경우는 그렇지 않았다. 그의 경우는 나쁜 형질을 유전 받았기 때문에 결국은 잘못되어 버리는 예가 많은, '입양된 아이들'의 경우에 속하는 것이었다.

그건 그렇다 치고, 지금 상황도 그리 좋지 않았다. 내일이면 휘시 총경이 찾아와서 그 부드러운 서부지방 사투리로 식구들에게 질문을 해댈 것이다. 모두들 그 질문에 대답할 준비를 각각 해 놓아야 하리라…….

메리는 거울 앞에 앉아서 긴 금발을 빗어 내리고 있었다. 그는 아내의 태연하고 침착한 태도에 왠지 모를 분노를 느꼈다.

"내일 할 얘기를 좀 준비해 놓아야 하는 거 아닌가, 앵무새?"

그녀는 놀란 눈으로 그를 돌아보았다.

"휘시 총경이 온다잖아. 11월 9일 저녁에 뭘 하고 있었는지 모두에게 물어볼 텐데."

"아, 그것 말씀이세요. 너무 오래전 일이라서. 그런 걸 기억할 수 있는 사람은 없을 거예요."

"하지만 그 사람은 기억할걸, 앵무새. 바로 그게 문제야. 그는 경찰일지 어딘가에 모든 걸 다 적어 놨을 테니까 말이야."

"그래요? 그걸 여태 가지고 있을까요?"

"경찰은 무슨 일이든지 세 통의 서류에 기록해서 10년은 보관한단 말이야! 그래, 그날 저녁 당신은 특별히 한 일은 없었지, 앵무새. 아무 일도 하지 않았어. 여기 이 방에서 나와 함께 있었으니까. 그리고 내가 만일 당신이라면 7시에서 7시 30분 사이에 이 방을 비웠었단 얘기는 하지 않을 거야."

"하지만 그건 욕실에 가기 위해서였을 뿐이었어요. 욕실에도 못 간단 말이에요?"

메리는 당당하게 항변했다.

"그 당시엔 그런 얘기를 하지 않았어. 난 분명히 기억하고 있단 말이야."

"잊어버렸었던 거죠, 뭐."

"아마 자기 보호본능이었을 거야. 어쨌든, 난 당신에게 유리하도록 말해 줬지. 우린 6시 30분부터 커스티의 비명소리를 들을 때까지 이 방에서 피켓 게임을 하고 있었다고 말이야. 그게 우리가 지어낸 이야기고, 또 계속 주장해야 할 이야기지."

"아주 좋아요, 여보."

그녀는 흥미를 느끼지 않는 듯 무심히 대답했다.

그런 그녀를 보며 그는 이렇게 생각했다.

'저 여자는 상상력도 없단 말인가? 우리가 곤란한 일을 당할 거라는 걸 생각지도 못한단 말인가?'

그는 앞으로 몸을 숙였다.

"흥미 있는 일이야. 당신은 누가 어머니를 죽였는지 관심 없는 거야? 아까 미키의 말이 옳았어. 범인이 우리들 중 한 사람이라는 걸 우린 모두 알고 있어. 당신은 그게 누군지 알고 싶지 않단 말이야?"

"나도 아니고 당신도 아니에요."

메리가 대답했다.

"중요한 건 그것뿐이라는 거야? 앵무새, 당신 정말 놀랍군!"

그녀는 약간 얼굴을 붉혔다.

"뭐가 그렇게 이상하다는 건지 모르겠네요."

"그래, 모르겠지. 하지만 난 달라. 난 호기심이 생긴다고."

"진실이 밝혀질 거라고는 생각되지 않아요. 경찰도 알아낼 수 없을 거예요."

"그럴지도 모르지. 그들은 특별히 중요한 사실 같은 걸 찾아낼 수는 없을 거야. 하지만 우린 경찰과는 좀 다른 입장에 있어."

"무슨 말이에요, 필립?"

"뭐랄까, 우린 겉으로 드러나지 않은 사실을 알고 있다고나 할까? 이 집안 사람들은 한 집에서 살았으니까 서로의 상태에 대해 조금씩은 알 거란 말이야. 서로들 어떤 생각을 하며 살아가는지 어지간히는 알 거라고. 당신도 예외는 아닐 거고 말이야. 그들과 함께 자라났으니까. 어디 당신 생각을 한번 들어 보자고. 당신은 누구라고 생각해?"
"그런 생각 안 해 봤어요, 필립."
"그럼 한번 추측이라도 해 봐."
메리는 신경질적으로 대답했다.
"난 정말 누가 그랬는지 몰라요. 누구라고 생각해 본 적도 없고요."
"타조 같으니."
그녀의 남편이 말했다.
"난 정직하게 말하는 거예요. 추측해 보라는 건 또 무슨 말이죠? 모르는 게 훨씬 나아요. 그럼 모두 아무 일 없었던 것처럼 지낼 수 있잖아요."
"오, 아니야. 그럴 순 없어. 그게 바로 당신이 잘못됐다는 거야. 여보, 상처는 벌써 썩어 들어가기 시작했다고."
"그게 무슨 말이세요?"
"이봐, 헤스터하고 그 애인, 그 성실한 청년 도널드 박사를 한 번 생각해 보라고. 둘 사이에 틈이 생겨서 아주 심각하고 곤란한 문제가 될 거라고. 그 사람은 헤스터가 그랬을 거라고는 생각하지 않겠지만 그녀의 짓이 아니라고 확신하지도 않을 거란 말이야! 그 사람은 그녀가 알아차리지 못할 거라고 생각하면서 그녀를 염려스러운 눈길로 바라보겠지. 하지만 헤스터는 즉각 알아차릴 거야. 그러니까 당신 말이 틀리다는 거야! 만일 헤스터의 짓이라면 당신 말대로 하는 게 좋아. 하지만 그녀가 한 짓이 아니라면, 그녀가 저지르지 않은 짓 때문에 그 청년하고의 사이에 문제가 생기면 얼마나 끔찍한 일이냐고! '오, 나는 아니에요.'라고? 그렇게 계속 말해 보시지. 헤스터는 분명 그렇게 말할 거야."
"필립, 정말 당신은 상상이 지나쳐요."
"당신은 전혀 상상 같은 건 할 수 없지, 앵무새. 그럼 가엾은 리오 어른을 생각해 봐. 겐다와의 결혼이 자꾸 늦춰지고 있다고. 그 아가씬 그 일에 대해 아주 못마땅해하고 있고 말이야. 당신은 그걸 눈치 채지 못했나?"

"난 아버지가 그 나이에 재혼을 생각하고 계신다고는 믿어지지 않아요."

"그분은 생각하고 계셔. 다만 겐다하고의 관계가 살인의 동기였을지도 모른다는 인상을 주게 될까 염려하고 계신 거야. 눈치 없기는!"

"아버지가 어머니를 죽였다는 건 터무니없는 상상이에요! 그런 일은 있을 수 없어요."

"있어. 그런 일도 있다고. 신문을 읽어 봐."

"우리하곤 다른 사람들이에요."

"살인이란 천한 사람들 사이에서만 일어나는 게 아니라고, 앵무새. 그렇다면 미키를 생각해 봐. 무언가가 처남을 좀먹고 있어. 처남은 좀 이상한 데가 있는 비판적인 성격이야. 티나도 깨끗하고 염려할 것 없고 순수해 보이지만, 누군가가 있을 때는 좀 무표정한 얼굴이지. 그리고 가엾은 노처녀, 커스티……."

메리의 표정에 희미한 생기가 되살아났다.

"그게 문제의 해답일 것 같아요!"

"커스티가?"

"예, 결국 그녀는 우리 집안사람이 아니잖아요. 그리고 그녀는 최근 1, 2년간 아주 심한 두통으로 고생하고 있어요. 우리들 중 어느 누구보다도 그녀가 범인일 가능성이 훨씬 많아요."

"한심한 악마로군."

필립이 말했다.

"그 여자도 속으로 당신하고 똑같은 생각을 하고 있을 거라는 걸 모르나? 그녀가 범인이라는 것에 우리 모두의 의견이 일치할까? 그러면 편하겠지. 그 여잔 이 집안사람이 아니니까. 오늘밤에 그 여자가 딱딱하게 굳어 가지고 근심하는 걸 당신은 못 보았나? 그 여자도 헤스터하고 마찬가지 입장이야. 그녀가 뭐라고 말할 수 있으면 어떻게 행동할 수 있겠어? '난 내 친구이자 내 주인인 그녀를 죽이지 않았어요.' 이렇게 말하나? 그 말이 그 여자에게 무슨 도움이 되겠어? 오히려 다른 사람에게보다 자기 자신에게 상황을 불리하게 할 뿐이지. 그건 그녀가 혼자이기 때문이야. 그녀는 자기가 당신 어머니한테 했던 말 한마디, 한마디, 당신 어머니한테 지어 보였던 화난 표정 하나하나를 일일이 떠올리면서 그런 것들이 자신을 불리하게 만들지 않을까 염려하고 있을 거야. 자기 결백함을 증명해 보이기엔 절망적인 상태지."

"난 당신이 좀 침착해졌으면 좋겠어요, 필. 그러면 우리가 뭘 어떻게 할 수 있겠어요?"

"진실을 밝혀내려고 노력할 뿐이지."

"하지만, 그게 어떻게 가능해요?"

"방법이 있을 거야. 난 해 보겠어."

메리는 근심스러워 보였다.

"어떤 방법?"

"오, 그러니까 이야기를 하면서 사람들의 반응을 살피는 거야. 어떤 이야긴가 하면……."

그는 머리를 회전시키려는 듯 잠시 말을 멈추었다.

"결백한 사람에겐 아무 의미 없는 얘기지만 죄가 있는 사람에겐 뭔가 의미있게 들릴 만한 그런 얘기……."

머릿속에서 뭔가 생각을 굴리는 듯 그는 다시 입을 다물었다. 그러고는 메리를 올려다보며 말했다.

"결백한 사람을 도와주고 싶지 않소, 메리?"

"아뇨."

이 말은 폭발적으로 튀어나왔다. 그녀는 그에게로 다가와 그의 의자 옆에 무릎을 꿇고 앉았다.

"이 모든 일에 당신이 휘말려들게 하고 싶진 않아요, 필. 아무 얘기도 하려 들지 말고 올가미를 놓으려고 하지도 마세요. 그냥 내버려 둬요. 오, 제발 그냥 내버려 둬요!"

필립의 눈썹이 치켜 올라갔다.

"글쎄."

그리고 그는 그녀의 부드러운 금발 위에 손을 얹었다.

2

마이클 아질은 잠들지 못한 채 어둠을 응시하며 누워 있었다. 그의 마음은 쳇바퀴를 돌리는 다람쥐처럼 과거로, 과거로만 맴돌았다. 왜 그는 과거를 떨쳐버릴 수 없는 것일까? 왜 일생 동안 과거의 일을 질질 끌고 다녀야 하는 것일까? 과거가 도대체 어떻다는 말인가? 왜 그는 런던 슬럼가 곰팡내 나는 그 방에서의 즐거웠던 기억과 '우리 미키'라고 불리던 자신의 모습에 대한 기억을 잊을 수가 없는 것일까?

그곳엔 평범하고도 신나는 분위기가 있었다! 거기엔 늘 즐거움이 넘쳤다! 떼를 지어 다른 아이들을 습격하기도 했었다! 밝은 갈색 머리의 어머니(커서 생각해 보니 어머니는 싸구려 머릿기름을 썼던 것 같다)는 술에 취해 돌아올 때마다(물론, 진을 마시고!) 갑작스런 분노에 휩싸여 그를 후려치곤 했다. 또 기분이 좋을 때는 법석을 떨며 즐거워했다.

생선과 빵 조각으로 정겨운 저녁 식탁을 차려주며 어머니는 감상적인 민요를 부르곤 했었다. 때때로 그들은 극장에도 갔었다. 어머니의 주위에는 날마다 다른 아저씨들이(그는 항상 그들을 그렇게 불러야 했다) 늘 있었다. 그의 아버지는 그가 얼굴을 기억하기도 전에 집을 나가고 없었다.

하지만 어머니는 그런 아저씨들이 그의 머리에 손이라도 얹을라치면 아주 질색을 하며 말했다.

"우리 미키를 그냥 내버려 둬요."

그러던 어느 날 전쟁이 터졌다. 비행기만 나타나면 히틀러의 폭격기인 줄 알고 공연히 사이렌이 울려댔다. 여기저기서 고사포 터지는 소리가 들려오면 지하도로 내려가 거기서 밤을 지새우곤 했었다. 그것도 꽤 재미있는 일이었다.

거리는 샌드위치처럼 납작해지고 깡통처럼 쭈그러진 채 덩그러니 버려져 있었고, 기차들은 거의 온 밤 내내 철길 위를 달리곤 했었다.

그것이 삶이었다. 그것이! 가장 치열한 삶! 그리고 그는 이곳으로 오게 됐다. 아무 일도 일어나지 않는, 살아 있으면서도 죽어 있는 곳!

"모든 게 다 끝나면 다시 돌아올 수 있을 거야, 착하지."

어머니는 그렇게 말했다. 그러나 진정으로 하는 말이 아닌 그저 지나치는 듯한 말투였다. 어머니는 그가 돌아오는 것을 좋아하지 않는 것 같았다. 하지만 왜 그를 데리러 오지도 않았을까?

거리에는 수많은 아이들이 자기 엄마와 함께 피난을 가고 있었다. 하지만 그의 어머니는 피난을 가고 싶어 하지 않았다. 어머니는 그 당시의 아저씨, 해리 아저씨와 군수품 공장에서 일하기 위해 북쪽으로 갈 예정이었다.

어머니가 그렇게 따뜻하게 작별인사를 했었지만 그때 그는 알았어야 했다. 어머니가 사실은 자기를 좋아하지 않는다는 사실을……. 진, 그것만이 어머니가 좋아하는 전부였다고 그는 생각했다. 진과 아저씨들…….

그리고 그는 죄수처럼 여기 잡혀 맛도 없는 낯선 음식을 먹고 있어야 했다. 우유와 비스킷으로 이상한 저녁을 먹고 나면, 믿을 수 없게도 6시 정각에는 잠자리에 들어야 했다. 그는 눈뜬 채로 누워 담요 밑에 머리를 틀어박고 울었다. 엄마와 집이 그리워 울었다.

그 여자 때문이었다. 그 여자가 그를 붙들고 놓아주지 않았다. 이런저런 되지도 않는 말들을 늘어놓으며. 늘 바보들이나 하는 놀이를 하게 했다. 그 여자는 늘 그로부터 뭔가를 원했다. 그가 결코 주고 싶지 않은 뭔가를…….

하지만 그는 개의치 않았다. 그는 기다렸다. 그리고 참았다! 그러면 언젠가는 집으로 돌아갈 수 있을 것이라고 생각했다. 그 거리에 있던 집과 아이들, 화려한 붉은 빛깔의 버스와 지하철, 생선과 마른 빵, 오가는 사람들과 지하실 출입구 주위를 어슬렁거리던 고양이들.

그의 마음속엔 그 정겨운 풍경이 하나하나 스쳐 가며 간절한 그리움을 불러 일으켰다. 그는 기다려야 했다. 전쟁이 영원히 끝나지 않을 리는 없다. 런던 시가지 위에, 반은 불타버린 런던 시가지 위에 폭탄이 떨어지는 소리를 들으며, 여기 이 답답한 곳에 그는 갇혀 있었다.

오! 런던엔 불꽃이 얼마나 찬란하게 타오를 것이며 사람들은 얼마나 죽어가고, 집들은 또 얼마나 많이 부서졌을까?

그는 찬란한 색채로 명멸하는 그 모든 광경을 마음속으로 상상해 보았다.

그는 걱정하지 않았다. 전쟁만 끝나면 엄마에게 돌아갈 것이기 때문이었다. 엄마는 몰라보게 자란 그를 보고 놀랄 것이 분명하겠지.

어둠 속에서 마이클 아질은 긴 한숨을 후 내쉬었다.

전쟁은 끝났다. 사람들은 히틀러와 무솔리니에게 이겼다. 몇몇 아이들은 집으로 돌아가고 있었다. 이제 그도 곧……. 그러나 어느 날 런던에 다녀온 그 여자는 그에게 계속 서니 포인트에 머물러야 한다고, 그리고 자기 아들이 되어야 한다고 말했다.

그는 말했다.

"엄마는 어디 있어요? 폭탄이 엄마한테 떨어졌나요?"

엄마가 폭탄에 맞아 죽었다면, 그래, 그건 그리 나쁜 일이 아니었을 것이다. 다른 많은 아이들의 어머니들도 그랬으니까.

그러나 아질 부인은 아니라고 했다. 엄마는 죽은 게 아니라고. 그런데 엄마는 좀 힘든 일을 해야 하기 때문에 너를 잘 돌봐 줄 수가 없다고. 그 말은 마치 부드러운 비누 거품 같았지만, 결국은 아무 의미도 없는 말이었다.

그의 엄마는 그를 사랑하지 않았고, 그가 돌아오길 원하지도 않았다. 그는 이곳에 머물러야 했다, 영원히…….

그 일이 있은 뒤 그는 아질 부인과 그 남편의 말을 엿들으려고 살금살금 기회를 엿본 끝에 마침내 몇 마디 대화를 엿들을 수 있었다.

"그 애가 없어지는 걸 너무너무 기뻐하던걸요. 전혀 애한테 관심이 없었어요."

그리고 얼핏 100파운드란 말도 들리는 것 같았다. 그래서 그때 그는 알았다. 자기 어머니가 그 하잘것없는 100파운드에 자기를 팔았다는 것을…….

그 창피함! 그 고통! 그는 도저히 그걸 이겨낼 수가 없었다. 그 여자가 자기를 산 것이다! 힘이 약한 자는 결코 대항할 수 없는 힘의 화신, 그는 그 여자에 대해 어렴풋이 그렇게 느꼈다. 하지만 그는 자랄 것이다.

어느 날엔가는 힘센 사람, 한 남자가 될 것이다. 그러면 그는 그 여자를 죽일 것이다. 그런 결심을 하고 나자 기분이 좀 나아지는 것 같았다.

그 뒤, 학교 때문에 집을 떠나 있게 되자 사정은 그전처럼 나쁘지는 않았다.

하지만 그는 휴일을 싫어했다. 그 여자 때문이었다. 그 여자는 모든 걸 빠짐없이 챙겨주고, 그를 즐겁게 해줄 계획을 세우고 온갖 선물을 다 사주었다. 하지만 그가 별 기쁜 내색을 하지 않았기에 그 여자는 어리둥절해하기도 했다. 그는 그 여자에게 키스를 받는 것도 싫었다.

나중에 그는 그 여자가 자신을 위해 세워 놓은 어리석은 계획을 훼방 놓는 데서 즐거움을 찾았다. 은행원이 되어라! 석유 회사에 들어가거라! 그러나 그는 그렇게 하지 않았다. 그는 스스로 자기 일을 찾으려 했다.

그가 자기 생모의 행방을 추적하려 애쓴 것은 대학에 다닐 때였다. 그렇지만 어머니는 곤드레만드레 취한 남자가 몰던 차 안에서 충돌사고로 이미 몇 년 전에 세상을 떠나고 없었다. 그런데 왜 그 모든 걸 잊지 못하는 걸까? 왜 그저 즐거운 마음으로 생활을 해 나갈 수 없는 걸까?

왜 그렇게 되지 않는지 그 자신도 알 수 없었다, 그리고 지금.

지금은 무슨 일이 일어나고 있는 것인가? 그 여자는 죽지 않았는가? 그 여자가 그 시시한 100파운드로 자신을 샀던 일을 생각해 보았다. 그 여자는 모든 걸 살 수 있었다는 것도 생각해 보았다. 집과 차, 그리고 그 여자가 낳을 수 없었던 아이들까지. 그 여자는 전지전능한 하느님이었다!

그런데 그 여자는 이제 없다. 부지깽이로 머리를 한 대 얻어맞고 다른 모든 시체들과 다름없는 시체가 되어 버리고 말았다! '그레이트 노스' 도로 상의 찌그러진 자동차 속에 있던 금발의 시체와 다름없이…….

그 여자는 죽었지 않은가? 그렇다면 이제 무엇이 걱정인가? 그에게 문제될 일이 무엇인가? 그 여자가 죽었기 때문에 이제 더 이상 그녀를 미워할 수 없다는 것, 그것이 문제인가?

그것은 죽음 때문이었다. 더 이상 증오의 감정은 없었다.

그는 그저 어찌할 바를 몰랐다. 어찌할 바를 몰라 두려워했다.

1

커스턴 린즈트롬은 먼지 하나 없이 깨끗한 자신 침실에서 곱슬곱슬한 금발을 어울리지 않게도 두 갈래로 땋아 내린 뒤 잠자리에 들 준비를 했다.

그녀는 걱정스럽고 두려웠다. 경찰은 외국 사람을 좋아하지 않는다. 영국에 오래 산 탓에 그녀는 자신이 외국인이라는 걸 거의 느끼지 못했지만 경찰이 그걸 알 리는 없었다.

그 캘거리 박사, 그 사람은 왜 이곳에 와서 그런 짓을 저질렀을까?

모든 것은 공정했었다. 그녀는 재코를 생각해 봤다. 그리고 그 모든 것은 공정했었단 말을 스스로에게 되풀이했다.

그녀는 그가 어린 소년이었을 때의 모습부터 생각해 보았다. 그래! 언제나 그는 거짓말쟁이에다 사기꾼이었다! 하지만 아주 매력적인 면, 마음을 끄는 면도 있었다. 그래서 사람들은 늘 그를 용서해 주었고, 가능한 한 벌을 주지 않으려고 애썼다. 그는 거짓말을 아주 잘했다.

그건 끔찍한 사실이었다. 너무나도 교묘하게 거짓말을 했기 때문에 사람들은 모두 그의 말을 믿었다. 믿지 않을 수 없었다.

사악하고 잔인했던 재코!

캘거리 박사는 자신이 무슨 말을 하고 있는 건지 알고 있다고 생각했을 지도 모른다. 하지만 그는 잘못한 것이다. 때와 장소와 알리바이라니! 재코라면 그런 일은 쉽게 꾸며 댈 수 있었다. 아무도 재코를 그녀가 아는 만큼은 알지 못하고 있었다. 하지만 재코가 어떤 인물이었는지 사람들에게 사실대로 얘기한다면 그들이 그녀의 말을 믿어 줄까? 그리고 이제 내일, 어떤 일이 생길 것인가? 내일이면 경찰이 찾아 올 것이다.

모든 식구들은 언짢아할 것이며, 또 서로를 의심할 것이다. 서로를 바라보면서……, 누구 말을 믿어야 할지 확신하지 못하면서.

그녀는 식구들 모두를 매우 사랑했다. 아주 많이. 그녀는 다른 어떤 사람보다도 그들에 대해 잘 알고 있었다. 아질 부인보다도 훨씬 더 잘 알고 있었다. 아질 부인은 강한 모성적 소유욕에 눈이 가려져 있었기 때문이다. 그들은 그녀의 아이들이었다. 그녀는 그들을 늘 자신에게 속해 있는 존재로만 생각했다.

하지만 커스턴은 그들을 장점과 단점을 지닌 한 개별적 존재로(그들 자체로) 볼 수 있었다. 그녀는 만일 자신에게 아이가 있었다면 역시 아질 부인과 마찬가지로 그들에 대해 집착을 느꼈을지도 모른다고 생각했다.

하지만 그녀는 지나칠 정도로 모성 본능이 강한 여인은 아니었다. 그녀에게 있어 첫째가는 사랑은 한 번도 가져보지 못한 남편을 위한 사랑이었다. 아질 부인 같은 사람은 그녀로선 이해하기 힘든 여자였다. 자기가 낳지도 않은 아이들한테 미쳐서, 정작 자기 남편은 있으나마나 한 존재로 취급하다니!

그 이상 훌륭하고 그 이상 멋진 사람이 없는데도 그 여자는 남편에게 무관심한 채 그를 한 옆에 제쳐놓았었다. 그리고 아질 부인은 너무도 자기 일에 몰두한 나머지 자기 코밑에서 어떤 일이 벌어지는지도 알아차리지 못했다.

그 비서, 훌륭한 용모의 아가씨에다 철두철미한 여자. 어쩌면 리오로선 늦은 일도 아니었다. 아니, 이젠 너무 늦은 건가? 지금 살인사건이 그가 누워 있는 무덤 속에서 머리를 쳐들고 있는데도 그 둘은 감히 행동을 같이 할까?

커스턴은 근심스러운 듯 한숨지었다.

이 모든 사람들에게 어떤 일이 벌어질 것인가? 자기 양어머니에게 깊은, 거의 병적일 정도의 악의를 품고 있는 미키에게. 그 무신경한 젊은 의사와 함께 이제 평화스럽고 안정된 삶을 시작하려던 헤스터에게. 피할 수 없는 일이긴 하지만, 살인 의도를 품고 기회를 엿보았을 리오와 겐다에게(그들은 자신들이 의심받으리란 걸 분명 깨닫고 있을 것이다). 말쑥한 작은 고양이 같은 티나에게. 결혼하기 전까지는 어느 누구에게도 사랑을 보이지 않았던 이기적이고 냉정한 메리에게.

한때 자신은 자기 주인에 대한 사랑과 존경으로 가득 차 있었다고 커스턴은 생각했다. 언제부터 그녀를 싫어하기 시작했는지, 언제부터 그녀를 비난하게 되었는지, 언제부터 그녀에게 결함이 있다는 것을 알게 되었는지는 정확히 기억할 수 없었다. 레이첼은 자신에 대한 확신이 대단했고, 인정이 많긴 했지만 전제적(專制的)이었다. '어머니는 모든 걸 가장 잘 안다.'라는 말이 사람이 되어 걸어 다니는 듯한 인상을 주는 여자였다. 하지만 그녀는 사실 그런 어머니조차도 아니었다. 만일 그녀가 자기 아이를 한 번이라도 낳아 보았다면, 그것이 오히려 그녀를 훨씬 겸손하게 만들었을 것이다.

그런데 왜 이렇게 레이첼 아질을 계속 생각하게 되는 것일까? 레이첼 아질은 죽었다. 그녀는 자기 자신, 그리고 남은 식구들을 생각해야 했다.

그리고 내일 어떤 일이 벌어질 것인가에 대해서도.

2

다음 날 아침 제일 먼저 일어난 사람은 메리 두런트였다. 간밤에 그녀는 뉴욕에 살던 시절의 어린아이로 되돌아간 꿈을 꾸었다. 이상한 일이었다. 그녀는 그 시절에 대해 몇 년 간 한 번도 생각한 적이 없었다.

그 시절에 대해 무언가 기억할 수 있다는 건 정말 놀라운 일이었다.

그때가 몇 살 때였던가? 다섯 살? 여섯 살? 그것은 호텔에서 그 셋방으로 되돌아가는 꿈이었다. 아질 내외는 결국 그녀를 데려가 주지 않은 채 배를 타고 영국으로 떠나려 했다. 그녀의 마음은 그래서 분노와 흥분으로 가득 차 있었는데 얼마 뒤 깨어 보니 꿈이었다.

그건 얼마나 멋졌는지 모른다. 자동차를 타고 호텔에 가서 엘리베이터로 18층까지 올라갔었다. 커다란 방, 멋진 욕실, 세상엔 그런 것도 있었다.

부자이기만 하다면 여기 머무를 수만 있다면, 이 모든 걸 다 가질 수만 있다면, 영원히…….

사실상 그렇게 되는 데는 별달리 어려울 게 없었다. 사랑을 표시하기만 하면 될 뿐이었다. 하지만 그녀에겐 결코 쉬운 일은 아니었다. 본디 다정다감한 성품이 아니었기 때문이다. 하지만 그녀는 용케 해냈다. 그래서 그녀는 거기 있게 되었고, 안락한 삶을 보장받게 되었던 것이다!

돈 많은 아버지와 어머니, 옷, 자동차, 배, 비행기, 그녀를 시중드는 하인들, 값비싼 인형과 장난감들, 동화 속의 이야기가 현실이 된 것이다.

이 집에 있어야 했던 아이들은 다 불쌍한 아이들이었다. 물론 그건 전쟁 때문이었다. 하지만 꼭 전쟁 때문이었다고 할 수 있을까? 그렇다. 그것은 만족할 줄 모르는 어머니의 사랑 때문이기도 했다! 어머니의 사랑엔 정말 비정상적인 데가 있었다. 지극히 동물적인 사랑!

그녀는 늘 자신의 양어머니에 대해 왠지 모를 경멸감을 느끼고 있었다. 어머니는 아이들을 선택하는 데 있어 어느 경우에든지 어리석음을 저질렀다. 사회 · 경제적 지위가 낮은 하층 계급의 아이들, 어머니가 선택하는 애들은 언제나 그랬다!

재코처럼 범죄 성향이 있는 아이, 헤스터처럼 심리적으로 불안정한 아이, 미키처럼 거친 아이, 그리고 혼혈아 티나! 그 애들이 모두 훌륭하게 자라 주지 않을 것은 의심할 나위가 없었다. 그 애들이 어머니에게 반항한다고 해서 사실 그들을 욕할 수는 없었다. 그녀 자신도 반항했었으니까. 그녀는 씩씩한 젊은 비행사 필립을 만났던 일을 기억했다.

어머니는 반대했다.

"결혼하기엔 이르다. 전쟁이 끝날 때까지 기다리거라."

어머니는 그렇게 말했지만 그녀는 기다리길 원치 않았다. 그녀의 의지는 어머니만큼이나 강했고 또 아버지가 그녀를 후원해 주었다. 결국 그들은 결혼했고 그 뒤 얼마 지나지 않아 전쟁은 끝났다. 그녀는 자기 혼자서만 필립을 소유하고 싶었다. 어머니의 그늘에서 벗어나고 싶었다. 그러나 그녀를 좌절시킨 건 어머니가 아니라 그녀의 운명이었다. 먼저 필립의 사업에 관한 계획이 실패했고, 그다음엔 그 무서운 일(필립이 그만 소아마비에 걸리는 일)이 벌어졌던 것이다. 필립이 병원에서 퇴원할 수 있게 되자 그들은 곧 서니 포인트로 왔다. 그곳에서 가정을 꾸미는 건 피할 수 없는 일처럼 보였다.

필립도 달리 어쩔 도리가 없다고 생각하는 것 같았다. 그의 돈은 바닥이 났고 그녀가 신탁 조합에서 받는 수당은 그리 큰 액수가 아니기 때문이었다. 그녀는 수당을 좀더 올려 달라고 요청했지만, 당분간은 서니 포인트에서 사는 게 현명한 거라는 게 그녀가 얻은 대답이었다. 하지만 그녀는 필립을 독점하고 싶었다. 완전히 독점하고 싶었다. 그가 레이첼 아질의 마지막 '아이'가 되는 건 원치 않았다. 또한, 그녀는 아이를 낳고 싶어 하지도 않았다.

그녀가 원하는 건 오직 필립뿐이었다. 하지만 정작 필립 자신은 서니 포인트로 들어오라는 제안에 아주 흡족해하는 것 같았다.

"당신이 좀더 편해질 거야."

그는 그렇게 말했다.

"사람들이 늘 왔다 갔다 하며 기분 전환을 시켜 줄 거고. 게다가 당신 아버지는 내게 아주 좋은 친구가 되어 주실 거고 말이야."

왜 그는 그녀가 그하고만 있고 싶어 하는 만큼 그녀하고만 있고 싶어 하지 않는 것일까? 왜 그는 다른 사람과의 교제를 갈망했던 것일까? 그녀의 아버지와 그리고 헤스터와 말이다.

메리는 헤스터만 생각하면 늘 공연한 분노를 느끼곤 했었다. 어머니는 헤스터에게는 제 나름대로의 삶을 갖게 해주었다.

그러나 결국은 그러지 못했고 어머니는 죽었다.

그리고 이제 모든 것이 다시 파헤쳐지고 있었다. 어째서? 오, 어째서인가?

그리고 어째서 필립은 이 모든 일에 그렇게 열심인 것일까? 자기와 상관없는 일을 왜 따져 묻고 알아내려 애쓰고, 또 자기를 개입시키는 것일까?

올가미를 쳐 놓는다고? 어떤 올가미를?

3

리오 아질은 희미한 빛으로 서서히 방 안을 밝혀 주고 있는 햇살을 바라보았다.

그는 모든 것을 아주 세심하게 생각해 보았다. 그건 아주 명백했다. 정확히 말해, 모든 상황이 그와 겐다에게 불리할 것이라는 사실이다.

그는 누운 채로 휘시 총경이 이 일을 어떤 시각으로 볼지 전반적으로 생각해 보았다. 레이첼은 그들이 있는 방으로 들어와서 재코가 아주 사납게 굴면서 자기를 협박하더라고 이야기를 했다. 겐다는 눈치 빠르게 옆방으로 들어가 레이첼을 위로해 주며, 재코를 그렇게 단호하게 대한 건 아주 잘한 일이고 그것이 그의 잘못된 과거를 청산하는 데 도움이 되는 것이라고 했다. 좋든 나쁘든 그는 자기에게 닥친 일을 겪어내야 한다고 그녀에게 이야기해 주었다. 그래서 아내의 마음은 좀 진정되었었다.

그 뒤 겐다는 그의 방으로 돌아와 부쳐야 할 편지를 한데 모으며, 의미심장한 목소리로 또 무슨 할 일이 없느냐고 물었다. 더 할 일은 없다고 그는 대답하고 고맙다는 인사를 했다. 그리고 그녀는 퇴근 인사를 하고 방을 나갔다. 복도를 지나 아래층으로 내려가서, 레이첼이 책상머리에 앉아 있는 방을 지나, 아무도 그녀가 가는 걸 보는 사람이 없는 가운데 이 집을 나갔다.

그는 서재에 혼자 앉아 있었고, 그가 그냥 거기 있는지 레이첼의 방으로 내려갔는지 확인해 보려고 오는 사람은 아무도 없었다.

그 모든 상황이 그들에게는 절호의 기회로 생각될 것이 분명했다. 그리고 그들에겐 동기가 있었다. 그때 벌써 그는 겐다를 사랑하고 있었고, 그녀도 그를 사랑하고 있었기 때문이다. 그 두 사람이 유죄냐 무죄냐를 증명해 줄 수 있는 사람은 하나도 없었다.

4

4분의 1마일쯤 떨어진 곳에서 겐다도 뜬눈으로 밤을 밝히며 누워 있었다. 주먹을 꽉 쥐고 그녀는 자신이 레이첼 아질을 얼마나 증오했었는지를 생각하고 있었다. 그리고 지금 어둠 속에서 레이첼 아질은 이렇게 말하고 있었다.

"내가 죽으면 너는 내 남편을 소유할 수 있을 거라고 생각했겠지? 하지만 넌 그럴 수 없어. 절대 그럴 수 없어. 넌 결코 내 남편을 소유할 수 없어."

5

헤스터는 꿈을 꾸고 있었다. 도널드 크레이그와 함께 있는데 갑자기 그가 자신을 절벽 가장자리로 떠미는 꿈이었다. 그녀는 두려움에 질려 소리를 지르고 있는데 반대편에서 아서 캘거리가 손으로 자신을 받쳐 주고 있는 모습이 보였다.

그녀는 비난하듯 그에게 소리쳤다.

"왜 내게 이렇게 하시는 거예요?"

그러자 그가 대답했다.

"난 당신을 도와주러 왔소."

그리고 그녀는 깨어났다.

6

예비 침실에 놓인 작은 침대에 조용히 누운 티나는 가볍고 규칙적인 숨을 내쉬고 있었지만, 잠이 든 것은 아니었다.

그녀는 감사도 분노도 아닌 마음, 그저 사랑만으로 아질 부인을 생각했다. 그것은 아질 부인이 그녀에게 먹을 것과 마실 것을 주었고, 따뜻하고 편안한 집과 장난감을 주었기 때문이었다. 그녀는 아질 부인을 사랑했다. 그녀가 죽었다는 것이 유감스러웠다.

하지만 모든 게 그처럼 간단하지만은 않았다. 재코가 범인이었을 때는 아무 문제가 없었다.

하지만 지금은?

제13장

휘시 총경은 부드럽고 예의 바른 태도로 그들 모두를 둘러보았다. 말할 때 그의 어조는 설득조이기도 했고 사과조이기도 했다.

"여러분 모두에게 고통스러운 일일 거라는 사실을 잘 압니다."

그가 말했다.

"이렇게 사건 전체를 다시 검토하는 것 말입니다. 하지만 사실 우리로선 다른 도리가 없었습니다. 통지된 사항은 모두 알고 계시겠죠? 오늘 아침 모든 조간신문에 다 실렸더군요."

"특별사면이라더군요." 하고 리오가 말했다.

"표현이 적당하지 못해서 귀에 거슬리는 일은 늘 있죠. 법률 용어에 숱하게 많이 있는 시대착오적 표현입니다. 하지만 그 의미는 아주 분명하죠."

"당신네들이 실수했다는 의미로군요."

"그렇습니다. 우리가 실수했습니다."

휘시는 순순히 시인했다. 그리고 잠시 뒤 그는 이렇게 덧붙였다.

"물론 캘거리 박사의 증언이 없었던 당시로서는 그 실수는 필연적인 것이었습니다."

리오는 냉랭한 태도로 말했다.

"당신이 내 아들을 체포했을 때 그 애는 그날 밤, 차에 타고 있었다고 당신한테 말했었소."

"오, 그렇습니다. 그렇게 말했죠. 그래서 우리는 그 사실을 확인하려고 최선을 다했습니다. 그런데 우리는 그 이야기를 확증할 만한 증거를 찾아낼 수가 없었습니다. 선생님이 그 모든 일에 대해 매우 분노를 느끼실 거라는 건 아주 잘 알고 있습니다. 아질 씨, 변명이나 사과를 드리려는 게 아닙니다. 우리 경찰관들이 해야 할 일은 증거를 수집하는 일뿐입니다. 그 증거들을 검사에게 넘기면, 그것이 정당한 논거가 있는지는 그 사람이 결정합니다. 그리고 이번 사건에는 논거가 있다고 결정했던 겁니다. 그리고 만일 그럴 마음이 있으시다면 선생님 마음속에 있는 통분을 다 토로해 내시고 사건 당시의 자료들을 다시 한 번 검토해 보셔도 좋습니다."

"그게 무슨 소용이에요?"

헤스터가 매섭게 쏘아붙였다.

"누구의 짓이든지 이건 벌써 오래전 일이고, 당신은 그를 찾아낼 수 없을 거예요."

휘시 총경은 고개를 돌려 그녀를 쳐다보았다.

"그럴 수도 있고 그렇지 않을 수도 있지요."

그는 헤스터의 앙칼진 말에 개의치 않는 것 같았다.

"때로는 몇 년이 지난 뒤에도 범인을 잡을 수 있다는 걸 알면 놀랄 거요. 끈기만 있다면, 끈기를 갖고 절대 포기하지 않는다면 말이오."

헤스터는 머리를 홱 돌렸고, 겐다는 마치 찬바람이 스쳐 지나가기라도 한 듯 잠깐 몸서리를 쳤다. 그녀의 예리한 상상력은 그의 평온한 말투 뒤에 위협이 감춰져 있음을 감지했던 것이다.

"자, 그러면 이제……, 아질 씨부터 시작하겠습니다."

휘시는 그렇게 말하며 기대에 찬 표정으로 리오를 바라보았다.

"정확히 뭘 알고 싶은 거요? 이미 다 말했잖소? 지금은 오히려 그때보다 기억이 더 희미해졌을 거요. 정확한 시간 같은 건 기억에서 쉽게 사라지는 법이니까."

"오, 그건 우리도 알고 있습니다. 하지만 그 당시엔 간과해 버렸던 사소한 사실이 중요한 단서가 될 가능성은 언제나 있습니다."

"몇 년의 세월이 경과한 뒤에 돌아보면 오히려 더 잘 기억되는 부분이 있을 수도 있지 않겠습니까?"

필립이 끼어들었다.

"물론 그럴 수도 있지요."

꽤나 흥미진진한 시선으로 필립 쪽을 쳐다보면서 휘시 총경이 대답했다.

'똑똑한 친구로군. 이 일에 관해 나름대로 어떤 생각을 갖고 있는지 모르겠어…….' 하고 그는 속으로 생각했다.

"자, 아질 씨, 사건이 일어나기 전에 있었던 일을 순서대로 살펴봐 주시겠습니까? 차를 드셨었다고 했죠?"

"그렇소, 보통 5시가 되면 식당에서 차를 마시곤 했었소. 그날도 두런트 내외만 제외하곤 모두 차를 마시기 위해 식당에 모여 있었소. 메리는 남편과 자기 몫의 차를 자기들 방으로 가져갔었고."

"그때 전 지금보다 더 움직이기가 불편했습니다. 병원에서 갓 퇴원했었으니까요."

필립이 말했다.

"그랬겠군요. 여러분 모두가 있었습니까?"

휘시는 다시 리오에게로 시선을 돌리며 물었다.

"아내하고 나, 내 딸 헤스터, 보건 양, 그리고 린즈트롬 양이 있었소."

"그리고 그 뒤에는? 선생님은 그 뒤에 뭘 하셨는지 말씀해 주십시오."

"차를 마신 뒤에 보건 양과 함께 이 방으로 돌아왔소. 그때 우린 중세의 경제에 관한 내 저서 중 한 부분을 수정하는 작업을 하고 있었소. 아내는 그녀의 거실 겸 사무실로 갔고, 그 방은 아래층에 있소. 아시다시피 아내는 아주 바쁜 여자였소. 그때 그녀는 이곳 의회에 어린이들을 위한 새 놀이터에 대한 계획을 제안하려고 구상 중이었소."

"그때 잭이 도착하는 소리를 들었습니까?"

"아니오. 바로 그 점이 문제요. 난 집 안으로 들어온 사람이 그 애였는지도 몰랐소. 난, 아니 우리 둘 다 현관 벨소리를 들었소. 하지만 누군지는 몰랐소."

"그게 누구였다고 생각하십니까, 아질 씨?"

그러자 리오의 얼굴은 휘시의 그런 질문을 즐기는 듯한 표정으로 바뀌었다.

"난 그때 20세기가 아닌 15세기에 있었소. 전혀 아무런 생각이 없었단 말이오. 어떤 사람이었을 수도 있고, 어떤 물건이었을 수도 있겠지. 아내와 린즈트롬 양과 헤스터, 그리고 파출부 중 한 사람은 아마 아래층에 있었을 거요. 내가 벨소리를 듣고 내려오리라 생각한 사람은 아무도 없었을 테고."

리오는 꾸밈없이 말했다.

"그 뒤에는요?"

"아무 일도 없었소. 시간이 상당히 흐른 뒤에 아내가 이 방에 들어올 때까지는."

"얼마나 시간이 지난 뒤에 말씀입니까?"

리오는 얼굴을 찌푸렸다.

"지금은 말씀드릴 수 없소이다. 사건 당시 이미 말씀드렸을 거요. 30분……, 아니, 더 되나? 아마 45분쯤 뒤일 거요."

"차는 5시 30분 정각에 다 마셨어요."

겐다가 덧붙였다.

"아질 부인께서 서재에 들어오신 건 7시 20분 전쯤이었을 거예요."

"그리고 부인이 뭐라고 얘기하셨나요?"

리오는 한숨을 쉬었다. 그러고는 못마땅한 듯 말했다.

"수차례에 걸쳐 다 말씀드렸잖소. 아내는 재코가 다녀갔다고 했소. 그 애가 곤경에 처해서 거칠고 난폭한 태도로 돈을 요구했고, 즉시 돈을 마련하지 못하면 감옥에 가게 될 거라고 했다고 하더군. 아내는 한 푼도 줄 수 없다고 딱 잘라 말했다고 했소. 그리고 그게 잘한 건지 못한 건지 걱정하고 있었소."

"아질 씨, 한 가지만 더 묻겠습니다. 아드님이 돈을 요구했을 때, 부인께서는 왜 선생님을 부르지 않았을까요? 왜 일이 다 지난 다음에 얘기만 전했을까요? 그 점이 이상하다고 생각되지 않으셨습니까?"

"아니오, 이상하게 생각되지 않았소."

"세상엔 당연지사라는 게 있다고 생각합니다. 그런데 선생님은 그렇지 않으신 것 같군요. 내 말이 좀 무례합니까?"

"오, 아니오. 단지 그건 모든 일에 실질적인 결정을 늘 아내 혼자 내리곤 했었기 때문이오. 사전에 내 생각이 어떤지 상의하는 일도 가끔 있었지만, 대개는 이미 결정을 하고 난 뒤에 그걸 가지고 나와 의논하곤 했었소. 재코 문제에 관해서도 아내하고 나는 아주 심각하게 얘기를 나눴었소. 어떻게 하는 게 최선인지에 대해 말이오. 그 점에서 보면, 우린 그 애를 다루는 데 있어 이상할 정도로 불운했었다고 할 수 있소. 그 애가 저지른 일을 수습하고 그 애를 보호하기 위해 우린 몇 차례나 상당액의 돈을 썼었소. 그리고 우린 다음에 또 그런 일이 있을 때에는 따끔한 맛을 보게 하는 것이 재코를 위해 가장 좋은 방법이라는 결론을 내렸었소."

"그런데도 부인께서 당황해하셨단 말씀이지요?"

"그렇소, 아내는 당황하고 있었소. 그 애가 좀 덜 거칠게 굴거나 협박만 하지 않았다면, 아내는 우리가 내린 결정을 취소하고 다시 한 번 그 아이를 도와줬을 거라 생각하오. 하지만 그 애의 태도는 아내의 결심을 더욱 굳어지게 만들었을 뿐이었소."

"그때 재코가 집을 떠난 겁니까?"

"그렇소."

"혼자서 그렇게 생각하신 겁니까, 아니면 부인께서 말씀해 주신 겁니까?"

"아내가 말해 줬소. 다시 오겠다고 협박하면서, 그땐 현금을 준비해 놓는 게 좋을 거라고 말하면서 갔다고 했소."

"그럼, 이건 중요한 문제입니다. 선생님은 아드님께서 다시 오겠다는 말을 듣고 놀라셨습니까?"

"물론 아니오. 그건 재코의 괜한 으름장일 뿐이었고, 우린 그것에 아주 익숙해 있었으니까."

"그러니까 그가 다시 돌아와서 부인에게 위해를 가할 거란 생각은 전혀 안 하셨겠군요."

"그렇소. 그 당시에도 당신한테 그렇게 말했었소. 난 다만 어이가 없었을 뿐이었소."

"선생님의 생각이 아주 옳았던 것 같습니다."

휘시는 부드럽게 말했다.

"부인을 내려친 것은 그가 아니었으니까요. 아질 부인은 정확히 몇 시에 이 방에서 나가셨죠?"

"그건 기억하오. 자주 그랬으니까. 7시 직전, 약 7시경일 거요."

그러자 휘시는 겐다 보건을 향해 물었다.

"확실합니까?"

"예."

"그리고 대화의 내용도 아질 씨가 말씀하신 그대로입니까? 더 첨가하실 것은 없습니까? 아질 씨가 혹시 잊어버리신 것은 없습니까?"

"이야기를 모두 다 듣진 못했어요. 아질 부인께서 재코가 돈을 달라고 했다는 얘기를 하실 때 두 분께서 제 앞에서 자연스럽게 하실 얘기가 아닌 것 같아 자리를 피하는 게 좋겠다고 생각했었죠. 그래서 전 제 방으로 들어갔어요."

그렇게 말하면서 그녀는 서재의 구석에 있는 방문을 가리켰다.

"제가 타이프를 치는 작은 방이죠. 아질 부인이 서재를 나가시는 소리를 듣고 다시 나왔어요."

"그러니까 그게 7시 7분 전쯤 됩니까?"

"정확히 7시 5분 전이었어요."

"그 뒤엔 뭘 했습니까, 보건 양?"

"일을 계속하실 건지 아질 씨에게 물어봤더니 생각의 사슬이 끊어졌다고 하시더군요. 제가 뭐 더 할 게 있느냐고 물었더니 없다고 하셨어요. 그래서 제 소지품들을 챙겨 가지고 방을 나왔습니다."

"시간은요?"

"7시 5분이었습니다."

"아래층으로 내려가서 현관문을 통해 나갔습니까?"

"예."

"아질 부인의 거실은 현관문 바로 왼편에 있었지요?"

"예."

"문이 열려 있던가요?"

"닫혀 있진 않았어요. 한 걸음 정도 열려 있었어요."

"안으로 들어가거나 부인께 작별인사를 하진 않았습니까?"

"아뇨."

"대개 그냥 퇴근했습니까?"

"예. 부인께서 뭘 하고 계시는데 방해하는 건 어리석은 일 같아서요. 간단한 밤 인사일지라도 말이에요."

"만일 들어가 봤다면 죽은 채 쓰러져 있는 부인의 시체를 발견했을지도 모르겠군요."

겐다는 어깨를 으쓱하면서 말했다.

"그랬을지도 모르죠. 하지만 전……, 그 당시 우리 모두는 부인이 그보다 뒤에 살해되었을 거라고 추측했어요. 재코가 그렇게 빨리 돌아왔을 리가……."

그녀는 말을 멈췄다.

"아직도 재코가 부인을 살해했을 거란 방향으로 생각하고 있군요. 이젠 그렇지 않습니다. 아질 부인은 그때 거기에 죽어 있을 수도 있었던 겁니다."

"예, 그럴 수도 있겠죠."

"여길 나가서 곧장 집으로 갔습니까?"

"예, 집에 도착하니까 하숙집 아주머니가 소식을 알려주더군요."

"그랬군요. 가는 도중에, 그러니까 이 집 근처에서 누군가 만난 사람은 없습니까?"

"없었던 것 같아요……. 없었어요."

겐다는 얼굴을 찡그리며 말했다.

"정말 이젠 기억을 할 수 없군요……. 날씨는 춥고 어두웠어요. 이쪽 길은 막다른 길이거든요. 레드라이언에 이를 때까지 아무도 지나친 것 같지 않아요. 그곳엔 사람들이 몇 명 있었지요."

"지나가는 차도 없었습니까?"

그 말에 겐다는 흠칫 놀라는 것 같았다.

"아, 그래요. 차 한 대가 생각나요. 제 스커트에 흙탕물을 튀기고 지나갔어요. 집에 도착해서 옷에 묻은 흙을 닦아 내야 했으니까요."

"어떤 종류의 차였습니까?"

"그건 기억이 안 나요. 잘 보질 못했으니까요. 이곳 진입로에서 휙 스쳐 지나갔어요. 아마 어떤 다른 집으로 가는 차였을 거예요."

휘시는 리오를 돌아보았다.

"부인께서 방을 나가신 지 얼마 뒤에 초인종 소리를 들었다고 하셨죠?"
"글쎄……, 그런 것 같소. 확실치는 않지만……."
"그게 몇 시였습니까?"
"모르겠소. 시계를 안 봤으니까."
"재코가 되돌아왔을 거라고 생각하지는 않으셨다고 했죠?"
"그렇소, 난 다시 일을 하고 있었으니까."
"한 가지 더 중요한 건 말입니다, 아질 씨. 아드님이 결혼했다는 걸 알고 있었습니까?"
"전혀 몰랐었소."
"부인께서도 역시 모르셨군요? 알면서 선생님께 얘기하지 않은 거라고는 생각하지 않으십니까?"
"아내는 분명히 그런 일은 생각도 못 했을 거요. 알았다면 즉시 내게 와서 이야기했을 거고 말이오. 사건 다음 날 그 애의 아내가 나타났을 때 그건 내게 커다란 충격이었소. 린즈트롬 양이 이 방에 와서, '아래층에 재코의 아내라고 하는 젊은 여자가 와 있는데 그럴 리가 없어요.'라고 했을 때 난 정말 그 말을 믿을 수가 없었소. 린즈트롬 양은 그때 크게 당황하고 있었어요. 안 그렇소, 커스티?"
"전 믿을 수가 없었어요."
커스턴 린즈트롬이 말했다.
"그 여자의 말을 거듭 확인한 뒤에 아질 씨에게 올라갔었어요. 믿을 수 없는 일이었거든요."
"내가 알기로는 그 여자에게 아주 친절하셨다는데요."
휘시가 리오에게 말했다.
"난 내가 할 수 있는 일을 했소. 아시겠지만, 지금 그 여자는 재혼했소. 난 아주 기뻤지. 남편은 안정된 성격의 멋진 젊은이 같아 보였소."
휘시는 고개를 끄덕였다. 그리고 헤스터를 돌아보며 말했다.
"자, 아질 양, 그날 차를 마시고 난 뒤에 뭘 했는지 다시 한 번 얘기해 주겠소?"

"이젠 기억할 수 없어요."

헤스터는 부루퉁하게 대답했다.

"어떻게 기억할 수 있단 말이에요? 2년 전의 일인데. 뭔가 하고 있었겠죠."

"난 차를 마시고 린즈트롬 양을 도와서 설거지를 하고 있었을 것으로 생각되는데요?"

커스턴 린즈트롬이 말했다.

"맞아요. 그러고 나서 아가씨는 침실로 올라갔잖아요. 그리고 잠시 뒤에 외출했고요. 드리머스 극장에서 상영되는 '고도를 기다리며'라는 아마추어 배우들의 연극을 보러 간다고 했는데."

헤스터는 여전히 새쭉한 얼굴을 하고 비협조적인 태도를 보였다.

"그때 모두 다 적으셨잖아요. 왜 다시 물으시는 거죠?" 하고 그녀는 휘시에게 물었다.

"어떤 얘기가 도움이 될지도 모르기 때문이오. 자, 그럼, 아질 양. 몇 시에 집을 나섰습니까?"

"7시……, 아니면 그 무렵쯤."

"어머니하고 동생 재코가 말다툼하는 소리를 들었습니까?"

"아뇨. 아무 소리도 못 들었어요. 전 위층에 있었거든요."

"그런데 집을 나서기 전에 아질 부인을 봤다고 했죠?"

"예, 돈이 좀 필요했거든요. 용돈도 떨어졌고, 제 차의 기름도 거의 바닥난 것이 생각났어요. 드리머스에 가는 길에 채워 넣어야 했지요. 그래서 차를 출발시키기 전에 어머니 방에 들러서 돈을 좀 달라고 했죠. 딱 2파운드만 말이에요. 그 정도만 필요했었으니까요."

"어머니께서 주시던가요?"

"커스티가 줬어요."

휘시는 좀 놀라는 듯했다.

"그땐 그런 말을 했다는 기록이 없는데요."

"그래요. 하지만 그런 일이 있었어요."

헤스터는 도전적으로 말했다.

"어머니 방에 들어가서 돈이 좀 있었으면 좋겠다고 했는데 커스티가 거실에서 듣고 자기에게 돈이 좀 있으니 그걸 주겠다고 큰 소리로 말했어요. 아줌마도 외출하려는 참이었어요. 그러자 어머니는 '그래, 커스티한테 받거라.' 하고 말씀하셨어요."

"전 꽃꽂이 책을 갖고 여성협회에 가려던 참이었어요."

커스턴 린즈트롬이 말했다.

"아질 부인께선 그때 좀 바쁘셨고 방해받고 싶어 하지 않으실 것 같아서 제가 아가씨를 불렀죠."

그때 헤스터가 불만에 가득 찬 목소리로 말했다.

"누가 돈을 줬든 그게 무슨 상관이에요? 어머니가 살아계신 걸 제가 마지막으로 보았다는 걸 알고 싶어 하셨잖아요? 그래요. 그때였어요. 어머니는 탁자 앞에 앉아서 수많은 서류들을 골똘히 검토하고 계셨댔어요. 전 돈이 좀 필요하다고 했죠. 그랬더니 커스티가 자기가 주겠다고 날 불렀어요. 그래서 아줌마한테 받아 가지고 어머니 방에 다시 들어가서 밤 인사를 드렸더니 어머니는 연극을 재미있게 보고, 운전을 조심해서 하라고 말씀하시더군요. 어머닌 늘 운전을 조심해서 하라는 말씀을 하셨죠. 그러고 나서 전 차고에 가서 차를 몰고 나갔어요."

"그럼 린즈트롬 양은?"

"오, 아줌마는 제게 돈을 주고 나서 곧 나갔어요."

그때 커스턴 린즈트롬이 얼른 말했다.

"마을 진입로 초입에 이르렀을 때 헤스터의 차가 절 지나쳐 갔어요. 곧 뒤따라 나왔던 거죠. 제가 마을로 가기 위해 왼쪽 길로 접어드는 동안 헤스터는 큰길을 따라 언덕 쪽으로 가고 있었어요."

헤스터는 뭔가 말할 듯이 입을 열려다가 얼른 다물었다.

휘시는 의아해했다.

'커스턴 린즈트롬이 헤스터에게 범행할 시간이 없었다는 사실을 날조해서 그녀를 감싸려 하고 있는 건 아닐까? 밤 인사를 한 것이 아니라 아질 부인과 언쟁을 하다가 헤스터가 부인을 내려치는 것도 가능하지 않을까?'

그는 태연하게 커스턴 린즈트롬을 향해 말했다.

"자, 이제 린즈트롬 양이 기억하고 있는 걸 말해 주겠습니까?"

그녀는 짜증이 나는 듯, 불쾌한 표정으로 양손을 비틀었다.

"우린 차를 마셨어요. 그리고 전 설거지를 했죠. 헤스터가 절 도와줬고요. 그리고 아가씬 위층으로 올라갔어요. 그 뒤에 재코가 왔죠."

"그가 오는 소릴 들었습니까?"

"예, 제가 문을 열어 줬어요. 열쇠를 잃어 버렸다더군요. 그는 곧장 부인의 방으로 들어갔어요. '곤란한 일이 있으니 어머니가 도와주셔야겠습니다.' 들어가자마자 그렇게 말하더군요. 더 이상은 듣지 못했습니다. 전 다시 주방으로 들어갔으니까요. 저녁식사 준비를 해야 했거든요."

"그가 가는 소리를 들었습니까?"

"예, 듣고말고요. 그는 큰소리를 치고 있었어요. 주방에서 나와 봤더니 아주 화가 나서는 거실 입구에 서서 다시 오겠다고 하며, 그때는 돈을 준비해 놓는 게 좋을 거라고 소리치고 있더군요. '그렇지 않으면!' 그는 그렇게 말했어요, '그렇지 않으면!' 하고 협박했던 거죠."

"그리고요?"

"문을 쾅 닫고 나가 버리더군요. 그 뒤에 아질 부인께서 거실로 나오셨어요. 파랗게 질려서 어쩔 줄 모르시더군요. 저를 보고 들었느냐고 물으셨어요. 그래서 전, '그에게 무슨 문제가 있나 보죠?' 하고 물었죠. 부인은 고개를 끄덕이셨어요. 그러고는 2층 서재에 계실 아질 씨께 올라가셨죠. 전 저녁 식탁을 차려 놓고 외출 준비를 하려고 제 방으로 올라갔어요. 그 다음 날 여성협회에서 꽃꽂이 경진대회가 열릴 예정이었는데, 우린 꽃꽂이 책 몇 권을 빌려주기로 약속했었거든요."

"책을 협회에 갖다 준 다음 몇 시에 집에 돌아왔습니까?"

"한 7시 30분쯤 되었을 거예요. 제 열쇠로 문을 따고 들어왔죠. 협회 사람들이 고마워하더란 말을 전하려고 곧장 아질 부인 방으로 들어갔더니 부인께선 책상 위에 엎드리신 채 두 손으로 머리를 감싸고 있었어요. 그리고 부지깽이가 방바닥에 내던져져 있었고 책상 서랍이 열려져 있었어요. 처음엔 강도가 들어왔었구나, 전 그렇게 생각했죠. 부인이 강도들에게 맞아 쓰러지신 것이라고요. 제 생각이 옳았어요. 제가 옳았다는 걸 이제 총경님도 아시겠죠? 그건 강도의 짓이었어요. 외부에서 들어온 누군가의 짓이라고요!"

"아질 부인이 문을 열어 준 인물에 의해서 말이죠?"

"왜 아니겠어요?"

커스턴의 말투는 도전적이었다.

"부인은 늘 친절하셨어요. 언제나 아주 친절하셨지요. 그리고 사람이나 그 어떤 것도 결코 두려워하지 않으셨어요. 게다가 집 안에 혼자 계신 것도 아니었고요. 남편과 겐다, 메리, 이렇게 다른 사람들도 있었어요. 무슨 일이 있을 땐 소리만 치면 된다고 생각하셨던 거겠죠."

"하지만 부인은 소리치지 않으셨습니다."

휘시가 지적해 주었다.

"그러셨죠. 그건 그 사람이 아주 반가운 얘기를 해주었기 때문일 거예요. 부인은 항상 남의 이야기를 잘 들어주셨으니까요. 그러다가 부인은 다시 책상 앞에 앉아서는, 아마 수표장을 살펴보시려고 그랬겠죠. 아무 의심도 없이 말이에요. 그때 그 사람은 부지깽이를 집어들고 부인을 내리쳤을 거예요. 아마 부인을 살해할 의도는 아니었을 거예요. 부인을 기절만 시키고 나서 돈이나 보석을 찾아 가지고 달아나려 했던 걸 거예요."

"그는 여러 곳을 뒤지진 않았습니다. 서랍 몇 개만 열어 봤을 뿐이오."

"집 안에서 무슨 소리가 나는 걸 들었거나 경황이 없었을 거예요. 아니면 부인이 돌아가신 걸 알아차렸는지도 모르고요. 그래서 겁에 질려 재빨리 도망친 거겠죠."

그녀는 몸을 앞으로 숙였다. 그녀의 두 눈은 두려움에 질려 있었고 뭔가를 애원하는 빛이기도 했다.

"분명 그랬을 거예요. 그랬을 거예요!"

그는 그녀의 완강한 주장에 흥미를 느꼈다. 이것은 저 여자 자신을 위한 두려움인가? 그녀는 그때 거기서 자기 주인을 살해하고, 강도가 들어왔던 것처럼 보이게 하려고 서랍을 빼놓았을 수도 있다. 의학적으로 살해당한 시간이 7

시에서 7시 30분 사이라는 것밖에는 더 정확한 시간을 알 수 없었다.

"나도 그랬을 거라고 생각합니다."

그는 흔쾌히 그녀의 말을 인정해 주었다. 그녀의 입에서 가느다란 안도의 한숨이 새어 나왔다. 그리고 그녀는 앞으로 숙였던 몸을 일으켜서 의자에 기댔다. 휘시는 두런트 내외에게로 시선을 돌렸다.

"두 분 중에 무슨 소리를 들었던 분은 없습니까?"

"아무 소리도 듣지 못했습니다."

메리가 말했다.

"전 찻쟁반을 우리 방으로 가지고 올라갔어요. 집 안과 좀 떨어져 있는 방이지요. 비명소리가 들려올 때까지 우리는 그 방에 있었어요. 그건 커스티의 비명소리였죠. 커스티는 그때 막 어머니가 돌아가신 걸 발견했던 거예요."

"그때까지 그 방을 전혀 떠나지 않았습니까?"

"예."

그녀의 맑고 깨끗한 눈이 그의 눈과 마주쳤다.

"우리는 피켓 게임을 하고 있었어요."

필립은 왠지 마음이 조마조마해 옴을 느꼈다. 앵무새는 자기가 말해야 한다던 그대로 이야기하고 있었다. 서두르지 않고 침착하며, 완전한 확신이 담겨 있는 그녀의 태도는 완벽 그 자체였다.

'앵무새, 귀여운 것 같으니. 당신은 정말 놀라운 거짓말쟁이야!'

그는 속으로 이렇게 중얼거리고는 말했다.

"난, 총경님. 그때도 그랬고, 지금도 마찬가지이지만 혼자서는 오도가도 할 수 없는 몸이죠."

"그런데 당신은 그때보다는 많이 좋아졌군요, 두런트 씨."

총경은 유쾌한 목소리로 말했다.

"다시 걸을 수 있는 날이 꼭 올 겁니다."

"쉬운 일은 아니지요."

휘시는 지금까지 한마디도 하지 않고 앉아 있던 나머지 두 사람을 향해 시선을 돌렸다.

미키는 얼굴에 약간의 비웃음을 담은 채 팔짱을 끼고 앉아 있었고, 작고 우아한 티나는 이 사람 저 사람에게로 시선을 옮겨가며 의자에 기대어 앉아 있었다.

"내가 알기로는 그때 두 분 다 집에 없었는데요. 하지만 그날 저녁 뭘 하고 있었는지 다시 한 번 내 기억을 환기시켜 주지 않겠소?"

"환기시켜 드릴 만큼 기억력이 나쁘십니까?"

미키는 비웃음이 섞인 투로 말했다.

"전 지금도 제가 그때 뭘 하고 있었는지 똑똑히 말씀드릴 수 있습니다. 전 자동차를 시험하고 있었습니다. 클러치에 말썽이 생긴 차였죠. 상당히 오랜 시간 시험했었습니다. 드리머스에서 민친 힐까지, 무어 로(路)를 따라갔다가 입슬리를 거쳐 돌아왔으니까요. 불행하게도 차는 말을 할 수가 없어 그 사실을 증명해 줄 수가 없군요."

티나가 마침내 고개를 돌렸다. 그녀는 똑바로 미키를 응시하고 있었지만, 얼굴엔 여전히 표정이 없었다.

"아질 양, 레드민의 도서관에서 일한다고요?"

"예. 도서관은 5시 30분이면 문을 닫아요. 그날 전 하이스트리트에서 쇼핑을 했어요. 그러고는 집으로 갔죠. 전 모어콤 맨션의 작은 아파트, 정확히 말해 플랫(거실 겸 침실과 욕실, 주방으로 이뤄진 소형 아파트)을 갖고 있었거든요. 거기서 저녁을 지어 먹고 나서 전축에다 레코드를 걸어 놓고 음악을 들으며 조용한 저녁 시간을 보냈어요."

"밖에는 안 나갔습니까?"

그녀는 잠시 틈을 둔 뒤에 대답했다.

"예, 나가지 않았어요."

"확실합니까, 아질 양?"

"예, 확실해요."

"자동차를 갖고 있죠?"

"예."

"풍뎅이 차죠. 붕붕거리며 달리다가 고장 나서 애먹기 일쑤인 차 말이에요."

미키가 끼어들었다.
"그래요, 풍뎅이 차예요."
티나는 무겁게 가라앉은 음성으로 대답했다.
"그 차를 어디에다 둡니까?"
"길가에다요. 차고가 없거든요. 아파트 근처에 골목길이 하나 있는데, 거기에는 주차시켜 놓은 차들이 많아요."
"그밖에 달리 도움이 될 만한 말은 없습니까?"
휘시는 자신이 왜 이리 끈덕진지 자기 자신도 알 수가 없었다.
"더 말씀드릴 만한 게 없는 것 같아요."
미키가 그렇게 말하는 그녀를 흘끗 훔쳐보았다.
휘시는 한숨이 나왔다.
"도움이 되었는지 모르겠소, 총경."
리오가 말했다.
"그런데 아질 씨는 깨닫지 못하셨는지 모르겠지만, 사건을 전체적으로 살펴볼 때 아주 이상한 일 한 가지가 있다는 걸 아십니까?"
"내가 깨닫지 못하고 있는 게 있다고요? 무슨 말씀인지 모르겠군요."
"돈 말입니다. '뱅거로(路) 17번지, 바틀베리'라고 이서(裏書)가 되어 있는 5파운드짜리 지폐를 포함해서 아질 부인이 은행에서 인출했던 돈 말입니다. 이 사건에서 가장 이해할 수 없는 부분은 바로 그 지폐를 비롯해서 많은 돈이 체포 당시의 잭에게서 발견되었다는 사실입니다. 그는 아질 부인에게서 받았다고 완강하게 주장했지만, 아질 부인은 재코에게 한 푼도 안 줬다고 선생님과 보건 양에게 말씀하셨다고 했지 않습니까. 그럼 그가 어떻게 해서 50파운드란 거액을 가질 수 있었을까요? 그는 여기 다시 올 수는 없었습니다. 캘거리 박사의 말이 그 사실을 증명하고 있습니다. 그렇다면 그는 여기 왔다 가면서 그 돈을 가지고 간 게 분명합니다. 누가 그에게 돈을 주었을까요? 당신입니까?"
그는 커스턴 린즈트롬을 정면으로 바라보며 물었다.
그러자 그녀의 얼굴이 분노로 빨갛게 달아올랐다.
"제가요? 아녜요. 제가 어떻게 줄 수 있었단 말이에요?"

"은행에서 인출한 돈을 아질 부인은 어디에 보관하셨습니까?"

"부인께선 돈을 늘 책상 서랍에 넣어 두곤 하셨어요." 커스턴이 대답했다.

"그리고 잠갔습니까?"

커스턴은 잠시 생각에 잠겼다.

"잠자리에 드시기 전에 서랍을 잠가 놓곤 하셨던 것 같아요."

휘시는 헤스터를 쳐다봤다.

"아가씨가 서랍에서 돈을 꺼내어 오빠에게 줬습니까?"

"전 오빠가 왔는지도 몰랐어요. 그리고 제가 어떻게 어머니 모르게 그걸 꺼낼 수 있었겠어요?"

"어머니가 아버님과 상의하기 위해 서재로 올라가셨을 때라면 아주 쉽게 꺼낼 수도 있었죠."

그는 자기가 놓은 올가미에 그녀가 과연 걸려들 것인지 의심하면서 그녀의 반응을 살폈다. 그녀는 곧장 걸려들었다.

"하지만 재코는 그때 이미 집을 떠났었어요. 전……."

그녀는 자신의 말에 깜짝 놀라 입을 다물었다.

"오빠가 왔다 갔다는 걸 알고 있었군요."

휘시가 말했다.

헤스터가 얼른 격렬하게 말하기 시작했다.

"저……, 전, 지금 안 거예요. 그때는 몰랐어요. 전 2층 제 방에 있었다고 말씀드렸잖아요. 전 아무 소리도 듣지 못했어요. 그리고 하여튼 전 재코에게 돈을 주고 싶지도 않았을 거예요."

"그리고 저도 한 말씀 드리겠어요."

커스턴이 말했다. 그녀의 얼굴은 분노로 붉으락푸르락했다.

"제가 만일 재코한테 돈을 줬다면 그건 제 돈이었을 거예요. 훔쳐서 주지는 않았을 거라고요!"

"나도 그러지 않았을 거라 믿습니다. 하지만 이야기가 어떻게 되는지 보십시오. 선생님의 말씀에도 불구하고……."

그는 리오를 쳐다보며 말했다.

"아질 부인은 자기 손으로 그에게 돈을 준 게 분명합니다."
"믿을 수가 없소. 돈을 줬다면 왜 내게 얘기하지 않았단 말이오?"
"부인께선 자신이 인정하고 싶은 수준보다 더 너그러운 어머니가 되지 않으려 했던 겁니다."
"틀렸소, 휘시. 내 아내는 속임수 같은 건 절대 용납 못 하는 사람이었소."
"하지만 그때만큼은 용납하셨던 것 같아요."
겐다 보건의 말했다.
"부인께서 돈을 주신 게 사실인 것 같아요. 총경님 말씀대로 말이에요. 달리 생각할 도리가 없잖아요."
"결국……."
휘시는 잔잔한 목소리로 말했다.
"우린 이제 그 당시와 다른 관점에서 사건 전체를 검토해야 합니다. 재코를 체포했을 당시 우리는 그가 거짓말을 하고 있다고 생각했습니다. 하지만 이제 우린 차를 히치하이크로 얻어 탔다던 그의 말이 사실임을 알았습니다. 그러니까 돈에 관해서도 그는 사실을 말했다고 추측이 됩니다. 그는 어머니가 돈을 줬다고 했습니다. 즉, 부인께서 돈을 주셨다는 추측이 성립되는 겁니다."
방 안에는 침묵이 흘렀다. 불안한 침묵이었다.
휘시는 자리에서 일어났다.
"범인의 흔적이 지금쯤은 아마 거의 다 지워졌을 테지만 어쨌든 고맙습니다. 여러분은 내 고충을 모를 겁니다."
리오는 그를 현관까지 배웅해 주었다. 잠시 뒤에 서재로 돌아온 그는 한숨을 내쉬며 말했다.
"자, 끝났구나. 당분간은."
"영원히 그들은 알아내지 못할 거예요." 커스턴이 말했다.
"그게 우리에게 무슨 소용이 있어요?"
헤스터가 소리쳤다.
"애야." 아버지가 그녀에게로 다가가며 말했다.
"진정하거라, 헤스터. 그렇게 기분 상해하지 말고. 시간이 모든 걸 해결해

줄게다."

"그렇지 않은 일도 있어요. 우리는 어떻게 해야 하죠? 오! 도대체 우린 어떻게 해야 하죠?"

"헤스터, 나하고 같이 가요."

커스턴이 그녀의 어깨에 손을 얹으며 말했다.

"아무도 필요 없어요."

헤스터는 그렇게 소리치면서 방을 뛰쳐나갔다. 잠시 뒤에 현관문이 쾅하고 닫히는 소리가 들렸다.

"이 모든 것이 아가씨한테 좋을 게 하나도 없어요."

"난 꼭 그렇다고만은 생각하지 않습니다."

필립 두런트가 신중한 목소리로 얘기했다.

"뭐가 그렇지 않단 말이에요?" 겐다가 물었다.

"우리가 영원히 사실을 알 수 없게 될 거란 것 말입니다. 난 뭔가 내 엄지손가락이 뜨끔뜨끔하다는 걸 느낍니다."

장난기마저 어린, 로마 신화의 목신 같은 그의 얼굴에 기묘한 미소가 떠올랐다.

"제발, 필립. 좀 진정하세요."

티나가 그에게 주의를 주자 그는 놀란 눈으로 그녀를 쳐다보았다.

"티나, 그럼 처제는 이 모든 일에 관해 알고 있나?"

그러자 티나는 분명하고 단호한 음성으로 대답했다.

"저는 제가 아무것도 모르길 바라고 있어요."

1

"뭣 좀 알아냈나?"

경찰서장이 물었다.

"아무것도 분명하게 알아내진 못했습니다, 서장님. 하지만 시간 낭비만은 아니었습니다."

휘시가 대답했다.

"어디 자세한 얘길 들어 보세."

"예, 우리가 알고 있는 시간대나 전체 사실은 동일합니다. 아질 부인은 7시 직전까지 살아 있었고, 남편과 겐다 보건하고도 이야기를 나눴습니다. 그리고 그 뒤에도 아래층에서 헤스터에게 살아 있는 것이 목격되었습니다. 세 사람이 공모했을 가능성은 없습니다. 이제 잭 아질이 문제가 되는데, 그게 무슨 말인가 하면, 부인은 7시 5분에서 30분 사이의 어느 때에라도 남편에게 살해될 수 있었고, 그 직전에 헤스터에 의해 살해됐을 수도 있었으며, 또 훨씬 뒤인 7시 30분 직전에 외출해서 돌아온 커스턴 린즈트롬에게 살해됐을 수도 있다는 말입니다. 두런트에게는 지체부자유란 사실이 알리바이를 만들어 주고 있습니다. 하지만 그의 아내의 알리바이는 그 사람이 어떤 말을 하느냐에 달려 있죠. 그녀는 남편이 자기를 감싸주기만 한다면 7시에서 7시 30분 사이의 원하는 어느 시각에라도 아래층으로 내려가서 어머니를 살해할 수 있었습니다. 하지만 그럴 만한 동기가 있었는지는 잘 모르겠습니다. 사실, 제가 보는 한에서는 오직 두 사람만이 진정한 범행동기를 가질 수 있었습니다. 리오 아질과 겐다 보건."

"둘 중의 하나이거나 둘 다의 짓일지 모른다고 생각하는 건가?"

"둘이 함께 했을 거라곤 생각지 않습니다. 제 견해로는 그건 단지 우발적인 범행이었습니다. 미리 계획된 범행은 아니었다는 말이죠. 아질 부인이 서재에 들어와서, 재코가 자기를 협박했으며 돈을 달라고 했다는 얘기를 그 두 사람에게 합니다. 그 뒤에 리오 아질은 재코에 관해서, 혹은 그밖에 다른 어떤 일에 관해 아내와 얘기하려고 아래층으로 내려갑니다. 집 안은 조용하고 주위엔 아무도 없습니다. 그는 아내의 거실로 들어갑니다. 아내는 그에게 등을 보이고 책상 앞에 앉아 있습니다. 그리고 부지깽이가, 재코가 부인을 위협한 뒤에 던져 놓은 그대로 방바닥에 놓여 있습니다.

그런 상황이 사람으로 하여금 폭발적인 행동을 하게 하는 예가 가끔 있습니다. 그는 지문이 남지 않도록 손수건으로 손을 감싼 뒤에 부지깽이를 집어 들고 아내의 머리를 내려쳤습니다. 그리고 그것으로 모든 것이 다된 겁니다. 그는 누군가가 찾으려고 돈을 뒤지려 했던 것처럼 서랍을 한두 개 열어 놓았습니다. 그리고 2층으로 다시 올라가서 누군가가 그녀를 발견할 때까지 기다린 겁니다. 한편, 겐다 보건을 범인으로 가정해 본다면 이렇습니다. 퇴근길에 그녀는 부인의 방을 들여다보고 살인 충동을 느낍니다. 재코가 완벽한 속죄양이 될 게 분명했고, 리오 아질과 결혼할 수 있는 길이 활짝 열릴 테니까요."

피니 소령은 수긍이 가는 듯 고개를 끄덕였다.

"그래, 그럴 수 있지. 그리고 물론 그들은 자기들의 약혼 사실이 너무 빨리 알려지지 않도록 주의했겠지. 그 가련한 작은 악마 재코가 확실하게 살인 누명을 뒤집어쓸 때까지 말이야. 그래, 충분히 그럴 수 있어. 범죄란 아주 단순하거든. 남편과 제3자, 혹은 아내와 제3자 늘 그런 형태야. 하지만 이젠 어떻게 해야 하지, 휘시, 응? 어떻게 해야 하느냐고?"

"저도 잘 모르겠습니다, 서장님. 어떻게 해야 할지. 제 추측이 맞긴 맞을 텐데……. 어떻게 증거를 찾아야 할까요? 법정에 내세울 만한 증거가 없어요."

"아니야, 아니야. 자넨 우리 추측이 맞다고 확신하지? 휘시, 확실히 믿는 건가?"

"그러려고 싶은데 그렇지만은 않습니다."

휘시 총경은 침통하게 대답했다.

"아니, 왜?"

"그 아질 씨란 사람말입니다."

"살인을 저지를 만한 사람이 아니라는 건가?"

"이 사건에 직접적으로 관련된 얘기라고는 할 수 없지만, 그의 아들 말입니다. 그 사람은 아들을 공들여 키운 것 같지가 않습니다."

"재코는 그의 진짜 아들이 아니었다는 걸 기억하게. 그의 아내가 아들에게 쏟았던 사랑만큼 아들을 사랑하진 않았을 거야. 어쩌면 그에 대해 분노를 느끼고 있었을 지도 몰라."

"그럴 수도 있겠지요. 하지만 그는 아이들 모두를 사랑했던 것 같았습니다. 그들 모두를 사랑하는 것 같아 보였어요."

피니 소령은 신중하게 말했다.

"물론……. 그는 아들이 교수형에 처해지지는 않을 거라는 걸 알고 있었어. 바로 그거라네."

"아, 무슨 말씀인지 알겠습니다. 그는 아들이 교도소에서 한 십 년을 살다 나와도 크게 상처를 받진 않을 거라고 생각했던 거군요."

"그 젊은 여자에 대해서는 어떻게 생각하나? 겐다 보건 말일세."

"만일 그 여자의 짓이었다면, 그 여자는 재코에 대해 아무런 양심의 가책도 받지 않았을 것 같습니다. 여자들은 잔인하거든요."

"어쨌든 자네는 그 두 사람 중 하나의 짓이라는 데 심증을 굳히고 있는 게로군."

"예, 거의 그렇다고 할 수 있습니다."

"더 이상 의심이 가는 사항은 없나?"

"없습니다. 적어도 겉으로 보기에는요. 하지만 그들의 의중이랄까, 그런 점에 관해서는 또 모르겠습니다."

"어디, 자네 생각을 말해 보게, 휘시."

"제가 정말 알고 싶은 것은 그들이 그들 서로에 관해 어떻게 생각하느냐입니다."

"오, 무슨 말인지 알겠네. 그들끼리는 누가 범인인지 알고 있을지도 모르겠다는 얘기군."

"그렇습니다. 전 그걸 잘 모르겠습니다. 그들은 모두 알고 있는 게 아닐까요? 그리고 모두 그걸 함구하기로 결정한 건 아닐까요? 하지만 전 그렇게 생각하지는 않습니다만, 누가 범인인지에 대해 그들이 모두 서로 다른 생각을 갖고 있을 수는 있다고 봅니다. 그 스웨덴 여자, 그 여자는 신경과민이었습니다. 줄곧 안절부절못했는데, 그건 자기가 범인이기 때문에 그런 건지도 모릅니다. 그 나이 때의 여자들이란 어떤 일에 있어 약간 제정신이 아닌 경우도 있지 않습니까? 그 여자는 자기 자신이 범인이기 때문에, 또는 다른 누군가가 범인이라는 걸 알고 있었기 때문에 그렇게 두려워했는지도 모릅니다. 제 생각이 맞지 않을지는 모르겠지만, 그 여자는 식구들 중에 누가 범인인지 알고 있는 것 같다는 인상을 받았습니다."

"리오 말인가?"

"아니오. 리오 때문에 당황한 것 같지는 않았습니다. 그 아가씨, 헤스터, 그 여자는 헤스터가 범인이라고 생각하고 그녀를 감싸주려는 것 같았습니다."

"헤스터라? 음, 그녀를 주목할 만한 이유라도 있나?"

"구체적으로 나타난 동기는 없습니다. 하지만 그녀는 열정적이고, 약간 정신적으로 불안정한 타입의 아가씨입니다."

"그리고 틀림없이 린즈트롬은 우리가 알고 있는 것보다 그녀에 대해 훨씬 더 잘 알고 있을 거야."

"그렇죠. 그리고 시골 도서관에서 일한다는 작고 가무잡잡한 아가씨 말입니다."

"그 아가씬 그날 밤 집에 없었지 않나?"

"없었죠. 하지만 그 아가씨도 뭔가 알고 있는 것 같았습니다. 범인이 누구인지 말입니다."

"추측하고 있다는 건가? 알고 있다는 건가?"

"그녀는 불안해하고 있었습니다. 단순히 추측하고 있는 것 같지는 않았습니다. 그리고 또 하나의 아들 말입니다, 미키. 그도 그날 집에 없긴 했지만, 아무도 동행하지 않은 채 차를 몰았다고 했습니다. 그의 말로는 들판에 난 도로를 따라 민친 힐까지 시험 주행을 했었다고 합니다만 따지고 보면 차를 몰고 갔다는 말이 될 수도 있습니다. 그리고 겐다 보건이 원래 진술서에는 적혀 있지 않은 말을 했는데, 서니 포인트에 이르는 전용도로의 입구에서 차 한 대가 자기를 스쳐 지나갔다는 겁니다. 그 도로 주변에는 열여덟 채의 집이 있으니 그 중 어느 한 집으로 가는 차였을 수도 있다는 가능성을 시사해 주고 있습니다."

"그가 왜 자기 양어머니를 죽이고 싶어 했다는 말인가?"

"그 이유에 관해 우리는 아는 바가 없습니다. 하지만 아는 사람이 있을 수도 있습니다."

"누가 안단 말인가?"

"그들 모두요."

휘시가 대답했다.

"하지만 그들은 말하려 하지 않았습니다. 몰랐다면 무심결에라도 얘기했을 텐데 말입니다."

"자네 의도는 마치 악마처럼 교묘하구먼."

피니 소령은 감탄한 듯이 말했다.

"그래, 이번엔 누구를 잡고 늘어질 작정인가?"

"린즈트롬입니다. 그 여자의 방어벽만 뚫을 수 있다면, 그녀 자신이 아질 부인한테 어떤 불만을 가지고 있었는지 아닌지를 알아낼 수 있을 것 같습니다."

"그리고 몸이 부자유스런 친구도 하나 있습니다."

그는 덧붙여 말했다.

"필립 두런트 말입니다."

"그에 대해서는 어떤 생각인가?"

"예, 그는 이 모든 일에 관해 자기 나름대로 어떤 착상을 시작하고 있다고 생각됩니다. 그 집안사람들에 대한 정보를 제게 알려주려 하진 않겠지만, 그가 은연중에 어떤 암시를 주는지는 알아낼 수 있을 겁니다. 똑똑한 친구예요. 관찰력이 뛰어난 것 같기도 하고 말입니다. 흥미 있는 사실 한두 가지 정도는 알아낼 수 있는 친구입니다."

2

"이리 나와, 티나. 바람이나 좀 쐬자."

"바람?"
티나는 갑자기 무슨 말이냐는 듯 의아한 표정으로 미키를 쳐다봤다.
"하지만 날씨가 너무 차가워, 미키."
그렇게 말하며 그녀는 몸을 조금 떨었다.
"신선한 공기를 싫어하는구나, 티나. 그러니까 그 도서실 안에 하루 종일 갇혀 있으면서도 아무렇지 않은 거겠지."
티나는 그의 말에 미소를 지었다.
"겨울에 갇혀 있는 것은 괜찮아. 도서실 안은 아주 따뜻하고 좋거든."
미키는 그녀를 물끄러미 쳐다보면서 말했다.
"온몸을 웅크리고 앉아 있는 게 꼭 난롯가의 새끼 고양이 같구나. 하지만 밖에 나가 보는 것도 좋을 거야. 나가자, 티나. 할 얘기가 있어. 난 오, 그래. 이 살벌한 일들은 다 잊어버리고 크게 심호흡이나 한 번 해 보고 싶어."
티나는 할 수 없다는 듯, 앉아 있던 의자에서 천천히 일어섰다. 그녀의 동작은 우아하기 그지없어, 미키가 방금 말한 것처럼 새끼 고양이 같아 보이지는 않았다.
거실에서 그녀는 목둘레에 모피가 달린 트위드 코트를 걸쳐 입었다. 그리고 둘은 함께 밖으로 나왔다.
"오빠는 코트를 입지 않았네?"
"난 하나도 춥지 않아."
"어휴, 난 겨울에는 이 나라가 얼마나 싫은지 몰라. 외국에라도 갔으면 좋겠어. 늘 태양이 빛나고 대기는 촉촉하고 부드럽고 따뜻한 그런 나라로 가고 싶어."
그녀는 조용하고 평온한 어조로 얘기했다.
"나, 페르시아 만에 있는 한 석유 회사에서 일자리를 주겠다는 제의를 받았어. 모터 운반을 감독하는 일이야."
"갈 거야?"
"아니, 가고 싶지 않아. 가면 뭘 하겠니?"
그들은 집을 반 바퀴 돌아 강 하류의 모래밭으로 이르는 숲 사이의 구불구

불한 좁은 길로 들어섰다. 그 길의 중간쯤엔 바람을 피할 수 있게 지어진 자그마한 정자가 하나 있었다. 그들은 그 안으로 들어가 앉지 않고, 한동안 그 앞에 서서 강물을 내려다보았다.

"여긴 정말 아름답구나."

미키가 말했다.

티나는 무심한 시선으로 경치를 내려다보고 있다가 대답했다.

"응, 그런 것 같아."

"하지만 그렇게 보이지 않는데?"

미키는 정겨운 눈빛으로 그녀를 바라보며 말했다.

"아름답다고 생각하는 것 같지 않은데, 티나. 전혀."

"오빤 이곳의 아름다움을 즐기며 살았는지 모르지만, 난 우리가 여기서 살던 시절을 하나도 기억하고 있지 않아. 오빤 늘 런던으로 돌아가고 싶어 안달이었지."

"그건 문제가 달라. 난 여기 사람이 아니었으니까."

미키가 잘라 말했다.

"지금 그게 중요한 건 아니잖아? 오빠는 그 어디 사람도 아니야."

"그래, 그게 맞는 말일 거야. 난 그 어디 사람도 아니야."

미키의 목소리는 공허했다.

"이봐, 티나. 아주 재미있는 일이 생각났어. 그 노래 생각나니? 커스티가 늘 불러주곤 하던 노래 말이야. 비둘기에 대한 노래였지. '오, 아름다운 비둘기. 오, 다정한 비둘기. 오, 새하얀 가슴을 가진 비둘기야.' 생각나니?"

티나는 고개를 저었다.

"네게도 들려줬을 텐데. 하지만 그래, 나도 생각이 잘 나지 않는다."

미키는 반은 가사로 그리고 반은 흥얼거리면서 계속 노래를 불렀다.

"오, 아름다운 아가씨, 난 여기 있지 않아요. 내게는 집도 없고, 고향도 없고, 바닷가나 모래밭의 둥지도 없지만, 아가씨의 마음속만은 내 쉴 곳이라오."

그는 노래를 멈추고 티나를 바라보았다.

"이 노랜 사실인 것 같아."

티나는 그녀의 작은 손으로 그의 팔을 잡으며 말했다.

"이리 와, 오빠. 여기 앉아. 여긴 바람이 안 들어와서 좀 덜 추워."

그가 그녀의 말대로 정자 안으로 들어가 앉자, 티나는 계속 말했다.

"오빤 늘 불행하지?"

"티나, 넌 내 괴로움의 10분의 1도 모를 거야."

"난 잘 알고 있어. 오빠는 왜 그 사람을 잊지 못하는 거야?"

"그 사람이라니? 누구 말이니?"

"오빠 어머니 말이야."

"어머니를 잊는다고!"

미키는 비통한 목소리로 말했다.

"오늘 아침 같은 일이 있었는데……, 그런 질문을 받았는데 어떻게 잊는단 말이니? 누군가가 살해당하면, 사람들은 그 살해당한 누군가를 쉽게 잊도록 내버려 두지 않아!"

"그 얘기가 아니라, 오빠의 진짜 어머니 말이야."

"내가 왜 그 여자를 생각하니? 여섯 살 이후로 나는 한 번도 그 여자를 본 적이 없어."

"하지만, 오빠, 오빠는 그분을 생각했어. 언제나."

"내가 언제 그런 말을 했지?"

"말하지 않아도 알 수 있어."

미키는 고개를 돌려 그녀를 쳐다봤다.

"넌 참 얌전하고 포근하고 아담하구나, 티나. 꼭 작은 검은 고양이 같다. 당장이라도 네 털을 쓰다듬어 보고 싶어. 예쁜 고양이! 예쁘고 작은 고양이!"

그는 손으로 티나의 코트 소맷자락을 쓰다듬었다.

티나는 꼼짝도 않고 앉아, 그런 그를 바라보며 미소 짓고 있었다.

"넌 어머니를 미워하지 않았지, 티나? 우리 모두는 미워했는데 말이야."

"그건 정말 너무했었어."

그녀는 미키를 향해 머리를 흔들어 보이면서 힘주어 말했다.

"어머니가 오빠한테, 우리 모두에게 무얼 주셨는지 생각해 봐. 가정과 따뜻하고 친절한 사랑, 좋은 음식, 가지고 놀 장난감, 오빠를 돌봐 주고 오빠를 안전하게 지켜 줄 사람들……."

"그래, 그래."

미키는 더 듣지 못하겠다는 듯 그녀의 말을 가로막았다.

"크림이 담긴 접시와 자기 털을 자주 어루만져 줄 것, 그게 네가 원하는 전부였지. 안 그래, 작은 고양이?"

"난 그런 것에 감사를 느꼈었어. 다른 형제들은 안 그랬지만."

"감사해야 하는데도 감사할 수가 없는 때가 있다는 걸 넌 모르니? 고마움을 느끼지 않으면 안 된다는 생각이 때론 모든 일을 더 나쁘게 만들 수도 있어. 난 여기 오고 싶지 않았어. 난 사치스런 환경이 내게 주어지는 걸 원치 않았어. 내 집에서 이곳으로 데려와지는 게 싫었다고."

"그렇지 않았으면 오빤 폭탄에 맞았을지도 몰라. 죽었을지도 모른다고."

"그게 무슨 상관이겠니? 죽는대도 상관하지 않았을 거야. 내가 태어난 곳에서, 내가 사랑하는 사람들 곁에서 죽는다면……, 내가 있어야 할 곳에서 죽는다면 말이야. 티나, 넌 그걸 알아야 해. 우린 여기 다시 돌아왔어. 세상에 아무 곳에도 속해 있지 않는 것만큼 슬픈 일은 없어. 그런데, 작은 고양이, 넌 물질적인 것만 생각하고 있어."

"어떤 면에선 맞는 말이겠지. 아마 그게 내가 오빠나 언니, 동생들과 같지 않은 이유일 거야. 난 다른 형제들처럼 이상한 분노감 같은 건 느끼지 않아. 날 제외한 모든 형제들은 다 그런 감정을 갖고 있는 것 같지만, 특히 오빠가 말이야. 난 어머니한테 쉽사리 고마움을 느낄 수 있었어. 왜냐하면 난 내 자신이 싫었으니까. 난 내가 처한 환경이 싫었어. 내 자신에게서 벗어나고 싶었어. 내가 아닌 다른 사람이 되기를 원했다고. 그런데 어머니가 날 그 다른 사람으로 만들어 주셨어. 어엿한 가정이 있고 따뜻한 사랑을 받는 크리스티나 아질을 만들어 주셨다고. 모든 것이 확실하고 모든 것이 안정된 환경. 어머니는 그 모든 걸 내게 주셨기 때문에 난 어머닐 사랑했던 거야."

"하지만 네 진짜 어머니는? 넌 어머니를 생각해 본 적이 있니?"

"내가 왜 그래야 해? 난 어머니를 기억조차 할 수 없어. 내가 여기로 온 건

겨우 세 살 때였어. 난 언제나 어머니가 두려웠고 무서웠어. 그 뱃사람하고 시끄럽게 싸워 대던 것 하며, 또 지금 와서 생각해 보니 어머니는 거의 언제나 술에 취해 있었어."

티나는 무심한, 그러나 알지 못할 뜻이 담긴 목소리로 말했다.

"아냐, 난 그 여자에 대해 생각하지도 않고, 그 여자를 기억하지도 않아. 아질 부인이 내 어머니야. 그리고 여기가 내 집이고."

"네겐 그게 아주 쉽겠지, 티나."

미키가 말했다.

"그런데 왜 오빠한텐 어려운 거지? 그건 오빠가 그렇게 만들고 있기 때문이야. 오빠가 미워하는 사람은 아질 부인이 아니야. 오빠의 친엄마지. 그래, 난 지금 내가 말하고 있는 게 사실이란 걸 알고 있어. 그리고 아질 부인을 죽인 사람이 오빠인지는 모르겠지만, 사실 오빠가 죽이고 싶었던 사람은 오빠의 친어머니였다고."

"티나, 지금 도대체 무슨 말을 하고 있는 거니?"

"이제……."

티나는 침착한 어조로 이야기를 계속했다.

"오빠에겐 더 이상 미워할 사람이 없어. 그 사실이 오빠를 아주 외롭게 만들고 있는 거 아냐? 오빤 증오하는 감정 없이 세상을 살아가는 방법을 배워야 해. 어려운 일이겠지만 할 수 있을 거야."

"무슨 말을 하고 있는 건지 모르겠다. 내가 어머니를 죽였는지도 모르겠다니, 그게 무슨 말이니? 그날 난 이 근처 어느 곳에도 없었다는 걸 너도 잘 알고 있잖아. 난 손님의 차를 타고 무어 로(路)를 따라 민친 힐까지 시험 주행을 하고 있었다고."

"그랬어?"

그녀는 일어서서 발 아래로 굽이쳐 흐르는 강물을 바라볼 수 있는 조망대까지 걸어 내려갔다.

"무슨 말을 하려는 거야, 티나?"

미키는 그녀의 뒤를 쫓아가며 물었다.

티나는 손가락으로 모래밭을 가리키며 말했다.
"저기 있는 두 사람이 누구지?"
미키는 제대로 시선도 주지 않은 채 휙 한번 쳐다보고 나서 말했다.
"헤스터하고 그녀의 친구인 의사 같은데. 그건 그렇고, 티나. 아까 한 말이 무슨 뜻이야? 하늘에 맹세코 그날 난 이 근처에 얼씬도 안 했어."
"왜 날 한번 저 아래로 떠밀어 보지 그래? 할 수 있을 텐데. 오빠가 알다시피 난 힘이 없잖아."
미키는 쉰 듯한 목소리로 말했다.
"왜 내가 그날 저녁 여기에 왔었을지도 모른다고 생각하는 거지?"
티나는 대답하지 않았다. 그 대신 몸을 돌려 왔던 길로 다시 걸어가기 시작했다.
"티나!"
미키가 부르자 그녀는 그를 돌아보며 조용하고 부드러운 음성으로 말했다.
"난 걱정돼, 오빠. 헤스터하고 도널드 크레이그 일이 정말 걱정돼."
"헤스터하고 그 남자 친구에 대해서는 신경 쓸 것 없어."
"하지만 난 신경이 쓰여. 헤스터가 불행해질까 봐 염려가 돼."
"우린 지금 그들 이야기를 하고 있는 게 아니야."
"난 그들 얘기를 하고 있어. 그들에겐 중요한 문제야."
"티나, 넌 그럼 그날 밤 내가 여기 와서 어머니를 죽였다고 죽 믿어 왔던 거니?"
티나는 대답하지 않았다.
"그 당시에 넌 아무 말도 하지 않았어."
"내가 왜 말을 해? 그럴 필요가 없었어. 어머니는 재코가 죽였다는 게 분명했으니까."
"그래, 지금은 재코가 어머니를 죽이지 않았다는 게 역시 분명하고."
다시 티나는 아무 말 없이 고개를 끄덕였다.
"그래서?" 미키는 다그쳤다.
"그래서?"

티나는 대답하지 않은 채 집을 향해 다시 걷기 시작했다.

3

헤스터는 발이 푹푹 빠지는 모래밭을, 신발을 질질 끌며 걷고 있었다.

"더 이상 뭘 얘기할 게 있는지 모르겠어요."

"당신은 얘기해야 해."

도널드 크레이그가 재촉했다.

"아무 소용없는 일을 왜 얘기해야 하는지 모르겠어요. 그래서 더 나아질 것도 없는데 말이에요."

"적어도 오늘 아침 어떤 일이 있었는지는 얘기해 줘야 해."

"아무 일도 없었어요."

"아무 일도 없었다니 무슨 얘기지? 경찰들이 다녀가지 않았단 말인가?"

"오, 그래요. 그들이 왔다 갔어요."

"그래, 그들이 모두에게 질문하던가?"

"그랬어요. 우리 모두에게 질문했어요."

"어떤 질문을 했지?"

"아주 평범한 질문이었어요. 그때와 하나도 다를 것 없는 질문 말이에요. 우리가 그날 어디에 있었는지, 어머니께서 살아 계신 걸 마지막으로 본때가 언제였는지……. 정말이지 난 그 일에 대해서는 더 이상 아무 얘기도 하고 싶지 않아요. 이젠 끝났으니까."

"하지만 끝나지 않았어. 바로 그게 중요한 거야."

"왜 당신이 그렇게 공연한 소란을 피우는지 모르겠어요. 당신은 이 일에 관련이 없잖아요?"

"이봐, 난 당신을 돕고 싶어. 이해 못 하겠어?"

"하지만 그 일에 관해 자꾸 얘기하라는 건 내게 도움이 안 돼요. 난 그저 잊고 싶어요. 잊어버릴 수 있도록 당신이 날 도와준다면 문제는 달라질 거예요."

"헤스터, 이봐, 자꾸 회피만 하려는 건 좋지 않아. 현실에 직면해야 한단 말이야."
"그렇게 얘기한다면, 난 오늘 아침 내내 그 일에 직면하고 있었어요."
"헤스터, 난 당신을 사랑해. 그걸 알고 있을 테지?"
"그럴 거예요."
"그럴 거라니, 그게 무슨 뜻이지?"
"그 일에 관해 왜 자꾸 알아내려 하느냐는 말이에요."
"하지만 난 알아야 해."
"왜요? 당신은 경찰이 아니잖아요."
"어머니가 살아 계신 걸 마지막으로 본 사람이 누구였었지?"
"나였어요."
"알아. 그게 7시 직전 아니었나? 날 만나러 나오기 직전."
"드리머스 극장으로 가기 직전이었어요."
"그래. 내가 극장에서 기다렸잖아?"
"예, 물론 그랬어요."
"헤스터, 그때 당신은 내가 당신을 사랑한다는 걸 몰랐었나?"
"확실히 알진 못했어요. 내가 당신을 사랑하기 시작했다는 것조차도 확실히 몰랐어요."
"당신에게는, 당신에겐 어머니를 죽일 이유가 전혀 없었지?"
"없었어요, 실제로는 아니었지만."
"실제로는 아니었다니 그건 또 무슨 뜻이지?"
"난 가끔 어머니를 죽이는 생각을 해 보았거든요."
헤스터는 냉담한 목소리로 말했다.
"난 '어머니가 죽었으면 좋겠다.' 하고 생각하곤 했었어요. 때로는 어머니를 죽이는 꿈을 꾸기도 했고요."
"꿈속에서 어떤 방법으로 어머니를 죽였지?"
그 순간 도널드 크레이그는 연인이 아니라, 호기심 많은 한 젊은 의사였다.
"때로는 권총으로 쏘기도 했고……."

헤스터는 아주 재미있는 일이라도 얘기하듯 말했다.
"때로는 뭔가로 어머니의 머리를 치기도 했어요."
크레이그 박사는 그녀의 말에 가느다란 신음을 내뱉었다.
"하지만 그건 꿈이었을 뿐이에요. 꿈에서 난 난폭해질 때가 많아요."
"내 말 들어 봐요, 헤스터."
청년은 그녀의 손을 감싸 쥐었다.
"당신은 내게 사실을 말해 줘야 해. 그리고 날 믿어야 해."
"무슨 말인지 모르겠어요." 헤스터가 말했다.
"진실 말이야, 헤스터. 난 진실을 알고 싶어. 난 당신을 사랑해. 그리고 난 당신 곁에 있을 거야. 만일 당신이 어머니를 죽였다면 분명 이유가 있었을 거야. 난 그게 당신의 잘못이었다고 만은 생각하지 않겠어. 무슨 말인지 이해하겠어? 물론 경찰에는 절대 알리지 않을 거야. 당신하고 나만의 비밀이 될 거란 말이야. 다른 사람의 마음을 상하게 하는 일은 없을 거야. 증거가 부족하기 때문에 사건은 곧 사장되고 말 거야. 하지만 난 알아야 해."
그는 특히 마지막 말에 힘을 주어 강조했다.
헤스터는 그를 물끄러미 바라보았다. 그녀의 두 눈은 거의 초점이 없는 상태로 크게 열려 있었다.
"내게서 무슨 말을 듣고 싶은 거예요?"
"난 당신이 진실을 말해 주길 원해."
"이미 알고 있잖아요? 당신은 내가 어머니를 죽였다고 생각하고 있잖아요."
"헤스터, 이봐. 날 그런 눈으로 보지 말아요."
그는 그녀의 어깨를 잡고 가만히 흔들었다.
"난 의사야. 난 이런 일의 이면에는 반드시 이유가 있다는 걸 알고 있어. 사람들이 늘 자기 행동에 책임을 질 수 있는 건 아니라는 것도 알고 있고. 난 당신이 어떤 사람인지 알아. 부드럽고, 사랑스럽고, 본질적으로는 문제가 없는 사람이야, 당신은. 당신을 돕겠어. 당신을 돌봐 주겠어. 우린 결혼할 거고, 그럼 우린 행복해질 거야. 당신은 더 이상 방황할 필요도 없고, 아무도 원치 않는 사람이라는 생각을 가질 필요도 없고, 누군가의 억압을 받을 필요도 없어.

사건이란 대부분의 사람들이 이해하지 못하는 이유에서 비롯되는 경우가 많다는 걸 난 알아."

"그건 재코가 범인이었을 때, 우리가 입이 닳도록 했던 말 아닌가요?"

"재코는 신경 쓰지 마. 난 지금 당신을 염려하고 있는 거야. 난 당신을 너무도 사랑해, 헤스터. 하지만 난 진실을 알아야 해."

"진실이라고요?"

그녀의 입 가장자리가 비웃음으로 천천히 치켜 올라갔다.

"날 놔주세요."

헤스터는 얼굴을 돌려 언덕 쪽을 올려다보며 말했다.

"겐다가 부르고 있어요. 점심시간인가 봐요."

"헤스터!"

"내가 어머니를 죽이지 않았다고 말하면 믿겠어요?"

"물론 난……, 난 당신 말을 믿겠어."

"그럴 것 같지 않은데요."

그렇게 말한 뒤 그녀는 몸을 홱 돌려 오솔길 쪽을 향해 달리기 시작했다.

그는 그녀를 뒤쫓으려다가 그만두었다.

"빌어먹을!" 그가 말했다.

"빌어먹을!"

제15장

"그래도 난 아직은 집에 돌아가고 싶지 않아."

필립 두런트가 말했다. 그의 목소리는 애가 타서 호소하는 듯한 목소리였다.

"하지만, 필립. 이젠 더 이상 여기 머무를 필요가 없어요. 우리가 여기 온 건 마샬 씨를 만나 의논하기 위해서였잖아요. 또, 기다렸다가 경찰도 만나봤고요. 이제는 집에 돌아가지 못할 이유가 없단 말이에요."

"아버님은 우리가 좀더 머무르는 걸 좋아하실걸. 저녁에 함께 장기 둘 사람이 있다는 걸 아주 기뻐하고 계셔. 아버님은 장기의 명수야. 내 실력도 나쁜 편은 아니라고 생각했었는데, 아버님은 도저히 당해낼 수가 없어."

"당신 아니라도 함께 장기 두실 사람은 있어요."

메리는 쌀쌀맞게 말했다.

"누구? 여성협회 회원이라도 호출한단 말이야?"

"어쨌든 집에 돌아가야 해요. 내일은 카든 부인이 와서 놋그릇을 닦아 주기로 한 날이에요."

"앵무새, 당신은 완벽한 가정주부야."

필립은 큰소리로 웃으며 말했다.

"그 부인은 당신 없이도 혼자서 할 수 있잖아? 아니면 다음으로 미루라고 전보를 치든지."

"필립, 당신은 집안일이 어떤지, 얼마나 어려운지 이해 못해요."

"당신이 어렵게 만드는 한 쉬운 일도 어렵다는 건 알지. 어쨌든 난 여기 더 있고 싶어."

"오, 필립."

메리는 격앙된 어조로 말했다.

"난 정말 여기가 싫어요."

"도대체 왜?"

"음침하고 꺼림칙해요. 모든 일이 다 여기서 일어났잖아요. 살인과 그밖에 모든 일이 다……."

"자, 앵무새. 그런 일에 그렇게 신경과민일 건 없잖아. 당신은 사실 살인사건에 머리카락 한 올만큼의 관심도 없으면서 말이야. 얼른 집에 가서 그릇이나 닦고, 어디 먼지가 앉지 않았나 보고, 당신 모피코트에 좀이 슬지는 않았나 보고 싶어서 그러는 것 아냐?"

"겨울엔 모피코트에 좀이 슬지 않아요."

"그래. 하지만 내 말이 무슨 뜻인지 알잖아, 앵무새. 그렇다는 얘기야. 하지만 내 생각을 말하자면, 난 여기 있는 게 아주 재미있어."

"자기 집에 있는 것보다 더 재미있단 말이에요?"

메리는 그의 말에 충격과 상처를 동시에 받은 것 같았다.

필립이 얼른 눈치를 챘다.

"아, 미안, 여보. 표현이 잘못됐군. 어떤 것도 자기 집에 있는 것보다 좋을 수는 없지. 게다가, 당신은 늘 집 안을 멋지게 만들어 놓으니 말이야. 편안하고 깨끗하고 기품 있게 말이지. 내가 예전만 같았다면 정말 좋았을 거야. 하루 종일 해야 할 많은 일들을 갖고 있다면 말이야. 하루 종일 열심히 일한 뒤에 집에 돌아온다면, '집에 돌아간다는 것과 내 가정을 갖는다는 것이 얼마나 멋지고 기분 좋은가!' 하고 생각할 거야. 하루 동안 있었던 일들을 모두 당신에게 얘기도 해주고 말이야. 하지만 지금은 달라."

"오, 그래요. 나도 잘 알고 있어요. 내가 그걸 잊고 있다고 생각하지는 마세요. 난 늘 그 점에 신경 쓰고 있어요. 끔찍하게 신경 쓰고 있다고요."

"그래."

그는 들릴 듯 말 듯한 목소리로 말했다.

"당신은 지나칠 정도로 신경을 써, 메리. 너무 신경을 쓰는 나머지 오히려 내가 더 신경이 쓰이게 되는 적도 있어. 내가 원하는 건 기분 전환이야."

그는 손을 내저었다.

"조각 그림 맞추기 장난감이나 작업 요법을 통해 기분을 전환시킬 수 있다고는 생각지 말라고. 사람들이 오가면서 날 치료해 주고 끊임없이 책이나 읽어 준다고 해서 되는 게 아니야. 난 때때로 무슨 일엔가 몰두하고 싶어 미칠 지경이야! 그런데 여기, 이 집에는 내가 몰두할 만한 일이 있다고."

"필립."

메리는 숨을 죽인 채 그의 말을 듣고 나서 말했다.

"당신, 아직도 그 아이디어란 걸 되뇌고 있는 거예요?"

"살인자를 사냥하는 게임?"

필립이 말했다.

"살인, 살인, 누가 살인을 했지? 앵무새, 당신도 전혀 관련 없는 건 아니라고. 난 누가 범인인지 알고 싶어 죽을 지경이야."

"하지만 왜요? 그리고 당신이 어떻게 그걸 알아낼 수 있단 말이에요? 만일 누군가가 문을 따고 들어왔거나, 아니면 문이 열린 걸 보고……."

"아직도 그 외부인의 소행이라는 설을 되뇌고 있는 건가? 그건 따지고 들면 허점이 드러나게 돼 있어. 그 노련한 마샬이 그럴듯하게 꾸며 내긴 했지만, 사실 그 사람은 우리가 체면을 지킬 수 있게 도와준 거라고. 아무도 그 아름다운 얘기를 믿지 않을 거야. 그건 진실이 아니니까."

"그게 진실이 아니라면, 당신은 이런 사실을 알아야 해요."

메리가 그의 말을 막았다.

"그게 진실이 아니라면(당신 말대로 우리들 중 누군가의 짓이라면), 난 그게 누군지 알고 싶지 않아요. 우리가 왜 그걸 알아야 해요? 모르는 게 열 번, 백 번 낫잖아요?"

필립 두런트는 미심쩍은 듯 그녀를 올려다보았다.

"머리를 모래 속에라도 박고 있는 거야, 앵무새? 당신은 본능적인 호기심 같은 것도 없단 말이야?"

"난 알고 싶지 않다고 했잖아요! 끔찍한 일이에요. 난 다 잊어버리고 다시는 생각하고 싶지 않아요."

"누가 어머니를 죽였는지 꼭 알고 싶을 만큼 어머니를 사랑하지는 않았단 말인가?"

"누가 어머니를 죽였는지 안다고 해도 그게 무슨 소용이 있겠어요? 2년 동안 우리는 재코가 범인이라는 데 아주 만족하며 지냈는데."

"그래, 우리 모두를 만족시켰던 아주 멋진 해결책이었지."

그의 아내는 무슨 말이냐는 듯이 그를 쳐다봤다.

"무슨 말인지……, 무슨 말인지 정말 모르겠어요, 필립!"

"어떤 의미에서 이 일은 나에 대한 도전이 되기도 한다는 걸 당신은 모르는 거야, 앵무새? 내 지능에 대한 도전. 뭐, 당신 어머니의 죽음이 특별히 가슴 아파서라거나 내가 특별히 당신 어머니를 좋아했다는 말은 아니야. 난 그렇지 않았어. 어머니는 당신이 나와 결혼하는 걸 막으려고 안간힘을 다 쓰셨지. 하지만 난 그것에 대해 어머니한테 어떤 원한을 갖지 않았어. 왜냐하면 결국 나는 당신을 얻는 데 성공했으니까. 그렇지 않은가, 여보? 그래, 이건 복수심도 아니고 정의를 실현하려는 욕망도 아니야. 난……, 그래 맞아. 내가 이러는 건 호기심 때문이야. 호기심보다 더 바람직한 감정을 가질 수 있겠지만, 내가 이 일에 느끼는 주된 감정은 호기심이야."

"이건 당신이 쓸데없이 참견할 일이 아니에요. 그래서 좋을 건 하나도 없어요. 오, 필립, 제발! 제발 그만 둬요. 집으로 돌아가서 모든 걸 다 잊어 버려요."

"그래, 당신은 당신이 원하면 어디로나 날 끌고 갈 수 있지. 하지만 난 여기 있고 싶어. 때로는 내가 원하는 걸 하게 놔둘 수는 없겠어?"

"난 당신이 이 세상에서 원하는 모든 걸 다 갖게 하고 싶어요."

"그런데 사실은 그렇게 하고 있지 않잖아. 여보, 당신은 마치 나를 팔에 안긴 아기 돌보듯 하고 싶어 하고, 또 당신은 매일 매일 그리고 가능한 한도 내에서 나를 위해 가장 좋은 게 뭔지 잘 알고 있어."

그렇게 말하며 그는 소리 내어 웃었다.

메리는 의심스러운 표정으로 그를 바라보았다.

"난 당신이 지금 농담을 하는 건지, 심각한 얘기를 하는 건지 도통 모르겠어요."

필립 두런트는 다시 정색을 하고 말했다.

"호기심과는 별개로……, 누군가가 꼭 진실을 밝혀내야 해."
"왜요? 그래서 좋을 게 뭐가 있어요. 또 어떤 사람을 교도소에 보내는 일밖에 더 돼요? 그건 정말 무서운 생각이에요."
"당신은 도통 이해를 못 하는군. 난 내가 찾아내는 사람이 누구든지 간에 (내가 찾아낼 수 있다면) 그 사람을 경찰에 알리겠다는 얘기가 아니야. 난 그렇게 하지는 않을 거야. 물론, 상황에 따라 달라지긴 하겠지만 말이야. 설령 내가 그 사람을 경찰에 알린다 해도 아무 소용이 없을 거야. 왜냐하면 어떤 확실한 증거가 발견되는 건 아닐 테니까."
"확실한 증거가 없다면 어떻게 사실을 밝힌단 말이에요?"
"그건, 사실을 밝혀내는 방법, 단 한 번의 시도만으로도 확실히 알아내는 방법이 많기 때문이지. 지금 이 집안은 잘 되어가고 있는 상태가 아니야. 게다가 얼마 안 있어 더 악화될 거고 말이야."
"그게 무슨 뜻이에요?"
"당신, 아무것도 눈치 채지 못했나, 앵무새? 당신 아버지와 겐다 보건에 대해서 말이야."
"그들이 어쨌는데요? 아버지는 왜 그 나이에 재혼을 하시려고……?"
"난 이해할 수 있어. 그분은 결혼생활다운 결혼생활을 못 하셨던 거야. 이제 진정한 행복을 누릴 기회를 얻게 되신 거라고. 황혼녘의 행복이라고 해도 좋아. 어쨌든, 그분은 그런 행복이라도 누리셔야 한다는 얘기야. 아 참, 이미 누리고 계신다고 해도 상관없겠군. 그런데 지금 그 두 사람 사이에 일이 잘 안 되고 있단 말이야."
"그럼 이 모든 일이……?"
메리는 분명치 않은 말투로 얘기했다.
"그래, 맞아. 정확히 이 모든 일이 그들 사이를 점점 더 벌어지게 만들고 있단 말이야. 거기에는 두 가지 이유가 있을 수 있지. 의심과 죄책감이라는."
"누구를 의심해요?"
"서로가 그렇다고 봐야지. 한쪽이 의심이라면 다른 한쪽은 죄의식을 느낄 것이라고 해야겠지. 당신이 원한다면 그 반대의 경우라 해도 좋고."

"날 혼란시키지 말아요, 필립."

갑자기 메리의 태도에는 활기가 감돌았다.

"그러니까 당신은 겐다가 범인이라고 생각하는 거예요?"

그녀는 생기 있는 목소리로 물었다.

"당신 생각이 옳을지도 몰라요. 오, 그게 사실이라면 정말 얼마나 다행이에요?"

"가엾은 겐다! 그녀가 가족 중 한 사람이 아니기 때문에 그렇다는 건가?"

"그래요. 식구들 중 한 사람의 짓이 아니니 얼마나 다행이냐는 얘기예요."

"당신은 고작 거기까지밖에 생각 못하는 거요? 그게 우리한테 얼마나 큰 영향을 미치는데."

"물론이겠죠."

"물론, 물론."

필립은 답답하다는 듯이 말했다.

"당신의 문제점은 말이야, 앵무새. 상상력이 전혀 없다는 거야. 입장을 다른 한 사람과 한번 바꿔 놓고 생각해 봐요."

"왜 한 사람이에요?"

"왜 한 사람이냐고? 내 솔직한 심정을 말하자면 난 그저 가만히 앉아서 사태를 지켜보고 싶어. 하지만 당신 아버지의 입장이나 겐다의 입장에서 생각해 볼 때 만일 그들이 결백하다면 결백한데 의심받는다면, 그들로선 얼마나 끔찍한 일이겠느냐고. 갑자기 주위 사람들에게 경원시당한다면 겐다로선 얼마나 견디기 힘든 일이겠느냐 말이야. 자기가 사랑하는 사람과 결혼하지도 못하게 될 그녀의 마음을 헤아려 보라고. 그리고 또 당신 아버지의 입장도 한번 생각해 봐. 자기가 사랑하는 여자에게 살인의 동기가 있었고, 또 그걸 실행에 옮길 기회도 있었다는 걸 그분도 인정하고 계셔. 아니 인정하지 않으실 수 없을 거야. 물론 그녀의 짓이 아니길 바라시겠고, 그녀의 짓이 아니라고 생각하시겠지만 그걸 확신하시진 못할 거야. 그분께서 확신하실 수 있는 건 자기가 사랑하는 여자한테 살인의 동기가 있었다. 그리고 기회도 있었다 하는 것뿐이라고."

"그 연세에……."

메리가 무슨 말을 하려고 하자 필립은 들을 필요도 없다는 듯이 얼른 그녀의 말을 가로막았다.

"제발, 그 나이에, 그 나이에 하지 마. 그 나이의 남자이기 때문에 오히려 더 그럴 수 있다는 걸 당신은 모르나? 그분으로선 일생의 마지막 사랑이야. 또 다른 사랑을 시작하실 수는 없다고. 이건 아주 깊은 사랑이야. 그리고 또 이렇게 한번 생각해 봐. 어느 날 장인이 그렇게 오랫동안 갇혀 지내야 했던 그 어둠침침한 자기만의 세계에서 벗어났다고 생각해 봐. 그분의 아내를 때려 눕힌 사람이 바로 그분이라고 가정해 보라고. 그 가련한 악마로서는 분노보다 오히려 동정을 느끼게 되지 않을까? 아니야."

그는 뭔가 곰곰이 생각하는 표정으로 덧붙였다.

"난 그분이 그런 짓을 저질렀으리라고는 도저히 상상할 수 없어. 하지만 경찰은 틀림없이 그런 방향으로도 상상할 거야. 앵무새, 어디 당신의 의견을 좀 들어 볼까? 당신은 누가 그랬을 거라고 생각해?"

"내가 그걸 어떻게 알겠어요?"

"그래, 알 수 없겠지. 하지만 당신은 아주 그럴듯한 생각을 가지고 있을지도 몰라. 깊이 연구를 해 봤다면 말이야."

"난 이 일에 관해서는 아무것도 생각하지 않겠어요."

"이유가 뭘까? 단지 생각하고 싶지 않기 때문인가? 아니면 혹시 범인이 누군지 알기 때문인가? 당신의 그 냉정하고 침착한 마음속으로는 뭔가를 확신하고 있는지도……. 당신은 결코 생각하고 싶지 않은 사실, 내게 말하고 싶지 않은 어떤 사실을 혼자서만 확신하고 있는 거 아니야? 헤스터인가? 당신이 마음에 두고 있는 사람이?"

"도대체 헤스터가 왜 어머니를 죽였겠어요?"

"정말 아무런 이유가 없을까?"

다시 필립은 곰곰이 생각하는 표정으로 말했다.

"하지만 당신도 신문에서 그런 얘기를 읽은 적이 있을 거야. 부모에게서 정상적인 사랑을 받으며 별 탈 없이 잘 지내던 한 아들, 또는 딸이 어느 날 아주 어리석은 짓을 저지른단 말이야. 평소에는 너그럽던 아버지나 어머니가 극장 구경 갈 돈이나 새 구두 한 켤레 사 신을 돈을 주지 않으려 했다거나, 남자친구하고 외출하려는 딸에게 10시까지는 꼭 돌아와야 한다고 엄포를 놓았다고 가정해 봐. 별로 중요한 일이 아닌 것 같아 보이지만 그런 것이 평소에 조금씩 누적되어 왔던 불만을 폭발시키는 계기가 될 수 있다고. 한창 혈기 왕성한 젊은이가 갑자기 욱하는 심정으로 망치나 도끼, 아니 부지깽이일 수도 있겠지, 그런 것을 휘두르지 않을 보장이 어디 있겠어?

상식적으로는 설명이 안 되는 일이지만, 그런 일이 없는 것은 아니라고. 오랫동안 억압돼 왔던 반항심이 최극점에 달한 결과라고나 할까. 헤스터에게 있어서의 문제점은, 그 아름답게만 보이는 조그마한 머릿속에서 어떤 일이 일어나고 있는지 아무도 모른다는 거야. 물론 처제는 힘이 약하지. 하지만 그녀는 자기가 힘없는 존재라는 사실에 분노를 느끼고 있어. 그리고 당신 어머니는 그녀로 하여금 자신의 약함을 의식하지 않으면 안 되게 만들었던 사람이고 말이야. 그래, 맞아."

필립은 갑자기 활기를 띤 몸짓으로 몸을 앞으로 굽히며 말했다.

"헤스터라면 아주 훌륭한 추리가 가능할 것 같아."

"오, 제발 그런 얘긴 그만 해요."

메리가 신음하듯 외쳤다.

"오, 그래, 그만하지. 말로 아무리 해봤자 결론이 나지 않을 테니까. 그럼 어떻게 해야 하지? 어쨌든, 이 사건이 어떤 유형의 살인사건이었는지 확정을 지어야 하고, 결정된 그 사항을 이 사건에 관련된 모든 사람에게 차례차례로 적용을 시켜 봐야 하지 않겠어? 그러니까 이 사건이 어떻게 해서 일어났는지 알아야겠다면 작은 함정을 파놓고 누가 거기에 빠져드는지 살펴봐야 한다고."

"그날 이 집엔 네 사람밖에 없었던 거나 마찬가지예요. 당신은 마치 여섯 명 또는 그 이상의 사람이라도 있었던 것처럼 얘기하는군요. 아버지가 도저히 그런 짓을 하실 수 없으리란 점은 당신과 동감이에요. 그리고 헤스터에게 그런 짓을 저지를 만한 어떤 실제적인 이유가 있었으리라고 생각하는 것도 무리예요. 그럼 커스티하고 겐다밖에 안 남아요."

"둘 중의 어떤 사람이었으면 좋겠어?"

그렇게 묻는 필립의 어조에는 약간의 조롱기가 담겨 있었다.

"커스티가 그런 짓을 저질렀으리라고는 도저히 상상할 수 없어요. 그녀는 언제나 참을성이 많았고, 성격도 좋았어요. 어머니한테 정말 헌신적인 사람이었다고요. 갑자기 머리가 이상해졌을 리는 없어요. 그런 경우가 있다는 얘길 듣긴 했지만 그녀가 그런 경우였을 리는 절대로 없어요."

"그렇지."

필립은 신중한 목소리로 대답했다.

"커스티는 아주 정상적인 여자고 정상적인 여자의 삶을 좋아하는 그런 여자라고 할 수 있지. 어떤 면에서 그녀는 겐다하고 비슷한 타입의 여자야. 다만 겐다는 용모도 훌륭하고 매력적이지만, 가엾은 노처녀 커스티는 건포도 빵처럼 평범하지. 어떤 남자고 그녀를 한 번 쳐다보고 또 쳐다보는 일은 없을 거야. 하지만 그녀는 그런 남자들도 좋아했을 거야. 사랑에 빠져 보고 싶기도 했을 테고, 결혼하고 싶기도 했을 테니까. 여자로 태어난다는 것, 그것도 평범하고 매력 없는 여자로 태어난다는 건 정말 끔찍한 일이 틀림없어. 특히, 그런 결점을 보완해 줄 만한 특별한 재능이나 뛰어난 두뇌를 가지지 않은 경우에는 더욱 말이야. 그녀는 여기 너무 오래 머무른 게 사실이야. 전쟁이 끝났을 때 여길 떠나서 안마사 일을 계속 했어야 했는데. 그랬다면 노인네 환자라도 한 사람 호릴 수 있었을 텐데 말이야."

"당신도 다른 남자들하고 똑같군요. 여자들은 결혼하는 것밖에는 관심이 없다고 생각하는 남자들 말이에요."

필립은 허리를 틀어 몸을 바로잡으며 말했다.

"난 아직도 결혼이 여자들의 첫 번째 선택이라고 생각하는 사람이야. 그건 그렇고 티나에게는 남자친구가 없나?"

"그건 내가 알 바가 아녜요. 그 앤 자기 얘긴 잘 하지 않으니까요."

"그 처제는 꼭 작은 생쥐 같지 않아? 예쁘다고는 할 수 없지만, 아주 기품이 있어. 이 일에 관해 어떻게 생각하고 있는지 궁금하군."

"그 애가 뭘 알 것 같지는 않아요."

"그래?"

필립은 미심쩍은 듯 반문했다.

"난 안 그런데."

"오, 또 당신 마음대로 상상하는군요."

"난 상상하고 있는 게 아니야. 그 처제가 뭐라 그랬는지 당신 알아? 자기는 아무것도 모르기를 바란다고 했다고. 그 말이 내 호기심을 더 자극시켰지. 그녀는 뭔가 알고 있음이 틀림없어."

"어떤 걸 알고 있단 말이에요?"

"어딘가에 꼭 붙들어 매어진 무슨 일인가가 있는데, 그곳이 어딘지 처제가 깨닫지 못하고 있는 거야. 처제에게서 그걸 알아냈으면 좋으련만……."

"필립!"

"그렇게 소리쳐도 소용없어, 앵무새. 이건 내 일생일대의 사명이야. 세상 사람들은 이 일에 지대한 관심을 갖고 있어. 그러니까 난 이 일에 뛰어들어야 해. 자, 그럼 누구부터 시작해 볼까? 먼저 커스티부터 해 보는 게 좋겠군. 여러 가지 면에서 그녀는 단순한 영혼을 가진 여자니까."

"오, 당신이 이 미친 생각을 다 버리고 집으로 돌아간다면 얼마나 좋을까요! 우린 지극히 행복했어요. 모든 일이 다 잘 되었다고요!"

그녀는 갑자기 말을 멈추고 뒤돌아섰다.

"앵무새! 정말 그렇게 신경이 쓰이는 거야?"

필립은 염려가 되었다. 남편의 말에 메리는 다시 몸을 돌렸다. 그가 자신을 염려하고 있다는 것을 알았는지, 그녀의 눈엔 희망의 빛이 담겨 있었다.

"그럼 모든 걸 다 잊고 집으로 돌아가시겠어요?"

"모든 걸 다 잊을 수는 없어. 난 오직 검토하고 추리하고 생각할 뿐이야. 어쨌든, 이번 주말까지는 여기 머물자고, 메리. 그리고 그다음에 어떻게 할지 생각해 보자고."

제16장

"여기 좀더 있어도 괜찮겠습니까, 아버지?"

미키가 물었다.

"그럼 물론이지. 난 좋다. 회사엔 별일 없지?"

"예, 회사엔 전화를 해 두었어요. 이번 주말까지는 돌아가지 않아도 돼요. 아주 쾌히 승낙해 줬으니까요. 티나는 주말까지 머문다고 했어요."

그는 주머니에 손을 찔러 넣고 창가 쪽으로 가서 밖을 내려다보기도 하고 벽에 꽂힌 책들을 올려다보기도 하면서 방 안을 왔다 갔다 했다.

"아버지, 아버지도 아시겠지만 아버지가 제게 해주신 모든 일에 대해 정말 감사드리고 있어요. 전 제가 그동안 얼마나 배은망덕하게 행동했는지 최근에야 알았답니다."

"감사를 느껴야 할 일은 하나도 없다."

리오가 대답했다.

"넌 내 아들이다, 미키. 난 널 항상 그렇게 생각해 왔어."

"아들 대접을 좀 이상하게 하셨죠. 한 번도 절 지배하려고 하시질 않으셨으니까요."

리오 아질은 그의 말에 미소를 지었다. 그 특유의 초연하고 뭔가를 꿈꾸는 듯한 미소였다.

"그런 것만이 아버지의 할 일이라고 생각하느냐? 자기 자식들을 지배하는 것만이?"

"아뇨, 그렇게 생각하지는 않아요."

그는 몹시 바쁜 사람처럼 이야기를 해 나갔다.

"전 지독한 바보였어요. 그래요, 전 정말 바보였어요. 어떤 면에선 우스꽝스럽기도 했고요. 제가 지금 어떤 일을 하고 싶어 하는지, 어떤 일을 계획하고 있는지 아세요? 페르시아 만에 있는 석유 회사에 일자리를 얻을 생각이에요. 어머니는 제가 그런 회사에서 사회생활을 시작하길 원하셨죠. 석유 회사 말이에요. 하지만 그때 전 전혀 그럴 생각이 없었어요. 제 마음 내키는 대로 살아가고 싶었어요."

"넌 그때는 그럴 나이였다. 자기 일을 남이 선택해 주는 걸 싫어하고, 자기 스스로 선택하고 싶어 하는 나이 말이다. 넌 늘 그랬었지, 미키. 빨간 스웨터를 사주겠다고 하면 넌 한사코 파란 스웨터를 입겠다고 했어. 진짜로 네가 원하는 건 빨간 스웨터였으면서도 말이다."

"옳으신 말씀이에요."

미키는 어설픈 웃음을 지어 보이며 말했다.

"전 늘 만족할 줄 모르는 녀석이었어요."

"젊기 때문에 그랬던 거지. 넌 좀 네 마음대로 생활했을 뿐이다. 구속받거나 멍에를 쓰거나 통제 받기를 싫어했던 거란 말이다. 살다 보면 누구나 한때는 그런 시절을 경험한단다. 하지만 언젠가는 극복해야 할 문제이지."

"예, 저도 그렇게 생각합니다."

"네가 네 장래를 위해 그런 생각을 했다니 난 정말 기쁘구나. 자동차 세일즈맨이나 시범 운전사로만 일하는 것은 네게 아주 좋은 직업이라고 할 수 없을 것 같다. 물론, 나쁠 것도 없겠지만 장래성이 없거든."

"전 자동차를 좋아합니다. 어떤 차가 좋은 차인지 손님들에게 이모저모 얘기해 주는 일도 재미있고요. 어떤 경우엔, 단 한마디로 흥정을 끝내야 하는 경우도 있어요. 손님 귀에 솔깃한 말을 재잘재잘 마치 대사 외듯 지껄여대긴 하지만 그런 생활이 꼭 즐거운 것만은 아녜요. 오히려 지긋지긋해요. 석유 회사에서 제의해 온 일자리는 모터 수송에 관한 일인데요, 자동차 서비스를 감독하는 거죠. 아주 중요한 직책이에요."

"너도 알고 있겠지만, 투자할 가치가 있다고 생각되는 사업이 있다면 돈은 언제라도 갖다 쓸 수 있다. 신탁인 조합엔 자유 재량권이 있다는 걸 너도 알지 않느냐. 할 만하다고 생각되는 일이고, 또 세부적인 사항이 결정된다면 언제라도 필요한 만큼의 금액이 지급되도록 내가 손을 써 놓겠다. 그 방면의 전문가 조언도 들을 수 있게 해주고 말이야. 어쨌든, 네가 원한다면 돈은 언제나 준비되어 있다."

"감사합니다, 아버지. 하지만 아버지한테 기대고 싶지는 않아요."

"나한테 기대는 게 아니다, 미키. 그건 네 돈이야. 다른 애들과 마찬가지로 그건 분명히 네게 할당된 돈이라는 말이다. 내가 가진 거라곤 언제 어떻게 그 돈을 지급하라고 지시할 수 있는 권한뿐이다. 그러니 그건 내 돈이 아니야. 내 돈이 아니니까 내가 네게 주는 게 아니다. 그건 네 돈이다."

"사실 그건 어머니의 돈이에요."

"조합에서는 벌써 몇 년 전에……."

리오가 무슨 말을 하려고 하자 미키는 그의 말을 막았다.

"전 그 돈은 한 푼도 갖고 싶지 않아요! 손도 대고 싶지 않아요! 댈 수가 없어요! 지금 상황이 이런데, 전 그 돈에 손댈 수 없어요."

자기 아버지와 눈이 마주치자 갑자기 그의 얼굴은 붉게 상기되었다. 그러고는 잘 알아들을 수 없는 불분명한 어조로 이야기했다.

"전……, 전, 그런 얘길 하려고 한 게 아니었는데."

"왜 손댈 수 없다는 거냐? 우린 널 양자로 맞아들였다. 그건 다시 말해, 금전적으로나 그 밖의 면에서 우리가 널 전적으로 책임을 진다는 의미이다. 우린 널 우리 아들로서 네 인생을 바람직하게 엮어갈 수 있도록 키웠단다."

"전 남의 힘으로 일어서고 싶지 않습니다."

미키는 되풀이해서 말했다.

"그래. 그건 잘 알겠다. 그건 좋다만……, 미키, 네가 마음을 돌리기만 하면 돈은 언제라도 쓸 수 있다는 걸 잊지 마라."

"고맙습니다, 아버지. 제 마음을 이해해 주셔서 감사합니다. 아니, 이해는 아니더라도 제가 제 나름대로의 생각을 가질 수 있게 해주셔서 말입니다. 더 좋은 표현을 쓸 수 있었으면 좋겠는데……. 전 그런 돈으로 이익을 얻고 싶지가, 아니, 얻을 수가 없……, 어휴, 얘기하기가 정말 힘들군요."

미키가 어떻게 말해야 할지 몰라 전전긍긍하고 있는데 문을 부수기라도 할 듯한 노크소리가 들렸다.

"필립일 게다."

리오 아질이 말했다.

"네가 문을 열어 주거라, 미키."

미키는 방을 가로질러 가서 문을 열어 주었다.

리오의 말대로 필립이었다. 그는 자기 손으로 휠체어를 굴리며 방으로 들어왔다. 그러고는 아주 유쾌한 표정으로 두 사람을 향해 씩 웃으며 말했다.

"바쁘십니까, 장인어른?"

그는 리오를 향해 물었다.

"바쁘시면 바쁘시다고 말씀하시죠. 방해하지 않고 조용히 앉아 서가나 둘러보겠습니다."

"아닐세, 오늘 아침엔 할 일이 없네."

"겐다가 안 보이는군요?"

"머리가 좀 아파서 오늘은 못 오겠다고 전화가 왔더구먼."

리오가 대답했다. 그의 목소리는 아무 뜻도 담겨 있지 않고 그저 담담했다.

"그랬군요."

"그럼 전 나가서 티나가 뭘 하고 있나 보겠습니다. 산책이나 하자고 하게요. 그 애는 바깥 공기 쐬는 걸 싫어하거든요."

그렇게 말하고 나서 미키는 가볍고 유쾌한 걸음걸이로 방을 나갔다.

"제가 잘못 본 겁니까? 아니면 미키한테 요즘 무슨 변화가 생긴 겁니까? 평소하고 달라 보이는데요. 전처럼 세상에 대한 불만이 가득 찬 얼굴도 아니고요."

"저 앤 지금 성숙해지고 있는 거라네. 저렇게 되기까진 정말 오랜 시간이 걸렸지."

"이젠 세상을 즐겁게 살기로 작정했나 보죠? 신기하군요. 그건 그렇고 어제 경찰한테 심문 받으신 일 때문에 기분이 상하지 않으셨습니까?"

리오는 차분한 음성으로 그의 말에 대답했다.

"물론, 사건 수사가 전면적으로 재개된다는 건 고통스러운 일이지."

"미키 같은 사람은……."

필립은 서가 앞에서 휠체어를 굴리며 되는 대로 이 책 저 책을 빼내어 넘겨보다가 다시 꽂는 동작을 반복하면서, 지나가는 말투로 물었다.

"양심이 아주 바른 사람이라 해도 좋겠죠?"

"이상한 질문이군 그래, 필립."

"아뇨, 이상한 질문이 아닙니다. 전 단지 미키의 사람됨에 대해 생각해 봤을 뿐입니다. 세상엔 자기 행동에 대해 아무런 죄의식이나 회한, 심지어 후회조차 느끼지 못하는 사람이 많잖습니까? 이를테면 재코 같은 아이가 그랬죠."

"아니야. 재코는 그렇지 않았어."

"전 미키에 관해서 생각해 봤습니다."

필립은 그렇게 말하고 잠시 아무 말이 없다가 얼마 뒤 담담한 목소리로 다시 이야기를 계속했다.

"한 가지 여쭤 봐도 되겠습니까, 장인어른? 장인어른께서는 양자로 맞아들인 이 모든 자녀들의 배경에 대해 실제로 얼마나 많이 알고 계십니까?"

"왜 그런 걸 묻는 건가, 필립?"

"그저 호기심이 생겨서죠. 인간이라는 것이 유전적 형질에 얼마나 많이 영향을 받는지 세상 사람들은 늘 궁금해하지 않습니까?"

리오는 아무 말도 하지 않았다. 필립은 호기심이 번뜩이는 두 눈으로 그런 리오를 관찰하고 있다가 입을 열었다.

"괜한 질문을 드려 귀찮게 한 것 같군요."

"아닐세."

리오는 의자에서 몸을 일으키며 말했다.

"그런 걸 묻지 못할 것도 없지. 자네도 이 집안사람이니까 말일세. 게다가, 지금 같은 상황에선 더욱더 그런 걸 물을 만하지. 그걸 부정할 수는 없을 거야. 하지만 우리 애들은 자네가 말한 것처럼 통상 생각하는 그런 의미에서의 입양아들이 아닐세. 자네 아내 메리는 적법한 형식에 따라 입양이 됐지만, 다른 아이들은 비공식적인 절차에 의해 우리한테 오게 됐지.

재코는 고아였는데, 어떤 할머니 손에 의해 우리한테 맡겨졌다네. 그 노인은 독일군이 기습했을 때 살해당했고, 그래서 그 앤 계속 우리 곁에 머물게

된 거라네. 그렇게 간단하게 우리 집 식구가 되었어. 미키는 사생아였지. 그 애 어머니는 남자한테만 관심이 있는 여자였다네. 우리한테 100파운드를 요구하더구먼. 그걸 받고는 미키의 친권을 포기했지. 티나의 어머니에 관해서는 별로 아는 바가 없네. 자식한테 편지를 쓰는 일도 없었고, 전쟁이 끝났어도 애를 찾으러 오지 않고 영영 행방을 찾을 수가 없었어."

"헤스터는요?"

"헤스터도 역시 사생아였지. 그 애 어머니는 젊은 아일랜드인 간호사였어. 헤스터가 우리한테 오고 나서 얼마 뒤에 미국인 병사하고 결혼해 버렸지. 아이가 있다는 얘기는 남편한테 전혀 하지 않은 모양이야. 전쟁이 끝나자 남편하고 같이 미국으로 건너가 버렸고, 그 뒤로는 전혀 소식을 알 수 없다네."

"모두 비극적인 이야기들이군요. 모두들 부모가 바라지 않는 가엾은 애들이었어요."

"그렇지. 그래서 레이첼은 그 애들 모두에게 그렇게 열심이었던 걸세. 자네 장모는 그 애들이 사랑을 느낄 수 있게 해주기로, 그 애들에게 참다운 가정을 제공해 주기로, 그리고 그 애들의 진정한 어머니가 되어 주기로 결심했다네."

"훌륭한 결심을 하신 거죠."

"단지……, 단지, 그녀가 바라던 대로의 결과가 생기지 않았을 뿐이지. 핏줄은 별로 중요하지 않다는 게 자네 장모가 가진 신념의 일부였다네. 하지만 자네도 알다시피 핏줄이란 중요해. 자기가 낳은 자식에게는 뭔가 자기하고 비슷한 기질이 있게 마련이고, 굳이 말로 표현하지 않아도 자식이 무슨 생각을 하고 있는지 알아차릴 수 있고 이해할 수 있는 감정의 연계 같은 것이 있지. 하지만 자네가 어떤 아이를 입양했다면 자넨 그 애에게서 그런 연계감을 느낄 수 없을 걸세. 그 애들의 마음속에 무슨 생각이 들어 있는지 본능적으로 알아낼 수 있을 만한 감정상의 이음줄이 없다는 말일세. 물론 자네 자신의 생각이나 느낌으로 그 애들이 지금 어떤 상태에 왔으리라 판단할 수도 있겠지만 대부분의 경우 그런 판단은 실제 그 애들의 생각과 판이하게 다르다는 걸 깨닫는 게 현명할 걸세."

"장인어른께선 줄곧 그런 생각을 갖고 계셨겠군요."

"난 레이첼에게 그런 사실을 주의시키기도 했지. 물론 아내는 믿으려 하지 않았지만 말일세. 믿고 싶어 하지를 않았었지. 아내는 그 애들이 진짜 자기 자식이 되어 주길 바랐던 걸세."

"제 기억에 티나는 언제나 미지의 인물이었습니다. 한쪽 부모는 백인이 아닌 것 같은데, 아버지가 누군지 장인어른은 아십니까?"

"선원이라고 들은 것 같은데, 아마 래스카(외국 배에 승무하는 동인도인)였을 걸세. 그 어머니에 대해서라면……."

리오는 딱딱한 음성으로 덧붙였다.

"뭐라고 말할 수가 없구먼. 알고 있는 게 없어서."

"그 처제는 이 일에 어떻게 반응하고 있는 건지 영 알 수가 없습니다. 도통 말을 안 하니 말입니다."

필립은 잠시 말을 멈추었다가 불쑥 이렇게 물었다.

"말은 안 하고 있지만, 처제는 이 일에 관해 뭔가 알고 있는 게 아닙니까?"

그는 서류를 뒤적거리던 리오 아질의 손이 갑자기 멈추는 것을 보았다.

"왜 자네는 그 애가 알고 있는 걸 모두 말하지 않고 있다고 생각하는 건가?"

"생각해 보십시오, 장인어른. 그건 아주 분명한 사실 아닙니까?"

"내겐 그렇게 보이지 않네."

"처제는 뭔가 알고 있습니다. 어떤 특정 인물에게 불리해 질 수 있는 그 무언가를 말입니다."

"필립, 이렇게 말하는 걸 용서하게. 이런 일을 그런 식으로 추측하는 것은 현명하지 못해. 상상이란 늘 지나친 법이니까 말일세."

"제게 경고하시는 겁니까, 장인어른?"

"사실 이게 어디 자네가 할 일인가, 응, 필립?"

"제가 경찰이 아니라는 말씀이십니까?"

"그렇다네. 바로 맞췄어. 진상을 파고드는 건 경찰이 해야 할 일이야."

"진상이 밝혀지는 걸 원치 않으십니까?"

"그렇다고 해야겠지. 난 진상을 알게 되는 것이 두렵다네."

필립은 흥분으로 두 주먹을 꽉 쥐었다. 그러나 아무렇지도 않은 듯이 부드러운 음성으로 물었다.

"누구 짓인지 장인어른은 알고 계십니다, 그렇죠?"

"난 모르네."

리오의 단호하고 힘있는 대답은 필립을 움찔하게 만들었다.

"난 몰라."

리오는 한 손으로 책상을 내려치며 말했다. 그 모습은 이제까지 필립이 알고 있던 유순하고 허약하고, 앞에 나서기 싫어하던 모습의 리오가 아니었다.

"난 누구의 짓인지 알고 싶지 않네! 알겠나? 난 모르네. 누구인지 생각해 본 적도 없어. 난……, 난 알고 싶지 않단 말일세."

제17장

"뭘 하고 있는 거지, 귀여운 아가씨?"

필립은 휠체어를 밀며 복도를 지나다가 창가에 반쯤 기댄 채로 밖을 내다보고 있는 헤스터에게 물었다. 그녀는 깜짝 놀라 고개를 돌렸다.

"아, 형부였군요."

"세상을 관찰하고 있는 건가? 아니면 자살을 생각하고 있는 건가?"

그녀는 도전적인 눈빛으로 그를 바라봤다.

"뭣 때문에 그런 말씀을 하시는 거죠?"

"처제에겐 분명히 그런 생각이 있었을 텐데."

필립은 싱글거리며 대답했다.

"헤스터, 하지만 솔직히 말해서 만일 그런 생각을 하고 있었다면 그 창문은 적당치 않아. 별로 높지가 않거든. 죽음으로써 모든 걸 잊고 싶은 처제의 갈망과 달리 팔이나 다리만 부러지고 만다면 얼마나 불행한 일이겠어?"

"미키는 이 창문을 통해 목련나무를 타고 밖으로 나가곤 했어요. 오빠만 알고 있는 비밀 통로였죠. 어머니는 전혀 모르셨어요."

"부모들이 모르는 일이라! 그런 일은 아마 책 한 권을 쓰고도 남을 만큼 많을 거야. 하지만 처제가 생각하고 있는 게 자살이라면, 헤스터, 여기보다는 뒷길에 있는 정자 옆 절벽이 뛰어내리기엔 더 좋을걸."

"거긴 강 쪽으로 돌출된 데가 없잖아요. 거기서 뛰어내렸다간 그 아래 바위에 부딪히고 말 거예요!"

"처제의 문제점은 말이야, 너무 멜로드라마적인 상상을 한다는 점이야. 자살을 생각하는 대부분의 사람들은 가스 오븐을 틀어 놓거나 다량의 수면제를 삼킨 뒤에 반듯하게 누워서 숨이 끊어지기를 바라는데 말이야."

"난 형부가 여기 있는 게 좋아요."
헤스터는 뜻밖의 말을 했다.
"좀 상의드릴 일이 있는데 괜찮으시겠어요?"
"괜찮고말고. 사실, 요즘엔 별로 할 일도 없거든."
필립은 시원스럽게 대답했다.
"내 방으로 가서 좀더 얘기하지."
자기 방으로 가자는 말에 그녀가 망설이자 그는 이렇게 말했다.
"메리는 아래층으로 내려갔어. 그 고운 손으로 내가 먹을 맛있는 죽 한 그릇을 만들려고 말이야."
"메리는 이해 못 할 거예요."
헤스터는 내키지 않는다는 듯 말했다.
"그래, 메리는 조금도 이해 못 할 거야."
필립은 그녀의 말에 동감을 표시했다. 그러면서 그는 휠체어를 밀면서 앞으로 나아갔다. 헤스터는 할 수 없이 휠체어 옆에서 그를 따라갔다. 메리와 필립이 쓰는 방문 앞에 이르렀을 때 헤스터가 문을 열었다. 필립이 휠체어를 밀며 먼저 들어갔고 헤스터는 그의 뒤를 따라 들어갔다.
"하지만 형부는 이해하세요, 왜죠?"
"그건 처제도 아는지 모르겠지만 사람이란 어려운 일을 생각해야 하는 때가 있기 때문이거든. 예를 들어, 처음에 나한테 이런 일이 일어났을 때, 난 일생 동안 불구자로 살아야 할지도 모른다는 걸 알게 되었지……."
"그래요, 그건 정말 끔찍한 일이었을 거예요. 게다가 형부는 비행사였잖아요. 하늘을 나는 비행사."
"저 높이 떠서 세상을 내려다봤지. 하늘을 나는 차 쟁반처럼 말이야."
"정말 형부한테 미안해요. 형부의 불행에 대해 좀더 생각했어야 했고 좀더 많은 위로를 드렸어야 했는데!"
"처제가 그러지 않은 건 천만다행이야. 어쨌든, 그건 이제 끝난 일이야. 사람은 무슨 일에든 곧 익숙해지기 마련이거든. 헤스터는 그걸 지금 당장은 이해하지 못할 거야. 하지만 곧 알게 되겠지. 만일, 처제가 아주 분별없거나 아주 어리석지만 않다면 말이야. 자, 이제 무슨 얘긴지 말해 보라고, 뭐가 문제지? 남자친구하고 말다툼이라도 했나? 그 점잖은 의사 양반 말이야, 아닌가?"

"말다툼이 아니었어요. 말다툼보다 훨씬 더 나쁜 일이 있었어요."

"그런 일이 있을 수도 있지 뭘 그래."

"아녜요, 그렇지 않아요. 한 번도 그런 일은 없었어요."

헤스터는 정색을 하며 말했다.

"말을 너무 과장하는군 그래. 처제 눈엔 모든 게 흰색 아니면 검정색으로만 보이지? 중간색은 하나도 없고 말이야."

"그렇게 되지 않을 수가 없어요. 난 늘 그래 왔어요. 내가 할 수 있다고 생각했던 일, 혹은 하고 싶다고 생각했던 일은 늘 모두 잘 되지 않았어요. 난 나 자신의 인생을 갖고 싶었고, 누군가가 되고 싶었고, 무언가를 하고 싶었어요. 하지만 모두 소용없었어요. 난 잘해 낼 수 있는 일이 없었어요. 그래서 자살을 자주 생각했었지요. 열네 살 이후부터 말이에요."

필립은 흥미 있는 눈길로 그녀를 쳐다봤다. 그러고는 평온한, 그리고 무미건조한 목소리로 얘기했다.

"물론 사람들은 열네 살에서 열아홉 살 사이에는 자살을 많이 생각하지. 그 나이 때는 모든 것이 아주 불균형하고 불안정할 때니까. 남학생들은 시험에 합격할 수 없다고 생각해서 자살하고, 여학생들은 어머니가 자기 남자친구를 탐탁하지 않게 여기면서 함께 영화 구경 가는 것을 허락하지 않는다고 해서 자살하지. 그 나이는 세상 모든 것이 양극단의 빛깔로 채색되어 보이는 시절이야. 기쁨 아니면 절망, 슬픔 아니면 비할 바 없는 행복. 하지만 사람들은 곧 그런 시절에서 벗어나지. 처제의 문제점은 말이야, 그런 상태에서 벗어나는 기간이 보통 사람보다 길다는 점이야."

"어머니는 늘 옳았어요. 내가 하고 싶어 했던 일을 어머니는 다 못하게 했어요. 그럴 때마다 결국은 어머니 말이 옳고 내가 틀렸다는 게 드러났어요. 난 그런 걸 참을 수가 없었어요. 그저 참고 있을 수가 없었던 거예요! 그래서 난 좀 대담해져야겠다고 생각했어요. 난 내 나름대로의 인생을 시작하기로 했어요. 내 자신을 시험해 보기로 말이에요. 그런데 잘되는 게 하나도 없는 거였어요. 잘한 행동이 하나도 없었다고요."

"물론 처제는 잘한 게 없었지. 처젠 교육을 받지 않았었잖아. 극장 관계자들이 말했다시피, 처젠 연극에 출연할 수 없었지. 처제는 자신을 극적으로 표현하는 일에 너무 바빴던 거야. 지금이라면 할 수 있겠지만 말이야."

"그리고 그때 난, 내가 온당한 사랑을 하고 있다고 생각했었어요. 어리석고 유치한 연애가 아닌 진정한 사랑 말이에요. 그는 나이 지긋한 사람이었죠. 기혼이었고, 매우 불행한 생활을 하고 있던 남자였어요."

"그건 흔히 있는 일이야. 그 남잔 아마 그걸 미끼 삼았던 것이 분명해."

"난 그걸……, 아, 그래요. 굉장한 열정이라고 생각했었어요. 날 비웃지 않으시겠죠?"

그녀는 말을 멈추고 의심스럽다는 눈빛으로 필립을 바라봤다.

"그래 난 비웃지 않아, 헤스터."

그는 부드러운 음성으로 대답했다.

"처제에겐 정말 끔찍한 경험이었으리란 걸 잘 알 수 있어."

"그런데 실은 굉장한 열정은 아니었어요."

헤스터는 씁쓸하게 말했다.

"보잘 것 없는 천박한 연애 사건일 뿐이었어요. 그 사람이 자기 생활이나 자기 아내에 대해 내게 말해 준 것은 하나도 사실이 아니었어요. 그 사람한테 나의 모든 걸 맡긴 뒤에야 그걸 알았어요. 난 정말 바보였어요. 어리석고 값싸게 행동한 바보였어요."

"때로는 그런 경험을 통해 세상을 배우기도 하는 거야. 그런 일이 처제에게 해를 끼친 건 아무것도 없다는 걸 알아야 해, 헤스터. 모르긴 해도 처제가 성장하는 데 상당히 큰 도움을 주었을 거야. 앞으로도 도움을 줄지 모르고."

"어머니는 그런 모든 일에 아주 적절하게 대처하셨어요."

헤스터는 갑자기 성난 어조로 말했다.

"나에게 달려오셔서 모든 걸 수습하시고 정말 연기가 하고 싶다면 연극 학교에 들어가서 정식으로 연기 수업을 받는 게 좋을 거라고 말씀하셨지요. 하지만 사실 난 연기는 하고 싶지 않았어요. 그리고 그때 난 연기에 소질이 없다는 걸 알았어요. 그래서 집으로 다시 돌아왔죠. 내가 달리 어떻게 할 수 있었겠어요?"

"여러 가지 방법이 있었겠지만 그게 제일 쉬운 방법이었겠지."

"오, 그랬어요."

헤스터는 격렬한 어조로 말했다.

"형부는 정말 잘 알고 계시는군요. 아시다시피 난 아무런 힘이 없어요. 난 언제나 쉬운 일만 해 왔어요. 그리고 만일 내가 그것에 거역하면, 늘 아무 결말도 없는 어리석은 일이 되고 말아요."

"처제는 자기 자신을 지독히도 불신하는구먼?"

필립은 상냥한 목소리로 말했다.

"아마 그건 내가 양녀이기 때문일 거예요. 난 열여섯 살이 될 때까지도 그걸 몰랐어요. 다른 형제들이 모두 양자라는 걸 알게 되자 어느 날 어머니한테 물어봤죠. 그래서 나 역시도 입양된 아이라는 걸 알게 됐어요. 그 사실은 나로 하여금 엄청난 두려움을 느끼게 만들었지요. 아무 곳에도 속해 있지 않은 느낌이었어요."

"자신을 그렇게 극적으로 표현하다니 참 무서운 아가씨로군."

"그녀는 내 어머니가 아니었어요. 내가 어떤 생각을 하고 있는지 단 한 번도 알아 준 적이 없었어요. 그저 너그럽고 친절한 얼굴로 날 쳐다보고, 날 위한 계획을 세워 주곤 했었지요. 오! 난 그녀가 싫었어요. 그러면 안 되지만, 그러면 안 된다는 걸 알았지만, 그래도 싫었어요!"

"사실 대부분의 딸들은 잠깐씩 어머니를 싫어하는 때가 있지. 그러니까 그건 그렇게 이상한 일이 아니야."

"난 어머니가 늘 옳았기 때문에 어머니가 싫었어요. 늘 옳기만 한 사람이 있다는 건 정말 무서운 일이에요. 그건 상대방을 더욱더 무력하게 만든다고요. 오, 필립, 모든 일이 정말 끔찍해요! 난 어떡해야 하죠? 뭘 할 수 있죠?"

"그 멋진 젊은이와 결혼해요. 그리고 안정을 찾아야지. 훌륭한 의사의 아내가 되라는 말이야. 처제에겐 아주 멋진 일이 되지 않을까?"

"지금 그는 나하고 결혼하기를 원치 않아요."

헤스터는 상심한 얼굴로 말했다.
"확실해? 그가 그렇게 말하던가? 아니면 처제가 그렇게 상상하는 건가?"
"그는 내가 어머니를 죽였다고 생각하고 있어요."
"오, 저런!"
필립은 그렇게 말하고 나서 잠시 아무 말도 하지 않았다. 그러더니 불쑥 "그럼 처제가 그랬어?" 하고 물었다.
그러자 그녀는 그를 향해 몸을 홱 돌리며 말했다.
"왜 그걸 물으시는 거죠? 왜요?"
"알면 재미있을 것 같아서. 말하자면 범인은 가족들 중에 있어. 수사기관까지 갈 필요가 없다고."
"내가 만일 어머니를 죽였다면, 형부한테 그걸 말할 것 같아요? 그는 내가 어머니를 죽인 걸 알고 있다고 했어요. 내가 그걸 인정하기만 하면, 그걸 자기한테 고백하기만 하면, 모든 게 더 잘될 거라고 했어요. 곧 결혼해서 자기가 날 돌봐 주겠다고 했어요. 그 일 때문에 자기하고 나 사이에 문제가 생기게 하지는 않을 거라고 했어요."
필립은 휘파람을 불었다.
"좋아, 좋아, 좋아."
"어떻게 해야 좋겠어요?"
헤스터는 그에게 물었다.
"내가 죽이지 않았다고 그에게 말하는 게 좋을까요? 그는 믿으려 하지 않을 거예요, 그렇죠?"
"그는 믿어야 해. 처제가 그에게 그렇게 얘기한다면."
필립이 대답했다.
"난 어머니를 죽이지 않았어요. 이해하시겠어요? 난 어머니를 죽이지 않았다고요. 죽이지 않았어요, 죽이지 않았어요, 죽이지 않았다고요!"
그러다가 그녀는 갑자기 말을 멈췄다. 그러고는 얼마 뒤에 가라앉은 목소리로 다시 이야기했다.
"설득력이 없는 말로 들릴 거예요……."

"진실이란 설득력이 없는 말로 들리는 경우가 많지."
필립은 그녀를 위로해 주었다.
"우린 몰라요. 아무도 몰라요. 모두 서로의 얼굴만 쳐다보고 있어요. 메리는 날 쳐다봐요. 그리고 커스티도요. 그녀는 나에게 아주 친절하고, 날 옹호해 줘요. 내가 범인이라고 생각하고 있는 거예요. 내가 할 수 있는 일이 뭐지요? 무슨 말인지 아시겠어요? 내가 할 수 있는 일이 뭐냐고요? 절벽으로 내려가서 투신하는 게 훨씬 나을지도 몰라요."
"제발 어리석게 굴지 마, 헤스터. 다른 방법도 있어."
"어떤 방법이죠? 어떤 방법이 있을 수 있겠어요? 난 모든 걸 상실했어요. 어떻게 하루하루를 살아갈 수 있겠어요?"
그녀는 필립을 바라보았다.
"내가 제정신이 아니라, 거칠게 행동한다고 생각하시는군요. 그래요, 내가 어머니를 죽였을지도 모르죠. 그 일에 대한 회한이 이렇게 나를 괴롭히고 있는 건지도 모르죠."
그녀는 극적인 동작으로 한 손을 자기 가슴에 갖다 대었다.
"멍청하게 굴지 마."
필립이 말했다. 그리고 갑자기 팔을 내밀어 그녀를 자기에게로 끌어당겼다. 헤스터는 그의 의자 앞으로 반쯤 넘어졌다. 그가 그녀에게 키스했다.
"헤스터에게 필요한 건 남편이지, 아가씨."
필립이 말했다.
"말 같지 않은 정신의학 용어로 머릿속이 가득 찬 그 점잖은 바보 녀석 도널드 크레이그 말고 말이야. 헤스터는 어리석고 멍청해. 그리고 아주 사랑스럽지."
그때 방문이 열렸다. 메리 두런트가 딱딱하게 굳은 얼굴로 문간에 서 있었다. 헤스터는 얼른 흐트러진 자세를 바로 잡으려고 애썼고, 필립은 아내를 향해 겸연쩍은 웃음을 씩 웃어 보였다.
"헤스터를 즐겁게 해주고 있었을 뿐이야, 앵무새."
"오."
메리는 신음하듯 말을 내뱉었다.

그녀는 가만히 방 안으로 들어와서 들고 온 쟁반을 작은 탁자 위에 내려놓았다. 그러고는 그 탁자를 필립 옆으로 돌려주었다. 헤스터가 그곳에 없는 것처럼 그녀에게는 눈길도 주지 않았다.

헤스터는 불안한 시선으로 두 사람을 번갈아 쳐다보다가 말했다.

"아 참, 난 나가는 게 좋겠어. 나가서……, 나가서……."

그녀는 말을 채 마치지 못했다. 그리고 방을 나와서 문을 닫았다.

"헤스터가 아주 나쁜 생각을 하고 있어. 자살을 생각하나 봐. 그래서 그러면 안 된다고 설득하는 중이었지."

메리는 아무 대답도 하지 않았다.

그는 그녀를 향해 손을 내밀었다. 그러나 그녀는 뒤로 물러섰다.

"앵무새, 내가 당신을 화나게 만들었나? 아주 화나게?"

역시 그녀는 대답이 없었다.

"내가 처제한테 키스했다고? 이리 와요, 앵무새. 키스 한 번 한 걸 가지고 애들처럼 그렇게 화낼 건 없잖아. 처젠 너무 귀엽고 너무 어리석어. 그래서 갑자기 망나니가 되어서 한번 장난쳐 보고 싶었을 뿐이라고. 이리 와요, 앵무새, 나한테 키스해 줘. 키스하고 화해합시다."

"지금 들지 않으면 수프가 식을 거예요."

메리 두런트는 그렇게 말하고 침실로 들어가 문을 닫아 버렸다.

"아래층에 젊은 숙녀분이 찾아오셨습니다, 선생님."

"젊은 숙녀?"

캘거리는 놀란 표정이 되었다. 아무리 생각해 봐도 자기를 찾아올 사람이 없었다. 그는 책상 위에 잔뜩 흩어져 있는 일거리들을 내려다보면서 얼굴을 찌푸렸다.

그랬더니 사무실 수위는 좀 전보다 낮고 은밀한 목소리로 거듭 얘기했다.

"정말 젊은 숙녀분입니다, 선생님. 아주 멋진 숙녀분이던데요."

"오, 알았어요, 그럼 내 방으로 올라오라고 해주시죠."

그가 방을 나간 뒤, 캘거리는 혼자서 슬그머니 미소 짓지 않을 수 없었다. 수위의 은밀하고 낮은 말투와 젊은 아가씨임을 재차 강조하는 그의 의도가 캘거리의 유머 감각을 살짝 건드렸던 것이다. 그는 찾아온 사람이 누구인지, 자신을 만나고 싶어 하는 사람이 누구인지 궁금했다.

잠시 뒤 방문 앞에 달린 벨이 울려서 문을 열어 주었을 때, 그는 놀라 자빠질 뻔했다. 그를 마주보고 있는 얼굴은 헤스터 아질이었다.

"아가씨가!"

너무도 놀란 나머지 그의 입에서는 자신도 모르게 감탄 비슷한 말이 튀어나왔다. 곧 그는 정신을 가다듬고 그녀에게 말했다.

"어서 오십시오."

그녀를 안으로 맞아들인 뒤 그는 방문을 닫았다.

이상하게도 그녀에 대한 인상은 처음 그녀를 봤을 때하고 거의 똑같았다. 그녀의 옷차림은 런던의 관습을 전혀 생각하지 않는 모습이었다. 모자도 쓰지 않은 채, 그녀의 검은 머리칼은 헝클어진 그대로 그녀의 얼굴을 감싸고 있었다. 두꺼운 트위드 코트 안쪽으로 짙은 초록빛 스커트와 스웨터 자락이 보였다. 그녀는 마치 거친 황야를 오래 달려온 사람처럼 숨이 차 보였다.

"제발, 제발! 절 좀 도와주세요."

"아가씨를 도와 달라고요?"

그는 그녀의 엉뚱한 말에 놀랐다.

"어떻게 말입니까? 내가 도와드릴 수 있는 일이라면 물론 도와드리겠습니다."

"전 어떻게 해야 할지 모르겠어요. 누굴 찾아가야 할지도 모르겠고요. 하지만 누군가가 절 도와줘야 해요. 전 더 이상 버틸 수가 없어서, 선생님이 바로 절 도와주실 사람이라고 생각했어요. 선생님이 이 모든 일을 시작해 놓았으니까요."

"무슨 문제가 있군요? 나쁜 일입니까?"

"식구들 모두가 곤경에 빠져 있어요. 그런데 그중 아주 이기적인 사람이 하나 있어요. 그건 제가 저 자신만 생각하고 있다는 말씀이에요."

"앉으십시오, 아가씨."

그는 부드럽게 말했다. 그는 소파 위에 놓인 서류들을 치우고 거기에 그녀를 앉게 했다. 그리고 방 한쪽에 놓인 찬장 쪽으로 다가가며 말했다.

"와인을 한 잔 해야 할 것 같군요. 드라이 셰리주 한 잔, 괜찮겠습니까?"

"좋으실 대로 하세요. 전 괜찮아요."

"바깥 날씨가 아주 습하고 차서요. 뭘 좀 드셔야 할 겁니다."

그는 마개가 있는 유리병과 잔 하나를 손에 들고 돌아섰다.

헤스터는 어딘지 모난 우아함을 풍기며 의자에 깊이 파묻혀 앉아 있었다. 그렇게 완전히 자신을 포기한 듯한 모습은 그에게 묘한 감동을 주었다.

"걱정하지 말아요."

그는 그녀의 앞에 잔을 놓고 셰리주를 부어 주면서 부드럽게 말했다.

"실제로, 세상일이란 눈에 보이는 만큼 나쁘지는 않습니다."

"그렇게들 말하지만 그건 사실이 아니에요. 때로는 보기보다 더 나쁠 경우도 있어요."

그녀는 술잔을 들어 조금씩 마시다가 갑자기 그를 비난이라도 하듯 말했다.

"선생님이 오시기 전까지 우린 모두 좋았어요. 아주 좋았다고요. 그런데……, 그런데 이렇게 되고 말았어요."

"무슨 말인지 모른 체하지는 않겠습니다."

아서 캘거리는 담담한 태도로 얘기했다.

"아가씨가 처음 내게 그런 얘길 했을 때 난 정말 놀랐습니다. 하지만 지금은 내가 전한 소식이 아가씨 가족들에게 어떤 일을 초래했을지 알고 있습니다."

"재코가 범인이라고 생각했을 때는……."

헤스터는 말을 하다가 말았다.

"압니다, 헤스터, 알고 있습니다. 하지만 뒤를 돌아보십시오. 아가씨와 아가씨 가족들이 누린 안정은 그릇된 안정이었습니다. 진실한 것이 아니라 가장된 것, 판자로 만들어 세운 무대 풍경 같은 것이었습니다. 때로는 그런 것이 사람들에게 안정을 주기도 하지만, 그건 사실 안정도 아니고, 또 안정이 될 수도 없습니다."

"그러니까 어떤 사람이 용기를 가지고 나섰다는 말씀이고, 사실을 감추는 건 잘못이며 또 쉽게 드러나기 때문에 아무 소용이 없다는 말씀인가요?"

헤스터는 그렇게 묻고 나서 잠시 말이 없다가 다시 입을 열었다.

"선생님은 참으로 용기가 많으셨어요. 전 그건 인정해요. 직접 저희를 찾아오셔서 사실을 이야기해 주셨으니까요. 우리가 어떻게 받아들일지, 어떻게 느낄지 전혀 알지 못하신 채 말이에요. 그건 선생님으로선 정말 용기 있는 행동이었어요. 전 용감한 행동을 숭배해요. 왜냐하면 사실 전 그렇게 용기가 없거든요."

"말해 봐요."

캘거리는 부드럽고 침착한 음성으로 그녀를 채근했다.

"지금 무슨 일이 일어나고 있는지 내게 말해 봐요. 뭔가 특별한 일 아닙니까?"

"전 꿈을 꾸었어요. 어떤 사람이 보였느냐면, 한 청년……, 어떤 의사……."

"알겠습니다. 아가씨의 친구죠, 아니 아마도 친구 이상이겠죠?"

"전 친구 이상이라고 생각했어요. 그리고 그 사람도 그렇게 생각했고요. 그런데 아시다시피 이런 일이 생겼어요…….”

“예?”

“그는 제가 한 짓이라고 생각하고 있어요.”

헤스터는 갑자기 거침없이 이야기를 쏟아 놓았다.

“아니, 어쩌면 제가 한 짓이라고 생각하지 않을지도 모르지만 그는 그걸 확신하지 못하는 거예요. 확신할 수가 없겠죠. 그는 제가 가장 유력한 용의자라고 생각하고 있어요. 전 그가 왜 그렇게 생각하는지 알 수 있어요. 제가 그랬을지도 모르지요. 아마 우리 가족들은 서로 누구누구가 범인일 거라고 추측하고 있는지도 몰라요. 그래서 전 누군가가 우리를 이 끔찍한 혼란 속에서 건져 줘야 한다고 생각했어요. 그래서 전 선생님을 생각해 낸 거예요. 그 꿈 때문이죠. 전 길을 잃은데다 그이가 어디 있는지 찾을 수가 없었어요. 그는 날 버려두고 갔는데, 그곳엔 아주 크고 높은 골짜기, 절벽 같은 게 있었어요. 맞아요. 절벽이라 해야 좋겠군요. 절벽이 있었어요. 아주 높은 곳이라는 느낌이 들지 않으세요? 바닥은 아주 깊고 도저히 건너갈 수 없는 곳 말이에요. 그런데 한쪽에 바로 선생님이 계셨어요. 선생님은 손을 내밀며 이렇게 말씀하시더군요, ‘당신을 도와주고 싶소.’ 하고요.”

그녀는 크게 심호흡을 한번 하고 나서 다시 얘기하기 시작했다.

“그래서 제가 선생님을 찾아온 거예요. 이곳까지 전 달려왔어요. 선생님이 우리를 도와주셔야 하기 때문에 말이에요. 선생님이 도와주시지 않는다면 무슨 일이 일어날지 몰라요. 선생님이 도와주셔야 해요. 선생님이 이 모든 문제를 일으키셨어요. 선생님은 이제 그 일이 선생님과는 관계가 없다고 말씀하실는지도 모르겠어요. 전에도 그렇게 말씀하셨죠. 어떤 일이 있었는지 사실대로 얘기해 주셨을 때 말이에요. 이건 선생님의 일이 아니라고 선생님은 이렇게 말씀하실…….”

“아닙니다.”

캘거리는 그녀의 말을 중단시켰다.

“그런 말은 하지 않을 겁니다. 이건 내 일입니다, 헤스터. 아가씨의 말에 동감입니다. 일을 벌려 놓았으면 끝까지 가야죠. 나도 아가씨가 말한 것과 똑같이 생각합니다."

"오!"

헤스터의 얼굴에 생기가 돌았다. 홍조마저 맴돌았다. 불그레해진 그녀의 얼굴이 갑자기 아름다워 보였다.

"그럼 전 혼자가 아니군요!"

그녀는 기쁨에 들떠 소리쳤다.

"누군가가 있는 거군요."

"그래요, 아가씨. 누군가가 있는 겁니다. 그가 값어치 있다고 생각하는 일을 위해서 말입니다. 내가 그런 일을 할 자격이 있는지 모르겠습니다만 노력하겠습니다."

그는 의자에 앉았다. 그리고 그녀 가까이로 의자를 끌어당기며 말했다.

"이제 내게 말해 줘요. 아주 곤란한 지경입니까?"

"아시다시피 범인은 가족 중에 있잖아요. 우린 모두 그걸 알고 있어요. 마샬 씨가 왔었고, 우린 그것이 외부에서 집 안으로 들어온 사람의 소행인 체했지만, 그분은 그게 아니라는 걸 알고 있었어요. 가족 중 한 사람 짓이라고요."

"그리고 아가씨의 친구, 이름이 뭐랬더라? 도널드 크레이그. 그는 의사죠? 그 사람은 그게 아가씨라고 생각한단 말이죠?"

"그는 제가 범인일까 봐 두려워하고 있어요."

헤스터는 그렇게 말하면서 연기라도 하는 듯한 동작으로 양 손을 비틀었다. 그리고 그를 바라보며 물었다.

"선생님도 저라고 생각하시죠?"

"오, 아닙니다."

캘거리는 정색을 하며 부인했다.

"아니에요. 아가씨가 결백하다는 걸 난 잘 알고 있습니다."

"정말 확실히 아는 것처럼 얘기하시는군요."

"난 확신합니다."

"하지만 왜죠? 어떻게 그렇게 확신하실 수 있죠?"

"내가 얘기를 마치고 아가씨 집을 나설 때 아가씨가 내게 한 말 때문입니다. 기억납니까? 아가씨는 결백한 사람에 대해 내게 얘기했죠. 만일 아가씨가 결백하지 않았다면 그런 얘길 할 수 없었을 겁니다. 그런 식으로 생각할 수 없었을 거란 말씀입니다."

"오!"

헤스터는 소리쳤다.

"오, 정말 안심이군요! 그렇게 생각하는 분이 있다니 말이에요!"

"그럼 이제 좀더 침착하게 얘기를 나눠볼 수 있겠습니까?"

"예, 이제는 기분이 좀 전과는 정말 달라졌어요."

"이건 단지 내가 좀 흥미를 느껴서 하는 질문입니다만, 내가 아가씨를 단연코 무죄라고 생각한다는 사실을 염두에 두고 대답하기 바랍니다. 그 어느 누군가가 한순간이나마, 아가씨가 양어머니를 살해했을 거라고 생각하는 이유가 뭘까요?"

"전 충분히 그럴 수 있었어요. 그런 생각을 자주 했으니까요. 때때로 광기에 가까운 분노를 느낄 때가 있었거든요. 또 제 자신이 아주 쓸모없고, 아주 무기력하게 느껴질 때도 있었고요. 어머니는 늘 침착하셨고, 늘 월등하셨고, 모든 것을 다 아셨고, 모든 일에 늘 옳으셨어요. 때때로 전, '오! 어머니를 죽여 버렸으면 좋겠어.' 하고 생각했었어요."

그녀는 캘거리를 똑바로 쳐다보며 물었다.

"이해하시겠어요? 선생님은 젊으셨을 때 그런 느낌을 가져 본 적이 없으세요?"

그녀의 마지막 말은 캘거리에게 돌연한 아픔을 주었다. 그것은 드리머스의 호텔에서 미키가 그에게 "나이보다 늙어 보이시는군요!" 하고 말했을 때 느꼈던 것과 똑같은 아픔이었다.

그가 젊었을 때라? 헤스터는 그것을 아주 오랜 옛날로 생각하고 있단 말인가? 그는 생각을 과거로 되돌려 보았다. 아홉 살 때, 예비 학교의 뜨락에서 동급생인 꼬마 소년과 함께 그들의 담임선생이었던 워보로 선생을 어떻게 하면 가장 잘 처치할 수 있을까 하고 궁리에 궁리를 거듭하던 일이 생각났다. 워보로 선생이 자신을 가혹하게 꾸짖었을 때, 자신의 마음속에서 걷잡을 수 없는 불길처럼 타오르던 분노가 생각났다.

그는 헤스터도 아마 그런 감정을 느꼈을 것이라고 생각했다. 하지만 그와 그 꼬마(그의 이름이 뭐였던가? 포치, 그렇다, 포치가 그 소년의 이름이었다)가 머리를 맞대고 의논하여 짜낸 여러 가지 묘안은 워보로 선생을 죽음에 이르게 하는데 있어 한 발짝의 진전도 이루지 못했다.

"아가씨는……."

캘거리는 추억에서 깨어나 헤스터에게 이야기했다.

"그런 종류의 느낌들은 벌써 오래전에 극복해 냈어야 했어요. 물론 난 그러셨으리라 생각하고 있습니다."

"그런 생각을 갖게 만든 건 바로 어머니였어요. 이제 전 그게 제 자신의 잘못이었음을 깨닫기 시작하고 있어요. 만일 어머니가 조금만 더 오래 사셨다면(제가 조금 더 나이 들고 조금 더 철이 들 때까지만 사셨더라면), 어머니하고 전 좋은 친구가 될 수 있었을 거예요. 그리고 전 어머니의 도움과 어머니의 충고를 받는 걸 아주 기뻐했을 거예요. 그런데 어머니가 살아 계셨을 때 전 그걸 견딜 수가 없었어요. 그건 어머니의 도움과 충고가 저를 아주 무력하고 아주 어리석게 만든다는 느낌을 갖게 했기 때문이었어요.

제가 하는 일은 하나같이 다 잘못되었고, 그래서 제가 하는 일은 모두 어리석은 일이라는 생각을 갖게 되었어요. 제가 했던 모든 일은 오직 반항하고 싶은 마음에서 한 일이었기 때문에 잘못될 수밖에 없었던 거예요. 결국 전 그 누구도 아니었어요. 전 불안정한 존재였어요. 그래요, 그게 아주 적절한 말 같군요. 정확히 절 표현해 주는 말이에요. 불안정한 존재, 액체처럼, 한 모양을 오랫동안 지속시키지 못하는 존재. 우러러보이는 사람들의 모습을 닮으려고 발버둥치는 그런 존재. 전 만일 집을 나가서 무대에 서고, 또 누군가와 연애를 하면, 그러면……."

"그러면 아가씨 자신을 느낄 수 있고, 어느 정도 자기 자신을 그 누군가로 느낄 수 있을 거라고 생각한 겁니까?"

"예, 바로 그랬어요. 물론 지금은 그게 어린애처럼 어리석은 행동이었다는 걸 절실히 깨닫고 있지만요. 하지만, 캘거리 박사님, 어머니가 지금 살아 계셨으면 하고 제가 얼마나 바라는지 박사님은 모르실 거예요. 그건 어머니의 죽음이 너무 부당하기 때문이죠. 어머니에겐 너무 부당한 죽음이었어요. 어머닌 우리를 위해 너무 많은 일을 하셨고, 너무 많은 걸 주셨어요. 그런데 우리는 아무것도 어머니에게 되돌려드리지 못했어요. 하지만 지금은 너무 늦었어요."

그녀는 잠시 말을 멈췄다.

"그건……."

그리고 그녀는 갑자기 생기를 되찾은 듯한 목소리로 이야기를 계속했다.

"제가 이제 더 이상 어리석은 아이처럼 행동하지 않기로 결심했기 때문이죠. 그러니 선생님이 절 도와주시겠죠?"

"내가 도와줄 수 있는 일이라면 뭐든지 다 하겠다고 이미 얘기했잖습니까."

그녀는 그를 향해 자랑스러워 보이는 미소를 잠깐 지어 보였다.

"말해 봐요. 무슨 일이 일어나고 있는지 정확히 말입니다."

"제가 생각했던 그대로 일이 벌어지고 있어요. 식구들 모두가 서로를 바라보면서 의심하고 있어요. 누가 범인인지 모르는 채 말이에요. 아버지는 겐다를 바라보시면서 그녀가 범인일 거라고 생각하고 계세요. 겐다는 아버지를 바라보면서 확신을 못하고 있죠. 이제 두 사람은 결혼하게 될 것 같지 않아요. 모든 게 엉망이 된 거죠. 그리고 티나는 미키가 뭔가 이 일에 관련되어 있다고 생각해요. 미키는 그날 저녁 집에 없었는데 왜 그를 의심하는지 모르겠어요. 그리고 커스티는 제가 그랬다고 생각하면서 저를 보호해 주려고 해요. 그리고 메리(선생님은 만나보지 못하셨지만, 제일 큰언니예요)는 커스티의 짓이라고 생각하고 있어요."

"그럼 아가씨는 누구의 짓이라고 생각합니까, 헤스터?"

"저요?"

헤스터의 목소리는 놀란 듯했다.

"그래요, 아가씨 말입니다. 난 무엇보다 그게 중요하다고 생각합니다."

헤스터는 양 손을 내저으며 울부짖듯 말했다.

"전 몰라요. 전 정말 몰라요. 저는……, 이건 말하기도 끔찍한 일이에요. 하지만 전 모두가 다 두려워요. 식구들은 저마다 또 다른 얼굴을 갖고 있는 것 같아요. 제가 전혀 알지 못하는 사악한 얼굴 말이에요. 아버지가 아버지인 것 같지 않아요. 커스티는 아무도 믿어서는 안 된다고 했어요. 심지어, 그렇게 말하는 자기도 믿지 말래요. 메리를 쳐다보면, 그 언니에 대해서는 아무것도 모른다는 생각이 들어요. 그리고 겐다, 전 늘 겐다를 좋아했어요. 아버지가 겐다와 결혼한다는 것이 정말 기뻤어요. 그런데 지금은 더 이상 겐다를 신뢰할 수가 없어요. 전혀 딴 사람처럼 느껴져요. 무례하고 복수심에 가득 찬 사람……. 이젠 식구들이 어떤 사람이라는 걸 하나도 모르겠어요. 끔찍하도록 불길한 느낌밖에는 아무것도 없어요."

"예, 충분히 짐작이 갑니다."

"어머니를 죽인 사람도 아마 마찬가지로 그렇게 불행해할 거란 생각이 들어요. 전 그게 더 불행하게 느껴져요. 모든 식구들이 느끼는 불행 가운데 그 사람의 불행이 최악의 불행 아니겠어요? 그렇게 생각하지 않으세요?"

"그럴 수도 있겠지요. 하지만 그래도 난, 물론 난 전문가는 아닙니다만 살인자가 과연 불행해할지 의심이 갑니다."

"왜 불행해하지 않겠어요? 선생님이 누군가를 죽인 사실이 알려졌다고 생각해 보세요. 그건 세상에서 제일 끔찍한 일일 거예요."

"그렇죠. 그건 끔찍한 일입니다. 그래서 난 살인자에는 두 가지의 유형이 있다고 생각합니다. 누굴 죽인다는 걸 별로 끔찍한 일로 생각하지 않는 사람, 누군가를 죽여 놓고도 '그래. 물론 이렇게 한다는 건 유감스런 일이지만, 내 안전을 위해서는 어쩔 수 없는 일이야. 따지고 보면 이건 내 잘못만도 아니야. 난 꼭……, 그래, 꼭 이럴 수밖에 없었어.'라고 말하는 사람이 그 한 유형이고 또 하나는……."

"또 하나는요? 살인자의 또 한 유형은 뭐죠?"

헤스터는 그의 말을 재촉했다.

"난 단지 추측을 하고 있을 뿐이라는 걸 유념해요. 난 잘 모릅니다. 하지만 만일 아가씨가 살인자의 그 또 한 유형에 속한다고 가정한다면, 아가씨는 자기가 저지른 일에 대한 끔찍한 느낌을 지닌 채로는 도저히 살아갈 수 없을 겁니다. 자기 죄를 고백하든지, 아가씨 자신을 위해 이야기를 조작해 내든지 둘 중 한 가지를 선택할 겁니다. '만일 이러저러한 일만 없었다면 난 그런 짓을 저지르지 않았을 거예요. 죽일 의도는 없었기 때문에 사실 난 살인자가 아녜요. 어쩌다 보니 그렇게 되어 버렸단 말이에요. 그러니 그건 운명이지 내 잘못은 아니에요.'라고요. 내가 무슨 말을 하려는 건지 이해하겠습니까?"

"예, 아주 재미있는 얘기 같군요."

그녀는 두 눈을 반쯤 감으며 말했다.

"난 지금 생각을 해 보려고 애쓰고 있어요."

"그래요, 헤스터. 생각해 봐요. 할 수 있는 한 어렵게 생각해 봐요. 내가 아가씨를 도울 수 있기 위해서는 아가씨의 마음속에 있는 모든 생각을 환히 알아야 한답니다."

"미키는 어머니를 싫어했어요."

헤스터는 천천히 이야기를 시작했다.

"오빠는 늘 그랬어요. 왜인지는 모르지만요. 티나는 어머니를 사랑했던 것 같아요. 겐다는 어머니를 좋아하지 않았어요. 커스티는 어머니가 하는 모든 일이 다 옳다고 생각하진 않았지만, 그래도 어머니한테 늘 헌신적이었어요. 아버지는……."

그녀는 한동안 아무 말도 하지 않았다.

"아버님은요?"

캘거리는 기다리다 못해 그녀의 말을 재촉했다.

"아버지는 또다시 세상과 아주 멀어지셨어요."

헤스터는 마침내 이야기를 다시 시작했다.

"어머니가 돌아가신 뒤로 아버진 정말 달라지셨어요. 그전처럼 세상으로부터 외딴 곳에 계시지는 않았어요. 보통 사람다워지시고, 훨씬 활기를 갖게 되셨지요. 그런데 지금은 다시 예전처럼, 아무도 그분을 이끌어낼 수 없는 그늘진 곳으로 들어가 버리셨어요. 전 아버지가 어머니를 진정 어떻게 생각하셨는지는 잘 몰라요. 결혼하셨을 당시엔 어머니를 사랑하셨을 거예요. 부부 싸움은 전혀 안 하셨지만, 아버지가 어머니에 대해 어떻게 느끼셨는지는 확실히 모르겠어요. 오!"

그녀는 아까처럼 손을 내저었다.

"사실 다른 사람이 어떤 생각을 하는지는 알 수 없는 거 아녜요? 그들의 얼굴 뒤에, 그들이 매일 하는 그럴듯한 이야기들의 이면에 뭐가 감춰져 있는지 어떻게 알겠어요? 증오나 사랑, 절망으로 가슴속이 황폐해 있을 수도 있겠죠. 하지만 아무도 그걸 알 수는 없어요! 그건 무서운 일이에요. 오, 캘거리 박사님, 그건 무서운 일이에요!"

그는 자신의 손으로 그녀의 두 손을 감싸 쥐었다.

"아가씨는 더 이상 어린아이가 아닙니다. 어린아이들이나 무서워하죠. 당신은 어른이에요, 헤스터. 당신은 여인이란 말입니다."

그는 그녀의 손을 놓아주고 나서 딱딱한 어조로 이야기했다.

"런던에는 어디 묵을 곳이 있습니까?"

헤스터는 좀 당황한 표정이었다.

"있을 거예요. 잘 모르겠어요. 어머니는 런던에 오시면 대개 커티스 호텔에 머물곤 하셨는데."

"아, 거긴 아주 훌륭하고 조용한 호텔이죠. 내가 아가씨라면 그곳으로 가서 방을 예약하겠소."

"전 선생님이 하라는 대로 하겠어요."

"좋아요."

캘거리가 말했다.

"몇 시나 됐죠?"

그는 벽시계를 올려다보며 말했다.

"이런, 벌써 7시가 다 되었군. 호텔에 가서 방을 예약해 놓아요. 그럼 내가 7시 45분쯤에 함께 저녁 식사하러 가겠습니다. 괜찮겠습니까?"

"멋진 말씀이에요. 정말 그래 주시겠어요?"

"그럼요, 정말이지 않고요."

"하지만 그다음에는? 그다음엔 어떻게 하죠? 커티스 호텔에 영원히 머무를 수는 없잖아요?"

"아가씨의 마음은 늘 무한대로 달리고 있는 것 같군요."

"절 비웃으시는 건가요?"
그녀는 의심스럽다는 듯 그를 향해 물었다.
"아주 약간."
그는 그렇게 말하며 미소를 지어 보였다.
그녀는 뭔지 모를 표정을 짓더니 역시 그를 따라서 미소를 지었다.
"사실일 거예요."
그녀는 자신도 인정한다는 듯이 또렷한 목소리로 말했다.
"또다시 연극의 주인공처럼 행동하고 말았군요."
"그게 헤스터 양의 버릇인 것 같군요."
"그게 바로 제가 무대에 서면 잘할 거라고 생각했던 이유예요. 하지만 사실은 그렇지 않아요. 전 전혀 소질이 없었거든요. 오, 전 형편없는 여배우였어요."
"아가씨는 일상생활에서 자기가 원하는 드라마를 창조해 낼 수 있을 겁니다. 자, 내가 택시를 잡아 주겠소, 귀여운 아가씨. 커티스 호텔에 가 있어요. 세수도 하고 머리도 빗고 말이오. 그런데 짐은 안 가지고 왔습니까?"
"예. 간단한 여행가방만 갖고 왔어요."
"좋아요."
다시 그는 그녀를 향해 미소 지었다.
"걱정하지 말아요, 헤스터. 뭔가 방법이 있을 겁니다."

제19장

1

"할 말이 좀 있어요, 커스티."

필립이 말했다.

"그래요, 얘기해 봐요, 필립."

커스턴 린즈트롬은 일손을 멈추고 필립의 말에 대답했다. 그녀는 세탁한 옷가지들을 옷장에 넣어 두고 막 방을 나가려던 참이었다.

"집 안에서 일어난 이 모든 일에 대해 좀 얘기했으면 하는데 괜찮겠어요?"

"이미 많이 얘기했잖아요. 난 그렇게 생각하는데."

"하지만 우리 식구들끼리라도 어떤 결론을 내리는 게 좋지 않을까요? 지금 무슨 일이 벌어지고 있는지 아줌마는 알고 있는 거 아녜요?"

"모든 게 다 잘못되어 가고 있죠."

"일이 이렇게 되어버렸는데 장인어른하고 겐다는 결혼할까요?"

"못할 이유가 뭐 있겠어요?"

"이유야 여러 가지 있죠. 우선, 장인어른은 똑똑한 사람이니까 겐다하고 결혼하면 경찰이 노리고 있던 단서를 제공하는 셈이라는 걸 알고 있을 겁니다. 겐다하고의 관계 때문에 자기 아내를 죽였다는 의심을 완벽하게 굳혀 주는 일이란 걸 알 거란 겁니다. 그게 아니면 장인어른은 겐다가 범인이라고 의심하기 때문에 결혼하지 않을 수도 있죠. 예민한 분이니까 자기 전처를 죽인 사람을 후처로 맞이하고 싶진 않을 겁니다. 그 점에 대해 어떻게 생각하세요?"

"아무 생각도 안 해요. 당신은 내가 무슨 말을 하면 만족하겠어요?"

"당신한테 아주 중요한 일일 텐데, 안 그래요, 커스티?"

"무슨 말을 하는 건지 모르겠군요."

"지금 누굴 감싸 주고 있는 거죠, 커스티?"

"난 당신 말처럼 누굴 '감싸 주고' 있지 않아요. 어느 누구도……. 난 더 이상 할 얘기가 없어요. 그리고 사람들이 이 집에 남아 있을 필요가 없다고 생각해요. 이 집에 있어 봤자 하나도 좋을 게 없어요. 필립, 당신도 아내와 함께 집으로 돌아가는 게 좋을 거예요."

"오, 그래요? 하지만 왜? 뭐 특별한 이유라도 있나요?"

"당신은 질문을 해대고, 사실을 알아내려고 애쓰고 있어요. 하지만 당신 아내는 당신이 그러는 걸 원치 않아요. 그녀는 당신보다 현명해요. 당신은 당신 부부가 밝혀지지 않길 원하는 사실도 밝혀낼 수 있어요. 당신은 집으로 돌아가야 해요, 필립. 가능한 한 빨리 집으로 돌아가야 해요."

"난 집에 가고 싶지 않아요."

필립이 말했다. 그렇게 말하는 그의 모습은 마치 뭔가에 토라진 꼬마 소년 같았다.

"그건 어린애들이나 하는 소리예요. 어린애들은 이것도 하기 싫다, 저것도 하기 싫다 그렇게 말하죠. 하지만 인생이 뭔지 좀 알고 세상이 어떻게 돌아가는지 애들보다 더 많이 아는 사람은 하기 싫은 일도 할 수 있도록 그들을 설득시켜야 하죠."

"그래서 지금 날 설득하는 겁니까? 나한테 명령까지 하면서?"

"아녜요. 명령하는 게 아녜요. 난 단지 충고하는 것일 뿐이에요."

그녀는 한숨을 내쉬었다.

"다른 식구들한테도 똑같은 충고를 했어요. 티나가 도서관으로 돌아간 것처럼 미키도 직장으로 돌아가야 해요. 헤스터가 떠난 건 아주 잘한 일이에요. 아가씨는 아마 이 모든 일을 줄곧 생각하고 있지 않아도 되는 곳에 가 있을 거예요."

"그래요. 그 점에는 나도 동감입니다. 아줌마는 헤스터에 관해서는 언제나 옳아요. 하지만 자기 자신에 관해서는 어떤가요, 커스티? 아줌마도 떠나야 하지 않나요?"

"그래요."

커스턴은 한숨을 내쉬며 말했다.

"나도 멀리 떠나야 해요."

"그런데 왜 안 떠나는 겁니까?"

"이해 못 할 거예요. 내가 떠나기엔 때가 너무 늦었어요."

필립은 무언가 생각하는 눈빛으로 그녀를 쳐다보고 있다가 이내 입을 열었다.

"한 가지 사실일지라도 그걸 보는 시선은 정말 다양해요. 장인은 겐다의 짓이라고 생각하고, 겐다는 장인의 짓이라고 생각하죠. 티나는 뭔가 알고 있고, 그것 때문에 누군가를 의심하고 있어요. 미키는 누구 짓인지 알고 있으면서도 상관하지 않고 있어요. 메리는 헤스터의 짓이라고 생각하고 있습니다."

그는 잠시 말을 멈췄다가 다시 시작했다.

"하지만 사실은, 커스티. 내가 말한 대로 그들은 한 가지 사실을 다양한 측면에서 보고 있을 뿐이에요. 우린 누구의 짓인지 아주 잘 알고 있어요. 아줌마하고 나는 말이에요."

그녀는 매서운 눈초리로 이렇게 말하는 필립을 잠시 쏘아보았다.

"난 많이 생각해 봤어요."

필립은 뭔가 의기양양한 태도로 이야기를 계속하려 했다.

"무슨 말이죠? 무슨 말을 하려는 거예요?"

"사실 난 누구의 짓인지 모릅니다. 하지만 아줌마는 알고 있어요. 누구 짓일 거라고 단순히 생각만 하는 게 아니라, 누구 짓인지 확실히 안다는 말입니다. 내 말이 틀렸나요?"

커스턴은 아무 대답 없이 문쪽으로 걸어갔다. 그리고 문을 열고 나가려다 다시 뒤를 돌아보며 얘기했다.

"이렇게 말하는 건 지나친 건지도 모르겠지만 꼭 말해야겠어요. 당신은 바보예요, 필립. 지금 당신이 하려고 하는 일은 위험한 일이에요. 위험한 일이라는 걸 알아야 한다고요. 당신은 비행사였지요. 하늘에서 당신은 늘 죽음과 직면하고 있었어요. 만일 당신이 진실 가까이에 접근한다면 전시(戰時)에 하늘에 떠 있는 것만큼이나 큰 위험에 처하는 셈이라는 걸 당신은 깨닫지 못하는 건가요?"

"그럼 아줌마는 어떤가요? 만일 아줌마가 진실을 알게 된다면 아줌마도 역시 위험하지 않겠어요?"

"난 조심하고 있어요."

커스턴은 냉혹한 표정으로 대꾸했다.

"난 나 자신을 보호할 수 있어요. 하지만, 당신은 휠체어에 앉아 있고 위험이 닥쳐도 어떻게 할 수 없는 상태예요. 그걸 생각해야 해요! 게다가……."

그녀는 이렇게 덧붙였다.

"난 당신처럼 내 생각을 떠벌리지도 않아요. 난 모든 일을 그냥 내버려 두는 데 만족해요. 그건 그렇게 하는 게 모두를 위해서 최선의 길이라고 생각하기 때문이에요. 모두 이 집을 떠나가서 자기 할 일만 한다면 더 이상의 문제는 없을 거예요. 누가 범인이냐고 내게 묻는다면, 난 한 가지 대답밖에 없어요. 난 아직도 재코의 짓이라고 생각해요."

"재코?"

필립은 당치도 않다는 듯한 표정으로 그녀를 응시했다.

"왜 아니겠어요? 재코는 영리했어요. 재코는 그럴 듯한 계획을 세울 수 있었던 게 틀림없고, 또 자기가 저지른 일의 결과 때문에 고통당하는 일은 없을 거라고 확신했을 거예요. 어렸을 때도 그는 곧잘 그랬으니까요. 결국은 알리바이를 조작해 냈던 거예요. 그런 정도는 흔히 있는 일이 아녜요?"

"그는 이번 경우만은 그럴 수 없었어요. 캘거리 박사가……."

"캘거리 박사, 캘거리 박사!"

커스턴은 참지 못하겠다는 듯이 그의 말을 가로막았다.

"그가 잘 알려진 사람이고 그가 유명한 사람이라고 당신은 마치 캘거리 박사가 하나님이라도 되는 듯이 얘기하는군요. 하지만 내 말을 좀 들어 보세요. 만일 당신이 그 사람처럼 뇌진탕을 일으킨다면 당신은 실제와는 판이하게 다른 기억을 갖게 될 수도 있어요. 실제와는 다른 날, 실제와는 다른 시간, 실제와는 다른 장소 말이에요!"

필립은 고개를 약간 갸우뚱거리며 거침없이 얘기하는 그녀를 바라보았다.

"그러니까 그게 아줌마의 이야기로군요. 그리고 그걸 고집하고 있고요. 아주 그럴 듯한 얘기예요. 하지만 그런 이야긴 아줌마 자신도 믿지 않지요?"

"당신한테 분명히 경고했어요. 더 이상 얘기하지 않겠어요."

그녀는 그렇게 말하고 방을 나가더니 다시 머리를 들이밀고 여전히 딱딱한 목소리로 이야기했다.

"메리한테 세탁한 빨래는 저기 두 번째 서랍에 넣어 놨다고 하세요."

필립은 굳어진 분위기를 이완시키기라도 하려는 듯이 그녀를 향해 미소를 지어 보였지만, 그녀가 방문을 닫고 사라져 버리자 곧 얼굴에서 웃음기를 거두었다.

그는 은밀한 흥분이 점차 증가되는 것을 느꼈다. 점점 진실에 근접해 가고 있는 느낌이었다. 커스턴을 시험해 본 결과는 아주 만족할 만했다. 하지만 그녀에게서 더 무엇을 얻어낼 수 있을지는 의문이었다. 그의 안전을 염려하는 그녀의 말은 그를 화나게 했다. 그건 그가 불구자여서 자기방어의 능력이 없다는 사실을 의미하는 것은 물론 아니었다.

그는 커스턴과 마찬가지로 자기를 지킬 능력을 갖고 있었다. 그리고 그는 천만다행으로 한 사람의 끊임없는 보살핌을 받고 있지 않은가? 메리가 그를 혼자 있게 하는 일은 거의 없었다.

그는 종이 한 장을 꺼내어 탁자 위에 놓고 뭔가를 쓰기 시작했다. 몇 가지 사실에 대한 간략한 기록과 이름, 물음표……, 식구들을 하나하나 시험해 보는 데 있어서 그들의 약점이 될 만한 것…….

갑자기 그는 머리를 끄덕이고 나서 종이 위에 한 이름을 썼다.

티나……. 그는 그 이름에 대해 생각하기 시작했다. 그리고 또 한 장의 종이를 꺼냈다. 메리가 들어왔는데도 그는 쳐다보지도 않고 무언가를 열심히 써 내려갔다.

"뭘 하고 있는 거예요, 필립?"

"편지를 쓰는 거야."

"헤스터한테요?"

"헤스터? 아냐, 어디 묵고 있는지도 모르는데? 커스티가 헤스터에게서 엽서를 받았는데 엽서 꼭대기에 런던이라고만 쓰여 있다는군. 그게 내가 알고 있는 전부야."

그는 메리를 향해 싱긋 웃으며 말했다.

"당신, 질투하고 있는 거지, 앵무새? 그렇지?"

그러자 그녀는 그 푸르고 차가운 눈빛으로 그의 눈을 빤히 바라보며 대답했다.

"아마 그런가 봐요."

메리의 대답에 그는 약간 불편함을 느꼈다.

"누구한테 쓰는 거예요?"

그녀는 한 걸음 다가가며 물었다.

"검사한테."

필립은 속으로는 화가 치밀어 있었으나 겉으론 온화한 표정으로 대답했다.

"편지 한 장조차도 방해 받지 않고 쓸 수 없단 말인가?"

하지만 그는 곧 얼굴을 들어 아내를 바라보면서 화를 가라앉혔다.

"농담이야, 앵무새, 티나한테 쓰고 있어."

"티나한테요? 왜요?"

"티나는 내 다음번 공격 대상이야. 어디 가는 거요, 앵무새?"

"욕실에요."

메리는 방을 나가면서 대답했다.

필립은 혼자 소리 내어 웃었다.

욕실이라, 살인이 일어나던 바로 그날 밤처럼……. 그는 그 일에 관해 메리와 나누었던 대화를 기억하면서 또 한 번 크게 소리 내어 웃었다.

2

"이리 오너라, 꼬마야."

휘시 총경은 두리번거리는 아이를 다독거리며 말했다.

"어디 얘기를 좀 들어 보자."

시릴 그린은 깊이 숨을 내쉬었다. 하지만 꼬마가 말을 꺼내기도 전에 꼬마의 어머니가 끼어들었다.

"휘시 씨도 아시겠지만 전 그때 시간 같은 건 주의해서 보지 않았어요. 어린애들이 어떤지 총경님도 아시잖아요. 언제나 우주선 얘기, 우주에 관한 생각뿐이에요. 그날도 애는 집에 와서 제게 이렇게 얘기하지 않겠어요. '엄마, 나 스푸트니크(소련이 발사한 세계 최초의 인공위성)를 봤어. 그게 땅에 내려왔단 말이야.' 그전에도 애는 비행접시를 봤다는 둥 늘 이상한 얘기를 했었어요. 그 러시아 사람들 때문에 아이들 머리가 좀 이상해진 것 같아요."

휘시 총경은 한숨을 내쉬며 엄마들이 늘 아이를 따라다니려 하지 않는다면, 세상일이 얼마나 쉬워질까 하고 생각해 봤다.

"얘기해 보거라, 시릴."

그는 아이에게 말했다.

"집에 가서 엄마한테 그런 얘기를 했었니? 러시아의 스푸트니크를 봤다고 말이야. 그게 뭐였는지는 모르겠지만."

"그땐 잘 몰랐어요."

시릴이 말했다.

"그때 전 아주 어렸거든요. 2년 전이었으니까요. 물론 지금은 그때보다 많이 알아요."

"그건 풍뎅이처럼 생긴 차였는데……."

다시 아이의 어머니가 끼어들었다.

"그때까지만 해도 그 차는 아주 새로운 차종(車種)이었어요. 근방에는 그런 차를 가진 사람이 하나도 없었으니까요. 애는 그걸 보고(게다가 그 차는 밝은 빨간색이었거든요) 그게 그냥 보통 차라는 걸 알지 못했던 거예요. 그런데 그 다음 날 아침, 아질 부인이 살해됐단 소릴 듣고 시릴이 이러지 않겠어요. '엄마, 그 러시아 사람들이야. 그 사람들이 스푸트니크를 타고 내려와서 그 아줌마를 죽인 거야.' 그래서 난 '그런 말도 안 되는 소리는 하지도 말거라.' 그랬죠. 아, 그런데 그날 늦게 그 집 아들이 범인으로 체포됐단 소릴 들었지 뭐예요."

휘시 총경은 시키지도 않는 말을 떠들어대는 그 여자가 몹시 못마땅했지만,

꾹 참고 다시 시릴한테 물었다.

"저녁때라고 했는데, 몇 시였는지 기억나니?"

"차를 마시고 나서……."

시릴은 기억을 더듬으려고 몹시 애쓰는 표정을 지었다.

"엄마는 강습회에 가셨어요. 그래서 전 애들하고 좀더 놀다 오려고 다시 나가서 새로 만들어진 도로 아래에 있는 길 위에서 장난치며 놀았어요."

"거기서 무슨 짓을 했는지 난 그게 알고 싶구나."

또 아이의 어머니가 참견했다. 그러자 구드 순경이 그들의 대화에 끼어들었다. 그는 휘시에게 그 유력한 증거를 제공해 준 사람이었다.

그는 시릴과 다른 소년들이 새 도로 아래에서 뭘 했었는지 잘 알고 있었다. 당시 그 동네의 몇몇 집에서 정원의 국화꽃이 자꾸 없어진다고 주민 몇 사람이 아주 화가 나서 신고를 한 적이 있었는데, 그것은 그 동네의 불량배들이 어린애들을 부추겨서 시킨 것이었다. 아이들이 꺾어온 국화를 그들이 시장에 내다 팔곤 했었다는 걸 구드 순경은 잘 알고 있었다. 하지만 그는 이번 일이 과거의 그 불량배 사건과는 관계가 없다는 것도 잘 알고 있었다.

그는 휘시 총경이 여자의 태도를 못마땅해하고 있는 걸 눈치 챘는지 조심스럽게 여자를 향해 말했다.

"아이들은 아이들입니다, 그린 부인. 그 애들은 그 주위에서 그저 놀고 있었지요."

"예. 우린 그냥 놀고 있었어요. 그러다가 거기서 그걸 본 거예요. 전 '어, 저게 뭐지?' 하고 말했어요. 물론 지금은 그게 뭔지 알아요. 이제는 그때처럼 바보 같은 어린애가 아니니까요. 그건 풍뎅이 차였어요. 밝은 빨간색이었죠."

시릴이 말했다.

"그리고 시간은?"

휘시 총경은 참을성 있게 다시 물었다.

"그게 그러니까, 차를 마시고 나서 거기 나와 놀았으니까……, 7시쯤 되었을 거예요. 왜냐하면 시계 치는 소리를 듣고, '이크, 엄마가 집에 돌아오셔서 내가 없는 걸 알면 또 야단이겠지.' 하고 생각했었기 때문이죠. 그래서 전 집으로 돌아갔어요. 그리고 엄마한테 러시아의 인공위성이 착륙한 걸 봤다고 얘기했어요. 그랬더니 엄마는 모두 거짓말이라고 하더군요. 하지만 그건 거짓말이 아니었어요. 제가 잘 몰랐던 것뿐이죠. 그러나 지금은 안 그래요. 그때 전 꼬마였거든요."

휘시 총경은 꼬마였기 때문에 잘 몰랐다는 것을 거듭 주장하는 아이의 말을 수긍해 주었다. 그리고 몇 가지를 더 물어보고 난 뒤에 그는 그린 부인과 그녀의 아이를 돌려보냈다.

구드 순경은 그의 뒤에 남아서 아주 만족한 표정을 짓고 있었다. 그것은 자신의 똑똑한 행동이 상관의 마음에 들었으리라고 계산한 하급 경찰의 기대에서 나온 것이었다.

"꼬마 애들이 빙 둘러서서 러시아 사람들이 아질 부인을 죽였다고 떠들어대는 얘기를 들었을 때 딱 그런 생각이 들더군요. '아, 저기에 뭔가 있구나.' 하는 생각 말입니다."

"뭔가 있긴 분명 있지."

휘시 총경이 말했다.

"티나 아질 양이 빨간색 풍뎅이 차를 갖고 있거든. 그녀를 만나 몇 가지 더 물어 봐야 할 것 같군."

3

"아가씨는 그날 밤 거기 갔었죠, 아질 양?"

티나는 총경을 쳐다봤다. 그녀의 두 손은 무릎 위에 아무렇게나 놓여 있었고, 깜박임도 없는 그녀의 검은 두 눈은 아무것도 말하고 있지 않았다.

"너무 오래전 일이라 정말 기억할 수가 없어요."

"거기서 아가씨의 차를 본 사람이 있어요."

"그래요?"

"봐요, 아질 양. 우리가 아가씨한테 그날 밤의 행적을 물었을 때 아가씨는 퇴근하고 난 뒤 아무데도 외출하지 않았다고 했소. 저녁을 먹고 전축을 들었다고 했죠. 그런데 그건 사실이 아니었소. 7시 직전에 아가씨의 차가 서니 포인트 아주 가까이의 도로에서 목격이 되었거든. 거기서 뭘 하고 있었소?"
그녀는 대답하지 않았다.
휘시는 한동안 그녀의 대답을 기다리다가 다시 물었다.
"집 안으로 들어갔었습니까, 아질 양?"
"아뇨."
"하지만 거기에 갔었죠?"
"그건 총경님 생각이죠."
"이건 단순히 내 생각이 그렇다는 게 아니오. 우린 아가씨가 거기 있었다는 증거를 갖고 있어요."
티나는 한숨을 내쉬었다.
"그래요. 그날 저녁 전 그곳에 차를 몰고 갔었어요."
"그런데 집에는 들어가지 않았단 말입니까?"
"그래요. 집에는 들어가지 않았어요."
"그럼 뭘 했습니까?"
"다시 레드민으로 돌아왔어요. 그리고 그다음에는 이미 말씀드렸다시피 저녁을 먹고 음악을 들었어요."
"집에 들어가지 않았다면 거긴 왜 갔었습니까?"
"마음이 변했어요."
"왜 마음이 바뀌었습니까, 아질 양?"
"거기 도착하니까 들어가고 싶은 생각이 안 들었어요."
"뭔가를 보았거나 들었기 때문에?"
그녀는 다시 대답이 없었다.
"내 말 좀 들어 봐요, 아질 양. 그날 밤 아가씨의 어머니가 살해당했습니다. 어머니는 그날 저녁 7시에서 7시 30분 사이에 피살되었습니다. 7시 얼마 전에 아가씨는 거기에 갔었고, 아가씨의 차도 거기 있었습니다. 여기서 거기까지 얼마나 걸리는지 우리는 모릅니다.
짐작하건데 그리 오랜 시간이 걸리진 않을 겁니다. 아가씨는 집으로 들어가서는, 열쇠를 갖고 있는 줄로 압니다만…….”

“예, 열쇠를 갖고 있어요.”

“아마 아가씬 집으로 들어갔을 겁니다. 어머니의 방으로 들어가서 이미 돌아가신 어머니를 발견했을 겁니다. 아니면 아마도…….”

티나는 고개를 번쩍 쳐들었다.

“아니면 아마도 제가 어머니를 죽였을 거라고요? 그걸 말씀하시고 싶은 건가요, 휘시 총경님?”

“그건 하나의 가능성입니다. 아질 양, 누군가가 어머니를 살해했습니다. 그렇다면 아가씨는 살인자가 누군지 알고 있을 거고 그도 아니면 특히 의심 가는 사람이라도 있을 거라고 생각합니다.”

“전 집에 들어가지 않았어요.”

“그럼 아가씬 뭘 봤거나 들은 거겠군. 누군가가 집으로 들어가는 것이라든지, 아니면 누군가가 집에서 나오는 것을 본 겁니다. 아마 그날 거기 없었던 걸로 알려진 누구일 텐데. 아가씨의 오빠 마이클이었소, 아질 양?”

“전 아무도 못 봤어요.”

“그럼 무슨 소린가를 들은 거겠군.”

“그냥 마음이 바뀌었을 뿐이라고 말씀드렸잖아요.”

“용서하시오, 아질 양, 난 믿을 수가 없소. 가족들을 만나려고 레드민에서 차를 몰고 갔다가 왜 그들을 만나지도 않고 되돌아왔단 말입니까? 뭔가가 아가씨 마음을 변하게 만든 겁니다. 아가씨는 뭔가를 봤거나 들은 겁니다.”

그는 몸을 그녀 앞으로 가까이 숙이며 말했다.

“내 생각에는 아질 양, 아가씨는 누가 어머니를 죽였는지 알고 있다고 보는데?”

아주 천천히 그녀는 고개를 저었다.

“아가씨는 뭔가 알고 있소. 말하지 않기로 결심한 뭔가가 있지. 하지만 생각해 봐요, 아질 양. 아주 신중하게 생각해 봐요. 아가씨는 지금 아가씨 가족 전체를 단죄하고 있다는 걸 아시오? 그들이 언제까지나 서로를 의심하면서 살게 만들 작정입니까? 우리가 진상을 밝혀내지 못하면 어떤 일이 생길지 모릅니다.

아가씨 어머니를 죽인 사람이 누구든 간에, 그 사람은 보호받을 자격이 없습니다. 나머지 가족들을 생각해 볼 때 말이오. 안 그렇소? 아가씨는 지금 누군가를 감싸 주고 있어요."

그녀의 검고 또렷한 눈동자가 다시 그의 시선과 맞부딪쳤다.

"전 아무것도 몰라요. 아무 소리도 못 들었고, 아무것도 못 봤어요. 전 그저……, 마음이 변했을 뿐이에요."

제20장

1

캘거리와 휘시는 서로 마주보고 있었다. 캘거리는 그가 이제까지 본 얼굴 중에서 가장 절망적이고 가장 우울해 보이는 표정의 남자를 보고 있다는 생각을 했다. 그 남자는 너무도 깊은 실의에 잠긴 모습이었기에 캘거리는 휘시 총경의 경찰로서의 경력이 실패만의 기나긴 연속이 아니었을까 하는 생각이 들 정도였다. 나중에 휘시 총경이 자신의 직업면에서 지극히 성공적인 이력을 쌓아온 사람이라는 사실을 알았을 때 캘거리는 적이 놀라지 않을 수 없었다.

한편, 휘시는 깡마른 체구에 겉늙어 뵈는 흰 머리칼, 예민해 보이는 얼굴에 이상한 매력을 풍기는 미소를 띤 사람이 약간 구부정한 어깨를 하고서 자신과 마주보고 있다는 것을 알았다.

"내가 누군지 아실지 모르겠습니다만……."

캘거리가 먼저 말문을 열었다.

"오, 우리는 당신에 관해 모두 알고 있습니다, 캘거리 박사. 바로 당신이 아질 사건을 궁지에 몰아넣은 장본인 아니오?"

휘시는 슬퍼 보이는 입가에 뜻밖의 미소를 지으며 말했다.

"나를 좋게 볼 수는 없을 겁니다."

캘거리는 변명이라도 하듯 말했다.

"그 사건을 해결하는 건 식은 죽 먹기였습니다. 누가 봐도 그건 명백한 사건이었고, 또 그렇게 생각한다고 해서 욕할 사람은 아무도 없었습니다. 그런데 이렇게 되어버렸군요. '시험은 언제나 그치지 않는다.' 우리 노모께서 늘 그렇게 말씀하시곤 하셨죠. 우린 악을 용납하지 않습니다, 캘거리 박사. 결국, 우린 모두 정의의 편이 아닙니까?"

"나도 늘 그렇게 믿고 있습니다. 그리고 앞으로도 그렇게 믿을 거고 말입니다."

캘거리가 대답했다.

"우리는 어느 누구에게도 정의를 부인하지 않는다."

그는 혼잣말로 가만히 중얼거렸다.

"마그나 카르타에 있는 말이죠."

휘시 총경이 말했다.

"그렇습니다. 티나 아질 양이 내게 썼던 말입니다."

티나 아질이란 말에 휘시 총경의 눈썹이 치켜세워졌다.

"저런! 나를 놀라게 하는군요. 그 젊은 처녀가 정의라는 수레바퀴가 원활히 돌아가게 하는 일에 별로 적극적인 도움을 주지 않고 있소이다."

"왜 그런 말씀을 하시는 겁니까?"

"솔직히 얘기해서, 그 아가씨는 뭔가 중요한 정보를 감추고 있어요. 의심할 바 없는 사실입니다."

"왜 그러는 걸까요?"

"그건 이게 그들 가족 간의 일이기 때문이죠. 가족들은 일체 입을 다물고 있습니다. 그런데 날 찾아오신 용건은 뭡니까?"

"좀 알고 싶은 게 있어서요."

"아질 사건에 관해서?"

"예. 관계없는 일에 주제넘게 간섭하고 나선다고 하실 거라는 건 알고 있습니다만……."

"웬걸요, 어떤 면에선 당신하고도 관계가 있는 일 아니겠소?"

"아, 이해해 주시는군요. 그렇습니다. 난 책임을 느낍니다. 말썽을 일으킨 데 대한 책임 말입니다."

"프랑스 속담에 달걀을 깨뜨리지 않고는 오믈렛을 만들 수 없다고 했습니다."

"좀 알고 싶은 게 있습니다만……."

"어떤 걸 말이오?"

"잭 아질에 대해 좀더 많은 정보를 얻고 싶습니다."

"잭 아질에 대해서라. 그런 얘길 줄은 예상 못 했는데."

"그의 이력이 별로 좋지 않다는 건 알고 있습니다. 내가 알고 싶은 건 그에 대한 좀더 세부적인 사항입니다."

"아, 그건 아주 간단하죠. 그는 두 번의 보호관찰을 받은 경력이 있습니다. 한 번은 공금 횡령 때문이었는데, 횡령한 금액을 제때 채워 넣었기 때문에 구제되었죠."

"범죄 초년생의 싹이 튼 거였군요?"

"그렇다고 해야겠죠, 캘거리 박사. 당신이 증언했다시피 그는 살인자는 아니었지만, 그밖에 죄목은 수없이 많습니다. 하지만 규모가 큰 범죄는 한 가지도 없었지요. 그는 큰 규모의 사기극을 벌일 만한 두뇌나 뻔뻔스러움은 갖고 있지 못했던 겁니다. 그저 시시한 범죄였죠. 금고에서 현금을 슬쩍한다거나 감언이설로 여자들을 유혹해서 돈을 긁어내는 정도였죠."

"그런 것엔 아주 능수능란했다더군요. 여자들을 유혹해서 돈을 빼앗는 것 말입니다."

캘거리가 말했다.

"그리고 아주 교묘할 정도로 안전한 방법을 택했었죠. 여자들은 아주 쉽게 그에게 빠졌습니다. 중년 부인이나 연상의 여자가 대개 그가 노렸던 대상이었죠. 그런 여자들이 얼마나 쉽게 속임수에 넘어가는지 안다면 놀라실 겁니다. 그는 아주 그럴듯한 연기를 해냈더군요. 자기가 정말 그들을 열정적으로 사랑하고 있다고 믿게 만드는 겁니다. 여자들이 믿으려고만 한다면, 믿지 못할 일이 하나도 없잖습니까?"

"그래서요?"

휘시는 어깨를 으쓱했다.

"그런데 조만간 그 여자들은 착각에서 깨어나지요. 하지만 자기가 속은 걸 법에 호소한 여자는 없습니다. 그들은 자신이 어리석었다는 걸 세상에 알리고 싶지 않았던 거죠. 그러니까 재코는 아주 안전할 수 있었던 겁니다."

"공갈을 했던 적은 없습니까?"

캘거리가 물었다.

"그런 것에 대해선 아는 바가 없습니다. 그런 게 있었다면 내가 그냥 지나

치진 않았을 거요. 단 한 번이었더라도 말입니다. 한두 번 그런 암시는 있었습니다. 편지였죠, 어리석은 편지. 여자들의 남편이 알면 별로 좋아하지 않을 일들이 적힌 편지 말이오. 그는 그런 방법으로 여자들을 꼼짝 못하게 할 수 있었습니다."

"알겠습니다."

"그게 알고 싶으신 것의 전부입니까?"

"아질 가족 중에서 내가 아직 만나보지 못한 사람이 한 사람 있습니다. 제일 큰딸 말입니다."

"아, 두런트 부인."

"집으로 찾아갔더니 문이 잠겨 있었습니다. 부부가 함께 나갔다고 이웃 사람들이 얘기해 주더군요."

"그들은 서니 포인트에 있습니다."

"아직도요?"

"그래요. 그 사람이 더 머물고 싶어 했나 봅니다. 두런트 씨 말이오. 내가 알기론 그는 지금 탐정 비슷한 일을 하고 있을 거요."

"그는 불구자 아닙니까?"

"맞아요, 소아마비 환자지요. 아주 안됐습니다. 시간을 보낼 일이 없는 가련한 친구예요. 그래서 이 살인사건에 그렇게 열심히 매달리는 겁니다. 지금도 무슨 일인가를 꾸미고 있을 겁니다."

"그래요?"

"그럴 겁니다. 아시다시피, 그에겐 우리보다 기회가 많아요. 가족들에 대해서 죄다 알고 있고, 똑똑하기도 할 뿐만 아니라 교육도 많이 받았거든요."

"그가 뭔가를 밝혀낼 수 있을 거라고 생각하십니까?"

"밝혀낼 수 있을 겁니다. 하지만 그렇다 해도 우리한테 얘기하진 않을 겁니다. 식구들끼리만 알고 지내겠죠."

"총경님은 누가 범인이라고 생각하십니까?"

"그런 건 물어보면 안 됩니다, 캘거리 박사."

"그럼 알고 있다는 말씀입니까?"

"알고 있다고도 생각할 수 있지요."

휘시는 천천히 말했다.

"하지만, 증거가 없다면 어떻게 할 수 없는 것 아니겠소?"

"그렇다면 원하시는 증거를 아직 얻지 못하신 거군요?"

"오! 그것 때문에 골치올시다. 계속 애는 쓰고 있습니다만."

"만일 총경님이 성공하지 못한다면 그들에게 어떤 일이 생길까요?"

캘거리는 몸을 앞으로 숙이며 물었다.

"그런 걸 생각해 보신 적이 있습니까?"

휘시는 그를 쳐다봤다.

"그게 당신이 걱정하고 있는 겁니까?"

"그들은 알아야 합니다. 어떤 일이 생기든 그들은 알아야 합니다."

"그들은 이미 알고 있다고 생각하지 않으시오?"

캘거리는 고개를 저었다.

"아니오."

그는 천천히 대답했다.

"그건 비극입니다."

2

"어머! 또 오셨군요!"

모린 클레그는 놀란 표정을 지었다.

"귀찮게 해드려서 정말 죄송합니다."

캘거리가 말했다.

"오, 조금도 귀찮지 않아요. 들어오세요. 오늘은 쉬는 날이에요."

그건 캘거리가 이미 알고 있는 사실이었고, 그가 그날을 택해 그녀를 찾아온 이유이기도 했다.

"조는 곧 돌아올 거예요. 재코에 관한 얘기는 신문에 더 이상 안 나오더군요. 그가 어떻게 특별사면을 받았고, 또 의회에서 그 문제가 거론되어 그의 짓이 아니었다는 게 명백하게 밝혀진 이후로는 말이에요. 경찰은 뭘 하고 있는지, 그리고 진짜 범인은 누군지 그런 얘기는 통 실리지 않더라구요. 경찰은 밝혀낼 수 없는 건가요?"

"부인은 아직 뭐 떠오르는 게 없습니까?"

"글쎄요, 별로 없는데요. 하지만 난 재코의 형이 범인이라 해도 놀라지 않을 거예요. 그 사람은 아주 이상하고 우울한 분위기를 풍기는 사람이에요. 조는 그 사람이 사람들을 차에 태우고서 돌아다니는 걸 가끔 보았대요. 박사님도 아시겠지만, 그 사람은 벤스 그룹에서 일하고 있잖아요. 얼굴은 잘생겼지만 지독히 우울해 보이는 사람이에요. 조가 그러는데, 그 사람, 페르시아라든가 어디로 간다는 소문이 있다는군요. 별로 안 좋은 일 같아요. 그렇게 생각하지 않으세요?"

"왜 그게 별로 안 좋은 일 같다고 하는지 모르겠군요, 클레그 부인."

"글쎄요. 거긴 경찰이 잡으러 가기 힘든 곳 아녜요?"

"그가 도망가는 거라고 생각하는 겁니까?"

"도망가야 한다고 느꼈을지도 모르죠."

"사람들은 그렇게도 말할는지 모르겠군요."

아서 캘거리가 말했다.

"여러 가지 소문이 떠돌고 있어요. 남편하고 여비서하고 둘이 짜고 그랬을 거라는 말도 있고요. 하지만 만일 남편이 그랬다면 내 생각에 그분은 독살 쪽을 택했을 것 같아요. 흔히들 남편이 아내한테 그렇게 하잖아요?"

"글쎄요. 부인은 나보다 영화를 더 많이 보았을 테니까요, 클레그 부인."

"난 사실 화면은 보지 않아요. 만일, 박사님이 그런 곳에서 일하신다면 아시겠지만, 영화라면 정말 지긋지긋해요. 어머, 조가 오는군요."

조 클레그 역시 캘거리를 보고 놀라는 눈치였으나, 그리 반가운 것 같지는 않아 보였다. 한동안 함께 이야기를 나누다가 비로소 캘거리는 자기가 찾아온 용건을 얘기했다.

"미안하지만, 어떤 사람의 이름과 주소를 좀 알 수 있을까요?"

그는 모린이 불러 주는 이름과 주소를 조심스럽게 수첩에 적어 내려갔다.

3

그 여자는 쉰 살가량의 세상만사를 다 귀찮아할 것 같은 뚱뚱한 여인이었다. 젊었을 때도 결코 반반한 용모는 아니었을 것 같았다. 하지만 그녀의 눈만은 아주 온화해 보이는 갈색의 멋진 눈이었다.

"글쎄요. 사실, 캘거리 박사님……."

그녀는 캘거리의 말을 의심하는 것 같았고 당황하는 것 같기도 했다.

"그게, 저, 확실히 기억이 나지 않아서……."

그는 그 여자가 자신에게 느끼는 저항감을 없애 주고, 또 당혹감을 가라앉혀 자신이 그녀를 충분히 이해하고 있다는 것을 알게 해주려고 무척이나 애를 썼다.

"아주 오래전 일이에요."

그 여자는 드디어 말문을 열었다.

"이건……, 정말 기억하고 싶지 않은 일인데."

"이해합니다. 부인이 말씀하시는 것이 공개가 될 염려는 조금도 없습니다. 그 점은 확실히 약속드리겠습니다."

"하지만 이 일에 대해 책을 쓴다고 하시지 않았어요?"

"사람들의 성격을 유형별로 설명하기 위해 쓰는 책일 뿐입니다. 부인도 아시겠지만, 사람의 성격을 의학적 혹은 심리학적 관점에서 관찰해 보면 정말 흥미롭습니다. 이름은 절대 밝히지 않습니다. 그저 A씨, B부인, 그렇게만 씁니다."

"박사님, 혹시 남극 지방에 다녀오지 않았나요?"

그 여자는 돌연한 질문을 했다. 그는 여자가 갑자기 화제를 바꾸는 바람에 당황하지 않을 수 없었다.

"예, 그렇습니다. 헤이스 벤틀리 탐험대의 일원이었습니다."

갑자기 여자의 얼굴이 붉어졌다. 붉어진 여자의 얼굴은 좀 전보다 젊어 보였다. 아주 잠깐 동안 그는 여자의 소녀적 얼굴을 본 것 같았다.

"신문에 난 기사를 빠짐없이 읽었어요. 난 남극에 관한 일이라면 넋을 잃곤

한답니다. 그 노르웨이 사람 아문센이 맨 처음 거기 가지 않았어요? 남극은 에베레스트나 다른 어떤 별들보다, 달이나 그 비슷한 데 가는 것보다 훨씬 더 흥미로울 거라고 생각해요."

그는 여자의 관심사에서 이야기의 실마리를 잡았다. 그래서 곧 탐험에 관한 얘기를 여자에게 들려주기 시작했다. 이상하게도 여자는 극지(極地) 탐험에 낭만적인 흥미를 갖고 있었다.

"실제로 그곳에 다녀온 사람에게서 얘길 모두 들으니 정말 놀랍군요."라고 말하고 나서 여자는 비로소 캘거리가 원하는 얘기를 시작했다.

"박사님은 재코에 관해 모든 걸 알고 싶은 거죠?"

"예."

"내 이름이나 그런 것은 쓰지 않을 거라고 했죠?"

"물론이죠. 쓰지 않습니다. 말씀드렸잖습니까? 어떻게 하느냐면 M부인, Y부인 이런 식으로 씁니다."

"예, 예. 그런 식으로 쓴 책을 읽은 적이 있어요. 그리고 이건 박사님이 말했다시피, 병리……, 병리……."

"병리학적으로" 하고 그가 거들어 주었다.

"예, 재코의 경우는 확실히 병리학적으로 따져 볼 일이었어요. 그는 그렇게 달콤할 수가 없었거든요. 훌륭했어요. 그가 무슨 얘기를 하든 믿지 않을 수 없었답니다."

"그도 아마 그런 걸 의식했을 겁니다."

"'난 네 어머니만큼 나이 들었다.' 난 그에게 늘 이렇게 얘기하곤 했었죠. 하지만 그는 아가씨들한테는 관심이 없다고 하더군요. 젊은 처녀들은 유치하다고 했지요. 자기는 경험도 많고, 성숙한 여자에게 매력을 느낀다는 거였어요."

"그가 부인을 많이 사랑했습니까?"

"그렇게 얘기는 했죠. 그렇게 보이기도 했고……."

그녀의 입술이 파르르 떨렸다.

"그런데 지금 생각해 보니 그는 내 돈만 찾았어요."

"꼭 그렇지만은 않았을 겁니다."

그는 할 수 있는 한 여자를 위로해 주려고 했다.

"그는 순수한 마음으로 부인에게 이끌렸을 겁니다. 단지 어쩔 수 없이 부인의 돈을 사취할 수밖에 없는 사정이 있었을 겁니다."

그러자 그 중년 여인의 비통했던 표정이 조금 밝아졌다.

"예, 그건 멋진 생각이군요. 그래요, 정말 그랬어요. 우린 여러 가지 계획을 세우곤 했답니다. 함께 프랑스나 이탈리아 같은 곳으로 달아나는 계획 말이에요. 그는 돈만 약간 있으면 그 꿈이 실현될 수 있다고 얘기하곤 했답니다."

캘거리는 재코의 이런 접근 방법에 가련한 여인들이 얼마나 많이 속아 넘어갔을까 생각해 보았다.

"난 내가 무슨 일을 당한 건지도 모르겠어요. 난 그를 위해서라면 무슨 일이든지 했답니다. 무슨 일이든지요."

"그러셨을 거라고 생각합니다."

여자는 비통한 음성으로 말했다.

"아마도……, 나 하나 뿐만은 아니었을 거예요."

캘거리는 몸을 일으켰다.

"모두 얘기해 주셔서 정말 감사합니다."

"이제 그는 죽었어요. 하지만 난 그를 잊지 못할 거예요. 그 원숭이 같은 얼굴을! 그의 그런 얼굴은 아주 슬퍼 보이기도 했고 우습기도 했어요. 오, 그에겐 모든 걸 자기 마음대로 조종할 수 있는 힘이 있었어요. 그는 결코 나쁜 사람만은 아니었어요. 난 그가 나쁜 사람만은 아니었다는 걸 확신해요."

여자는 그의 동의를 구하려는 듯한 시선으로 캘거리를 쳐다보았다. 하지만 그는 여자의 그런 시선에 아무런 대답도 하지 않았다.

그날도 필립 두런트에게는 여느 때와 다르다고 할 만한 일이 아무것도 없는 날이었다. 오늘은 뭘 해야겠다는 생각도 없었다.

그는 아주 가뿐한 기분으로 자리에서 일어났다. 창백한 가을 햇살이 창가에 내리비치고 있었다. 커스턴이 그의 상큼한 기분을 한껏 돋워 주는 전화 메모지를 갖다 주었다.

"티나가 차 마실 시간쯤에 오겠다는군."

그는 아침식사를 들고 들어온 메리에게 말했다.

"그래요? 오, 맞아요. 오늘은 그 애가 오후에 일이 없는 날 아녜요?"

메리는 뭔가를 하느라 여념이 없어 건성으로 대답했다.

"뭘 하는 거요, 앵무새?"

"아무것도 아녜요."

그녀는 달걀을 톡톡 깨뜨려 윗부분의 껍질을 벗기더니 그에게 주었다. 그와 동시에 그는 화가 치밀어 오르는 것을 느꼈다.

"손은 아직 쓸 수 있다고, 앵무새."

"오, 당신 수고를 덜어주려고 그랬던 거예요."

"당신은 내가 몇 살이라고 생각하는 거야? 여섯 살?"

그녀는 남편의 돌연한 분노에 조금 놀란 듯했다. 하지만 곧 무뚝뚝한 음성으로 얘기했다.

"헤스터가 오늘 돌아온대요."

"그래?"

그는 건성으로 대답했다. 그의 마음은 티나를 만날 계획으로 가득 차 있었기 때문이었다. 그러다가 그는 아내의 시선을 의식했는지 그녀를 흘끗 쳐다보며 말했다.

"제발, 앵무새, 당신은 내가 처제한테 뭐, 못된 생각이라도 품고 있다고 생각하는 거야?"

"당신은 그 애가 아주 사랑스럽다고 늘 얘기했잖아요."

"그건 사실이야. 만일, 당신도 아름다운 몸매와 보통 사람과 다른 독특한 성격을 좋아한다면 내 말을 이해할 거야."

그는 무뚝뚝한 음성으로 이렇게 덧붙였다.

"하지만 난 지금 여자를 농락하는 사람이 되기엔 불가능한 상태잖아?"

"그런 상태가 아니었다면 그랬을 수도 있죠."

"엉뚱한 말 좀 하지 마, 앵무새. 난 당신한테 질투심 같은 게 있는 줄 정말 몰랐어."

"당신은 나에 대해서 아무것도 몰라요."

그는 아내의 말에 반박하려다가 멈칫했다. 사실 메리에 관해 별로 많은 것을 알고 있는 게 아닐지도 모른다는 생각이 그에게 어떤 충격으로 느껴졌기 때문이었다.

메리는 계속 말했다.

"난 당신을 나 혼자만 갖고 싶어요. 오직 나 혼자서만요. 세상에 나하고 당신하고 둘밖에 없었으면 좋겠어요."

"우리 사이엔 그런 것밖에 얘깃거리가 없군, 앵무새."

아무렇지도 않은 듯 얘기했지만 그는 불편함을 느꼈다. 밝은 아침 햇살이 갑자기 어두워 보였다.

"집으로 가요, 필립. 제발 집으로 가요."

"곧 가게 될 거야. 하지만 지금은 안 돼, 사실이 밝혀질 날이 다가오고 있단 말이야. 티나가 오늘 오후에 온다잖아."

그는 그녀의 생각이 다른 데로 돌려지기를 바라며 계속 말했다.

"난 티나한테 큰 기대를 걸고 있어."

"어떤 기대를요?"

"티나는 뭔가를 알고 있어."

"살인자에 관해서 말이에요?"
"맞아."
"하지만 그 애가 어떻게 알겠어요? 그날 밤 여기 있지도 않았는데."
"나도 지금 그게 궁금해. 내 생각에 티나는 그때 이곳에 있었을 거야. 아주 사소한 일이 얼마나 큰 도움이 되는지 알면 굉장히 재미있다고. 그 파출부, 내러코트 부인, 그 키 큰 여자 있잖아. 그 여자가 무슨 이야기를 해줬다고."
"그 여자가 뭐라고 했는데요?"
"동네 사람들이 수군거리는 얘기, 모(某) 부인하고 어니라고 하든가? 아니, 시릴이랬지. 그 애가 자기 엄마하고 경찰서에 갔다 왔다는 거야. 가엾은 장모님이 살해되던 날 밤에 그 꼬마가 뭘 본 모양이야."
"그 애가 뭘 봤대요?"
"글쎄, 그건 내러코트 부인도 잘 모르던데. 그 모(某) 부인한테서 그 얘기까진 아직 못 들었나 봐. 하지만 짐작은 할 수 있지 않겠어, 앵무새? 시릴은 그때 집에 있질 않았으니까 밖에서 뭘 봤던 거야. 짐작이 가는 인물은 둘이야. 그 꼬마는 미키를 봤거나 티나를 봤을 거야. 내 추측으로는 티나가 그날 밤 여기 왔다 갔어."
"그 애는 그러지 않았다고 했어요."
"꼭 그렇지만은 않아. 그건 티나가 뭘 알고 있으면서 말은 안 하고 있다는 걸 일목요연하게 뒷받침해 주는 사실이야. 티나가 그날 밤 여기 차를 몰고 왔었다고 해 봐. 아마 그녀는 집에 들어와서 당신 어머니가 죽어 있는 걸 발견했을 거야."
"그런데 아무 말도 안 하고 그냥 되돌아갔다고요? 말도 안 돼."
"이유가 있었겠지. 누가 범인인지 의심 가게 만드는 무언가를 봤거나 들은 거겠지."
"그 애가 재코를 특별히 좋아한 적은 없었어요. 그 애가 재코를 감싸 주고 싶어 하지 않으리란 걸 난 확신해요."
"그러니까 처제가 의심하는 사람은 재코가 아닐 거란 말이야. 그런데 나중에 재코가 체포된 걸 보고 처제는 자기 추측이 틀렸다고 생각한 거겠고. 그날 여기 없었다고 말한 건 자기 추측이 틀렸다는 걸 고수하기 위해서였고 말이야. 하지만 물론 지금은 달라."

메리는 답답하다는 듯이 남편에게 말했다.

"당신은 모든 걸 상상만 하고 있어요, 필립. 절대 사실일 리가 없는 많은 일들을 당신 멋대로 지어내고 있다고요."

"하지만 그건 정말인 것 같아. 티나가 알고 있는 게 뭔지 내게 털어놓도록 해야겠어."

"그 애가 뭘 알고 있다고는 믿어지지 않아요. 당신은 정말 그 애가 누구 짓인지 알고 있다고 생각하는 거예요?"

"거기까지는 알고 싶지 않아. 난 처제가 뭔가를 봤거나 들었을 거라고 생각할 뿐이야. 그게 뭔지 알고 싶을 뿐이라고."

"티나는 자기가 말하고 싶지 않은 건 말하지 않을 거예요."

"그래, 그건 나도 동감이야. 그 처제는 모든 걸 자기 가슴속에다만 담아 두는 사람이지. 그 무표정한 작은 얼굴하며, 그 얼굴이 뭔가를 나타내는 적은 결코 없잖아. 하지만 사실 그 처제는 능숙한 거짓말쟁이는 못 돼. 예를 들면, 당신만큼 능숙한 거짓말쟁이는 못된단 말이야. 내가 사용할 방법은 추측하는 방법이야. 내가 추측하는 걸 처제한테 질문 형식으로 던져 보는 거야. '예스'냐 '노'냐로 대답할 수 있는 것. 그럼 어떤 일이 벌어질지 알겠어? 세 가지 중의 하나야. 처제는 예스라고 대답하거나(그러면 그대로 예스인 거고), 또는 노라고 대답할 거야. 그럼 나는 처제가 능숙한 거짓말쟁이가 아니란 걸 알기 때문에 그 노가 진정한 노이냐를 가려낼 수 있을 것이고 세 번째는, 처제가 아무런 대답도 안 하려 들고 그 무표정한 얼굴을 하는 경우인데 그건 말이야, 앵무새, 예스라는 대답과 마찬가지야. 이제 보라고, 당신은 내 이런 기술이 진실을 밝혀낼 가능성이 있다는 걸 인정해야만 할 거라고."

"오, 제발 그대로 내버려 둬요! 내버려 두라고요! 그냥 놔두면 잠잠해질 거고, 다 잊힐 거라고요."

"아니야. 이 일은 꼭 진상이 밝혀져야 해. 그렇지 않으면 우린 헤스터가 창문으로 뛰어내리는 모습을 봐야 할 거고, 커스티가 신경쇠약에 걸리는 걸 봐야 할 거라고. 장인은 벌써 동굴 속의 종유석(鍾乳石)마냥 세상에 대해 냉담해지기 시작했어. 그리고 그 가엾은 노처녀 겐다는 로디지아에 있는 일자리를 받아들이려 생각하고 있는 중이라고."

"그들한테 무슨 일이 생기든 그게 무슨 상관이에요?"

"우리 아닌 다른 사람은 어떻게 되든 상관없다 그 얘긴가?"

그의 얼굴은 화가 나서 딱딱하게 굳어졌다. 그런 표정은 메리를 놀라게 했다. 그녀는 한 번도 남편의 그런 얼굴을 본 적이 없었던 것이다.

그녀는 도전적인 투로 그에게 말했다.

"왜 내가 다른 사람들을 염려해야 하죠?"

"당신은 한 번도 다른 사람을 염려해 본 적이 없었지?"

"무슨 말인지 모르겠군요."

필립은 몹시 흥분된 표정으로 한숨을 내쉬며 아침식사가 담긴 쟁반을 휙 밀어 버렸다.

"이거 치워 버려! 더 이상 먹고 싶지 않아."

"하지만 필립……."

그는 어서 가지고 나가라는 시늉을 했다. 필립은 휠체어를 굴려 책상 앞으로 다가갔다. 손에 펜을 쥐고 한동안 창밖을 응시했다.

갑자기 기묘한 정신적 압박감이 느껴졌다. 조금 전까지만 해도 흥분되어 가슴이 벅찼었는데, 지금은 왠지 불편하고 불안정한 느낌이었다. 하지만 곧 그는 마음을 가다듬고 두 장의 종이를 재빠르게 책상 커버 밑으로 감추었다.

그건 정말 그럴 듯했다. 그리고 가능한 일이었다. 하지만 그는 전적으로 만족할 수는 없었다. 지금 정말 옳은 방향을 잡고 있는 것일까? 그는 확신할 수가 없었다. 동기, 동기가 문제였다. 그 빌어먹을 동기가 아무래도 부족했다. 어딘가에 그의 시선을 벗어나고 있는 요소가 있음이 분명했다.

그는 초조해서 한숨을 내쉬었다. 티나가 도착할 때까지 침착하게 기다릴 수가 없을 것 같았다. 만일 사실이 밝혀지기만 한다면, 오직 가족들 사이에서만 말이다. 그것이면 된다. 일단 알게만 된다면 그들은 모두 자유로워질 것이다.

의혹과 절망의 이 숨 막힐 듯한 분위기에서 모두 자유로워질 것이다. 그렇게 되면 한 사람만 제외하고 가족들 모두가 자기 삶을 살아갈 수 있다. 그와 메리도 집으로 돌아가게 될 것이다. 그리고…….

그의 생각은 거기에서 멈추었다. 흥분이 다시 싹 가셨다. 그는 비로소 자기 자신의 문제에 직면한 것이다. 그는 집에 가고 싶지 않았다. 그는 그 질서정연한 완벽함, 그 빛나는 사라사 무명 커튼, 그 반짝거리는 놋그릇을 생각해 봤다. 깨끗하고, 정성껏 시중들어 주는 사람이 있는 새장! 그는 자신의 휠체어에 묶여, 아내의 정성 어린 보살핌에 둘러싸여 그 새장 안에 갇혀 있었던 것이다.

그의 아내, 자신의 아내에게 생각이 미치자 그는 두 사람을 보는 듯했다. 한 사람은 그와 결혼했던 아름다운 머릿결에 푸른 눈을 가진 부드럽고 얌전했던 처녀. 그 처녀가 바로 그가 사랑했던 사람이었고, 그 처녀가 바로 집적거리는 자신을 어쩔 줄 몰라 당황하는 시선으로 쳐다보던 사람이었다.

그 처녀가 바로 그의 앵무새였다. 그런데 지금 그의 곁에는 또 하나의 메리, 강철처럼 단단하고 열정적인 그러나 사랑할 줄 모르고 자기 자신밖에는 아무에게도 관심이 없는 또 하나의 메리가 있었다. 그가 그녀에게 중요한 사람인 것도 그가 그녀의 남편이기 때문이었다. 프랑스 시구 한 구절이 그의 머리를 문득 스치고 지나갔다. 그게 어떻게 되더라.

자기 먹이에만 집착해 오는 것들이여…….

그는 그런 메리는 사랑하지 않았다. 그 차갑고 푸른 눈동자 뒤에 있는 그런 메리는 다른 사람이었다. 그가 전혀 알지 못하는 다른 사람…….

그는 자기 자신을 비웃었다. 그 집에 있는 다른 모든 사람들처럼 그도 점점 신경질적이고 쉽게 흥분하는 사람이 되어 가고 있었다. 그는 장모가 자기 아내에 관해서 했던 얘기를 기억해 보았다.

뉴욕에 있었던 작고 아름다운 금발의 소녀 얘기를. 그 귀여운 소녀가 아질 부인의 목에 매달리며 했다던 말을…….

'아줌마하고 살래요. 아줌마하고 헤어지고 싶지 않아요!'

그것이 과연 애정이었을까? 그건 메리한테 얼마나 어울리지 않는 행동이었는가? 어린아이였을 때와 여인이 된 뒤의 차이가 그렇게 클 수 있을까? 상대방을 정말 사랑하는 것처럼 목소리와 태도를 꾸며내기가 메리로선 얼마나 힘들었을까? 그건 거의 불가능한 일이었다.

하지만 분명 그 당시엔……, 그의 생각이 갑자기 뚝 끊겼다. 아니 그건 정말 아주 간단한 일이 아니었을까? 사랑이 아니라 단지 계산에 의해, 목적을 이루기 위한 수단으로 교묘하게 연출된 사랑의 시위, 메리는 자기가 원하는 것을 얻는 일에 얼마나 능란했던가?

메리는 원하는 거의 모든 것을 얻었다고 그는 생각했다. 그리고 그런 생각은 그에게 하나의 충격이었다. 그는 거칠게 펜을 집어던지고 휠체어를 굴려 거실을 나와 바로 옆 침실로 들어갔다. 그는 화장대 앞에서 휠체어를 멈추었다. 빗을 들어 머리칼을 모두 이마 뒤로 빗어 넘겨보았다. 거울에 비친 그의 얼굴은 그가 보기에도 낯설어 보였다.

나는 누구인가? 나는 어디로 가고 있는 것인가? 그는 생각해 보았다. 전에는 한 번도 그런 생각을 해 본 적이 없었다. 그는 창가로 휠체어를 굴려서 밖을 내다보았다. 창 아래로 파출부가 주방 창 밖에서 주방 안에 있는 누군가와 얘기를 나누는 모습이 보였다. 그 지방 사투리가 섞인 부드러운 그들의 목소리가 그의 귀에까지 흘러 들어왔다.

그러자 갑자기 그의 눈이 커졌다. 마치 몽환(夢幻)의 경지에라도 있는 사람처럼 그는 한참 동안 넋이 빠져 있었다. 그런 상태에서 그가 정신을 차린 것은 옆방에서 들려오는 소리 때문이었다. 그는 그 방에 연결된 문으로 휠체어를 굴렸다.

겐다 보건이 책상 옆에 서 있었다. 그녀가 고개를 돌렸을 때 그는 아침 햇살을 받고 있는 그녀의 수척한 얼굴을 보고 깜짝 놀라지 않을 수 없었다.

"안녕하세요, 겐다."

"안녕하세요, 필립. 리오는 당신이 마치 일러스트레이티드 런던 뉴스 같다고 하더군요."

"오, 감사합니다."

"이 방은 참 멋져요."

겐다는 방을 한번 휙 둘러보며 말했다.

"내가 쭉 이 방에서 일했다는 게 믿어지지가 않아요."

"정말 특실(特室)같지 않습니까? 모든 사람들로부터 외따로 떨어져 있는 특실, 환자나 신혼부부에게 안성맞춤인 방이죠."

그는 마지막 단어는 입 밖에 내지 않았어야 할 걸 하고 뒤늦게 후회했다.

겐다의 얼굴이 약간 일그러졌다.

"난 최선을 다해 도와 드렸어요."

그녀는 들릴 듯 말 듯한 음성으로 말했다.

"완벽한 비서였죠."

"지금은 그렇지 못해요. 난 실수를 했어요."

"그건 우리 모두가 마찬가지 아닙니까?" 그는 조심스럽게 덧붙여 물었다.

"장인하고는 언제 결혼하실 겁니까?"

"아마 결혼할 수 없을 거예요."

"그거야말로 정말 실수가 될 것 같군요."

"리오는 우리가 결혼하면 별로 바람직하지 못한 얘기가 생겨날 거라고 생각해요. 경찰에서 말이에요!" 그녀의 목소리는 비통했다.

"밀고 나가십시오, 겐다. 얼마쯤의 위험은 감수해야 합니다."

"난 감수할 수 있어요. 위험을 당하는 건 전혀 신경 쓰지 않아요. 행복을 위해서는 모험도 할 수 있어요. 하지만 리오는……."

"예? 장인은요?"

"리오는 레이첼 아질의 남편으로 지금까지 살아온 것처럼 죽을 때도 레이첼 아질의 남편으로 죽을 거예요."

그녀의 눈동자에 담긴 분노와 비통함이 그를 섬뜩하게 만들었다.

"그녀는 살아 있는 거나 마찬가지예요. 그녀는 여기, 이 집에……, 언제나 그대로 있는 거예요."

제22장

티나는 교회 부속 묘지의 벽 옆에 차를 주차시켰다. 그녀는 사 가지고 온 꽃다발의 포장지를 조심스럽게 벗겨낸 뒤에 차에서 내려 묘지의 정문을 지나 큰길을 따라 걷기 시작했다. 그녀는 새 묘지는 좋아하지 않았다.

그녀는 아질 부인이 교회 옆의 낡은 부속 묘지에 묻힐 수 있기를 바랐었다. 그곳에는 옛 세상의 평화가 있을 것 같았다. 주목(묘지에 심는 상록수)도 있고, 이끼 낀 돌도 있을 것 같았다. 하지만 이 묘지는 새로 조성한 곳이라 모든 것이 너무나도 잘 정돈되어 있었다. 주 도로와 작은 길까지도 모두 반짝반짝하게 닦여 있었고, 모든 것이 마치 슈퍼마켓에 진열된 상품처럼 반지르르하게 대량 생산된 것들이었다.

아질 부인의 무덤은 훌륭했다. 잘게 깎인 화강암 조각으로 채워진 네모반듯한 대리석이 무덤을 감싸고 있었고, 뒤편에는 역시 화강암으로 된 십자가가 서 있었다.

티나는 카네이션 다발을 손에 든 채 몸을 굽혀 비문을 읽어 보았다.

'레이첼 루이즈 아질을 추모하며.'

그리고 그 밑엔 이렇게 쓰여 있었다.

'그녀의 아이들은 자라나 그녀를 축복하리라.'

그때 등 뒤에서 발자국 소리가 났다. 티나는 몸을 일으켜 뒤돌아보고는 깜짝 놀랐다. 미키였다.

"오빠!"

"네 차를 보고 따라왔다. 나도 이곳에 오는 길이었지만."

"오빠가 여길 오는 길이었다고? 왜?"

"모르겠어. 아마 작별인사를 드리고 싶어서였을 거야."

"작별인사라고? 어머니한테?"

그는 고개를 끄덕였다.

"그래, 전에 말했던 석유 회사에 가기로 했어. 3주일 뒤에 떠나게 될 거야."

"그래서 제일 먼저 어머니한테 작별인사를 하러 온 거야?"

"응, 아마 감사하다는 말씀과 죄송하다는 말씀을 드리고 싶었는지도 몰라."

"뭐가 죄송한 거지, 오빠?"

"네가 말하려 하는 것처럼 내가 어머니를 죽인 게 죄송하다는 게 아니야. 아직도 내가 어머니를 죽였다고 생각하니, 티나?"

"확실하게 믿는 건 아냐."

"지금도 확신할 수 없다는 거니? 내가 어머니를 죽이지 않았다고 그렇게 네게 말해도 정말 소용이 없겠느냐는 말이야."

"그럼 뭐가 죄송하다는 거야?"

"어머닌 나한테 많은 걸 주셨어. 그런데 난 조금도 감사해하지 않았어. 어머니가 내게 해주시는 일마다 난 화를 냈으니까. 어머니한테 한 번도 공손한 말 한마디, 따뜻한 표정을 보여 드린 적이 없었어. 지금은 내가 그러지 않았더라면 얼마나 좋았을까 하고 생각하고 있는 중이고. 그게 전부야."

"언제부터 어머니를 미워하지 않게 됐어? 돌아가신 뒤부터?"

"응, 아마 그런 것 같아."

"오빠가 미워하던 사람은 어머니가 아니었지, 그렇지?"

"그래, 아니었어. 그건 네 말이 옳아. 내가 미워한 사람은 내 친어머니였어. 난 친어머니를 사랑했으니까. 난 어머닐 사랑했는데, 어머니는 나를 조금도 생각하지 않았으니까."

"그럼 이젠 그런 것에 대해서 화내지 않는 거야?"

"응. 어머니도 어쩔 수 없었으리라고 생각해. 결국 난 그렇게 태어났으니까. 어머니는 아주 명랑하고 낙천적인 분이셨어. 남자들을 너무 좋아했고, 술을 좋아했지. 기분이 좋을 때는 자기 아이들한테도 잘해 주셨어. 아무도 자기 아이들을 건드리지 못하게 했으니까. 그건 좋았는데, 어머니는 나를 좋아하지 않았어! 최근까지도 난 그 사실을 인정하지 않으려 했지. 하지만 이젠 인정해."

그는 불쑥 한 손을 내밀면서 말했다.
"네 카네이션 한 송이만 주겠니, 티나?"
그는 티나에게서 카네이션 한 송이를 건네받고는 몸을 굽혀 그것을 비문 바로 아래의 무덤 위에 올려놓았다.
"거기 누워 계시는군요, 어머니. 전 어머니한테 불효자식이었어요. 그리고 어머니가 제게 매우 현명하신 어머니였다는 사실도 몰랐어요. 하지만 어머니는 절 진심으로 생각해 주셨지요."
그는 티나를 돌아보며 물었다.
"이만하면 훌륭한 사과가 됐니?"
"훌륭한 사과가 됐을 것 같아."
그녀는 몸을 구부려, 안고 있던 꽃다발을 무덤에 올려놓았다.
"넌 여기 자주 와서 꽃을 갖다 드리니?"
"1년에 한 번씩은 와."
"귀여운 티나."
미키가 말했다.
그들은 돌아서서 묘지의 도로를 나란히 걸었다.
"난 어머니를 죽이지 않았어, 티나. 내가 그러지 않았다고 맹세해. 날 믿어 줬으면 좋겠어."
"난 그날 밤 거기에 갔었어."
티나의 말에 미키는 몸을 홱 돌렸다.
"네가 거기에 갔었다고? 서니 포인트에 말이니?"
"응. 난 일자리를 바꿔 볼까 생각 중이었거든. 그래서 아버지, 어머니하고 상의해 보려고."
"그랬었구나. 얘기 계속해 봐."
그녀가 더 말을 하지 않자 그는 그녀의 팔을 잡고 흔들었다.
"계속해 봐, 티나. 나한테 얘기해 줘야 해."
"그 이상은 아무한테도 얘기 안 했어."
"어서 얘기해 봐."

미키는 거듭 재촉했다.

"차를 몰고 갔었어. 집 문 앞까지 타고 간 건 아니고, 길 중간쯤에 차를 돌리기에 편한 곳이 있는 거 알지?"

미키는 고개를 끄덕였다.

"거기에 차를 세워 두고 집까지 걸어서 갔어. 난 내 생각을 확신할 수가 없었어. 어머니한테 무슨 얘기를 한다는 게 얼마나 힘든 일인지 오빠도 알잖아. 어머니는 늘 어머니의 생각을 갖고 계셨으니까 말이야. 난 할 수 있는 한 그 일에 대한 내 생각을 분명히 하고 싶었어. 그래서 집까지 걸어갔다가 다시 차 쪽으로 돌아와서는, 다시 집으로 갔어. 내 결심을 분명히 하려고 말이야."

"그때가 몇 시였니?"

"모르겠어. 지금은 기억이 안 나. 시간은 내게 그리 중요하지 않아."

"그래, 귀여운 것. 넌 언제나 한없이 느긋한 태도니까."

"난 나무 밑을 아주 천천히 걷고 있었어……."

"작은 고양이 같았겠구나."

미키는 정이 담뿍 담긴 눈빛으로 말했다.

"내가 그 소리를 들었을 땐……."

"무슨 소리를?"

"두 사람이 소곤거리고 있었어."

"그래서? 그들이 뭐라고 하든?"

미키는 온몸이 굳어 오는 것 같았다.

"그들은……, 그들 중 한 사람이 '7시에서 7시 30분 사이에요. 그때가 행동 개시 시간이니까 잊어버리지 말아요. 괜히 일을 엉망으로 만들지 말고. 7시에서 7시 30분 사이에요.' 그러니까 또 한 사람이 소곤거렸어. '나만 믿어요.' 그리고 그 처음의 목소리가 이렇게 말했어. '그다음엔 모든 게 다 잘될 거야, 자기.'"

한동안 침묵이 흘렀다.

"그럼 왜 지금까지 그런 얘길 하지 않았니?"

"몰랐기 때문이야. 말하는 사람이 누구였는지 몰랐기 때문이야."

"하지만 들은 건 확실하잖아! 남자였니, 여자였니?"

"모르겠어. 두 사람이 소곤거리는 소리만 들었지 목소리는 구별할 수 없었어. 그건 그저……, 그래, 그저 속삭임이었어. 물론 난 그게 남자하고 여자였을 거라고 생각해, 왜냐하면……."

"그들이 말한 내용 때문이야?"

"응, 하지만 누구였는지는 몰랐어."

"넌 그 두 사람이 아버지하고 겐다일지도 모른다고 생각했니?"

"그럴 수도 있지 않겠어! 겐다가 퇴근했다가 그 시간에 다시 돌아온다는 의미였을 수도 있고. 겐다가 아버지한테 7시에서 7시 30분 사이에 내려오라고 말한 것일 수도 있어."

"만일 그 둘이 아버지와 겐다였다면 넌 그걸 경찰에 알리지 않았겠지, 그렇지?"

"만일 확실하기만 하다면. 하지만 난 확신할 수가 없었어. 다른 사람이었을 수도 있잖아. 헤스터하고 그 누구였더라? 그 사람이었을 수도 있고 메리하고 필립은 아니었지."

"헤스터하고 그 사람이라니. 누구 말이니?"

"몰라."

"넌 그 사람을 본 적이 없느냐 말이야."

"없어. 그 사람 본 적 없어."

"티나, 너 거짓말하고 있구나. 바로 그 사람이었지, 그렇지?"

"난 차 있는 데로 되돌아갔는데 길 건너편에서 누군가가 아주 빠른 걸음으로 걷고 있었어. 어두워서 윤곽만 보았는데, 그때 길 끝에서 차에 시동 거는 소릴 들은 것 같아."

"넌 그게 나였다고 생각했구나……."

"난 몰랐어."

티나가 말했다.

"오빠였을 수도 있어. 키하고 체격이 오빠 만했으니까."

그들은 이윽고 티나의 차가 있는 그곳에 이르렀다.

"이리 와, 티나, 차에 타. 너하고 함께 가겠어. 서니 포인트까지 함께 가자."
"하지만 오빠……."
"그게 내가 아니었다고 네게 얘기해 봤자 소용없잖니? 내가 더 이상 뭐라고 말해야 하니? 어서 타, 서니 포인트로 가자."
"가서 뭘 하려는 거야, 오빠?"
"왜 내가 뭘 하려 한다고 생각하는 거지? 넌 서니 포인트로 가려던 참이었잖아?"
"그래. 그랬었어. 필립 형부한테서 편지를 받았거든."
그녀는 작은 차를 출발시켰다.
미키는 매우 딱딱하게 굳은 표정으로 그녀의 옆자리에 앉아 있었다.
"필립한테 편지를 받았다고? 매형이 뭐라고 하든?"
"집에 들르래. 보고 싶다고. 오늘 오후에 내가 일이 없다는 걸 알고 있던데."
"오, 무슨 일로 널 보자는 건지도 얘기하든?"
"한 가지 물어볼 게 있는데, 내가 대답해 주기를 바란다고 했어. 내가 무슨 얘기를 할 필요는 없고, 그냥 '예스'냐 '노'냐만 대답하면 된다고 하는 거야. 그리고 내가 뭐라고 대답하든지 자기 혼자만 알고 있겠다고 하고서."
"매형이 뭔가 알아냈구나. 재미있는데"
미키가 말했다. 서니 포인트까지는 아주 가까운 거리였다.
집에 도착하자 미키가 말했다.
"들어가라, 티나. 난 뜰을 산책하면서 생각을 좀 해야겠어. 들어가, 어서. 들어가서 필립을 만나 봐."
"거기 가려는 건 아니겠지? 거기 가서……."
미키는 큰소리로 짧게 웃고 나서 말했다.
"'연인들의 절벽'에서 뛰어내릴 작정이 아니냐고? 티나, 내가 그러지 않으리란 건 네가 더 잘 알잖아."
"가끔 난 사람의 일이란 알 수 없는 거라고 생각해."
그녀는 돌아서서 천천히 집 안으로 걸어 들어갔다. 미키는 주머니에 손을 찔러 넣은 채 목을 길게 빼고 그녀의 뒷모습을 쫓았다. 그는 얼굴을 찌푸리고 있었다. 티나의 모습이 집 안으로 사라지자 그는 뭔가 생각하는 듯한 눈빛으로 집을 올려다보면서 뒤꼍으로 돌아갔다.

어린 시절의 모든 추억이 한꺼번에 몰려왔다. 그곳엔 늙은 목련나무가 한 그루 있었다. 그는 그 나무로 기어올라가 층계참의 창문을 통해 집 안으로 드나들곤 했었다. 그리고 그 나무 밑의 땅에다 그는 작은 영역을 정해 놓고 자기만의 정원이라고 생각했었다. 하지만 그 자기만의 정원에 각별한 정을 가졌던 적은 없었다. 그는 늘 그곳에 설치되어 있는 놀이 기구들을 가지고 놀기보다는 망가뜨리는 일을 더 좋아했다.

'파괴를 즐기는 작은 악마'였던 자신의 옛 모습을 생각해 보니 기분이 한결 유쾌해졌다. 아, 그러나 지금의 그가 그 시절의 그와 달라진 것이 과연 있는지는 의문이었다.

집 안으로 들어선 티나는 아래층의 거실에서 메리와 마주쳤다. 메리는 그녀를 보자 놀라는 것 같았다.

"티나! 레드민에서 오는 길이니?"

"응, 내가 온다는 거 언닌 몰랐어?"

"잊어버리고 있었어. 필립이 얘기해 주긴 했는데."

그녀는 돌아서며 말했다.

"주방으로 가는 길이야. 달걀을 가져왔나 보려고. 필립이 밤참으로 달걀을 좋아하거든. 커스티가 방금 커피를 갖고 올라갔어. 그이는 차보다는 커피를 좋아해. 차는 소화가 잘 안 된대."

"언니는 왜 형부를 병자 취급하는 거지? 형부는 사실 환자가 아니잖아."

메리의 눈빛에 싸늘한 분노가 스쳐 지나갔다.

"너도 남편이 생기면, 티나. 남편들이 어떻게 대접받는 걸 좋아하는지 알게 될 거야."

티나는 얼른 사과했다.

"미안해."

"얼른 이 집을 떠날 수 있었으면 좋겠어. 여기 있는 건 필립한테 아주 나빠. 게다가, 헤스터가 오늘 돌아온다는구나."

"헤스터? 그래? 왜?"

티나는 놀란 목소리로 물었다.

"내가 어떻게 알겠니? 어젯밤에 그렇게 전화가 왔더구나. 몇 시 기차로 올지는 모르겠어. 여느 때처럼 특급을 타고 오겠지. 드리머스로 누가 마중을 나가야 할 거야."

메리는 복도를 지나 주방 쪽으로 모습을 감추었다. 티나는 잠깐 망설이다가 계단을 오르기 시작했다.

2층에 막 올랐을 때 오른쪽 첫 번째 방문이 열리면서 헤스터가 그 방에서 나왔다. 그녀 역시 티나를 보고 놀라는 눈치였다.

"헤스터! 온다는 소린 들었지만, 벌써 와 있는 줄은 몰랐어."

"캘거리 박사가 태워다 줬어. 곧장 내 방으로 올라왔으니까 내가 온 줄은 아무도 모를 거야."

헤스터가 대답했다.

"캘거리 박사가 여기 왔다고?"

"아니, 날 내려 주고 드리머스로 갔어. 거기서 누굴 만난다나 봐."

"메리는 네가 도착한 줄 모르고 있어."

"메리는 언제나 아무것도 몰라. 언니하고 필립은 늘 자기들끼리만 떨어져 있어서 뭐가 어떻게 돌아가는지 모른다고. 아버지하고 겐다는 서재에 있을 거야. 모든 게 예전과 하나도 다름없는 것 같아."

"왜 다른 게 없으면 안 돼?"

"나도 모르겠어."

헤스터는 낮은 목소리로 대답했다.

"난 그저 모든 게 좀 달라지지 않을까 생각했는데."

그녀는 티나를 지나쳐 아래층으로 내려갔다. 티나는 서재를 지나 두런트 내외가 쓰고 있는 복도의 끝 방을 향해 계속 걸어갔다.

커스턴 린즈트롬이 필립의 방문 앞에서 쟁반을 받쳐 들고 서 있다가 홱 고개를 돌렸다.

"어머, 티나, 깜짝 놀랐잖아. 필립한테 커피하고 비스킷을 좀 갖다 주려던 참이었는데."

그녀는 방문을 두드렸다. 티나는 그녀의 옆에 나란히 섰다.

노크를 한 뒤에 커스턴은 방문을 열고 들어갔다. 그녀는 티나보다 조금 앞서 들어갔고, 크고 말라빠진 그녀의 체구는 티나의 시야를 가리고 있었다.

하지만 티나는 커스턴이 헉 하고 숨을 들이마시는 소리를 들을 수 있었다. 그녀는 힘없이 팔을 늘어뜨렸다. 쟁반이 방바닥에 떨어져 컵과 접시들이 마루에 부딪쳐 쨍그랑거리며 깨졌다.

"오, 안 돼!"

커스턴이 비명을 질렀다.

티나가 앞으로 나서며 말했다.

"필립?"

그녀는 커스턴을 밀치고 필립 두런트의 휠체어가 멈춰 있는 책상 앞으로 다가갔다. 그는 뭔가를 쓰고 있는 중이었던 것 같았다.

그의 오른손 가까이에 볼펜 한 자루가 놓여 있었고, 그의 머리는 이상하게 뒤틀린 자세로 앞을 향해 숙여져 있었다. 그의 목덜미 바로 밑에서 그녀는 흰 칼라를 물들이고 있는 마름모 모양의 붉은 얼룩 같은 것을 보았다.

"살해당한 거야. 살해당했어. 칼에 찔렸어. 저기 목덜미를 봐. 한 번 찔린 것 같은데 그게 치명적이었어."

커스턴이 말했다. 그리고 그녀는 한층 높아진 목소리로 말했다.

"내가 그렇게 경고했는데. 난 내가 할 수 있는 말은 다했어. 그런데 그는 꼭 어린애같이 그 위험한 장난에 몰두해 있었던 거야. 자기가 어디로 가고 있는지도 모르면서 말이야."

이건 마치 악몽 같다고 티나는 생각했다. 그녀가 필립의 팔꿈치 옆에 망연히 서서 그를 내려다보고 있는 사이에 커스턴은 그의 늘어진 팔을 들어 올려 손목에 맥박이 뛰고 있는지 짚어 보고 있었다. 그는 그녀에게 뭘 물어보고 싶었던 걸까? 무얼 알고 싶었든, 이제 그는 물을 수가 없게 되어 버렸다.

뚜렷하게 짚이는 것도 없이, 티나의 마음은 여러 가지 자질구레한 일들이 떠올려져서 허공을 맴돌고 있었다. 그는 뭔가를 쓰고 있었다. 펜은 거기 놓여 있었지만, 그의 앞에는 종이가 한 장도 없었다. 아무것도 쓰인 게 없었다. 그를 살해한 사람이 그가 써놓은 것을 가져간 게 틀림없었다.

곧 그녀는 극히 침착하고 무표정한 음성으로 얘기했다.

"모두에게 알려야겠어요."

"응, 그래. 아래층에도 알리고, 아가씨 아버지한테도 알려야 해."

두 여자는 나란히 방문을 나섰다. 커스턴의 팔이 티나의 몸을 두르고 있었다. 티나의 시선이 방바닥에 떨어져 있는 쟁반과 깨진 그릇으로 향하자 커스턴이 얼른 말했다.

"괜찮아요. 나중에 치워도 돼."

티나는 약간 몸을 비틀거렸고 커스턴은 한 팔로 그녀를 부축하며 말했다.

"조심해요. 넘어지겠어."

그들은 복도를 따라 걸었다. 그때 서재의 문이 열리고 리오와 겐다가 방 밖으로 나왔다.

티나는 분명하고 낮은 음성으로 그들에게 얘기했다.

"필립 형부가 살해당했어요. 칼에 찔려서요."

이건 정말 꿈같다고 티나는 생각했다. 그녀의 아버지는 충격으로 가느다란 외마디 비명을 질렀고, 겐다는 어느 틈엔가 티나를 지나쳐 필립에게로 달려가고 있었다. 필립에게로, 죽어 있는 필립에게로. 커스턴은 그녀를 남겨놓고 황급히 계단을 내려갔다.

"메리한테 알려야겠어요. 조심스럽게 알려야 해. 가엾은 메리. 엄청난 충격을 받을 텐데."

티나는 천천히 그녀를 따라갔다. 그녀는 얼떨떨하고 꿈만 같은 느낌보다 갑자기 무척 강한 뭔지 모를 통증이 가슴을 할퀴고 지나가는 것을 느꼈다.

나는 어디로 가고 있는 것일까? 그녀는 알 수가 없었다. 그녀는 열려져 있는 현관문을 통해 밖으로 나왔다. 그녀가 뒤꼍에서 돌아 나오는 미키를 발견한 것은 바로 그때였다. 그녀의 발걸음은 그녀를 인도해야 할 곳이 마치 언제나 그곳이었던 것처럼 자동적으로 그를 향해 곧장 걸음을 옮겨갔다.
"미키." 하고 그녀가 그를 불렀다.
"오, 미키."
미키는 팔을 벌렸다.
티나는 곧장 그의 팔에 안겼다.
"괜찮아. 내가 있으니까."
미키가 말했다. 티나는 스르르 그의 팔 안에서 미끄러져, 뭔가를 뒤죽박죽 쌓아놓은 모양으로 땅바닥에 주저앉았다. 마침 그때 헤스터가 집 안에서 뛰어나오고 있었다.
"기절했어."
미키는 어찌할 바를 몰라 허둥거리며 말했다.
"티나가 기절하는 건 한 번도 본 적이 없는데."
"충격을 받은 거야."
헤스터가 말했다.
"무슨 말이야? 충격이라니?"
"필립이 살해됐어. 오빤 몰랐어?"
"내가 어떻게 알았겠니? 언제? 어떻게?"
"지금 방금."
그는 헤스터를 빤히 쳐다봤다. 그러고는 티나를 일으켜 팔에 안았다. 헤스터의 부축을 받으며 그는 티나를 아질 부인 방으로 옮겨가 소파에 눕혔다.
"크레이그 박사한테 전화 좀 해."
미키가 헤스터에게 말했다.
"저기 그 사람 차가 오고 있는데."
헤스터는 창밖을 내다보면서 말했다.
"아버지가 필립 때문에 전화로 그를 부르셨나 봐. 난……."
그녀는 미키를 돌아보며 말했다.
"난 그를 만나고 싶지 않아."
그녀는 서둘러 방을 나가더니 2층으로 올라가 버렸다.

도널드 크레이그는 차에서 내려 열려 있는 현관문을 통해 집 안으로 들어왔다.

"안녕하십니까, 린즈트롬 양? 이게 무슨 말이죠? 아질 씨께서 필립 두런트가 살해됐다고 전화를 하셨던데. 정말 살해됐어요?"

"사실이에요."

커스턴이 대답했다.

"아질 씨가 경찰에 전화하셨습니까?"

"모르겠어요."

"그저 상처만 입었을 가능성은 없습니까?"

도널드가 물었다. 그는 차로 돌아가서 왕진 가방을 들고 왔다.

"없어요."

커스턴이 대답했다. 그녀의 목소리는 담담했으나 피곤한 음성이었다.

"그는 죽었어요. 확실해요. 칼에 찔렸거든요. 여기를요."

그녀는 손으로 자기 뒷덜미를 가리키며 말했다.

미키가 거실로 나왔다.

"안녕하세요, 도널드? 티나를 먼저 좀 봐 주시는 게 좋겠습니다. 기절했거든요."

"티나? 오, 알겠네. 그 레드민에 산다는……, 맞지? 어디 있나?"

"저 방에 있습니다."

"2층으로 올라가기 전에 먼저 좀 봐 주세요, 그럼."

그는 방으로 들어가면서 커스턴에게 큰소리로 말했다.

"따뜻하게 해 줘야 해요. 깨어나는 즉시 뜨거운 차나 커피를 가져다주세요. 말씀 안 드려도 잘 아실 테지만……."

커스턴은 고개를 끄덕였다.

"커스턴!"

메리 두런트가 주방에서 천천히 거실로 걸어 나오며 그녀를 불렀다. 커스턴은 그녀에게로 다가갔다. 미키는 당황스런 표정으로 메리를 바라봤다.

"그럴 리 없어."

메리는 크고 거친 음성으로 소리쳤다.

"그럴 리가 없어요! 아줌마가 꾸며낸 거짓말이죠? 난 방금까지 그이의 곁에 있다 나왔는데, 그이는 아무렇지도 않았어요. 그이는 뭘 쓰고 있었어요. 난 쓰지 말라고 했지만. 하지 말라고 했어요. 뭐가 그이를 그렇게 만든 거죠? 그이는 왜 그처럼 고집이 셌을까? 왜 내가 가자고 할 때 이 집을 떠나려하지 않았을까?"

커스턴은 그녀를 달래고 진정시키려고 무진 애를 썼다.

그때 도널드 크레이그가 성큼성큼 아질 부인의 방에서 걸어 나왔다.

"아가씨가 기절했다고 말한 사람이 누굽니까?"

그가 물었다.

미키가 그를 쳐다보며 말했다.

"제가……, 하지만 티나는 기절했는데."

"어디에서 기절했는데요?"

"나하고 함께 있었어요. 집 안에서 나와 걸어오더니만 그냥 쓰러져 버렸어요."

도널드 크레이그는 냉혹한 표정으로 말했다.

"쓰러져 버렸다고? 그래, 쓰러진 건 맞아."

그는 재빨리 전화기 쪽으로 다가가며 말했다.

"앰뷸런스를 불러야겠어. 즉시!"

"앰뷸런스?"

커스턴과 미키가 동시에 그를 쳐다보며 물었다. 메리는 아무 말도 귀에 들어오지 않았다.

"그래요."

도널드는 화난 표정으로 전화 다이얼을 돌렸다.

"저 아가씬 기절한 게 아녜요, 칼에 찔렸어, 아시겠습니까? 등 뒤에서 칼에 찔렸다고요. 어서 병원으로 옮겨야 해요."

제23장

1

호텔 방에서 아서 캘거리는 자신이 작성한 노트를 거듭 훑어보고 있었다.

때때로 그는 고개를 끄덕이기도 했다. 그래……. 그는 지금 옳은 방향을 잡고 있는 것이다.

애초부터 그는 아질 부인을 관찰하는 데 있어 실수를 했었다. 그의 추리는 열 가지 경우에서 아홉 가지는 들어맞을 추리였다. 그러나 이번 경우는 그 나머지 한 가지의 경우에 속했다.

처음 이 사건에 개입하면서부터 내내 그는 이 사건에 알려지지 않은 요소가 존재하고 있음을 느꼈었다. 만일 그 요소를 가려내서 그 정체를 밝힐 수만 있다면 사건은 해결될 것이 분명했다. 그 알려지지 않은 요소를 추적하는 가운데 그는 줄곧 죽은 여인에 대한 망상에 사로잡혀 있었다.

하지만 이제 그는 그 죽은 여인이 사실은 이 사건의 해결에 중요한 요소가 아님을 깨달았다. 어떤 의미에서는, 그 부인이 아니더라도 다른 희생자가 꼭 있었을 사건이었다. 그는 자신의 견해를 머릿속에서 다 지워 버렸다. 다 지워 버리고 이 모든 일이 시작됐던 당시로 생각을 되돌려 보았다.

재코에까지 거슬러 올라가 봤다. 재코는 반드시 자기가 저지르지도 않은 범죄에 대해, 젊은 나이에 부당하게 유죄 판결을 받은 것이라고만은 할 수 없었다. 그는 본질적으로 범죄의 소지를 갖추고 태어난 존재였다. 옛 칼빈주의 교리에 나오는 용어로 표현한다면 재코는, '멸하기로 준비된 진노의 그릇(신약성경 로마서 9장 22절에 기록된 말)'이 아니었을까? 그는 일생을 통해 반드시 그런 짓을 꼭 한 번은 저지를 가능성을 갖고 태어난 게 아닐까?

맥매스터 박사의 말을 들어 봐도 그는 정도야 어찌 됐든 태어날 때부터 반드시 잘못될 사람으로 태어난 것이라고 했다. 그렇게 좋은 환경도 그에게 도움이 되었거나, 그를 구제해 주지는 못했다.

정말 그럴 수 있는 것일까? 리오 아질은 그에 대해 너그러웠고, 연민마저 갖고 있었다. 그가 뭐라고 했던가? '세상에 적응하지 못하는 아이'라고 했던가? 그는 재코 같은 유형의 인물에 대한 현대 심리학적 접근 방법을 인정하고 있었다. 재코는 범죄자가 아니라 병자라고 했다.

그리고 헤스터는 뭐라 했던가? 재코는 늘 무서웠다고 퉁명스럽게 말했다. 평범하며 유치한 표현이었다. 또, 커스턴 린즈트롬은 뭐라 했나? 재코는 사악하다고 했다. 그렇다. 그 여자는 그처럼 단호한 표현을 썼었다. 사악하다고!

티나는 "전 그 애를 믿지 못했고, 또 좋아하지도 않았어요."라고 했다.

그들의 말은 조금씩 달랐지만, 결국 일반적인 의미에 있어서는 모두 일치하지 않았던가? 재코에 대한 평이 일반성에서 독특성으로 귀착된 것은 그의 미망인의 경우뿐이었다.

모린 클레그는 재코를 전적으로 자신의 관점에서만 파악하고 있었다. 그녀는 재코에게 자기 인생을 허비했다고 했다. 그녀는 그의 매력에 이끌렸었는데, 바로 그 점을 억울해했었다. 이제는 성공적으로 재혼을 해서, 자기 남편의 인생을 자기 인생으로 삼고 있었다. 그녀는 재코의 모호한 거래, 그리고 그가 돈을 얻어내던 수단에 대해 캘거리에게 직접적인 단서를 제공해 준 인물이었다.

돈이라…….

아서 캘거리의 피곤한 머릿속에서 돈이라는 낱말이 거대한 글자가 되어 뇌벽 위에서 춤을 추는 것 같았다.

돈! 돈! 돈! 꼭 오페라의 주제 같다고 그는 생각했다.

아질 부인의 돈! 신탁 조합에 기부된 돈! 연금으로 지급된 돈! 그녀의 남편에게 남겨진 찌꺼기 재산! 은행에서 인출했던 돈! 책상 서랍 속에 있던 돈! 지갑에 돈 한 푼 없이 차를 몰고 나가려다 커스턴 린즈트롬에게서 2파운드를 얻었다던 헤스터. 재코에게서 발견된 돈. 어머니가 주었다고 주장했던 그 돈.

일의 전모는 한 가지 패턴을 이루고 있었다. 돈에 관한 서로 무관계한 세부사항으로 엮어진 한 가지 패턴을. 그리고 그 패턴 내에는 아직 밝혀지지 않은 요소가 서서히 그 모습을 드러내고 있는 게 확실했다.

그는 손목시계를 들여다봤다. 헤스터에게 전화하기로 약속한 시간이었다. 그는 전화기를 끌어당겨 수화기를 대고 번호를 댔다. 곧 그녀의 목소리가 수화기 저편에서 들려왔다. 여전히 맑고 어린애 같은 음성이었다.

"헤스터, 기분은 괜찮소?"

"오, 예. 전 괜찮아요."

자기는 괜찮다는 걸 강조하는 그녀의 말 속에 함축된 의미를 파악하는 데에는 약간의 시간이 걸렸다.

"무슨 일이 있었소?"

"필립이 살해당했어요."

"필립? 필립 두런트?"

캘거리는 좀처럼 믿기지 않는다는 듯한 어조로 말했다.

"예, 그리고 티나도요. 아직 죽지는 않았지만요. 언니는 병원에 있어요."

"어떻게 된 건지 말해 봐요."

그는 거의 명령조로 말했다.

그녀는 그에게 사건의 경위를 모두 들려주었다. 그는 아주 자세한 것까지 모두 알게 될 때까지 그녀에게 묻고 또 물었다. 그러고 나서 그는 엄격한 어조로 그녀에게 말했다.

"꼼짝 말고 있어요, 헤스터, 내가 가겠소. 당신하고 함께 있겠소."

그는 다시 손목시계를 내려다보면서 말했다

"한 시간쯤 뒤에 가겠소. 휘시 총경을 만나본 다음에 말이오."

2

"정확히 뭘 알고 싶은 겁니까, 캘거리 박사?"

휘시 총경이 물었다. 그런데 미처 캘거리가 대답도 하기 전에 휘시의 책상 위에 놓인 전화벨이 울렸다.

그는 수화기를 집어들었다.

"예, 예, 말씀하십시오. 잠깐만요."

그는 종이 한 장을 꺼내더니 펜을 집어들고 뭔가 받아쓸 준비를 했다.
"예, 계속하십시오. 예."
그는 종이 위에 뭔가를 적었다.
"뭐라고요? 마지막 단어의 철자가 어떻게 됩니까? 오, 알겠소. 예, 아직 그리 중요한 의미가 있는 말 같지는 않다고요? 좋습니다. 감사합니다."
그는 수화기를 내려놓았다.
"병원에서 온 전화입니다."
"티나요?"
캘거리가 물었다. 총경은 고개를 끄덕였다.
"몇 분 전에 의식을 회복했다는군요."
"무슨 말을 했답니까?"
"그걸 당신에게 얘기할 이유가 뭔지 정말 모르겠군요, 캘거리 박사."
"좀 부탁하겠습니다. 총경님께 도움을 드릴 수 있을 것 같아서 그러는 겁니다."
휘시는 뭔가 궁리하는 듯한 눈빛으로 그를 바라봤다.
"이 사건에 관한 정보를 꽤 많이 갖고 있는 모양이군요, 캘거리 박사?"
"그렇습니다. 많이 갖고 있습니다. 아시다시피, 난 이 사건이 재개된 데 대해 책임감을 느끼고 있습니다. 그 두 가지 비극에 대해서도 책임을 느낍니다. 그 아가씨는 살아날까요?"
"병원 측에선 그렇게 생각하는 것 같소. 칼날이 심장을 비껴 지나갔다는군요. 깊은 상처를 내긴 했지만 말이오."
그는 고개를 저으며 말했다.
"그게 늘 문제입니다. 살인자는 위험한 존재라는 걸 사람들은 믿으려 들질 않아요. 아주 이상한 말 같지만 사실입니다. 그 사람들은 자기들 가운데 살인자가 있다는 걸 모두 알고 있었소. 그들은 자기들이 알고 있는 걸 모두 털어놨어야 했단 말이오. 살인자가 자기 주위에 있을 때의 유일한 안전책은 자기가 알고 있는 걸 즉시 경찰에 알리는 겁니다. 그런데 그들은 그러지 않았소. 나한테 일체 입을 다물었다고요.

필립 두런트는 멋진 친구였는데……, 아주 똑똑한 친구였지. 그런데 그는 이 사건을 일종의 게임으로 간주했어요. 함정을 파놓고 사람들을 여기저기 찔러 본 거요. 그래서 뭔가 알아냈는데, 아니 뭔가 알아냈다고 생각하고 있었는데 다른 사람이 그가 뭔가를 알아냈다는 걸 눈치 챈 겁니다. 그 결과로 난 그가 목 뒤를 칼로 찔려 죽었다는 전화를 받은 겁니다. 위험을 알아차리지 못하고 살인자하고 숨바꼭질을 벌인 결과가 바로 그런 거였소."

그는 말을 멈추고 헛기침을 하며 목청을 가다듬었다.

"그럼 그 아가씨는요?"

캘거리가 물었다.

"그 아가씨도 뭔가 알고 있었던 거요. 말하고 싶지 않은 그 뭔가를 말이오. 이건 내 생각이지만, 그녀는 그 친구를 사랑하고 있었을 거요."

"미키를 말하는 건가요?"

휘시는 고개를 끄덕였다.

"그렇소. 그 미키라는 친구도 그녀를 좋아하고 있었어요. 하지만 누군가를 사랑한다는 것도 미칠 듯한 두려움을 덜어 주기엔 부족합니다. 그녀가 무엇을 알고 있었든지 간에 그것은 그녀 자신이 생각하고 있던 것보다 훨씬 엄청난 사실이었습니다. 그것이 바로 그녀가 두런트가 죽은 걸 발견하고 곧장 그의 품에 달려가 안겼을 때 그가 기회를 잡아 그녀를 찔렀던 이유입니다."

"그건 단순히 총경님이 엮어낸 이야기 아닙니까?"

"전적으로 내가 엮어낸 이야기는 아니오, 캘거리 박사. 칼이 그의 주머니에 들어 있었단 말이오."

"범행에 쓰인 칼이 말입니까?"

"그렇소. 피가 묻어 있었어요. 조사를 해 봐야겠지만, 보나마나 그 아가씨의 피일 거요. 그 아가씨의 피와 필립 두런트의 피 말이오!"

"하지만 그럴 리가 없어요."

"누가 그럴 리가 없다고 합니까?"

"헤스터요. 전화를 걸어서 모두 얘기해 주더군요."

"그녀가 그랬다고요? 그래요, 진상은 아주 간단하지요. 메리는 남편을 혼자

두고 주방으로 내려갔습니다. 그때까지 그녀의 남편은 살아 있었고, 시간은 4시 10분 전이었습니다. 그때 집에는 리오 아질과 겐다가 서재에 있었고, 헤스터 아질은 2층 그녀의 침실에 있었습니다. 그리고 커스턴 린즈트롬은 주방에 있었고요. 4시 직후에 미키와 티나가 집에 도착했습니다. 미키는 정원으로 내려갔고, 티나는 필립에게 커피와 비스킷을 갖다 주려고 2층으로 올라간 커스턴을 곧바로 따라 올라갔습니다. 티나는 헤스터를 복도에서 마주쳐 잠깐 얘기를 나눈 뒤에 곧 린즈트롬 양과 함께 필립의 방에 들어가서 그가 죽어 있는 것을 발견했습니다."

"그 시간 내내 미키는 정원에 있었습니다. 그것이 완벽한 알리바이 아닙니까?"

"당신이 모르고 있는 것은 말입니다, 캘거리 박사, 그 집 앞에는 커다란 목련나무가 서 있다는 사실이오. 그 집 아이들이 곧잘 올라가 놀곤 하던 나무죠. 특히 미키가 그랬죠. 그 나무는 그가 집 안으로 드나들던, 그만이 알고 있는 통로 중 하나였소. 그는 그 나무를 기어올라 두런트의 방에 들어가서 그를 찌른 뒤에 다시 나무를 타고 내려올 수 있었습니다. 오, 물론 그건 눈 깜짝 할 시간에 해치워야 하는 일이긴 했지요. 사람이 뻔뻔스러워지면 하지 못할 일이 없는 것 아니겠소. 게다가 그는 티나가 두런트와 만나는 것을 막아야 했습니다. 자신의 안전을 위해서는 그 두 사람 모두를 죽여야 했던 겁니다."

캘거리는 잠깐 생각에 잠겼다.

"총경님, 방금 티나가 의식을 회복했다고 하셨죠? 누가 자기를 찔렀는지 분명히 말할 수 없는 상태였답니까?"

"말에 조리가 없다는군요."

휘시가 천천히 대답했다.

"사실, 정말 의식이 회복된 거라고 할 수 있는지도 의심스럽습니다."

그는 피곤한 표정으로 미소를 지어 보였다.

"좋아요, 캘거리 박사. 그녀가 뭐라고 했는지 다 얘기해 드리리다. 제일 처음, 그녀는 한 이름을 말했답니다, 미키라고……."

"그럼 그녀가 미키를 지목한 거군요."

캘거리가 말했다.

"그런 것으로 생각됩니다."

휘시는 고개를 끄덕이며 말했다.

"그 밖의 말은 별 의미가 없었습니다. 헛소리 비슷한 말이었으니까."

"뭐라고 했는데요?"

"미키……."

휘시는 자기 앞에 놓인 종이철을 내려다보았다.

"그다음에 한동안 말이 없다가, '잔은 비어 있었…….' 그리고 또 한참 동안 말이 없다가, '돛대 위의 비둘기.'"

그는 캘거리를 쳐다보며 물었다.

"무슨 얘긴지 이해하시겠소?"

"아니오." 캘거리가 대답했다.

그는 고개를 저으며 궁금하다는 듯이 중얼거렸다.

"돛대 위의 비둘기라……, 아주 이상한 말이군요."

"우리가 알고 있는 범위 내에서는 돛대도 없고 비둘기도 없습니다. 하지만 그 아가씨에게는 그 아가씨 마음에는, 무슨 의미가 있는 말일 게요. 하지만 당신이 보기에도 살인사건과는 아무 관계가 없는 말 아닙니까? 그 아가씨가 무슨 환상에 빠져 있는지 모르겠군요."

캘거리는 한동안 아무 말 없이 앉아 있었다. 뭔가 깊이 생각하고 있는 듯했다. 얼마 뒤 그는 입을 열었다.

"미키를 체포했습니까?"

"구금해 놨습니다. 24시간 안에 구속될 겁니다."

휘시는 이상하다는 듯한 눈빛으로 캘거리를 쳐다보며 물었다

"당신은 미키 청년이 이 사건의 해답이라고 생각지 않는 것 같군요?"

"그렇습니다. 내 생각에 미키는 이 사건의 해답이 아닙니다. 아직 난 잘 모르겠습니다."

그는 일어섰다.

"난 여전히 내 추측이 옳다고 생각합니다. 하지만 총경님이 믿을 만한 증거

가 아직 충분치 않습니다. 다시 한 번 그곳에 가봐야겠습니다. 가서 모두를 만나 봐야겠습니다."

"좋습니다. 하지만 조심하시오, 캘거리 박사. 그건 그렇고 지금 무슨 생각을 하고 있는 겁니까?"

"총경님에겐 아무 의미도 없을 겁니다. 굳이 말씀드리자면 이 사건은 열정으로 인한 범죄라는 것이 내 생각입니다."

"열정에도 여러 가지가 있습니다, 캘거리 박사. 증오, 탐욕, 허욕, 두려움……, 이런 게 다 열정 아니오?"

"내가 말씀드린 열정이란 통상적인 의미에서의 열정을 뜻하는 겁니다."

"만일 그 얘기가 겐다 보건과 리오 아질을 지목하는 거라면 그건 우리도 내내 의심해 왔던 부분임을 밝혀 드리겠소. 하지만 그쪽 방향으로의 추리는 허탕이었습니다."

"내 추리는 그보다 좀 복잡합니다."

캘거리가 심각하게 말했다.

제24장

아서 캘거리가 서니 포인트에 도착한 것은 그가 맨 처음 그곳에 왔던 때와 마찬가지로 어둑어둑할 무렵이었다. 그는 초인종을 누르면서 '바이퍼스 포인트' 하고 혼자 되뇌어 보았다. 모든 일이 다시 한 번 재현되는 것 같았다.

문을 열어준 사람은 헤스터였다. 그녀의 얼굴에 나타난 도전적인 표정도 마찬가지였고, 그녀에게서 풍기던 절망적 비극의 분위기도 역시 변함이 없었다. 그녀의 뒤편으로 그는 전에 봤던 것과 마찬가지로 경계와 의혹에 가득 찬 시선을 던지고 있는 커스턴 린즈트롬의 모습을 보았다. 그것은 재현되고 있는 역사였다. 하지만 그 역사에는 곧 변화가 생겼다.

헤스터의 표정에 나타나 있던 의혹과 절망의 표정은 그를 반기는 사랑스러운 미소로 변했다.

"선생님이군요, 오! 와 주셔서 저는 얼마나 기쁜지 모르겠어요!"

그는 그녀의 두 손을 감싸 쥐었다.

"아버님을 만나 뵙고 싶소, 헤스터. 서재에 계신가요?"

"예, 겐다하고 함께 계셔요."

커스턴 린즈트롬이 그들을 향해 다가왔다.

"왜 또 오신 거죠?"

그녀는 힐난하듯 물었다.

"지난번에 선생님이 어떤 문제를 일으키고 가셨는지 보세요! 우리 모두에게 어떤 일이 벌어졌는지 보시라고요! 헤스터의 인생이 파괴되었어요. 아질 씨의 인생도 파괴되었고요. 그리고 두 사람이 죽었어요. 두 사람이나요! 필립 두런트하고 가엾은 티나! 모두 당신이 하신 일이에요. 모두 선생님 때문이라고요!"

"티나는 아직 죽지 않았습니다. 그리고 내가 여기 온 것은 그대로 내버려

둘 수 없는 일이 있어서입니다."
"무슨 일을 하실 거라는 말인가요?"
커스턴은 여전히 그의 앞을 가로막고 서서 물었다.
"내가 시작해 놓은 일을 끝마쳐야 합니다."
그는 아주 정중하게 그녀의 어깨에 손을 얹고는 가만히 그녀를 밀어냈다. 그리고 2층으로 오르는 계단을 올라가기 시작했다. 헤스터가 그의 뒤를 따라왔다.
그는 계단을 오르다가 뒤돌아보고 커스턴에게 말했다.
"같이 올라오십시오, 린즈트롬 양. 식구들 모두가 있었으면 좋겠습니다."
서재에서 리오 아질은 책상 옆의 의자에 앉아 있었고, 겐다 보건은 벽난로 앞에 무릎을 꿇고 앉아서 꺼져 들어가는 불꽃을 바라보고 있었다. 캘거리가 들어서자 그들은 놀란 눈으로 그를 올려다보았다.
"갑자기 들이닥쳐서 죄송합니다. 하지만 여기 두 분에게 얘기했다시피 내가 시작해 놓은 일을 끝마치려고 찾아왔습니다."
그는 주위를 둘러보며 물었다.
"두런트 부인은 아직 여기 있습니까? 그분도 여기에 왔으면 하는데요."
"아마 누워 있을 거요. 좀처럼 충격에서 벗어나지 못하고 있소."
리오가 말했다.
"두런트 부인도 이 방으로 왔으면 좋겠습니다."
그는 커스턴을 향해 말했다.
"죄송하지만, 가서 부인을 좀 오게 해주시겠습니까?"
"오지 않으려 할 거예요."
커스턴은 퉁명스럽게 말했다.
"가서 남편되시는 분의 죽음에 관한 얘긴데 듣고 싶지 않으냐고 말해 보십시오."
"오, 가보세요, 커스티."
헤스터가 옆에서 거들어 주었다.
"그렇게 의심하고 몸을 도사릴 필요가 없어요. 캘거리 박사님이 무슨 얘길 하실지 모르겠지만, 우리 모두 들어 봐야 해요."
"원하시는 대로 하죠."
커스턴은 방을 나갔다.
"앉으시오."
리오는 벽난로 저편의 의자 하나를 가리켰다. 캘거리는 그가 가리킨 의자에 가서 앉았다.
"이런 말을 하는 걸 용서하시기 바랍니다. 난 당신이 애초에 이곳에 오지 않았다면 얼마나 좋았을까 생각하고 있소."
리오가 말했다.
"그건 부당해요. 그런 말씀은 정말 부당해요."
헤스터가 격렬한 음성으로 말했다.
"어떤 기분이실지 이해합니다."
캘거리가 말했다.
"제가 선생님 입장이었다 해도 마찬가지였을 겁니다. 저도 잠깐 동안 선생님과 같은 생각을 가졌기는 했지만, 깊이 생각해 본 결과 아직도 제가 할 일이 남아 있다는 걸 깨달았습니다."
커스턴이 다시 방으로 들어왔다.
"메리가 오고 있어요."
그들이 아무 말 없이 잠깐 기다리자, 곧 메리 두런트가 방으로 들어왔다.
캘거리는 그녀를 처음 만나는 것이었기에 호기심에 찬 시선으로 그녀를 쳐다봤다. 그녀는 침착하고 안정되어 보였으며 옷차림도 단정했고, 머리카락 한 올 흐트러지지 않은 모습이었다. 하지만 그녀의 얼굴엔 아무런 표정도 없어 마치 가면 같았고, 꿈속을 헤매고 있는 여자인 듯한 분위기를 풍겼다.
리오가 그녀를 캘거리에게 소개하자 그녀는 머리를 약간 숙여 인사를 했다.
"와 주셔서 감사합니다, 두런트 부인."
캘거리가 말했다.
"부인께서도 내가 하는 말을 들어야 한다고 생각했습니다."
"좋으실 대로 하세요."

메리가 말했다.

"하지만 누가 무슨 말을 하건 필립을 되돌아오게 할 수는 없을 거예요."

그녀는 그들로부터 좀 떨어진 곳으로 걸어가 창가에 놓인 의자에 앉았다.

캘거리는 주위에 모인 사람들을 둘러보며 말했다.

"먼저 이 애기부터 해야겠군요. 내가 처음 여기 와서, 내가 바로 재코의 누명을 벗겨 줄 수 있는 사람이라고 말했을 때, 그 애기에 대한 여러분의 반응은 나를 당황케 했습니다. 지금은 그때 여러분들이 왜 그랬는지 이해합니다. 그런데 그때 내게 아주 인상 깊었던 것은 여기 있는 따님이……." 하며 그는 헤스터를 쳐다봤다.

"내가 여길 나서려 할 때 내게 했던 애기입니다. 따님은 중요한 건 정의가 아니라 무죄인 사람들에게 어떠한 일이 닥치느냐 하는 거라고 했습니다. 최근 번역판 성경의 욥기에 보면 그 비슷한 구절이 나옵니다. '정직한 자의 고난'이라는 구절 말입니다. 내가 전해 드린 그 뜻하지 않은 소식의 결과로 여러분 모두가 지금까지 고통받아 왔습니다. 결백한 사람은 고통받아서는 안 됩니다. 또 앞으로도 마찬가지입니다.

내가 지금부터 여기서 말씀드리려는 것은 그 무고한 사람들이 받는 고통을 끝내는 말이 될 것입니다. 내가 처음 이곳에 왔을 때, 내가 전한 소식은 내가 생각했던 것처럼 여러분들 사이에서 커다란 기쁨의 환호가 터져 나오게 만드는 소식이 아니었습니다. 여러분들은 모두 재코의 유죄를 인정하고 있었습니다. 이렇게 말씀드려도 될지 모르겠습니다만, 여러분은 모두 그 사실에 만족하고 있었습니다. 아질 부인의 살인사건에는 그보다 더 좋은 해결책이 있을 수 없었던 것입니다."

"그건 좀 심한 말씀 아니오?"

리오가 말했다.

"아닙니다. 그건 사실입니다. 외부인의 소행이라고 할 수 있는 문제도 아니었고, 재코를 범인이라 한다면 그럴듯한 구실도 찾아낼 수 있었기에 재코는 여러분 모두에게 범인으로서 아주 만족스런 존재였던 것입니다. 그는 불운한 청년이었고 정신적인 불구자여서, 그의 행동이나 불량 청년으로서 저지른 문제들에 대해서는 책임이 없다고 여러분은 재코를 변명해 줄 수도 있었습니다! 지금 내가 쓴 이 표현은 오늘날 인간의 범죄에 대한 상당히 타당성 있는 구절이 되고 있습니다. 아질 씨, 당신은 그를 비난하지 않는다고 하셨습니다. 희생자인 그의 어머니도 그를 비난하지 않을 거라고 했습니다. 그렇습니다. 오직 한 사람만 그를 비난했습니다."

그는 커스턴 린즈트롬을 쳐다보며 말했다.

"당신은 그를 비난했습니다. 당신은 재코가 사악했다고 똑똑하고 분명하게 말했습니다. 그게 바로 당신이 사용한 표현입니다. '재코는 사악했다'고 당신은 말했습니다."

"아마……, 아마……, 그래요. 그렇게 말했을 거예요. 그건 사실이에요."

커스턴 린즈트롬이 말했다.

"예, 그건 사실입니다. 그는 사악했습니다. 그가 사악하지 않았다면 이런 일들은 벌어지지 않았을 테니까요. 하지만 당신은 내 증언으로 인해 실제 범행은 그가 한 것이 아니라는 사실을 분명하게 해주고 있음을 잘 알고 있을 겁니다."

커스턴이 말했다.

"어떤 경우를 막론하고 다 증거를 믿을 수 있는 건 아니에요. 당신은 뇌진탕을 일으켰었어요. 뇌진탕이 사람한테 어떤 영향을 미치는지 난 잘 알아요. 뇌진탕을 일으킨 사람은 기억이 또렷하질 않고 희미해요."

"그래, 그게 아직도 당신의 해결책입니까? 당신은 재코가 실제로 범행을 하고 어떤 방법으로 알리바이를 조작해 낸 거라고 생각하는 겁니까? 그렇습니까?"

"난 자세한 건 몰라요. 하지만 그래요. 그 비슷한 생각을 하고 있어요. 난 그의 짓이라는 주장에는 변함이 없어요. 이 집안사람들이 당한 모든 고통, 그리고 죽음……, 그래요. 이 끔찍한 죽음들도 모두 그가 한 짓이에요. 모두 재코의 짓이라고요!"

헤스터가 소리쳤다.

"하지만, 커스티, 아줌마는 언제나 재코한테 헌신적이었잖아요."

"아마, 아마 그랬을 거예요. 하지만 그가 사악했다는 것만은 분명해요."
"그 점은 당신의 말이 옳다고 생각합니다."
캘거리가 말했다.
"하지만 당신은 다른 면에서는 잘못 생각하고 있습니다. 뇌진탕이었건 아니었건 내 기억은 완벽할 정도로 분명합니다. 아질 부인이 살해되던 날 밤, 나는 앞서 말한 시간에 재코를 내 차에 태워줬습니다. 그날 밤 잭 아질이 그의 양어머니를 살해했을 가능성(난 이 말을 특히 강조하겠습니다)은 없었습니다. 그의 알리바이는 유효합니다."
리오는 침착하지 못한 태도로 몸을 움직였다.
캘거리는 얘기를 계속해 나갔다.
"여러분은 내가 똑같은 얘기를 거듭하고 있다고 생각하십니까? 아닙니다. 내 이야기엔 분명 또 하나 생각해야 할 것이 있습니다. 휘시 총경한테 들은 바에 의하면 재코는 알리바이를 댈 때 아주 자신 있는 태도로 줄줄 댔다고 합니다. 그는 그런 일이 있을 줄 알고 미리 준비라도 했던 것처럼 시간과 장소를 철저하게 기억하고 있었다고 합니다. 그것은 내가 재코에 관해 맥매스터 박사하고 나눴던 대화와 그대로 들어맞습니다.
그분은 논쟁의 대상이 되는 비행(非行) 사건에 아주 경험이 많으신 분입니다. 그분은 재코가 마음속에 살인의 씨앗을 품고 있다는 것은 그리 놀라운 일이 아니지만, 실제 그것을 실행에 옮겼다는 건 놀라운 일이라고 했습니다. 만일, 재코 같은 타입이 살인을 한다면 자기가 직접 하는 게 아니라 다른 누군가가 일을 저지르도록 유도한다는 겁니다.
그 말을 듣고 나는 이런 생각을 하기에 이르렀습니다. 재코는 그날 밤 범행이 일어나리란 걸 알고 있었던 게 아닐까? 알리바이가 필요할 거란 걸 알고 용의주도하게 그걸 만들어 낸 건 아닐까? 만일 그렇다면 다른 누군가가 아질 부인을 살해하기는 했으되 재코는 부인이 살해되리란 걸 알고 있었던 것이고, 따라서 그는 그 범행을 교사한 사람이었다고 말할 수 있는 겁니다."
그는 커스턴 린즈트롬에게 말했다.
"당신도 그렇게 생각하지 않습니까? 그렇게 생각하거나, 아니면 그렇게 생각하고 싶지 않습니까? 당신은 부인을 죽인 것이 당신이 아니라 재코였다고 생각하지요……? 당신은 그의 명령 하에서, 그의 영향력 하에서 움직인 것이라고 생각합니다. 그래서 모든 비난을 그에게로 돌리고 싶어 하는 겁니다!"

"내가요?"

커스턴 린즈트롬이 말했다.

"내가 말인가요? 무슨 말씀을 하시는 거예요?"

"내 말은 어떤 방법이 되었든 잭 아질이 시키는 대로 그의 공범자 역할을 할 만한 사람은 이 집에 오직 한 명밖에 없었다는 말입니다. 그게 바로 당신입니다, 린즈트롬 양. 재코의 이력을 살펴보면 알 수 있습니다. 그에게는 중년의 여인들에게 열정을 불러일으킬 수 있는 능력이 있었다는 기록이 있습니다. 그는 남으로 하여금 자신의 말을 믿게 하는 재주를 갖고 있었습니다."

캘거리는 몸을 앞으로 굽히며 말했다.

"그가 당신을 사랑한다고 하지 않았습니까?"

그는 부드러운 음성으로 물었다.

"자기는 당신을 사랑하고 있다고, 당신과 결혼하고 싶다고, 이 일만 잘 끝나서 어머니의 돈을 좀더 자유자재로 쓸 수 있게 되면 당신과 결혼해서 어딘가로 도망갈 수 있을 거라고 그는 말했습니다. 그리고 당신은 그의 말을 믿었습니다. 내 말이 틀립니까?"

커스턴은 그를 똑바로 쳐다보고 있었다. 아무 말도 하지 않은 채, 그녀는 온몸이 마치 마비된 사람 같았다.

"이건 잔인하고 비정하고 용의주도하게 저질러진 범죄입니다."

아서 캘거리가 말했다.

"그날 밤 그는 돈을 마련하지 못하면 체포되어 감옥에 가게 될지도 모르는 절망적인 상태로 이곳에 왔습니다."

"당신은……, 당신은 지금 내가 아질 부인의 돈을 훔쳐서 그에게 줬다고 생각하는 건가요?"

커스턴 린즈트롬이 말했다.

"아니오."

캘거리는 잘라 대답했다.

"돈이 있었다면 당신 돈을 줬을 거요. 하지만 내 생각에 당신에게는 돈이 없었소. 당신은 연금 수입이 있었지만, 그는 이미 당신에게서 그걸 죄다 바닥내 버렸던 거요. 그래서 그는 그날 저녁 절망적인 상황에 놓여 있었고, 아질 부인이 2층의 남편에게 올라간 사이에 당신은 그가 기다리고 있는 곳으로 나갔습니다. 그는 당신이 해야 할 일을 당신한테 지시했소. 먼저, 당신은 돈을 자기에게 줘야 하고 돈을 훔친 것이 발견되기 전에 아질 부인은 살해되어야 한다고 하면서 말이오. 그건 돈이 없어진 걸 그녀가 알면 그대로 덮어두려 하지 않을 것이기 때문이었소. 그는 아주 쉬운 일일 거라고 말했소. 도둑이 들어와서 부인의 머리를 뒤에서 치고 달아난 것처럼 보이도록 서랍을 빼놓기만 하면 된다고 했소. 아무것도 못 느낄 테니까 말이오. 그 자신은 알리바이를 만들고 있을 테니까, 당신은 7시에서 7시 30분이라는 시간대를 잘 지켜서 일을 하도록 주의해야 했을 거요."

"사실이 아녜요."

커스턴은 몸을 떨기 시작했다.

"그런 말을 하다니, 당신은 미쳤군요."

하지만 그녀의 목소리엔 분노가 담겨 있지 않았다. 이상하게도 그녀의 어조는 기계적이었고, 또 피곤에 푹 젖어 있었다.

"당신이 말한 것이 사실이라면, 그가 살인죄로 구속이 됐는데도 내가 그냥 있었겠어요?"

"오, 예. 어찌 됐든 그는 자기 알리바이를 만들고 있겠다고 당신한테 얘기했었소. 당신은 아마도 그가 체포되어도 그의 결백이 증명될 것을 기대했을 거요. 그게 당신과 그가 세운 계획의 전부였소."

"하지만 그가 자기 결백을 증명할 수 없었을 때 내가 그를 구해낼 수도 있잖아요?"

"아마 그랬을 수도 있겠죠. 하지만 뜻하지 않은 일이 생겼소. 사건이 있은 다음 날 아침 재코의 아내가 여기에 나타났던 거지요. 당신은 그가 결혼했다는 걸 모르고 있었소. 그래서 그 여자는 당신이 자기 말을 믿도록 몇 번이고 자기가 재코의 아내라는 말을 되풀이해야 했었소.

마침내, 당신은 세상이 무너지는 것 같은 충격을 받았소. 재코가 어떤 사람인지 비로소 당신은 알게 된 거요. 비정하고 교활하고, 당신에게 한 점의 애정도 없었다는 것을. 당신은 그가 당신에게 무슨 짓을 하게 만들어 놓은 건지 그때서야 깨달았던 거요."

갑자기 커스턴 린즈트롬이 말을 쏟아 놓기 시작했다. 그녀의 입가에서는 조리도 없는 말이 마구 쏟아져 나왔다.

"난 그를 사랑했어요. 난 진심으로 그를 사랑했어요. 난 바보였어요. 속아 넘어가기 쉬운 중년 여자로 그에게 점이 찍힌 바보였어요. 그는 내가 자기 말을 사실로 생각하고, 또 사실로 믿게 만들었어요. 그는 아가씨들은 전혀 좋아하지 않는다고 했어요. 그는……, 그가 내게 했던 말을 모두 다 말할 수는 없군요. 난 그를 사랑했어요. 그를 사랑했다는 것만큼은 말할 수 있어요. 그런데 그 어리석게 선웃음 치는 여자가, 어디서나 흔해 빠지게 볼 수 있는 조그만 여자가 나타났던 거예요. 난 그래서 이 모든 게 다 거짓말이라는 걸, 모두가 그의 간교라는 걸 깨달았어요. 내 잘못이 아니라, 그의 잘못이라는 걸 말이에요."

"내가 여기 왔던 날 밤……."

캘거리가 다시 이야기를 시작했다.

"당신은 두려워하고 있었소, 안 그렇소? 당신은 앞으로 무슨 일이 생길지에 대해 겁먹고 있었던 거요. 당신은 다른 사람 때문에 두렵기도 했을 거요. 당신이 사랑하는 헤스터, 당신이 좋아하는 리오. 아마 당신은 이들에게 어떤 일이 생길지 조금쯤은 짐작했을 거요. 하지만 당신이 가장 걱정했던 것은 역시 당신 자신이었소. 자신에 대한 염려가 당신으로 하여금 무슨 일을 저지르게 만들었는지 당신은 잘 알 거요. 당신은 당신 손으로 방금 두 사람을 더 죽였소."

"내가 티나하고 필립을 죽였다는 거예요?"

"물론이오. 당신이 그들을 죽였소."

캘거리가 말했다.

"티나는 의식을 회복했소."

커스턴의 어깨가 절망으로 인해 축 늘어졌다.

"그래서 내가 자기를 찔렀다고 그녀가 말했군요. 그녀가 알 거라고는 생각 못 했어요. 내가 미쳤었어요. 그때 난 미쳤었어요. 공포 때문에 미쳤댔어요. 사실이 밝혀질 날이 점점 가까워지고 있었으니까."

"의식을 회복했을 때 티나가 뭐라고 한 줄 압니까? '컵은 비어 있었다'라고 했소. 난 그 말이 무얼 의미하는지 알아차렸소. 당신은 필립 두런트에게 커피 한 잔을 갖다 주려는 참인 체했지만, 사실은 티나가 오는 소리를 들었을 때 당신은 이미 필립을 찌르고 그 방을 나오는 중이었소. 티나가 오자 당신은 이제 막 올라온 것처럼 쟁반을 들고 다시 들어가는 체했던 거요. 잠시 뒤, 티나는 그의 죽음으로 거의 아무것도 생각할 수 없을 정도로 충격을 받았지만, 마룻바닥에 떨어져 깨진 커피잔은 빈 잔이었고, 커피는 한 방울도 남아 있지 않다는 걸 거의 자동적으로 알아차렸던 거요."

그때 헤스터가 소리쳤다.

"하지만 커스턴은 티나를 찌를 수 없었어요. 티나는 아래층으로 내려가서 미키에게로 걸어갔는데, 그때까지도 티나는 멀쩡했는데요."

"아가씨, 내 말을 좀 들어 봐요. 칼에 찔렸어도 사람들은 자기에게 무슨 일이 생겼는지 모르는 채 큰 길 하나 정도는 그냥 걸어갈 수 있습니다! 티나는 충격을 받은 상태에 있었기 때문에 거의 아무것도 느낄 수가 없었을 겁니다. 뭔가 콕 찌르는 것 같다거나 약간의 통증 정도밖에는 못 느꼈을 겁니다."

캘거리는 다시 커스턴을 쳐다보며 말했다.

"그리고 그 뒤에 당신은 범행에 쓴 칼을 미키의 주머니 속에 슬쩍 넣어 두었소. 그것이 당신이 저지른 일 중에서 가장 비열한 짓이었지."

커스턴은 변명이라도 하듯 양 손을 내저으며 애원하는 목소리로 말했다.

"난 어쩔 수 없었어요. 어쩔 수 없었다고요. 사실이 밝혀질 날이 아주 가까워 오고 있었거든요. 식구들 모두가 알기 시작하고 있었어요. 필립은 알아내고 있는 중이었고, 티나는……, 티나는 그날 저녁 주방 밖에서 재코가 나한테 얘기하는 소리를 들었던 것이 분명해요. 식구들은 모두 알기 시작하고 있었어요. 난 내 안전을 지켜야 했단 말이에요. 난……, 결코 안전할 수가 없었어요!"

그녀는 손을 툭 내려뜨렸다.

"티나는 죽이고 싶지 않았어요. 그리고 필립은……."

메리 두런트가 의자에서 일어났다. 그녀는 천천히 방을 가로질러 왔다. 그녀가 무얼 하려는지 점점 분명하게 알 수 있었다.

"네가 필립을 죽였다고? 네가 필립을 죽였어!"

갑자기 그녀는 암호랑이처럼 맞은편의 여자에게 훌쩍 뛰어 달려들었다.

재빨리 그녀에게로 뛰어가 발목을 붙잡아 세운 것은 겐다였다. 캘거리도 겐다와 합세했고, 그들 모두가 메리의 행동을 막았다.

"네가……, 네가!"

메리 두런트는 미친 사람처럼 울부짖었다.

커스턴 린즈트롬이 그녀를 향해 말했다.

"이게 그 사람하고 무슨 상관이 있는 일이었지? 왜 그는 이리저리 기웃거리며 다니고 질문을 해댔느냔 말이야? 그는 아무런 위협도 받지 않았는데, 그에게는 이것이 죽고 사는 문제가 아니었잖아! 그에게 이 일은 단지 오락이었다고!"

그녀는 돌아서더니 천천히 문쪽으로 걸어가기 시작했다. 그들을 돌아보지도 않고 그녀는 방을 나갔다.

"가지 못하게 해요."

헤스터가 소리쳤다.

"오, 가지 못하게 해야 해요."

그러자 리오 아질이 말했다.

"내버려 둬라, 헤스터."

"하지만 자살할지도 몰라요."

"그러진 않을 겁니다."

캘거리가 말했다.

"오랫동안 그녀는 우리의 충실한 친구였다."

리오가 말했다.

"충실하고 헌신적인 친구. 그런데 이런 일이 생기다니!"

"그녀가 자살하려 하지 않을까요?"

겐다가 캘거리를 향해 물었다.
"그럴 것 같지는 않습니다. 아마 가까운 역으로 가서 런던행 기차를 탈 겁니다. 물론 멀리 도망갈 수 없다는 것은 그녀도 알 겁니다. 곧 추적을 받고 잡힐 테니까요."
"가엾은 커스틴."
리오가 다시 말했다. 그의 목소리는 떨렸다.
"우리 모두한테 그렇게 충실하고, 그렇게 친절했는데."
겐다가 그의 팔을 잡고 흔들며 말했다.
"어떻게 그런 말씀을 하실 수 있어요, 리오, 어떻게요? 그녀가 우리 모두한테 저지른 일을 생각해 보세요. 우리를 얼마나 고통받게 했는지요!"
"알고 있소."
리오가 말했다.
"하지만 그녀 자신도 마찬가지로 고통 받았소. 이 집에서 가장 고통스러웠던 사람은 바로 그녀였을 거요."
"까딱하면 우리는 영원히 고통 받을 뻔했어요."
겐다가 반박하듯 말했다.
"캘거리 박사가 여기 오지 않았더라면……."
그녀는 고맙다는 표정으로 그를 돌아보았다.
"이렇게 해서 마침내 나는 좀 늦긴 했지만 여러분께 도움이 될 수 있었군요."
"너무 늦었어요."
메리가 비통한 음성으로 말했다.
"너무 늦었어요! 오! 왜 우린 몰랐을까요. 왜 짐작도 못 했을까요?"
그녀는 비난하는 시선으로 헤스터를 돌아보며 말했다.
"난 넌 줄 알았어. 난 늘 너라고 생각했었어."
"형부는……."
헤스터가 뭔가 말하려다 멈칫하고 캘거리를 쳐다보았다.
메리 두런트는 다시 평온해진 음성으로 말했다.
"난 죽어 버렸으면 좋겠어."

"얘야, 어떻게 하면 널 도울 수 있을지 모르겠구나."

리오가 그녀를 위로했다.

"아무도 절 도울 수 없어요. 이건 필립의 잘못이에요. 여기 머무르고 싶어 했고, 무모하게 이 일에 관여하기를 원했어요. 그래서 죽임을 당한 거예요."

그녀는 주위 사람들을 둘러보며 말했다.

"아무도 이해 못 할 거예요."

그리고 그녀는 방을 나갔다.

캘거리와 헤스터가 그녀를 쫓아갔다. 문을 나서면서 캘거리가 뒤를 돌아보자 리오가 겐다의 어깨를 쓰다듬고 있는 것이 보였다.

"아줌마는 나한테도 경고했었어요."

그녀는 두 눈을 크게 뜨고 있었고, 두려움에 질려 있었다.

"처음에 날 보고 자기를 믿지 말라고 한 것, 다른 식구들을 두려워하는 것처럼 자기도 두려워해야 한다고 한 것은 모두 옳은 말이었어요."

"잊어버려요, 헤스터. 지금은 그것만이 당신이 해야 할 일이에요. 잊어버려요. 이제는 식구들 모두가 자유로워졌어요. 결백한 사람이 죄악의 그늘 속에서 고통받는 일은 더 이상 없을 거요."

"그럼 티나는요? 완쾌될까요? 죽지는 않을까요?"

"죽지는 않을 거요. 그런데 티나는 미키를 사랑하고 있지 않은가요?"

"그런 것 같아요."

헤스터는 좀 높아진 목소리로 대답했다.

"그러리라고는 꿈에도 생각지 못했는데 말이에요. 물론 그들은 늘 오빠 동생으로 지냈어요. 하지만 사실은 오빠하고 동생이 아니죠."

"그건 그렇고 헤스터, 티나가 '돛대 위의 비둘기'라는 말을 했다는데, 그게 무슨 말인지 알아요?"

"돛대 위의 비둘기라고요?"

헤스터는 눈썹을 찡긋하며 말했다.

"잠깐만 기다려 보세요. 아주 낯익은 말 같아요. '우리가 탄 배는 순풍에 미끄러져 가고 돛대 위에는 비둘기 슬프게 꾹꾹거리네.' 티나가 그랬나요?"

"아마 그럴 거요."
"그건 노래예요."
헤스터가 말했다.
"일종의 자장가죠. 커스티가 그 노래를 우리한테 불러 주곤 했어요. 전 조금밖에 기억 못해요. '내 사랑, 그대는 내 오른편에 서 있네.' 그리고 그다음엔 어떻게 되더라? '오 아름다운 아가씨, 난 여기 있지 않아요. 내게는 집도 없고, 고향도 없고, 바닷가나 모래밭의 둥지도 없지만, 아가씨의 마음속만은 내 쉴 곳이라오.'"
"알겠어요."
캘거리가 재미있다는 듯 웃으며 말했다.
"예, 알겠어요."
"티나가 완전히 회복되면 두 사람은 아마 결혼할 거예요. 그러면 티나는 그와 함께 쿠웨이트로 갈 수 있겠죠. 티나는 따뜻한 지방에 가서 살길 늘 원했어요. 페르시아만 쪽은 아주 따뜻하잖아요?"
"너무 따뜻하다고 해도 좋을 거요."
"아무리 따뜻해도 티나에겐 지나치지 않을 거예요."
헤스터가 캘거리의 쓸데없는 걱정을 안심시켰다.
"그리고 이젠 당신도 행복해질 거요, 사랑스런 아가씨."
캘거리는 그녀의 손을 감싸 쥐고 말했다. 그는 웃어 보이려고 노력했다.
"그 젊은 의사 양반과 결혼해서 안정을 찾게 되면 이렇게 끔찍하고 소름끼치는 일들은 다시 안 당해도 될 거요."
"도널드하고 결혼한다고요?"
헤스터는 놀란 음성으로 정색을 하며 되물었다.
"전 도널드하고는 결혼하지 않을 거예요."
"하지만 당신은 그를 사랑하잖소?"
"아녜요, 그를 사랑하지 않아요. 사실은 사랑한다고 생각했을 뿐이에요. 그는 날 믿지 않았어요. 제가 결백하다는 걸 그는 몰랐어요. 그 사람은 그걸 알아야 했는데."

그녀는 캘거리를 쳐다보며 말했다.

"당신은 알아주셨어요! 전 당신하고 일생을 함께 하기를 원해요."

"하지만, 헤스터, 난 당신과 결혼하기엔 나이가 너무 많아요. 당신은 사실……."

"그건 당신이 날 원하기만 한다면……."

헤스터는 갑작스레 의혹이 담긴 시선으로 그를 쳐다봤다.

"오, 난 당신을 원하오!"

아서 캘거리가 말했다.

<끝>

■ 작품 해설 ■

《누명(Ordeal by Innocence, 1958)》은 애거서 크리스티(Agatha Christie, 영국, 1890~1976) 자신이 선택한 '베스트 10'에 속하는 작품이다. 이 작품은 크리스티 여사의 50번째 작품으로 그녀가 창조한 명탐정 에르퀼 포와로도 마플 양도 나오지 않는다.

어느 11월 저녁에 아질 가의 여주인 레이첼이 살해된다. 자선가이며 자산가였던 레이첼 아질은 독재적인 성격의 소유자였기 때문에 입양한 자녀들에게 미움을 받고 있었다.

혐의는 양아들 잭 아질에게 씌워져, 자신의 알리바이를 증명하지 못한 잭은 살인범이라는 누명을 쓰고 감옥에서 죽게 된다. 그로부터 2년이 지난 후 지질학자 아서 캘거리가 레드민과 드리머스 두 마을 사이의 노상에서 잭을 자기 차에 태워 주었다고 하며 잭의 무죄를 증언한다.

잭을 내려 준 후 그는 트럭에 치어 기억상실증을 일으켰고, 회복되자마자 곧 남극으로 탐험 여행을 떠났고 1년 반 뒤, 귀국하여 그러한 사실을 알았을 때 이미 모든 것은 끝나 있었던 것이다.

아서 캘거리는 책임을 느끼고 잭 아질의 누명을 벗겨 주기 위하여 아질 가를 찾아간다. 가족들의 반응은 그가 기대했던 것과는 달리 공포와 불안이었다.

누가 레이첼 아질을 죽였을까? 늘 말썽꾸러기였던 잭이 범인이 아니라면, 이 가족들 중 누가 진범일까? 레이첼 아질의 남편 리오, 리오의 여비서 겐다 보건, 그리고 입양된 아이들 메리, 마이클(미키), 헤스터, 크리스티나(티나), 필립 두런트(메리의 남편), 모린(잭의 전처), 가정부 커스턴 린즈트롬.

결국 지구 물리학자 아서 캘거리가 탐정이 되어 나서는데…….